Heinrich Maurer

Wer Korn klaut muss gehen

Heinrich Maurer

Wer Korn klaut muss gehen

Ulmer

Inhalt

Prolog

Als Michael Dachser, den alle nur Michel nannten, am 18. Januar des Jahres 1890 in dem kleinen Dorf Gerbhausen mit 21 Höfen, zwei Handwerkern, einigen Tagelöhnern und zusammen 165 Bewohnern auf dem Martinshof zur Welt kam, gab ihm die Hebamme nur eine geringe Überlebenschance.

Draußen türmte sich der Schnee. Die drei Knechte des Hofes hatten jeden Tag zu tun, die zugewehten Wege freizuschaufeln. Auch in der geräumigen Schlafstube des Bauern, in der die Wöchnerin seit Stunden mit den Wehen kämpfte, war es dem von der Küche aus geheizten Ofen nicht gelungen, die Eisblumen am Fenster ganz zum Schmelzen zu bringen.

Als der jungen Bäuerin das schwache, schreiende Bündel mit dem runzeligen Greisengesicht an die Brust gelegt wurde und die Hebamme bedenklich den Kopf wiegte, vergoss die Mutter nicht nur vor Erschöpfung bittere Tränen. Hatte sie sich doch einen kräftigen Stammhalter gewünscht.

»Mit dem werdet ihr viel Mühe haben«, sagte die erfahrene Geburtshelferin ungerührt, »und das bei der Kälte. Ihr müsst schon ordentlich schüren, Holz habt ihr doch genug.«

Damit spielte die Frau auf den großen Waldbesitz des Bauern an. Aber dessen Wahlspruch lautete: »Nur was man spart, hat man.« Holz, das im eigenen Haus verschürt wurde, konnte nicht verkauft werden, deshalb ging man sparsam damit um. Unter der Woche war die Küche mit dem großen Herd der einzig warme Platz im Haus.

Der Vater

Der Bauer Wilhelm Dachser, ein untersetzter, aber nicht gerade kräftiger Mann mit dunklem, in die Stirn hängendem Haar, dunklen, etwas stechenden Augen und einem dichten Schnurrbart im runden Gesicht, war bei der Geburt Michels schon über vierzig. Er hatte spät geheiratet, weil zuerst die vier jüngeren Geschwister versorgt, das heißt verheiratet, sein sollten. Außerdem war er bei der Suche nach einer Bäuerin recht wählerisch gewesen. Dabei kam es ihm weniger auf die Schönheit an. Kräftig sollte sie sein und auch ein ordentliches Heiratsgut mitbringen. Denn die Verheiratung der drei Schwestern und des Bruders hatte durch die Aussteuer und das Heiratsgut viel Geld gekostet.

Die Töchter der Nachbarhöfe wollten ihn nicht. Er war ihnen nicht ansehnlich genug. Außerdem misstrauten sie seiner ungeselligen, etwas finsteren und, wie die Knechte berichteten, jähzornigen Art. Nur wenn er getrunken hatte, taute er auf, wurde dann aber gleich lärmend, großspurig und den Mädchen gegenüber anzüglich.

Als die jüngste Schwester auf einem Hof in der gleichen Gegend untergebracht war, hatte er die Dreißig schon weit überschritten und deshalb keinen Umgang mehr mit der heiratsfähigen Jugend. Eigentlich hatte er sich inzwischen auch an die Einschichtigkeit gewöhnt. Aber die alte Tante Sophie, die mit den Mägden das Haus versorgte, und die übrige Verwandtschaft drängten immer wieder zur Heirat.

Schließlich entschloss Wilhelm sich doch zur Brautschau. Nicht nur um eine Haus- und Bettgenossin zu haben, sondern vor allem, um den Fortbestand des Hofes zu sichern. Aber in seinem Alter war die Suche nicht mehr einfach. Ein Vermittler, ein sogenannter Schmuser, musste dabei helfen. Über eine solche Heiratsvermittlung wurde nicht offen geredet, aber sie war in vielen Fällen üblich und keineswegs ehrenrührig.

Der Schmuser, dessen Dienste Wilhelm in Anspruch nahm, war ein lustiger, erfahrener und bei den Leuten beliebter Viehhändler, der täglich mit seinem Einspänner-Wägelchen unterwegs war und die Bauern und ihre Töchter im weiten Umkreis kannte. Er hatte Wilhelm immer wieder Angebote gemacht. Manchmal fuhr er mit ihm unter dem Deckmantel des Viehkaufes auf die Höfe, um die Kandidatinnen, aber auch das Anwesen anzuschauen. Der Zustand von Haus, Hof und Vieh zeigte die Tüchtigkeit der Familie und ließ auf die Höhe des Heiratsgutes schließen. Man betrachtete das Vieh, redete von diesem und jenem und blieb im Allgemeinen.

Oft wussten die Aufgesuchten gar nicht, worum es in Wirklichkeit ging. Erst wenn der Schmuser beiderseitiges Interesse erkannte, wurden bei einem zweiten Besuch klare Worte gesprochen. Einige Male war es schon zu einem Gegenbesuch auf dem Martinshof gekommen. Aber dann hatte sich das Heiratsgeschäft doch wieder zerschlagen, weil sich die Kandidatin trotz drängendem Zureden der Eltern gesträubt hatte.

Einigen dieser hochmütigen Bauerntöchter, denen keiner gut genug war, blieb schließlich nur übrig, daheim zu bleiben und dem Bruder eine bessere Magd und seinen Kindern eine so genannte »Dachtante« zu machen. Das gleiche Los zogen oft genug die Brüder des Hoferben. Konnten sie kein ordentliches Heiratsgut aufbringen und hatten sie auch keine besonderen körperlichen Vorzüge, dann gelang es ihnen meist nicht, auf einen Hof einzuheiraten. Sie blieben ledig, machten dem Bruder den Großknecht oder gingen auf einen der Gutshöfe, wo sie es, wenn sie tüchtig waren, zum Aufseher oder gar zum Verwalter bringen konnten. Manche gingen auch zum Militär. Dort konnten sie bis zum Unteroffizier aufsteigen, der dann den Frust über sein unerfülltes Bauernleben an den Rekruten ausließ und die eingezogenen Bauernsöhne stolzer Höfe gnadenlos schikanierte.

Auf einem etwas heruntergekommenen Hof jenseits des tief eingeschnittenen Tales fand Wilhelm Dachser schließlich seine Frau. Dort war der Bauer Georg Wieland früh an der Schwindsucht gestorben. Auch der älteste Sohn war, kaum siebzehnjährig, dieser Krankheit erlegen. Die Witwe hatte Mühe, den Hof mit den anderen drei Kindern durchzubringen.

Manche gaben dem Tabak die Schuld am frühen Tod Wielands. Das ewige Rauchen habe seine Lunge ruiniert, hieß es. Tatsächlich war ihm die Pfeife den ganzen Tag nicht ausgegangen. Hatte er beim Pflügen den letzten Krümel Tabak verbraucht, hielt es ihn nicht mehr auf dem Feld. Mitten am Nachmittag musste er heim, um den Lederbeutel zu füllen. Als ihm bei der späten Rückfahrt von einem Verwandtenbesuch einmal die Streichhölzer ausgegangen waren, musste seine Frau an einem einsamen Hof die Bewohner herausklopfen, damit er seine Pfeife anzünden konnte. Erst viel später stellte sich heraus, dass er wie auch andere schwindsuchtkranke Bauern von seinem Vieh angesteckt worden war.

Der erste Besuch fand an einem Werktag im Frühsommer statt. Als der Einspänner des Schmusers auf den Hof einbog, war die älteste Tochter, um die es ging, gerade dabei, die Pferde vor den Mistwagen zu spannen. Mit kräftigen Armen dirigierte sie die beiden Rösser rückwärts an den Wagen, kettete die Deichsel mit geübten Griffen an die Geschirre und knebelte die Zugstränge am Waagscheit an. Als sie sich bückte, zeigte der weit über die Knie reichende Rock kräftige Waden und als sie sich aufrichtete, um den Besuch zu begrüßen, spannte die Schürze über der Brust. Sie hatte ein herbes, wenig schönes Gesicht, das überdies durch eine breite Narbe auf der linken Wange verunstaltet war. Dort hatte ihr das Horn eines ungebärdigen jungen Ochsen eine tiefe Fleischwunde gerissen. Das braune, hinten zum Knoten gebundene Haar war fast ganz vom Kopftuch bedeckt. Eine Strähne hatte sich beim Hantieren gelöst und fiel gekräuselt über die hohe, gewölbte Stirn. Die sichere, ruhige Art, wie sie mit den Pferden umging, gefiel Wilhelm. Unbefangen erwiderte sie den Gruß und rief dann die Mutter, in der Annahme, Bauer und Händler seien zum Viehkauf gekommen. Beide ließen sie in dem Glauben. Der Bauer war als Käufer von Anstellvieh, jungen männlichen Rindern, für deren Mast den kleineren Höfen das Futter fehlte, bekannt.

Im niedrigen Stall mit einer altersschwachen, schon durchgebogenen Holzdecke stellte Wilhelm schnell fest, dass die sechs Kühe und zehn Jungrinder gut geputzt und ordentlich ernährt waren. Während die hinzugekommene Bäuerin mit ihm über das Vieh sprach, lockerte die Tochter mit der Gabel die Streu, zog die Kuhfladen heraus und warf das nach hinten getretene Stroh wieder auf die Liegefläche. Auch das gefiel dem Heiratskandidaten.

Zu einem Viehhandel kam es an diesem Tag nicht. Dafür bahnte sich ein anderer Handel an.

Als der Schmuser wenige Tage später allein wiederkam und die Mutter unverblümt fragte, was sie vom jungen Dachser als Schwiegersohn halte, war sie nicht wenig überrascht. Sie hatte nicht damit gerechnet, dass ein so großer Bauer an einer Verbindung mit ihren kleinen Verhältnissen Gefallen finden könnte. Um der befürchteten Forderung nach einer großen Aussteuer und zusätzlichem Heiratsgut entgegenzutreten, zeigte sie ihre Freude nicht. Vielmehr entgegnete sie, der junge Martinshöfer habe nicht gerade den besten Ruf. Man höre, er trinke gerne und neige zur Gewalttätigkeit. Nicht umsonst habe er in dem Alter immer noch keine Frau. Außerdem sei er als geizig verschrien und da habe es eine junge Bäuerin nicht leicht, ein angemessenes Hauswesen zu führen. Schließlich sei sie auch selbst noch auf die Hilfe der Tochter angewiesen. Sie könne sich keinen Großknecht leisten und der zweite Sohn könne mit seinen fünfzehn Jahren noch nicht so schwer schaffen wie die Tochter.

Der Schmuser ging auf die Kritik an seinem Kandidaten nicht ein. Er wusste zu gut, was dahinter stand. Dachser brauche kein großes Heiratsgut, entgegnete er. Es genüge auch eine kleine Aussteuer. Ihm sei eine tüchtige Bäuerin wichtiger, die verträglich mit der alten Tante umgehe, ein gutes Haus führe und ihm auf dem Hof eine Hilfe sei. Als Arbeitsersatz werde er, der Schmuser, einen tüchtigen Jungknecht besorgen, der sich mit wenig Lohn zufrieden gebe.

Natürlich wisse sie, lenkte die Mutter ein, dass sie ihre Tochter nicht ewig auf dem Hof halten könne, aber nach dem Tod des Mannes und des Sohnes sei es bitter, für alles allein sorgen zu müssen. Es falle ihr schwer, aber sie werde mit der Tochter reden. Schon bald könne der Viehhändler eine Antwort abholen.

Karoline, so hieß die Tochter, die im Dialekt Karline gerufen wurde, war noch mehr überrascht als ihre Mutter. Ihre Reaktion war weder heimliche noch offene Freude, sondern tiefes Erschrecken. Sie sollte die Heimat verlieren und zu diesem Mann gehen, der ihr so finster und so fremd vorgekommen war? Bitterlich fing sie an zu weinen und darauf rannen auch der Mutter Tränen übers verhärmte Gesicht. Weniger, weil sie die Tochter hergeben sollte, sondern mehr, weil ihr die Sorge um die Erhaltung des Hofes seit Tagen fast das Herz abdrückte. Aber schließlich war die Vernunft stärker, ohne die es nie möglich gewesen wäre, im harten Bauernleben die Existenz zu sichern. Ähnlich wie der Schmuser begann die Bäuerin von den Vorzügen des Martinshofes, vor allem von seiner Größe zu reden. Wilhelm Dachser sei zwar kein besonderes Mannsbild und es werde ihm auch manch Ungutes nachgesagt, aber da sei oft Neid dabei und eine gescheite Frau könne manche Untugend austreiben. »Was meinst du«, fragte sie Karoline, die sich immer noch schluchzend die Tränen mit dem Schürzenzipfel trocknete, »wir gucken uns den Hof einfach an, entschieden ist noch gar nichts.«

Zwei Sonntage später wurde das altersschwache Bernerwägelchen aus dem Schuppen geschoben und eines der Pferde angespannt. Die Mutter hatte ihr gutes, den Witwenstand anzeigendes schwarzes Kleid angezogen. Statt dem Hut, der damals bei den wohlhabenden Bäuerinnen in Mode war, trug sie auf dem grau gewordenen, zum Knoten gebundenen Haar ein dunkel gemustertes Kopftuch. Karoline hatte einen dunkelblauen Rock an. Dem Trauerjahr entsprechend, in dem sich die Familie nach dem erst acht Monate zurückliegenden Tod des Sohnes befand, trug sie eine schwarz gemusterte Bluse und darüber eine schlicht bestickte, kurze Weste, den Spenzer. Sie war barhäuptig.

Auf dem Martinshof hatte der Bauer seiner alten Tante den Besuch zwar angekündigt, aber den Zweck verschwiegen. Die Bäuerin vom anderen Hof wolle sehen, wo ihr Vieh hinkomme, und interessiere sich für eine Kalbin. Außerdem sei er kürzlich von der Bäuerin zusammen mit dem Viehhändler bewirtet worden und nun müsse man sich revanchieren.

Sophie wunderte sich zwar, dass der Besuch gleich zu zweit kam, dachte sich aber nichts weiter dabei. Heller war Hans, der zweite Knecht, ein vorwitziger, kaum zwanzigjähriger Bursche. Er hatte sich nach dem Mittagessen aufs Bett geworfen, um vor dem sonntäglichen Kegelspiel im Wirtshaus noch etwas Schlaf zu bekommen. Als das Bernerwägelchen in den Hof rumpelte, wachte er auf, spähte neugierig aus dem Dachfenster und sah den doppelten Frauenbesuch. »Was meinst du«, fragte er später Emma, die erste Magd, die mit Eimer und Melkzeug genau in dem Augenblick über den Hof kam, als sich der Besuch verabschiedete, »vielleicht haben wir gerade unsere neue Bäuerin gesehen.«

Bei einem weiteren Treffen wurden die Modalitäten der Heirat besprochen. Karoline hatte sich nach eifrigem Zuspruch der Mutter in ihr Schicksal gefügt. Sie hatte Wilhelm beim Besuch auf seinem Hof nicht mehr so abweisend empfunden. Auch die alte Tante schien umgänglich zu sein. Zudem hatten das große Haus, der reiche Viehbestand und der allgemein gute Zustand des Hofes ihren Eindruck hinterlassen. Bäuerin auf einem neunzig Morgen großen Hof mit über vierzig Stück Vieh, einer Brennerei und fünf Dienstboten zu werden, das war doch was.

Auf eine Verlobung wurde angesichts der Trauerzeit verzichtet. Die Hochzeit sollte Ende November stattfinden. Auch hier spielten praktische Erwägungen eine Rolle. Dann war eingeschafft, wie es hieß. Dann waren die späten Früchte, Kartoffeln, Rüben und Obst geerntet, die Wintersaaten Dinkel, Weizen und Roggen im Boden und der große Hausgarten umgegraben.

Die Vorbereitungen kosteten Mutter und Tochter viel Kraft und das letzte Geld. Die Aussteuer, Bett-, Tisch- und Leibwäsche, die schon seit Karolines Konfirmation angesammelt wurde, musste ergänzt und gerichtet werden. Manche Nacht saß die zukünftige Bäuerin mit der Mutter am Tisch, um Bettbezüge zu nähen, Betttücher zu säumen, Knöpfe anzubringen und mit unzähligen Stichen die Tischdecken zu verzieren. Trotzdem musste noch für einige Tage die Näherin bestellt und bezahlt werden. Um alle Rechnungen begleichen und für das Heiratsgut die vereinbarten tausend Mark aufbringen zu können, musste die Mutter bei ihrem Bruder Geld leihen. Als der Hochzeitstag endlich da war, hatte die Braut nach den durchgearbeiteten Nächten dunkle Ringe unter den Augen und die Sorgenfalten der Mutter waren tiefer und zahlreicher geworden.

Am Hochzeitsmorgen holte der Bräutigam seine Braut mit der prächtig herausgeputzten Chaise, einer viersitzigen Kutsche mit Ledersitzen und Faltdach, die sich nur große Höfe leisten konnten, ab. Das Wetter war wie die Stimmung der Braut. Grauer Nebel zog über die abgeernteten Felder. Kalter Regen tropfte von den Dächern und den kahlen Bäumen. Es schien, als wolle die Natur in Karolines Abschiedsschmerz einstimmen. Im langen, schwarzen Kleid und in ein dunkles, noch von der Großmutter stammendes Tuch gehüllt, trat sie vor die Haustüre, um ihren künftigen Mann zu begrüßen. Dabei war ihr bleiches, schmal gewordenes Gesicht wie versteinert.

Als sie wenig später an seinem Arm wieder aus dem Haus kam und die Chaise bestieg, rannen die Tränen. Dass die neugierigen Nachbarn Beifall klatschten und aufmunternde Worte riefen, gewahrte sie wie durch einen Schleier. Das Schluchzen, das ihr schon den ganzen Morgen im Halse steckte, brach erst aus ihr heraus, als die Kutsche den Hof und das Dorf verlassen hatte.

Der Bräutigam wusste mit dem Abschiedsschmerz nichts anzufangen. Jemanden zu trösten, das hatte er in seiner Familie nicht gelernt. Und seine Braut dazu in den Arm zu nehmen, das kam schon gegenüber dem Knecht auf dem Kutschbock nicht infrage. Karolines Tränen passten auch nicht in seine Vorstellungswelt. Musste es für ein Mädchen von einem so kümmerlichen Anwesen nicht eine Genugtuung sein, zur Bäuerin auf dem großen Martinshof aufzusteigen? In seiner Unbeholfenheit wusste er nichts anderes zu tun, als die Hand seiner Braut unter der über die Knie gebreiteten Decke zu nehmen und schweigend neben ihr zu sitzen.

Die Hochzeit wurde ein zwiespältiges Fest. Als das Brautpaar in einer vom Nachbarn gelenkten Kutsche, gefolgt von den Gästen die etwa einen Kilometer entfernte Kirche erreichte, war wegen der Kälte und Nässe die erste Festtagsstimmung verflogen. Die auf dem Kirchplatz ausharrende Dorfbevölkerung fror ebenfalls. Weil der Bräutigam beim Aussteigen aus der Kutsche eine recht linkische Figur abgab, wurden spöttische Worte laut. Auch Karoline selbst wurde nicht verschont. Auf ihre Narbe im Gesicht anspielend sagten die Lästermäuler, für eine solche Schönheit hätte der Martinsbauer nicht so weit fahren brauchen. Eine gute Arbeiterin, auf die es ihm wohl ankomme, hätte er auch in der Nachbarschaft gefunden.

In der Kirche war es fast so kalt wie draußen. Die Gäste waren froh, dass der Pfarrer nur eine kurze Predigt hielt, deren Inhalt niemandem im Gedächtnis blieb. Geredet wurde später über den ungeschickten Bräutigam, der den Ring, den er seiner Braut an den Finger stecken sollte, fallen ließ und deshalb die Hilfe eines Trauzeugen brauchte.

Besser wurde die Stimmung später beim Hochzeitsmahl in der großen Stube des Martinshofes. Dort standen bereits die am Vortag mit einem geschmückten Leiterwagen abgeholten neuen Möbel, bestehend aus einem großen, zweitürigen Eichenschrank und einer aus Eschenholz gefertigten Kommode. Der dazu gehörende Tisch mit den sechs Stühlen war beiseite geräumt, um der langen Tafel für die Bewirtung der Hochzeitsgäste Platz zu machen.

Für das Essen hatte man eine auswärtige Köchin geholt. Der Rinderbrühe mit Eierstich und Markklößchen, den beiden Hauptgerichten, Schweinebraten mit Spätzle und Rindfleisch mit Meerrettichsoße, sowie dem Nachtisch aus süßen Klößen wurde kräftig zugesprochen. Nach der Suppe versuchte ein Onkel eine mit harmlosen Anzüglichkeiten gespickte Festtagsrede, die fleißig beklatscht wurde. Ansonsten drehte sich die Unterhaltung um den Ablauf des Bauernjahres, den Ärger mit dem Gesinde und um die schlechten Viehpreise. Die Verwandten der Braut blieben einsilbig. Sie konnten, was Hofgrößen, Viehbestände und Gesindezahlen anlangte, nicht mithalten und glaubten, die andere Seite lasse das absichtlich spüren.

Zu dem bei einer Hochzeit üblichen Spaziergang kam es angesichts des schlechten Wetters nicht. Karoline war darüber traurig, hätte sie sich doch dabei ein wenig zu ihrer Familie und den Verwandten gesellen können. So musste sie neben dem ihr immer noch fremden Mann sitzen bleiben, der mehr mit den Gästen sprach als mit ihr und mit zunehmendem Weingenuss wieder in seine unangenehme laute Art verfiel. Ihr graute es vor der Nacht.

Als gegen Morgen die letzten Gäste aufbrachen, nutzte der Bauer den Abschiedstrubel und zog seine junge Frau mit schwankendem Schritt in die Schlafstube. Dort warteten bereits die neuen Betten mit den hoch aufgebauten, bestickten Kopfkissen und den weiß überzogenen dicken Federbetten.

Der reichlich genossene Alkohol nahm Wilhelm die Möglichkeit, den großen Verführer zu spielen. Als er sich mühsam entkleidet hatte, war Karoline längst in ihr neues, besticktes Nachthemd geschlüpft und hatte die Decke bis unters Kinn gezogen. Der Bräutigam musste es bei einigen ungeschickten Liebkosungen belassen und Karoline war froh, als sie an dem schwer gewordenen Atem seinen Schlaf bemerkte. Sie selbst lag noch lange wach.

In der Früh wurde sie vom Muhen der Kühe geweckt und wäre gerne aufgestanden, um wie daheim in den Stall zu gehen. Aber das war auf diesem Hof die Arbeit der Mägde und Knechte. Außerdem geziemte es sich sicher nicht, am Morgen nach der Hochzeit das Bett so früh zu verlassen. Erst als die Tante in der angrenzenden Küche mit dem Geschirr klapperte und mit der vom Melken kommenden Magd sprach, verließ Karoline vorsichtig die hohe Bettlade, um sich anzuziehen.

Auch ihr Mann war, der Gewohnheit folgend, längst wach, ohne sich bemerkbar zu machen. Er schämte sich wegen der misslungenen Hochzeitsnacht und war froh, als Karoline ihm unbefangen einen guten Morgen wünschte und davon sprach, dass der Regen in der Nacht wohl aufgehört habe.

Schnell stellte sich der Alltag ein. Karoline vertrug sich gut mit der Tante und dem Gesinde. Aber sie musste von ihrem Mann immer wieder auf ihre Rolle als Hofbäuerin verwiesen werden. Als sie der kleinen Magd half, die ungestümen Kälber an das Euter der Kühe und anschließend in den Verschlag zurückzubringen, verbot er es ihr. Das sei nicht ihre Arbeit. Die Magd werde nur faul dabei. Dabei wurde das schmächtige Mädchen, selbst noch ein Kind, mit den größeren Kälbern nicht mehr fertig und Karoline wäre so gerne mit den Tieren umgegangen. Das war zu Hause ihre liebste Tätigkeit gewesen. Der Bauer sah es auch nicht gerne, wenn seine Frau mit den Mägden und Knechten scherzte. Er selbst tat das nur, wenn der Most an heißen Sommerabenden seine Zunge gelöst hatte, was ihm immer wieder den heimlichen Spott des Gesindes eintrug. Karoline machte sich dagegen durch ihre unbefangene, einfache Art und durch die Fähigkeit, ohne Umschweife mitanzupacken, schnell beliebt. Der Tante, die um ihre Stellung gefürchtet hatte, ließ sie die Vorherrschaft in der Küche, dafür kümmerte sie sich um die Wäsche und das Haus, das die Hand einer tüchtigen Bäuerin lange vermisst hatte. Und mit Sehnsucht erwartete sie das Frühjahr, um auf dem Feld und im großen Hausgarten arbeiten zu können.

Was Wilhelm in der Hochzeitsnacht misslungen war, holte er nach, ohne jemals ein besonderer Liebhaber zu werden. Seine vorehelichen Erfahrungen hatten sich auf kurze, schnell im Stroh oder hinter einer

Hecke vollzogene Abenteuer mit Mägden und Tagelöhnerinnen beschränkt. Ebenso rasch, wort- und lieblos vollzog er den Liebesakt mit seiner Frau. Karoline nahm es in der gleichen Weise hin, wie sie seine kurz angebundene, oft herrische Art, seinen immer wieder aufflammenden Jähzorn und seinen Geiz ertrug. Über den dunklen, kalten Winter hinweg, wenn sie sich in Haus und Hof wie eingesperrt vorkam, weinte sie oft vor Heimweh, aber sie tat es immer still und im Verborgenen.

Doch als es Frühling wurde, als die Märzsonne den Schnee von den Feldern leckte, hinter der Scheune die Weidenkätzchen blühten, die zurückgekehrten Stare am Hausgiebel um die Vogelkästen stritten, und als sie mit den beiden Mägden den im Winter auf die Wiesen ausgefahrenen Mist verrieb, verging ihr Kummer rasch. Karoline schwatzte mit den beiden Mädchen und lachte über den Tratsch, der sich mit Vorkommnissen in der Nachbarschaft und auf dem Tanzboden beschäftigte. Endlich waren auch die Gartenbeete abgetrocknet und sie konnte mit dem Säen von Rettich, Salat und anderem Frühgemüse beginnen. Ihr leiser Gesang drang dabei durch das offene Küchenfenster bis zu Tante Sophie, die sich darüber ehrlich freute.

Als Karoline im April ihre Schwangerschaft bemerkte, war sie endlich ganz auf dem Hof angekommen. Mit der von früher Kindheit an gewohnten Bescheidenheit und Selbstbeherrschung ertrug sie die Last, die das in ihr wachsende Leben mit sich brachte. Kinderkriegen war schließlich etwas Alltägliches. Niemand nahm auf die werdende Mutter Rücksicht und Karoline wollte auch keine.

Nach einem heißen Sommer und einem verregneten Herbst brach der Winter früh herein. Schon lange vor Weihnachten erstarrte die Natur im Frost und die Menschen litten unter der beißenden Kälte. Besonders hart traf es die Dienstboten, die sich in ihren ungeheizten Kammern mit der kupfernen Bettflasche auf dem Strohsack zufriedengeben mussten. Wenn es stürmte, wurde überdies feiner Schnee in die Dachstuben geweht. In den eisigen Nächten bildete der Atem der Schläfer auf den Bettdecken einen glitzernden Reif. Besonders die Jüngsten, die kleine Magd und der kleine Knecht, gerade erst schulentlassene, dreizehn- und vierzehnjährige Kinder, litten entsetzlich unter dem Winter. Für sie war die Arbeit in dem von Rindern und Schweinen gewärmten Stall die angenehmste Zeit des Tages. Sie versuchten die Morgenarbeit dort so weit wie nur möglich auszudehnen. Aber es nützte wenig. Gleich nach dem Morgenessen aus Milchsuppe, Weißbrot mit Gsälz, wie dort die Marmelade hieß, und Malzkaffee mussten sie zum Holz machen in den Wald, um Brennholz zu sägen oder Reisig zu bündeln. Wenn die beiden Knechte mit dem Schlitten Mist auf die Wiesen gefahren hatten, mussten sie den verstreuen, breiten, wie man sagte. Im Wald war der Winter noch einigermaßen erträglich, doch beim Mistbreiten pfiff der Wind gnadenlos durch die dünnen Jacken und ärmlichen Pullover. In den Lederschuhen wurden die Füße nass und eisig. Frostbeulen an den Zehen waren alltäglich. Am Abend, in der Wärme der Küche oder im Bett begannen sie erbärmlich zu jucken.

Sorgen um den Sohn

Schon drei Tage nach der Geburt war Karoline kräftig genug, um ihre Arbeit im Haus wiederaufnehmen zu können. Ihr Kind blieb schwach und kränklich. Es wollte an Karolines Brust nicht recht trinken und schrie viel. Als eine Nachbarin die junge Mutter besuchte und sich über das schreiende Bündel in der Wiege beugte, hatte sie nur den Trost: »Du bist noch jung und kannst noch viele Kinder haben.«

Karoline aber wollte das Erste, das ihr auf diesem Hof ganz gehörte, nicht hergeben. Sie brachte manche Nacht damit zu, den kleinen Michel immer wieder an die Brust zu nehmen, und ihm, wie ihr die Mutter bei dem einzigen Besuch, der ihr in dem grimmigen Winter möglich war, geraten hatte, Bauchwickel aus einem Kamillensud anzulegen und ihm Tee einzuflößen.

Der Bauer kümmerte sich wenig um seinen Stammhalter. Er hatte sich einen starken Sohn gewünscht und keinen, der sich wochenlang nicht zwischen Tod und Leben entscheiden konnte. Schließlich murrte er sogar über den großen Verbrauch an Brennholz, den das Heizen der Schlafstube mit sich brachte. Da Karoline keinen Streit wollte, richtete sie zusammen mit der Tante in der großen Küche nah beim Herd einen Platz für das Kinderbettchen her, der durch eine Kommode vom übrigen Raum abgetrennt war.

Es dauerte weitere drei Wochen, bis sich das Kind für das Leben entschieden hatte. Sein Zustand besserte sich. Es trank nun kräftig an der Mutterbrust und nahm endlich an Gewicht zu. Jetzt konnte der Bauer ins Kirchdorf fahren, um seinen Sohn zur Taufe anzumelden. Die fand, wie es sich auf einem großen Hof gehörte, im Haus statt.

Darüber murrte allerdings der Pfarrer, der in der harten Winterzeit den Weg zu den Höfen scheute. Wilhelm musste einen Knecht mit dem leichten, bequemen Sonntagsschlitten schicken, auf dem der Geistliche, zusammen mit dem Taufgeschirr, warm und bequem zu seinem Amtsgeschäft gefahren wurde.

Der Täufling wurde auf den Namen Michael Wilhelm Albrecht Karl getauft. Michael wie der Großvater vom Martinshof, Wilhelm wie der Vater, Albrecht wie der Pate des Bauern und Georg wie Karolines Vater. Taufpaten waren die älteste Schwester des Bauern und Karolines fünfzehnjähriger Bruder Matthias, der sich ob dieses Amtes ungeheuer wichtig vorkam.

Mitte März nahm der Winter endlich Abschied. Ein warmer Wind strich um die Häuser. Die schneebeladenen Dächer fingen zu tropfen an und in den Höfen bildeten sich große Pfützen. Statt Schnee fiel Regen, der in Sturzbächen die Schlittenspuren der Dorfstraße entlangschoss und sich in den tiefer liegenden Obstgärten zu kleinen Teichen sammelte.

Als die Sonne an der Südseite des Hauses den Schnee weggetaut hatte und der aus groben Sandsteinplatten gefertigte Platz vor dem Garten trocken war, stellte Karoline den Kinderwagen mit dem kleinen Michel zum ersten Mal ins Freie. Ihr war, als habe der Frühling auch sie und ihr Kind von einer Schneelast befreit. Immer wieder unterbrach sie ihre Geschäftigkeit vor dem Haus oder im Stall, um in den Kinderwagen zu schauen und leise mit ihrem schlafenden Kind zu sprechen. Die Tante verlegte das Kartoffelschälen und Strümpfestopfen aus der Küche neben den Kinderwagen. Sie war ebenso glücklich wie die Mutter. Auch der Bauer war versöhnt. Die Knechte und Mägde sahen ihn immer wieder mit seiner Frau am Kinderwagen stehen. Es war ein Bild vollkommener Harmonie. Und wenn der kleine Michel, entweder zum Gähnen oder aus einer ersten Gefühlsregung heraus, das Gesicht verzog, sah sein Vater darin ein erstes Lächeln, das allein ihm gelte. Er, der im Winter oft unbeherrscht und gegenüber dem Gesinde und seiner Frau ungerecht, aufbrausend und jähzornig gewesen war, zeigte plötzlich eine weiche Seite, die niemand an ihm kannte.

Mit dem Erwachen der Natur begann der neue Kreislauf des Bauernjahres. Früh um fünf musste das Gesinde aus den Betten, um gleich nach Sonnenaufgang auf die Felder zu kommen. Wilhelm schlang sich das Sätuch um die Schultern, um mit weit ausholenden, wie segnenden Armbewegungen Hafer, Gerste und eine Gemenge aus beiden Getreidearten auf die abgetrockneten Ackerfurchen zu streuen. Die Knechte spannten die Pferde und Ochsen vor die Eggen, um die Felder einzuebnen und den Samen in den Boden zu bringen. Karoline und die Mägde harkten auf den Wiesen das vom Mistfahren übrig gebliebene Stroh zusammen, säuberten die ringförmig um das Dorf angeordneten Baumwiesen von den im Wintersturm abgerissenen Ästen, sammelten auf den Äckern die Steine ein und hackten hinter der Scheune das von den Knechten angefahrene Reisig zu kleinen Bündeln.

Von nun an konnte Karoline nicht mehr ständig bei ihrem Kind sein. Nur zum Stillen kam sie kurz ins Haus. Wilhelm holte aus dem Nachbardorf ein Kindermädchen, eine Zwölfjährige, die am Mittag aus der Schule angehastet kam und oft fast verzweifelte, weil der kleine Michel halbe Nachmittage schrie und sich nicht beruhigen ließ. Ruhig wurde er erst auf dem Arm seiner Mutter. Nach zwei Wochen gab das Kindermädchen auf. Karoline musste sich wieder selbst um ihr Kind kümmern. Sie hastete zwischen Stall, Garten und Küche hin und her und Wilhelm ärgerte sich über seinen anspruchsvollen, und, wie er seiner Frau vorwarf, verwöhnten Sohn.

Nach den ersten warmen, sonnenbeschienenen Tagen kehrte der Winter noch einmal zurück. Tagelang peitschte kalter Regen das Land. In den Feldern stand das Wasser. Damit die Wintersaaten und der Frühjahrssamen nicht in der Nässe erstickten, mussten die Knechte mit Hacken und Schaufeln Gräben ziehen. Immer wieder löste Schnee den Regen ab, die Dächer und Felder wurden wieder weiß und der Boden gefror. Die alten Leute sagten kein gutes Jahr voraus.

Die Zeiten waren schon lange vorher schlechter geworden. Nach dem deutsch-französischen Krieg, an dem Wilhelm wie viele Bauernbuben, die den Umgang mit Pferden gewöhnt waren, bei der Kavallerie teilgenommen hatte, waren die Preise für Getreide und Vieh gefallen. Vorbei waren die goldenen Zeiten, von denen die alten Leute erzählten. Damals, etwa hundert Jahre zuvor, hatten sich die Bauern auf das Mästen von Ochsen verlegt. Das notwendige Futter gewannen sie auf den Brachfeldern, die nicht mehr beweidet, sondern mit Klee bestellt wurden. Die Rinder blieben im Stall. Sie wurden dort nach dem Rat eines auf den Fortschritt bedachten Pfarrers mit dem eingeholten Grünfutter gemästet und lieferten als Gegengabe den Mist, der als Dünger den Acker reich und die Wiesen fett machte. Jede Woche wurden damals bis zu 200 Ochsen nach Straßburg und bis nach Paris getrieben. Bauern und Viehhändler wurden reich. Das Wohlleben, an das sich die Bauern gewöhnt hatten, schlug ins Gegenteil um, als ab 1812 eine Missernte der andern folgte und sich die Landwirtschaft überall in Süddeutschland nur noch mit Mühe selbst ernähren konnte. Erst die bessere, Mitte der fünfziger Jahre folgende Zeit verschaffte den Bauern wieder Luft. Sie wurde genutzt, um die Erträge im Stall und auf dem Acker zu verbessern und die Arbeit zu erleichtern. Die Bauern kauften neue, ganz aus Eisen gebaute und mit Rädern versehene Pflüge, mit denen der Boden tiefer und schneller bearbeitet werden konnte. Sie ersetzten die hölzernen durch eiserne Eggen und sie düngten ihre Felder nicht mehr nur mit dem Mist der Tiere, sondern mit dem aus dem fernen Chile herangeschafften Salpeter und mit Gips. Auf den herrschaftlichen Gütern liefen die ersten Dreschmaschinen, die von pferdebespannten Göpeln und manchmal sogar schon von Dampfmaschinen angetrieben wurden.

Als der kleine Michel Dachser den zweiten Sommer gerade hinter sich hatte, wollte sein Vater zu den Fortschrittlichen gehören. Auch er kaufte eine Dreschmaschine. Der große Kasten mit dem runden Aufbau der Dreschtrommel und den seitlichen Latten, an denen die beweglichen Schüttler hingen, wurde mit dem Pferdegespann an der vor wenigen Jahren gebauten Bahnstation abgeholt. Für die Dörfler, die nur den Dreschflegel kannten, war das eine Attraktion. Sie schauten neugierig beim Verladen zu, gaben ihre Meinung über das neumodische Zeug zum Besten und fragten schon, was denn die Taglöhner tun sollten, wenn es beim Dachser nichts mehr zu dreschen gebe.

Daheim in der Scheune hatten Zimmerleute ein halbhohes Podest für die Dreschmaschine gebaut. Und außerhalb der Scheunentenne entstand ein niedriges, quadratisches Gebäude, das Göpelhaus. Der Göpel war ein großer Getriebekasten, aus dem eine kräftige Stange ragte. Dort wurde ein Pferd oder ein Ochse angespannt, der, vom kleinen Knecht im Kreis geführt, seine Kraft über das Getriebe und einen Treibriemen an die Dreschmaschine weitergab. Unter dem Dachtrauf wurde eine lange Welle, die Transmission, eingebaut. Auf ihr waren verschiedene Riemenscheiben befestigt, über die vom Göpel aus mehrere Maschinen angetrieben werden konnten. Der Göpel und die Transmission waren zur damaligen Zeit der Inbegriff der Technisierung und Wilhelm war stolz auf seine Errungenschaft.

Mit der Dreschmaschine kam ein neues Geräusch ins Dorf. Hatte man bisher zur Dreschzeit vor Weihnachten aus dem Martinshof das gleichmäßige Klopfen der Dreschflegel gehört, so brummte dort jetzt die Maschine. Nun konnte der Bauer allein mit seinem Gesinde dreschen. Die Ausgaben für die neue Technik hatte er durch die eingesparten Tagelöhner schon bald wieder hereingeholt. Darüber freute sich Wilhelm ebenso wie über seine Vorreiterrolle im Dorf. Nur Karoline war traurig, ohne es zu zeigen. Sie hatte die Tagelöhner gern gehabt. Die brachten Neuigkeiten mit, machten beim Essen ihre Späße und die Frauen scherzten mit dem kleinen Michel, der in der Küche herumtapste oder von seinem Ställchen aus dem Getriebe zusah.

Die Alten, die das Neue als Teufelszeug verfluchten, behielten schließlich doch noch recht, als der kleine Knecht Jakob beim Dreschen zu Tode kam. Er wollte eine auf die Transmission gefallene Korngarbe zurückholen und näherte sich dabei zu unvorsichtig der surrenden Welle. Sein loser Kittel wurde erfasst und aufgewickelt. Bevor der Göpel nach seinem gurgelnden Schrei zum Stillstand kam, hatte ihn die Maschinerie erwürgt. Aber auch dieser schlimme Unfall, über den viel geredet wurde, konnte die Technik nicht aufhalten.

Bei aller Freude, die Karoline an ihrem Kind hatte, blieb der Kleine auch ein Quell mancher Kümmernis. Er war kränklich, weinte nachts oft und blieb in Größe und Gewicht hinter gleichaltrigen Kindern zurück. Mit zwei Jahren war sein Gang immer noch unsicher. Er fiel oft hin und bekam aus kleinsten Anlässen schlimme Wutanfälle. Mit Wehmut wurde Karoline klar, dass ihr Erstgeborener wohl nie ihrem Wunschbild eines kräftigen, hochgewachsenen jungen Mannes entsprechen würde. Er ähnelte auch weder ihr noch ihren Verwandten, die alle groß, hager und braunhaarig waren. Michel hatte den runden Kopf der Dachsersippe und sein Haar war wie das des Vaters eher schwarz. Obwohl sie ihren Buben abgöttisch liebte, tröstete sich Karoline insgeheim mit dem Gedanken, dass ein weiteres Kind sicher mehr ihrem Bild entspräche, denn sie war wieder schwanger.

Dieses nächste Kind war eine Tochter. Anders als der Erstgeborene kam das auf den Namen Babette getaufte Mädchen leicht auf die Welt, entwickelte sich gut und machte der Mutter das Aufziehen leicht. Die kleine Babette ähnelte mehr der Mutter als dem Vater. Sie zeigte ein gutmütiges Wesen, weinte wenig und war leicht zu beruhigen.

Die erste Liebe von Karoline galt aber weiterhin ihrem Sohn, so als müsse sie ihm durchs ganze Leben helfen, während die Tochter alleine zurechtkam. Umgekehrt hatte der Vater keine rechte Freude an seinem Sohn. Nahm er ihn auf den Arm, wollte Michel wieder zur Mutter. Im Stall hatte er Angst vor den Tieren, und als Wilhelm ihn mit drei Jahren zum ersten Mal auf ein angeschirrtes Pferd setzen wollte, schrie der Kleine wie am Spieß und war lange nicht zu beruhigen. Am liebsten hielt sich Michel bei der Mutter und der alten Tante auf. Er blätterte gerne in den wenigen Bilderbüchern, die es auf dem Hof gab, während seine Schwester den Katzen hinterher tappte und bald mehr im Stall als in der Küche zu finden war.

Bauern und Mägde

Die Ehe von Wilhelm und Karoline Dachser verlief wie viele, nicht aus gegenseitiger Zuneigung und eigenem Willen geschlossene, sondern von außen arrangierte Partnerschaften. Karoline achtete ihren Mann als Herrn des Hofes, aber sie liebte ihn nicht.

Liebe, wie sie jungen Menschen dem anderen Geschlecht gegenüber empfinden, kannte sie nicht. Dazu war ihre Jugend viel zu sehr von Arbeit und Sorge, von Not und Verzicht bestimmt gewesen. Die wenigen Male, die sie mit gleichaltrigen jungen Männern zusammengekommen war, ließen aus Angst vor einem Verstoß gegen die strengen Sitten kein Aufkommen solcher Gefühle zu. Zwar hatte sie sich in stillen Stunden hin und wieder ausgemalt, wie schön es wäre, die Frau dieses oder jenes Jungbauern zu werden, aber an eine Verwirklichung hatte sie aus nüchterner Erkenntnis ihrer Herkunft und ihrer im Spiegel ersichtlichen äußeren Nachteile schon damals nicht zu denken gewagt.

Nun war sie dennoch Bäuerin auf einem großen Hof geworden. Aber der Mann, mit dem sie das Bett teilte, war weder ein strahlender Held noch ein vertrauter Partner, mit dem alle Kümmernisse und Probleme ebenso beredet und beseitigt werden konnten wie vorher mit der Mutter.

Umgekehrt kannte auch Wilhelm nichts, was als echte Liebe zwischen Frau und Mann bezeichnet werden konnte. Er kannte nur das Begehren, das nach seiner Einstellung ohne viel Aufhebens zu befriedigen war. Im tiefsten Innern wusste er um die guten Eigenschaften seiner Frau. Er wusste im Stillen, dass sie ihm an Herzlichkeit, unbefangenem Umgang mit anderen und an Selbstbeherrschung überlegen war. Eher fürchtete er sie, als dass er sie liebte. Deshalb stellte er stets seine Herrschaft über Haus und Hof heraus, traf die Entscheidungen allein, besprach sich vorher vielleicht mit seinen Knechten, aber nicht mit seiner Frau. Er ließ Karoline im Haus bestimmen, behandelte sie aber außerhalb nicht anders als seine Mägde. Es ergrimmte ihn, dass Karoline ihm im Bett zu Willen war, seine Begierde aber nie erwiderte. Ihr Gleichmut, mit dem sie alles über sich ergehen ließ, war für ihn Missachtung seiner Männlichkeit. Von seinen vorehelichen Abenteuern mit Mägden und Tagelöhnerinnen war er anderes gewohnt. In manchen Nächten, wenn ihn Karolines Gleichmut ohne Hingabe innerlich in Wut gebracht hatte, dachte er an diese Abenteuer.

Ohne gezielte Absicht suchte er deshalb wieder die Nähe anderer Frauen. Er half mehr als sonst bei der Stallarbeit, machte seine derben Späße. Emma, die erste Magd, eine untersetzte, kräftige Frau, hatte die Mitte zwanzig bereits überschritten und war schon auf mehreren Höfen gewesen. Sie kannte sich aus mit den Männern und ihren Absichten. Die nach manchen Zornesausbrüchen plötzlich in ungewohnte Freundlichkeit umschlagende Stimmung ihres Dienstherrn war ihr nicht geheuer. Im Winter, als beide die Garben aus dem hintersten Scheunenwinkel zur Dreschmaschine beförderten, schlang er plötzlich die Arme um sie, so als wolle er sie vor einem Sturz bewahren. Jetzt war ihr seine Absicht klar. Schon am nächsten Sonntag erkundigte sie sich nach der Kirche bei ihren Freundinnen auf den anderen Höfen nach einer freien Stelle. Den Grund ihres Weggangs verriet sie nicht. Emma war als gute Arbeiterin bekannt und hatte deshalb keine Mühe unterzukommen.

Von ihrem neuen Bauern in einem etwa 15 Kilometer entfernten Weiler nach dem Grund des Wechsels befragt, nannte sie den Wunsch nach neuen Gesichtern. Gleiches hatte sie zuvor Wilhelm erklärt, als sie ihren Dienst zu Lichtmess aufkündigte. Karoline war dabei und erschrak zutiefst, sie bezog die Kündigung auf sich. Als beide in der Küche allein waren und sie Emma voll Angst fragte, ob sie etwas falsch gemacht habe, legte ihr die Magd beruhigend die Hand auf den Arm und sagte: »Das hat nichts mit Euch zu tun, Bäuerin, ich war gerne hier und es fällt mir auch schwer wegzugehen, aber es muss halt sein.« Sie sah Karoline ins Gesicht. Beide Frauen hatten Tränen in den Augen.

Der Martinsbauer brauchte eine neue Magd. Er wandte sich wieder an den Schmuser. Der vermittelte ihm ein Mädchen aus einer ärmlichen Gegend nahe der bayerischen Grenze, aus der viele Dienstboten kamen. Am Lichtmesstag, dem zweiten Februar, an dem in allen Städten und Städtchen ein großer Dienstbotenmarkt stattfand, machte er den Handel perfekt.

Hilde, so hieß die Neue, war ein dunkelhaariges, dralles Mädchen von 21 Jahren mit einem flinken Mundwerk und, wie der Schmuser versicherte, ebenso flinken Händen. Ihre Art und die Empfehlungen gefielen dem Bauern. Auch das Dienstbüchlein, das Hilde vorwies, sagte nichts Nachteiliges. Die Anstellung als große Magd, ein Lohn von 120 Mark im Jahr, Stoff für ein Kleid und zwei Schürzen, jeweils ein Paar Schuhe für Sonn- und Werktag, das war für sie ein Aufstieg. Bisher war sie zweite Magd gewesen und hatte einen schlechteren Lohn bekommen.

Hilde war anders als Emma. Sie war in ihrer Arbeitsweise lärmend, gegenüber den anderen auf dem Hof vorlaut und gegenüber der Tante frech. Als sie mit der kleinen Magd und dem kleinen Knecht hinter der Scheune das Reisig bündelte und die ausgehackten Äste zerkleinerte, hörte man ihre Stimme und ihr Lachen bis zum Haus. Bei allem Reden und Lachen ging ihr die Arbeit schnell von der Hand. Im Dorf, wo sie beim Abstellen der Milchkannen am Sammelplatz mit anderen zusammenkam, war sie schnell mit allen jungen Leuten bekannt.

Schon am dritten Sonntag, beim Frühlingsfest des Kriegervereins, war Hilde auf dem Tanzboden und bald von den Burschen umlagert. Sie wurde nach ihrem Herkommen und ihren bisherigen Dienstplätzen gefragt und erzählte bereitwillig, was dort gut und was schlecht war. Einige Bauernsöhne, die dabei standen, merkten auf, als Hilde damit groß tat, wie viele Verehrer sie schon gehabt habe und dass nicht nur Dienstboten dazu gehört hätten.

Auf dem Martinshof ging alles wieder seinen gewohnten Gang. Ganz anders sah es auf Karolines elterlichem Hof aus. Dort standen die Dinge nicht gut. Der bei ihrem Weggang vierzehnjährige Bruder war kein Ersatz. Als Karoline mit ihrem Mann und den zwei Kindern zu Besuch kam, erschrak sie zutiefst. Der Verfall war augenfällig und wurde von Wilhelm übel kommentiert. Im Stall war das zu Karolines Zeiten glänzende Fell der Kühe struppig geworden und auf manchem Feld wuchs Unkraut über Getreide, Rüben und Kartoffeln.

Nach dem Nachmittagskaffee, als sie in der Küche endlich allein waren, fragte sie die Mutter vorsichtig nach den Gründen. Ganz gegen ihre willensstarke Art brach die alte Frau in Tränen aus und klagte über den Sohn. Anstatt sich wie Karoline mit aller Kraft und Hingabe um Vieh und Felder zu kümmern, träumte er in den Tag hinein, spielte sich dem Knecht gegenüber als Dienstherr auf und wollte am Sonntag mit den reichen Jungbauern anderer Höfe mithalten.

Als der Bruder heimkam, machte ihm die Schwester heftige Vorwürfe. Der aber zeigte sich uneinsichtig. Er könne auch nicht mehr als arbeiten. Andere hätten mehrere Knechte und Mägde. Karoline habe leicht reden.

Auf der Heimfahrt versuchte Karoline über Abhilfe zu sprechen. Vielleicht könne der zweite Knecht vom Martinshof bei der Ernte und der Herbstsaat aushelfen. Dem Bruder täte das Vorbild eines Älteren von einem größeren Hof bestimmt gut, meinte sie zu ihrem Mann gewandt. Der aber schaute nur geradeaus und trieb das Pferd mit dem klatschenden Zügel an. »Dein Bruder ist ein fauler Kerl«, sagte er endlich. »Wenn noch ein Knecht kommt, tut der noch weniger.«

Karoline schwieg. Mit diesem Schweigen, das er längst kannte, kam der Bauer auch diesmal nicht zurecht. Mit unterdrücktem Grimm lenkte er ein. Für zwei Wochen könne man ja einmal aushelfen. Dankbar legte Karoline ihre Hand auf den Arm des Gatten. Auf ihrem Schoß plapperte die kleine Babette unentwegt über Muh, Mäh und Hü Hott, während der vierjährige Michel, zwischen Vater und Mutter sitzend, an Karoline gelehnt eingeschlafen war.

Mitte Februar des folgenden Winters brachte der Schmuser eine schlechte Nachricht. Karolines Mutter war krank. Nachdem sie sich seit Weihnachten mit einem schlimmen Husten durch die Tage gequält und beim Dreschen geholfen hatte, brach sie eines Morgens in der Küche zusammen und musste mit fiebrigem Gesicht und Schüttelfrost ins Bett. Am nächsten Tag konnte sie nicht aufstehen. Am dritten Tag, als die Brustwickel und der mit Schnaps versetzte Tee nichts geholfen hatten und die dreizehnjährigen Tochter vor Überarbeitung und Sorge um die Mutter hemmungslos zu weinen anfing, wachte Matthias aus seiner Lethargie auf und holte den Doktor. Der stellte eine schwere Lungenentzündung fest, verschrieb teure Medikamente und verordnete absolute Bettruhe.

Karoline wusste nach der schlimmen Nachricht sofort, was zu tun war. In hastiger Eile, ohne ihren Mann, der mit den Knechten im Wald war, lange zu fragen, packte sie die nötigsten Dinge zusammen, um mit ihren Kindern das Wägelchen des Viehhändlers zu besteigen und zur Mutter zu fahren.

Als der Bauer am Abend heimkam, traf er das Hauswesen wieder so an wie vor seiner Hochzeit. Die Tante kochte und die Mägde versorgten Haus und Stall. Er murrte zwar über die Eigenmächtigkeit seiner Frau, fühlte sich aber in seiner plötzlichen Junggesellenrolle nicht unwohl.

Karoline wurde von der fieberkranken Mutter zunächst gar nicht erkannt. Erst als das Fieber nach zwei weiteren Tagen etwas zurückging, wusste die Kranke, dass ihre Älteste da war. Ein dankbares Lächeln der Erleichterung huschte über ihr Gesicht. Beruhigt legte sie sich ins Kissen zurück und schlief die ganze Nacht und den folgenden Tag. Langsam besserte sich ihr Zustand. Karoline kochte kräftige Suppen, besorgte der Kranken vom eigenen, aus dem Eierverkauf angesparten Geld frisches Kalbfleisch und bezahlte die verordnete

Medizin. Im Stall sorgte sie zusammen mit der kleinen Schwester für etwas Ordnung. Solange die Mutter noch nicht völlig wiederhergestellt war, wollte Karoline bei ihr bleiben. Über den Viehhändler ließ sie das bei ihrem Mann ausrichten und wartete voll Bangen auf eine Antwort. Sie kam schon nach zwei Tagen und brachte Erleichterung. Sie könne ruhig für ihre Mutter sorgen, ließ Wilhelm ausrichten. Sie kämen auf dem Hof schon ein, zwei Wochen allein zurecht.

Das plötzliche Junggesellendasein gefiel dem Bauern. Er fühlte sich wieder als Alleinherrscher auf dem Hof, scherzte mit Hilde und ließ, wenn im Stall nicht alles in voller Ordnung war, seinen schnell aufflammenden Zorn an der kleinen Magd Martha aus. Hilde ging auf die groben Scherze und unzweideutigen Annäherungsversuche ihres Dienstherrn anders ein als ihre Vorgängerin. Sie ließ es bewusst darauf ankommen, dass er ihr, wenn er nach dem Melken beim Aufladen der schweren Milchkannen auf den Handkarren half, wie unabsichtlich mit der Hand über die Brust strich. »Aber Bauer«, sagte sie nur, als die Geste einmal zu eindeutig wurde. Das aber mit einem Lachen, welches mehr Einladung als Empörung war.

Wilhelm ging darauf ein. Zwei Tage später gab er gegenüber den Knechten, die zum Holzmachen in den Wald aufbrachen, an, er werde mit einem der Pferde, dessen Hufeisen locker sei, zum Schmied ins Kirchdorf fahren. Nachdem die Knechte vom Hof waren, stieg er auf den Scheunenboden, wo Hilde das Futter für die Rinder aus einem Gemisch von Heu und Stroh herrichtete. Als die Magd verwundert aufsah, sagte er nur: »Ich will dir ein wenig helfen«. Mehr brachte er in seiner Erregung nicht mehr heraus. Er umfasste das Mädchen und drückte es an die Bretterwand des Heulagers. »Komm«, stieß er hervor und fasste mit einer Hand nach ihrer Brust »jetzt gehörst du mir.«

»Aber Bauer«, sagte Hilde in gespielter Empörung, »wenn uns jemand sieht.«

»Niemand ist da«, erwiderte er und zog schon mit der anderen Hand ihren Rock über das Knie.

Hilde atmete heftig und ließ es geschehen.

Wenig später zog der Bauer das leicht lahmende Pferd aus dem Stall. Nur an seinen hastigen Bewegungen beim Einspannen und seinem erhitzten Gesicht war das Erlebte zu deuten.

Als Hilde mit dem Futter Richten fertig war, ging sie in die Küche, wo die kleine Magd der Tante beim Kartoffelschälen half, und fragte, als sei nichts gewesen, ob sie helfen müsse oder am Reisighaufen hinter der Scheune arbeiten könne.

»Geh nur«, sagte die Tante, »wir werden hier allein fertig.« Sie konnte die vorlaute Magd nicht leiden.

Wilhelm hatte nur noch eine heißblütige Begegnung mit seiner Magd. Seine Begierde wurde durch die Angst gezügelt, die Knechte oder gar die Tante könnten dahinterkommen. Wenn er nachts allein im Ehebett seiner Schlafkammer lag, war er einige Male versucht, sich über die Stiege zur Mägdekammer zu schleichen. Dann aber war die Furcht vor dem Entdecktwerden wieder stärker. Hätte er sich getraut, dann wäre es womöglich zu einer Begegnung zwischen Herr und Knecht gekommen.

Der Bauer wusste nicht, dass Hans, der zweite Knecht, schon geraume Zeit und manche Nacht das Bett mit Hilde teilte. Hans wiederum erfuhr zunächst nichts von dem Abenteuer seines Dienstherrn auf dem Heuboden.

Schließlich kehrte auch Karoline zurück. Nach zwei Wochen, inzwischen zeigten sich die ersten Frühlingsboten, war ihre Mutter wieder so gesund, dass sie ohne ihre Älteste zurechtkam. Mit dem Viehhändler fuhr die junge Bäuerin zurück in ihre angeheiratete neue Heimat. Voll dankbarer Freude genoss sie den hellen Märztag und freute sich am neuen Grün der Weizenfelder und am frischen Wind, der Wolkenschatten über die Felder jagte. Dem kleinen, wissbegierigen Michel erklärte sie, zu welchem Dorf oder Weiler die aus den noch kahlen Obstgärten auftauchenden Dächer gehörten. Auf dem Martinshof angekommen wurde Karoline von ihrem Mann recht einsilbig, von der Tante und der kleinen Magd mit ehrlicher Freude, von der großen Magd aber mit hochmütigem Gesicht empfangen.

Die Tage verliefen schnell wieder im alten Gleichklang des Bauernlebens. Mit dem Erwachen der Natur nahm die Arbeit auf dem Hof zu. Schon um fünf Uhr am Morgen flackerte im Haus das Laternenlicht, mit dem Paul, der große Knecht, in den Rossstall ging, um die Pferde zu füttern, zu tränken und mit Striegel und Bürste zu putzen. In dem von einer anderen Laterne nur dürftig erhellten Kuhstall warf Hans den Kühen das Futter vor, scharrte den Mist zurück, lud ihn auf den hölzernen Karren und entleerte den mit Schwung auf der zur Hofseite liegenden und mit hölzernen Stangen eingefassten Miststatt. Hilde klapperte mit der Milchkanne, dem dazu gehörenden großen Trichter und dem Melkeimer über den Hof, um mit dem Melken zu beginnen. Martha ließ die kleineren Kälber an die Mutterkühe und tränkte die größeren, der Milch entwöhnten mit einem Sud aus Kleie und Leinsamen. Dann holte sie in der Futterküche das von der Bäuerin aus warmem Wasser, gekochten Kartoffeln und gequetschtem Getreide zubereitete Schweinefutter, auf das die drei Muttersauen und die fünf Mastschweine mit heiserem Geschrei warteten. Der Bauer selbst kümmerte sich um seine Lieblinge, die Mastochsen. Ihnen warf er Heu mit etwas Stroh in den Trog und gab später schaufelweise gequetschtes Getreide dazu. Das Gedeihen der Ochsen lag ihm besonders am Herzen. Er hatte die Tiere als Anstellvieh gekauft und machte mit dem Ausmästen ein gutes Geschäft.

Wie andere Bauern setzte Wilhelm Dachser in dieser Zeit immer mehr auf die Viehzucht. Als guter Rechner hatte er die Zeichen der Zeit erkannt. Die Arbeiter, die beim Bau der Eisenbahnen und der Arbeit in den neuen Fabriken gut verdienten, wollten öfter als ein Mal in der Woche Fleisch auf dem Teller und Butter auf dem Brot. Während deshalb für Schlachtvieh und Milch die Preise stiegen, gingen sie bei Getreide immer weiter zurück. Ihren Tiefpunkt erreichten sie 1894, als die Regierung in Berlin für russisches Getreide die Grenzen öffnete. In den Wirtschaften und auf den Märkten schimpften die

Bauern und die Handwerker auf die Lumpen in Berlin, während sich unter den Arbeitern und den Bauernknechten sozialistische Tendenzen breit machten. So wie die Bauern immer häufiger darüber klagten, wie schwer gutes Gesinde zu bekommen sei, stieg bei Knechten und Mägden das Selbstbewusstsein. Sie forderten mehr Lohn und manche Bäuerin wurde vom großen Knecht tyrannisiert, dem bald kein Essen mehr gut genug war.

Auf dem Martinshof ließ sich Hans von dem aufrührerischen Gerede in den Wirtshäusern anstecken. Er stimmte in die Schimpfereien über die geizigen Bauern ein, lachte laut über die Witze, die über sie im Umlauf waren, und ließ auch an seinem eigenen Dienstherrn kein gutes Haar. Auf dem Hof duckte er sich nicht mehr, wenn Wilhelm seine Wutanfälle bekam.

Als Bauer und Knecht Gerste und Hafer für die Frühjahrssaat in Säcke füllten und auf den Wagen luden, fiel Hans ein Zweizentnersack auf das Seitenbrett des Wagens. Ein vorstehender Nagel riss einen Schlitz in die Jute, sodass sich der Inhalt auf den schlammigen Boden des Hofes ergoss.

»Du bist doch ein Allmachtsrindvieh«, schrie der Bauer, »zu dumm zum Sacktragen. Mit so einem Hammel kann man doch nichts anfangen.«

Hans richtete sich auf. »So könnt Ihr mit Euren Ochsen reden, aber nicht mit mir«, gab er zurück.

Als der Bauer weitertobte, ging er ins Haus, holte die Sonntagsjacke aus seiner Stube und verließ den Hof. Spät in der Nacht kam er zurück, stand aber am Morgen, als der große Knecht ihn weckte, nicht auf. »Der kann mich«, murrte er, »soll doch seinen Dreck allein schaffen.«

Wilhelm hätte seinen zweiten Knecht am liebsten vom Hof gejagt. Aber wo sollte er jetzt, da die Hauptarbeit bevorstand, einen Ersatz hernehmen? Dem Knecht entgegenkommen, dafür war er zu stolz. Jetzt brauchte er die Hilfe seiner Frau, die sich mit dem Gesinde wesentlich besser verstand. Karoline, der jede Unstimmigkeit sehr zuwider war, stieg in die Knechtskammer hinauf. »Du weißt doch, wie der Bauer ist« sagte sie zu Hans. »Er meint es doch gar nicht so, wie er es sagt. Komm, es ist alles wieder gut.«

Hans ließ sich umstimmen. Der Bäuerin, von der er nie ein böses Wort weder gegen Mensch noch Tier gehört hatte, wollte er nicht widersprechen. Als er in den Stall kam, ging ihm der Bauer aus dem Weg. Und so verhielt es sich noch viele Tage. Was zu sagen war, ließ Wilhelm den großen Knecht oder seine Frau ausrichten.

Nicht so einfach wie mit Hans hatte es Karoline mit Hilde. Die wurde nicht nur immer frecher gegenüber der Tante, sondern auch ihr gegenüber aufsässig. Ging es beim Essen, wenn über die anstehenden Arbeiten gesprochen wurde, darum, was im Haus und um den Hof herum zu tun sei, dann wandte sich Hilde nicht an Karoline, die hier eigentlich das Sagen hatte, sondern an den Bauern. Und wenn die Bäuerin ihrer Magd eine Arbeit auftrug, dann sagte Hilde, der Bauer habe ihr schon eine andere gegeben. Karoline wusste nicht mehr, woran sie war. Sie war es nicht gewohnt, gegenüber anderen herrisch aufzutreten und konnte sich diese Aufsässigkeit nicht erklären.

Paul mochten dagegen alle. Anders als die jüngeren Dienstboten war der große Knecht ein ruhiger Mann, der die dreißig bereits überschritten hatte. Er war zu sehr mit dem Hof verwachsen, um sich von dem neuen Geist und von den »Fabriklern« samt ihrem Großtun beirren zu lassen. Wilhelm wusste, dass Paul um das Gedeihen des Hofes so besorgt war, als sei es sein eigener. Diese Fürsorge wurde mit einem anständigen Lohn vergolten, und wenn ihm ein guter Viehverkauf gelungen war, steckte der Bauer seinem großen Knecht entgegen seinem sonstigen Geiz heimlich ein paar Geldscheine zu.

Wenige Wochen später brachte das kurze Abenteuer mit seiner Magd den Bauern Wilhelm Dachser doch noch in große Schwierigkeiten. Hilde war schwanger. Als ihr Dienstherr nach dem Morgenessen noch mal in den Stall ging, um nach seinen Ochsen zu sehen, kam die Magd, die eigentlich im Schweinestall zu tun hatte, hinterher. »Bauer«, sagte sie mit großen Augen, »ich muss mit dir reden.«

Wilhelm erschrak. »Was ist denn«? fragte er und starrte dem Mädchen ins Gesicht.

Hilde kam dicht heran. »Ich krieg ein Kind«, flüsterte sie, »es ist von dir.«

Der Bauer wurde bleich. »Das kann doch gar nicht sein«, sagte er tonlos.

»Doch«, erwiderte die Magd, »seit dem letzten Mal mit dir hab ich meine Tage nimmer.«

Wilhelm ging schnell zur Stalltür und schaute in den Hof, wo zum Glück niemand war. Schnell schloss er die Tür und drehte sich zu Hilde um. »Und«, stieß er fast drohend hervor, »warst du nicht auch mit andern beinander? So leicht lass ich mir von dir kein Kind anhängen.«

»Nein, Bauer«, sagte Hilde und brach in Tränen aus, »ganz bestimmt nicht. Was soll ich denn machen?«

»Mach, was du willst«, gab der Bauer grob zurück. »Ich mach dir den Vater nicht.«

Hilde, die ihre Schürze vors Gesicht gezogen hatte, richtete sich auf. »So«, sagte sie mit Zorn in den Augen, »dann muss ich halt zur Bäuerin, die hilft mir bestimmt.« Sie drehte sich um und wollte zur Stalltür.

Wilhelm riss sie am Arm zurück. »Hör zu«, presste er hervor, »kein Mensch hat mich mit dir gesehen und kein Mensch wird dir glauben. Ich jag dich vom Hof, wenn du keine Ruhe gibst«. Er ließ die Magd los, drehte sich um und ging zur rückwärtigen Stalltür hinaus in den Obstgarten. Dort setzte er sich wie erschlagen auf einen Holzstoß und nahm den Kopf zwischen die Hände.

Auch Hilde war ganz benommen, als sie in den Schweinestall zurückging. So hatte sie sich die Aussprache nicht vorgestellt. Im Stillen wusste sie schon, dass als Vater ihres Kindes viel eher der Knecht Hans infrage kam, aber vom Bauern hatte sie ein Angebot für ihr Stillschweigen erwartet.

Zunächst machte sie ihre Drohung, mit Karoline zu reden, nicht wahr. Vielmehr offenbarte sie sich einige Tage später in der Nacht ihrem Schatz, dem Hans, und sprach vom Heiraten. Der erschrak nicht wenig. So schnell wollte er sich eigentlich nicht binden. »Wie sollen wir heiraten«? protestierte er, »wir haben doch nichts«.

Das war für Hilde das richtige Stichwort. »Ich wüsste schon einen Weg«, begann sie vorsichtig. Und als sich Hans neugierig aufrichtete, entwickelte sie ihren Plan. Sie gestand, einmal mit dem Bauern zusammen gewesen zu sein. »Der hat mich auf dem Heuboden einfach überfallen«, sagte sie wie entschuldigend, »was hätte ich denn machen sollen?« Dann berichtete sie von der misslungenen Aussprache im Stall und schlug schließlich vor: »Du könntest doch dem Bauern sagen, du hättest uns gesehen. Vor dir hat er mehr Angst als vor mir.«

So geschah es. Zwei Wochen später kam Hilde erneut zu ihrem Dienstherrn in den Ochsenstall. Diesmal aber nicht allein, sondern mit dem Knecht. »Wir haben mit dir zu reden«, sagte Hans, als der Bauer erstaunt aufsah.

»So«, erwiderte der von oben herab, »ich wüsste nicht über was. Jeder weiß, was er zu tun hat.«

»Du weißt es anscheinend nicht«, gab Hans unerschrocken zurück. »Erst der Hilde unter Gewalt ein Kind machen und dann nichts davon wissen wollen, so geht's nicht.«

Jetzt schwoll dem Bauern die Zornesader. »Was, du willst mir drohen«, stieß er hervor und ging auf den Knecht zu. Der wich nicht zurück. Wilhelm griff nach der Mistgabel, die er eben weggestellt hatte. »Wenn du nicht sofort verschwindest, stech ich dich ab«, schrie er in ohnmächtiger Wut.

Der zwanzig Jahre jüngere Hans war schneller. Mit einem Ruck wand er dem Bauern die Gabel aus der Hand und schleuderte sie in den Stallgang. Und als Wilhelm ihn am Kragen packen wollte, schlug er dessen Hand zur Seite, packte selber zu und drückte seinen schwer atmenden Herren an die Stallwand. »Hör zu«, zischte er. »Wenn du nicht nachgibst, erfährt am Sonntag nach der Kirche die halbe Gemeinde, was du mit der Hilde gemacht hast. Ich hab dich damals gesehen, wie du sie ins Heu geschmissen hast.«

Aus Wilhelm wichen alle Zorneskräfte: »Was wollt ihr?« fragte er einigermaßen ruhig.

Jetzt lockerte Hans seinen Griff: »Wir wollen, dass die Hilde bis zur Geburt auf dem Hof bleibt und du dann jedes Jahr hundert Mark zahlst.«

»Ihr seid verrückt«, entgegnete der Bauer, »woher soll ich so viel Geld nehmen? Mehr wie fünfzig hab ich nicht.«

»Gut«, sagte Hans, »dann geh ich mit der Hilde jetzt gleich zur Bäuerin und sag ihr, was für ein Kerl du bist.«

Auch jetzt lenkte der Bauer wieder ein: »Ich zahl fünfzig Mark und bring ihren Leuten dazu noch zwei Zentner Weizen und zwei Zentner Kartoffeln.«

Hilde nickte dem Knecht zu und Hans streckte dem Bauern die Hand hin: »Schlag ein.«

So wurde der seltsame Handel abgeschlossen.

Ein halbes Jahr später, im Herbst, als die Geburt abzusehen war, verließ Hilde den Hof und kehrte zu ihrer Mutter zurück. Das Kind, ein Bub, kam ohne Mühe zur Welt. Hans, der schon kurz nach der Heuernte vom Hof gegangen war und in der Brauerei des Städtchens eine Stelle als Pferdeknecht angenommen hatte, bekannte sich vor dem Schultheiß zur Vaterschaft und heiratete seine Hilde zwei Monate später. Das Paar bekam über dem Pferdestall der Brauerei zwei Kammern.

Hilde arbeitete auf dem Brauereihof mit und bediente am Sonntag in der angeschlossenen Wirtschaft. Sie war wegen ihrer Schlagfertigkeit, mit der sie die groben Späße der Gäste quittierte, und wegen ihrer fröhlichen Art beliebt. Hans wurde ein guter Bierkutscher und fühlte sich in seiner Rolle allen Bauernknechten überlegen. Das Kind, das auf den Namen Hans getauft wurde, blieb das erste Jahr bei Hildes Eltern und wuchs dann in der Brauerei auf.

Manche Leute wunderten sich darüber, dass der Kleine im Gegensatz zum Vater schwarze Haare und ein rundes Gesicht hatte. Darauf angesprochen erklärte Hilde, das Kind schlage ganz ihrem Vater nach, der vor ein paar Jahren gestorben war.

Damit zog sie sich geschickt aus der Affäre, denn über Verhältnisse von Bauern mit ihren Mägden wurde in den Dörfern viel gemunkelt.

Wurde eine Magd vom Dienstherrn schwanger, dann brachte der Bauer oft einen Knecht mit einigen Geldscheinen dazu, sich auf dem Amt als Vater zu bekennen. So ein junger Bursche musste keine Nachteile fürchten. Von Alimentenzahlungen war er aufgrund seines niedrigen Lohnes befreit.

Die Magd brachte ihr Kind bei ihren Eltern oder in einer der öffentlichen Armenanstalten zur Welt. Da die Mutter nicht für ihr Kind aufkommen konnte, kamen die ledigen Kinder auf Kosten der Gemeinde zu Pflegeeltern. Das waren meistens ärmere Bauern oder Handwerker, die den Zuverdienst gut brauchen konnten. Hatten die Kinder Glück, dann wuchsen sie bei den Pflegefamilien wie eigene Kinder auf. Oft genug wurde aber an ihnen gespart. Die meisten der illegitimen Kinder wurden wieder Dienstboten. Sie mussten geduckt durchs Leben gehen, weil ihnen der Ruf anhaftete, Bastarde zu sein. Nur mit besonderer körperlicher Leistungskraft oder auch Rücksichtslosigkeit gegenüber anderen konnten sie sich daraus befreien. Die schlimmsten Schläger und größten Maulhelden gehörten zu dieser Sorte.

Hilde und ihr Sohn waren also insofern mehr als glimpflich davon gekommen.

Auch auf dem Martinshof gab es Zuwachs. In jenem Sommer, als Wilhelm fürchtete, sein Knecht Hans könnte nach jedem Zwist, zu dem es bei der jähzornigen Art des Bauern immer wieder kam, sein Wort brechen und die schwache Stunde auf dem Heuboden in die Welt tragen, wurde Karoline zum dritten Mal schwanger.

Für sie war das Leben nach dem Weggang von Hilde zwar arbeitsreicher, aber auch einfacher geworden. Weil aus Martha ein kräftiges, geschicktes Mädchen geworden war, meinte der Bauer, auf eine weitere Magd verzichten zu können. Das besprach er auch mit seiner Frau. Seit jenem Schreckenstag im Stall war er wie geläutert. Er gebärdete sich nicht mehr so rücksichtslos als Alleinherrscher des Hofes, für den die Frau nichts anderes als eine große Magd und willfährige Bettgenossin war.

Wilhelm war außerdem aufgegangen, dass Karoline nicht nur ein gutes Hauswesen führte, sondern auch im Stall eine glückliche Hand hatte. Seit sie sich um die Mutterschweine kümmerte, konnte der Martinsbauer nicht nur Kälber und Ochsen, sondern auch Ferkel verkaufen, die von den Kleinhäuslern als Mastschweine für den Eigenbedarf begehrt waren.

Die kleinen Ferkel waren die Lieblinge der Bäuerin. Mit stillem Vergnügen sah sie ihnen zu, wenn sie im frisch aufgeschütteten Stroh herumtollten oder um die Zitzen am Gesäuge der Mutter stritten, und sie freute sich, wenn sie rosig und glatt jeden Tag größer wurden. Wenn eine Geburt anstand, was die Mutterschweine durch das Ansammeln von Stroh in einer Ecke ihrer Bucht anzeigten, die Bauern sagten, sie machen ein Nest, verbrachte Karoline manche Nacht im Stall, um den Ferkeln auf die Welt zu helfen und sie an die Zitzen der Muttersau zu bringen.

Bekamen die Ferkel Durchfall, was häufig passierte, dann flößte sie ihnen einen heilenden Tee ein, und war eines von ihnen zu schwach, um sich gegen die anderen durchzusetzen, dann nahm sie es nicht selten in einem Körbchen mit in die warme Küche und päppelte es mit der Milchflasche auf. Größter Stolz der Bäuerin war es, wenn sie von einem großen, bis zu zwölf Ferkel umfassenden Wurf alle durchbekam.

Auch wenn der Verzicht auf eine neue Magd nicht nur zusätzliche Arbeit im Schweinestall mit sich brachte, war Karoline einverstanden. Die Mehrarbeit nahm sie gerne auf sich. Das war ihr lieber, als ständig mit dem Widerspruch einer aufsässigen Person wie Hilde umgehen zu müssen.

Seit die große Magd nicht mehr auf dem Hof war und weil der Bauer eine weitere Milchkuh in den Stall genommen hatte, kam

Martha mit dem Melken allein nicht mehr zurecht. Karoline musste helfen, was ihr mit fortschreitender Schwangerschaft nicht leicht viel. Aber sie beklagte sich nicht. Noch zwei Tage vor der Geburt saß sie auf dem Melkschemel.

Am 16. April 1896, nach einem nasskalten, schneearmen Winter, kam der zweite Sohn recht leicht auf die Welt. Er war kräftiger als der Erstgeborene, glich wieder mehr der Mutter und entwickelte sich gut. Das Kind wurde schon eine Woche nach der Geburt, als draußen die ersten Bäume blühten, auf die Namen Walter, Ernst und Gottlieb getauft.

Eine schwierige Jugend

Michel war inzwischen sechs Jahre alt. Er war noch immer kleiner und schwächlicher als seine Altersgenossen und blieb das Sorgenkind seiner Mutter. Oft befielen ihn unvermittelte Fieberschübe, sodass Karoline manche Nacht damit zubrachte, dem Buben Wadenwickel anzulegen und seine heiße Stirn mit kalten Umschlägen zu kühlen.

In seinem zweiten Lebensjahr schienen seine kurzen Beine den Körper nicht mehr tragen zu wollen. Sie krümmten sich nach außen. Die Erwachsenen sprachen von der englischen Krankheit und die gelehrten Doktoren von Rachitis. Deren Ursache, der Mangel an Vitamin D, den man durch einen täglichen Löffel Lebertran leicht beheben konnte, wurde aber erst entdeckt, als Michel seinen zehnten Geburtstag schon gefeiert hatte. Für sein ganzes Leben blieben ihm die krummen Beine, die ihm offene Hänseleien anderer Kinder und versteckten Spott der Erwachsenen eintrugen.

Schon in seiner frühen Kindheit zeigte sich ein prägender Wesenszug: Michel war ein Einzelgänger. Als Kind spielte er gern allein in einer Ecke der großen Küche oder draußen in einer windgeschützten, sonnigen Ecke zwischen Stall und Haus. Begierig war er auf kleine Geschichten und die Märchen, die ihm seine Mutter vor dem Einschlafen erzählte.

Außerdem war er ein ängstliches Kind. Im Stall fürchtete er sich vor Ochsen und Pferden. Nahm der Vater ihn auf seinen Fahrten zum Viehkauf mit, litt der Kleine schnell unter der Kälte. Am wohlsten war es ihm, wenn er nicht neben dem Vater sitzen musste, sondern sich auf der kleinen Ladefläche des Berner Wägelchens ganz unter einer nach Pferd riechenden Decke verkriechen konnte.

Auf den Märkten machte Michel das Gewimmel aus Mensch und Tier Angst. Und wurde Wilhelm auf seinen Sohn angesprochen, dann versteckte der sich hinter seinem Rücken, anstatt, wie es der Vater gerne gesehen hätte, auf die typische Erwachsenenfrage: »Wie heißt du denn?« offen zu antworten.

In den Wirtschaften, in die Wilhelm nach dem Markt gerne einkehrte, waren dem Sohn die lautstark ausgetragenen Wortgefechte der Bauern und Händler unheimlich. Und als sich Wilhelm, vom Alkohol beflügelt, an einem handgreiflich ausgetragenen Streit beteiligte, fing Michel an zu weinen, was den Vater erst recht in Zorn versetzte. Auf der Rückfahrt sprach er kein Wort mit seinem Sohn. Den daheim höhnisch an Karoline gerichteten Satz: »Aus deinem Buben wird ein Lebtag kein rechter Bauer«, versuchte Michel ein Leben lang zu widerlegen.

Karoline verteidigte ihren Erstgeborenen, schließlich konnte der die einfachen Märchen und Sagen, die sie ihm erzählte, gut behalten und schon mit vier Jahren fast wortgetreu wiedergeben. Die wenigen Bilderbücher, die es im Haus gab und die er unentwegt mit sich trug, kannte er längst auswendig. Besonders stolz war Karoline, dass ihr Sohn, noch bevor er sechs wurde, einfache Worte lesen konnte. Auch die Begabung zum schnellen Kopfrechnen, mit dem er später manches Geschäft zum Erfolg brachte, zeigte sich schon im Kindesalter. Das trug ihm in der Schule die Anerkennung des Dorflehrers und bei den Mitschülern, denen er bei den Hausaufgaben half, wenigstens die Duldung als Spielkamerad ein. Trotzdem wurde Michel wegen seiner körperlichen Mängel oft gehänselt und von manchen Sportspielen ausgeschlossen. Dafür konnte er die anderen mit selbst erfundenen Geschichten und seinen Rechenkünsten beeindrucken.

In den ersten beiden Jahren war der kilometerweite Weg zur Schule für ihn oft ein Martyrium. Die älteren Schüler machten sich einen Spaß daraus, dem ängstlichen Buben unterwegs mit Schauergeschichten von Hexen und Räubern Angst einzujagen. Sogar einige

Erwachsene fanden es lustig, die Kinder zu erschrecken. Für ständige Furcht sorgte ein Kleinbauer, der in einer am Schulweg gelegenen Scheune seine Ziegen hielt. Kamen die Kinder vorbei, stürzte er unvermittelt aus dem niedrigen Stall und beschuldigte sie, ihm dies oder jenes Werkzeug weggenommen zu haben. Liefen die Kinder erschrocken davon, hetzte er ihnen den Hund nach. Dieses Abenteuer hatte erst ein Ende, als sich zwei der größeren Buben dem Alten entgegenstellten, einer dem kläffenden Hund einen Fußtritt versetzte und der andere dem Bauern, der ihm eine Ohrfeige geben wollte, den Arm so heftig zur Seite schlug, dass die Schulter auskugelte. Als sich der Bauer beim Vater des Buben auf dessen stattlichem Hof beschweren wollte, fertigte der ihn grob mit dem Rat ab, sein Maul zu halten und die Kinder in Ruhe zu lassen, sonst käme er mit seinem Knecht vorbei.

Anfangs ließ Karoline das Kindermädchen, das sich um den kleinen Walter kümmerte, mit zur Schule gehen. Als sie aber erfuhr, dass Michel deswegen erst recht gehänselt wurde, verzichtete sie darauf. So musste Michel im harten Umgang der Menschen miteinander allein bestehen. Er fand sich mit Mühe zurecht, fühlte sich aber nur in seiner Fantasiewelt wirklich sicher. Dann war er nicht mehr das kleine, furchtsame, erschreckte Kind, sondern der mutige Ritter, den alle bewunderten, der kühne Räuber, vor dem seine Peiniger in der Schule Angst hatten, oder der tapfere Soldat, der mit dem Gewehr in der Hand die Franzosen bekämpfte.

Als zwei Jahre später seine Schwester in die Schule kam, wurde es für ihn nicht leichter. Babette erzählte daheim, wie der Bruder gehänselt und besonders in der Turnstunde verspottet wurde. Darüber hatte Michel immer geschwiegen. Karoline war erbost und wollte mit dem Lehrer reden. Ihr Mann verbot es. Dann werde der Bub erst recht zum Außenseiter. Außerdem müsse er lernen mit den anderen auszukommen und sich durchzusetzen. Es sei Zeit, dass Michel endlich werde wie andere Kinder.

Je weiter Michel sich dem Ende der siebenjährigen Dorfschule näherte, umso leichter wurde es für ihn. Er war ein guter Schüler, der besser rechnen und schreiben konnte als die meisten. Die Geschichtsstunden waren eine unerschöpfliche Quelle für seine Fantasiewelt. Was der Lehrer über Germanen, Römer, Ritter, Könige und die unzähligen Kriege erzählte, konnte er fast wortgetreu wiedergeben und er wusste auch jede bedeutsame Jahreszahl. Manchmal wurde der Geschichtsunterricht zu einem Zwiegespräch zwischen ihm und dem Lehrer, während die anderen Schulkinder stumm zuhörten. Aber auch im Deutschunterricht konnte Michel glänzen. Was den meisten seiner Mitschüler dort ein Gräuel war, nämlich Balladen auswendig zu lernen und in der Schule aufzusagen, das machte Michel mit großer Freude. Er probte daheim. Wenn er in der Küche die im Befreiungskrieg entstandene Ballade »Der Gott, der Eisen wachsen ließ« von Ernst Moritz Arndt aufsagte, dann waren die Mutter und die Tante Sophie ein begeistertes Publikum.

1898 kam als viertes Dachserkind Hermann auf die Welt. Er glich in Aussehen und Art wieder dem Vater. Ihm folgte 1902 die Tochter Luise. Sie fand wie der Erstgeborene nur mühselig ins Leben, ähnelte von Haarfarbe und Größe mehr dem Vater als der Mutter und blieb ein Leben lang schmächtig und feingliedrig.

Die Hebamme, die mit dieser Geburt Mühe hatte, mahnte die Bäuerin: »Noch ein Kind haltet ihr nicht aus. Warum müsst ihr auch so viel schaffen wie eine Magd. Auf so einem Hof kann man sich doch Leute leisten.« Die lebenskluge Frau, die sich auf den Höfen auskannte, hatte den geizigen Martinsbauern noch nie leiden können.

Weil sich Karoline nur langsam erholte, jede Nach schweißgebadet in den Kissen lag und tagsüber beim Stillen der Tochter vor Erschöpfung einschlief, holte Wilhelm auf Drängen der Tante wieder eine kleine Magd. Die schmächtige, schüchterne Marie war ein halbes Jahr zuvor aus der Schule gekommen, fürchtete sich vor dem Bauern und litt lange an Heimweh. So gut es ging, nahm Karoline sie vor ihrem oft ungehaltenen Mann in Schutz.

Im Geburtsjahr von Luise musste der Martinshöfer bauen. Um die reichen Ernten unterzubringen, die Wilhelm vor allem dem zugekauften Kunstdünger verdankte, bauten die Zimmerleute einen Anbau an die alte Scheune. Deren Besonderheit war die neuartige Hocheinfahrt. So konnten Heu- und Garbenwagen über eine aufgeschüttete Rampe in das obere Stockwerk der Scheune einfahren. Heu und Getreidegarben mussten nicht mehr mühsam von Hand nach oben befördert werden. Wilhelm wurde um diese Neuerung, mit der er in den Wirtschaften oft genug protzte, von vielen beneidet.

Im Frühjahr 1904 kam der wenige Wochen vorher vierzehn Jahre alt gewordene Michel Dachser aus der Schule. Er war einer der besten Schüler gewesen, aber ein Einzelgänger geblieben. Seine Kameraden waren am ehesten die Knechte auf dem Hof und seine engsten Verbündeten die Mutter, die Tante und seine beiden Brüder. Dass er Bauer würde und als Ältester einmal den Hof übernehmen sollte, war selbstverständlich.

Noch viele Jahrzehnte wurden Bauernsöhne auf diesen Weg gezwungen, auch wenn ihre Begabung in eine ganz andere Richtung wies. Dieser Zwang war oft die Ursache für den Niedergang manches Hofes. Michel wäre wohl auch ein guter Lehrer oder ein erfolgreicher Kaufmann geworden, aber das stand nicht zur Diskussion.

Anfänglich war er daheim nichts anderes als ein kleiner Knecht. Sein Vater gewährte ihm keine Vergünstigungen. Michel musste morgens mit dem Gesinde aus dem Bett, im Schneegestöber des Aprilwetters mit den Knechten in den Wald, um das letzte Holz heimzufahren, und in der zugigen Scheunentenne tagelang die Kurbel der Putzmühle drehen, mit der das Saatgetreide gereinigt wurde. Oft war er abends so müde und durchgefroren, dass er beim Nachtessen am Tisch einschlief. Karoline, die mit ihrem Sohn litt, versuchte sein Los zu lindern. Marie werde mit dem Reisighacken alleine nicht fertig, Michel müsse ihr unbedingt helfen.

Die Arbeit mit der fast gleichaltrigen Magd in der sonnigen, windgeschützten Scheunenecke war eine Erholung. Vom Garten aus hörte

Karoline die gleichmäßigen Beilschläge auf dem Hackstock und dazwischen, wie Michel seiner Zuhörerin die Geschichte des Siebzigerkrieges und den heldenhaften Kampf der württembergischen Truppen bei Champigny und Villiers erzählte.

Auch im Großknecht Paul hatte Michel einen Fürsprecher. Als ihm Karl, der zweite Knecht, der für den ausgeschiedenen Hans auf den Hof gekommen war, beim Aufsetzen von Klafterholz absichtlich die schwersten Holzscheite vor die Füße warf, um mit heimlicher Freude zu sehen, wie sich der Bub beim Aufheben plagen musste, ging Paul dazwischen und wies den hämisch grinsenden Burschen zurecht. Er konnte den hinterlistigen, oft faulen Karl sowieso nicht leiden. Dem offenen und ehrlichen Paul war es zuwider, wenn der andere vor Bauer und Bäuerin den diensteifrigen Untergebenen spielte, hinter ihrem Rücken aber auf die habgierigen Bauern schimpfte, sich vor der Arbeit drückte und der Magd nachstellte.

Wenn Wilhelm Dachser in seinen Viehgeschäften und auf den Märkten unterwegs war, nahm der Großknecht Michel unter seine Obhut. Er brachte dem Buben bei, wie er sich durch geschickte Handgriffe die Arbeit erleichtern konnte, und lehrte ihn nebenbei die einfachen Grundlagen, die jeder Bauer wissen musste. Paul gab Michel das, was ihm sein eigener Vater nie mitgeben konnte oder wollte.

Mit der Zeit fand sich der angehende Jungbauer zurecht. Er war klug genug, das falsche Spiel des zweiten Knechtes zu durchschauen, und ließ sich, von Paul unterstützt, von diesem bald nichts mehr gefallen. Als bei der Heuernte die Tagelöhner auf den Hof kamen, verstand sich Michel auch mit ihnen gut. Er ging auf ihre Späße ein, erzählte in den Arbeitspausen manche mit seiner reichen Fantasie ausgeschmückten Schulgeschichten und sorgte mit Marie dafür, dass die drei Männer genug Most und nicht nur Wasser in ihren Steinkrügen hatten. Der Martinsbauer war für seinen Geiz bekannt. Er wies seine Mägde immer an, beim Füllen der Krüge mit dem Most zu sparen.

Wenn die Mäher beim ersten Morgengrauen mit dem Großknecht auf die Wiesen gingen, musste Michel mit dem zweiten Knecht die

Stallarbeit machen. Er hatte den Kuhstall auszumisten, Grünfutter aus der Tenne herbeizuschaffen und das Stroh für die Einstreu aus der Scheune zu holen. Besonders das Ausmisten fiel ihm schwer. Er war kaum in der Lage, den voll beladenen Schubkarren über das angelegte Brett auf die Miststatt zu schieben. Auch das schwere Grünfutter, das mit der Gabel aus der Tenne in den Stall gezogen werden musste, überstieg seine Kräfte. Der Knecht ließ ihn hängen. Er hatte im Pferdestall zu tun und zog diese Arbeit absichtlich in die Länge. Der Bauer selbst kümmerte sich nur um seine Mastochsen, aber nicht um seinen Sohn.

Es war wieder Karoline, die ihrem Buben beisprang. Sie übernahm von Martha das Melken und wies die Magd an, Michel zu helfen. Als der Bauer sah, dass sie und nicht sein Sohn den Mistkarren schob, nannte er ihn vor dem Mädchen hohnlachend einen Schwächling und Versager. Michel stand zunächst stumm und wie erstarrt da. Dann schwoll die vom Vater geerbte Zornesader. Mit hochrotem Kopf warf er die Mistgabel zu Boden und rannte aus dem Stall. Zornbebend stand er in der Scheunenecke und weinte.

Im Stall kam es zum ersten Mal vor den Dienstboten zu einer Auseinandersetzung zwischen den Eheleuten.

»Du hast kein Herz«, warf Karoline ihrem Mann an den Kopf. »Du willst deinen eigenen Buben kaputtmachen.«

»Und du«, gab Wilhelm zornig zurück, »du machst ihn zu einem Weib statt zu einem Mann. Soll es denn gehen wie bei dir daheim?« Wutentbrannt stampfte der Bauer mit dem Fuß auf, drehte sich um und stürmte zurück in den Ochsenstall.

Karoline blieb tief verletzt zurück. Ihr Mann hatte darauf angespielt, dass es auf ihrem heimischen Hof immer noch nicht vorwärts ging, weil ihr Bruder die alten Probleme nicht beseitigen konnte und die Mutter keine Kraft mehr hatte. Einige Tage sprach sie kein Wort mit Wilhelm. Auch der Sohn ging dem Vater aus dem Weg.

Bei der Heuernte wurden alle Hände gebraucht. Michel und Marie streuten nach der Morgenarbeit im Stall das gemähte und zu Schwaden abgelegte Gras mit der Gabel breit. Michel liebte diese Arbeit. Er mochte auch das Zusammensein mit dem stillen Mädchen, mit dem er viel besser reden konnte als mit anderen Altersgenossen.

Erheblich anstrengender war das Heuwenden am späten Vormittag. In einer langen, zur Seite gestaffelten Reihe rechten alle auf dem Hof verfügbaren Männer und Frauen das angetrocknete Gras zur Seite und warfen es mit einer Drehung des Rechens so nach hinten, dass sich das Unterste nach oben kehrte. Der Großknecht gab das Arbeitstempo vor, das alle mithalten mussten. Den Ungeübten, zu denen Michel gehörte, taten nach kurzer Zeit Arme und Schultern weh. Das ständige Durchziehen des Rechenstiels durch die Hand führte dort zu schmerzhaften Blasen.

Blieb das Wetter mindestens drei Tage schön, wurde am dritten Nachmittag eingefahren. Karoline, Martha und eine Tagelöhnerin rechten das Heu mit weit ausholenden Bewegungen zu Schwaden zusammen, die wie lange Würste auf der Wiese lagen. Die Knechte schoben das Heu dem Schwaden entlang zusammen, stachen, wenn die Gabel voll war, noch einmal kräftig nach und brachten die Ladung mit einem Schwung in die Höhe. Das Gabeln gehörte zu den Arbeiten, an denen man die Leistungsfähigkeit eines Mannes maß. Michel und Marie rechten das beim Gabeln liegen gebliebene Heu nach. Kein Halm durfte auf der Wiese bleiben.

Auf dem Leiterwagen nahm der Bauer jede Gabel mit ausgebreiteten Armen in Empfang. Aus einer Gabel rechts, einer links und einer in der Mitte baute er schichtweise die rechteckige Wagenladung. War der Wagen mit drei, höchstens vier Lagen voll, dann reichte der Großknecht dem Bauern den aus einer langen, kräftigen Stange bestehenden Wiesbaum. Den nahm Wilhelm auf die Schulter, hängte ihn vorn in eine an den beiden Wagenleitern befestigten Kette ein und legte ihn mittig auf die Ladung. Hinten warf Paul ein Seil über den Wiesbaum, das die zwei Knechte gemeinsam anzogen und mit einem besonderen Knoten festmachten. War es ein guter Nachmittag, dann brachten es die Martinshöfer auf vier volle Wagen und darauf waren alle stolz. Zu den unangenehmsten Arbeiten der Heuernte gehörte auf fast allen Höfen am Abend das Abladen. War der

Heubarren, wie der Lagerplatz in der Scheune hieß, von unten her voll, dann musste einer der Knechte das Heu vom Wagen aus mit der Gabel durch das Balkenloch der oberen Tenne befördern, wo es von einem zweiten Mann abgenommen und weiter bis unter das Dach gebracht wurde. Dort war es die Aufgabe eines Dritten, das Heu zu verteilen und jede Lücke auszustopfen. Unter dem heißen Ziegeldach war das eine besonders schweißtreibende, staubige und deshalb ungeliebte Arbeit.

Die Martinshöfer hatten es leichter. Von der neuen Hocheinfahrt aus musste das Heu nur noch seitlich abgeworfen und zuletzt lediglich ein Stockwerk nach oben befördert werden. Die Scheune war außerdem so groß, dass auf das Stopfen verzichtet werden konnte.

Ab dem Jahr 1906 wurde es noch einfacher, denn Wilhelm kaufte eine der neuartigen Mähmaschinen. An den Sommermorgen waren jetzt statt dem Sensenwetzen das Rattern der neuen Maschine und die Rufe der Knechte an ihre Pferde zu hören. Karoline war traurig. Für sie war der Sensenklang ein vertrauter Laut ihrer Kindheit. Und mit dem Ausbleiben der Mäher wurde das Leben auf dem Hof eintönig. Ihrem Ältesten ging es ähnlich. Auch Michel trauerte den Tagelöhnern nach.

Babette und Walter

Als Einziges der Kinder war Babette nicht mehr auf dem Hof. Sie war sofort nach der Schulzeit zu Wilhelms Schwester Anne gegangen, die eine gute Stunde entfernt in einen schönen Hof eingeheiratet hatte. Diese Anne hatte nur drei Söhne und konnte keine Kinder mehr bekommen. Sie sehnte sich nach einer Tochter und beneidete Karoline um ihre Mädchen. Immer wenn sie zu Besuch kam, machte sie Babette kleine Geschenke und fügte hinzu: »Wenn du groß bist, kommst du zu mir.«

Auch der Onkel Friedrich hatte großen Gefallen an dem hübschen Mädchen gefunden und wollte sie gerne auf dem Hof haben. Er war als Vorstand des landwirtschaftlichen Vereins überall hoch angesehen.

Wilhelm war stolz auf diese Verwandtschaft und deshalb stimmte er dem Weggang der Tochter zu. Als Karoline protestierte, sagte er trocken: »Du hast noch ein Mädchen und Babette geht es dort gut.«

Der Vierzehnjährigen gefiel es von Anfang an auf dem Onkelhof. Sie musste nicht im Stall und nur selten auf dem Feld arbeiten. Ihre Aufgabe war es, der Tante in der Küche zu helfen, das große Haus sauber zu halten und die Gäste zu bedienen, die auf diesem Hof zahlreich und oft recht vornehm waren. Es war eine andere Welt als daheim auf dem Martinshof.

Das zeigte sich schon von außen. Das stattliche, im Erdgeschoss aus Stein und darüber im Holzfachwerk gebaute Haus hatte am Eingang einen überdachten, auf zwei gedrechselten Säulen ruhenden Vorbau, den links und rechts zwei Lorbeerbäumchen säumten. Der weite Hof, den an der Rückseite der große Stall mit entsprechender

Scheune und gegenüber vom Haus der Pferdestall und die Wagenremise einrahmten, war wie die städtischen Plätze mit Steinen gepflastert und nicht, wie sonst üblich, mit grobem Schotter befestigt. Diesen Hof mussten die kleine Magd und der kleine Knecht jeden Samstag mit dem Reisigbesen säubern. Anders als auf dem Martinshof bekam man dort auch bei nassem Wetter keine dreckigen Schuhe.

Der breite Hausflur, der geradeaus zur Küche, links zur Stube und rechts zur breiten Treppe führte, war holzgetäfelt und am Boden mit Natursteinplatten belegt. Die Stube hatte als Sitzgelegenheit außer dem in besseren Bauernhäusern üblichen Sofa drei mit Samt bezogene Sessel um einen niederen runden Tisch. Am großen, eichenen Esstisch standen sechs polsterbezogene Stühle und in der Ecke als Kennzeichen besonderen Wohlstandes ein Klavier, auf dem allerdings niemand aus dem Haus zu spielen verstand. Statt dem sonst üblichen einfachen Schrank standen in diesem Zimmer ein Sekretär aus Kirschbaumholz und eine gläserne Vitrine, in der die schon von der Mutter des Bauern stammenden geschliffenen Weingläser und das von der jungen Bäuerin als Aussteuer mitgebrachte Kaffeegeschirr prangten. Besonders vornehm war auch die in der anderen Ecke aufgestellte Standuhr, deren mächtiges Perpendikel würdevoll hin und her schwang und deren mehrtöniges Schlagwerk jede Viertelstunde angab. An den Wänden hingen einige gut getroffene Ölgemälde mit ländlichen Szenen. Besonders ins Auge stach das Bild eines Pfluggespannes mit drei mächtigen Pferden.

Neben der großen Stube war ein kleineres, ebenfalls wohnlich eingerichtetes Zimmer, das die Familie etwas hochtrabend Jagdzimmer nannte, weil der Vater des jetzigen Bauern Jäger gewesen war. Davon zeugten die vielen an der Wand hängenden Rehgeweihe und ein stattliches Hirschgeweih. Hier empfing der Bauer seine Besucher, die mit dem landwirtschaftlichen Verein zu tun hatten. Sehr oft waren Beamte der königlichen Verwaltung darunter. Denn sie und nicht die Bauern hatten das Sagen in dieser ersten bäuerlichen Standesvertretung. Diese Besuche kamen oft schon am Mittag und wurden in der großen Stube gut bewirtet.

Schon bald nach ihrem Einzug musste Babette an solchen Tagen eine weiße Schürze umbinden und die Gäste bedienen. Die Tante, die im Gegensatz zu ihrem Bruder auf dem Martinshof ein offenes, freundliches Wesen zeigte, war ein Jahr in einem städtischen Haushalt in Stellung gewesen. Dort hatte sie die Gebräuche der feineren Gesellschaft gelernt, die sie jetzt an die Nichte weitergab. Die hohen Herren ließen sich gerne von dem jungen Mädchen umsorgen und machten Späße mit ihr. Babette ging lachend darauf ein, wahrte aber, wie ihr die Tante eingeschärft hatte, die nötige Distanz.

Babettes Bruder Walter, der zweite Sohn auf dem Martinshof, war anders als der Erstgeborene. Der inzwischen Zwölfjährige begeisterte sich für die Technik. In den Schulferien, die immer so gelegt wurden, dass die Kinder beim Heumachen helfen konnten, stand er in aller Frühe auf, um mit dem Großknecht auf der Mähmaschine mitzufahren. Nach dem Mähen machte er voller Stolz den Messerbalken der Maschine sauber und wechselte das mit vielen Klingen besetzte Messer aus. Der Vater trug den beiden Buben das Schärfen auf. Während Michel sich dabei als zu ungeschickt erwies, das Messer richtig am Schleifstein zu führen, konnte Walter das. Dafür musste der mittlerweile sechszehnjährige Michel die Kurbel des Schleifsteins drehen.

Auch sonst war Walter ein fröhlicher, gutmütiger, bei allen wohlgelittener Bub und hatte, anders als Michel, in der Schule und im Dorf viele Freunde. Ihm fehlte das träumerische, nach innen gerichtete Wesen seines Bruders. Mit den Büchern, die Michel vom Lehrer borgte und daheim bis in die späte Nacht verschlang, konnte er nichts anfangen. Walter verließ sich auf das, was er mit eigenen Augen sehen und mit eigenen Händen anpacken konnte. Er war froh, als die Schulzeit zu Ende war, und hatte keine Mühe, daheim schon zwei Jahre später den Knecht Karl zu ersetzen. Den hatte Wilhelm nach einem aufgedeckten Getreidediebstahl vom Hof gejagt.

Der Knecht hatte kleine Mehlsäckchen heimlich mit Hafer oder Weizen gefüllt und sie außerhalb der Scheune unter einem Busch versteckt. In der Nacht holte sie ein Tagelöhner aus dem Nachbardorf ab, um damit seine Stallhasen zu füttern und das eigene Brotgetreide zu verlängern. Als Wilhelm an einem Winterabend spät vom Markt heimfuhr, lief ihm der Tagelöhner über den Weg. Der Bauer hielt an und fragte nach Woher und Wohin, dabei rutschte dem Angesprochenen das unter der Jacke versteckte Säckchen aus der Hand und fiel zu Boden. Er habe bei dem und dem Bauern Hasenfutter gekauft, lautete die verdatterte Ausrede.

»So, so«, entgegnete Dachser, »dann bring dein Hasenfutter nur gut heim.« Nachdem er den Gaul in den Stall gebracht und ausgeschirrt hatte, entdeckte er hinter der Scheune die Fußspuren, die der Dieb im Schnee hinterlassen hatte.

Beim nächsten Besuch im Nachbardorf hielt er an dessen Haus. Als der Tagelöhner aus der Türe trat, sagte er nur: »Du, ich hab mit dir über dein Hasenfutter zu reden.«

Der Angesprochen ahnte Schlimmes.

»Wenn du mir sagst, wer von meinen Leuten das Korn stiehlt«, fuhr Dachser drohend fort, »dann lass ich dich in Ruhe. Sagst du nichts, dann hole ich den Landjäger.«

Schnell gab der Tagelöhner seinen Lieferanten preis.

Als der Bauer am selben Tag heimkam und nach dem Mittagessen die Arbeit verteilte, sagte er vor allen Hausgenossen zu seinem zweiten Knecht: »Du Karl, du gehst jetzt gleich auf deine Kammer und packst deinen Koffer. Ich will dich heut Abend nicht mehr auf dem Hof sehen. Lohn bekommst du keinen mehr.« Als die anderen erstaunt aufsahen und Karl protestieren wollte, sagte Dachser: »Jemand, der stiehlt, hat hier nichts verloren.«

Aber auch nach Karls Entlassung gab es noch Sorgen auf dem Martinshof. Die Tante Sophie, Karolines engste Vertraute, hatte die Siebzig überschritten. Immer war sie gesund und arbeitsam gewesen, doch jetzt klagte sie bei der Bäuerin öfter über Kopfweh und Schwindel. Als Karoline ihr anbot, morgens länger liegen zu bleiben und sich nach dem Essen ein wenig auszuruhen, wollte sie davon nichts wissen. Aber eines Tages, mitten in der Ernte, kamen mittags alle hungrig vom Feld und das Essen stand nicht wie gewohnt auf dem Tisch. Dafür war das Feuer im Herd ausgegangen. Die Tante lag ohne Bewusstsein auf dem Küchenboden.

Karoline erschrak. Zusammen mit Marie legte sie die Kranke in der Stube aufs Sofa. Dort kam die alte Frau nach kurzer Zeit wieder zu sich, redete aber wirr, hatte ein seltsam verzogenes Gesicht und ließ den rechten Arm schlaff herabhängen. Karoline wollte den Doktor holen, aber der Bauer wiegelte ab. Der Tante sei bei dem schwülen Wetter halt schlecht geworden, das werde sich schon wieder geben.

Er irrte sich. Am nächsten Morgen lag die alte Frau tot in ihrem Bett. Karoline machte sich und ihrem Mann heftige Vorwürfe: »Warum haben wir nicht gleich den Doktor geholt. Ich hätte auch heut Nacht bei ihr bleiben sollen.«

»Du hättest ihr auch nicht helfen können«, sagte Wilhelm ungerührt.

Jetzt musste die Bäuerin selbst die Küchenarbeit übernehmen, dabei wäre sie lieber mit aufs Feld gegangen. Dort luden Michel und Martha die am Vormittag gebundenen Garben mit der zweizinkigen Korngabel auf den Wagen. Als Wilhelm kritisierte, Michel reiche die Garben falsch, kam es zwischen beiden zu einem lautstarken Disput, der die Bauern auf den Nachbarfeldern aufhorchen ließ. Für die Dörfler war es längst kein Geheimnis mehr, dass die beiden Martinshöfer nicht miteinander auskamen. Am nächsten Tag tauschten die Söhne die Plätze. Beim Abladen der Wagen konnte Michel nun wieder gemeinsam mit Marie arbeiten. Die beiden legten die Garben sauber in Reihen ab und hatten trotz der heißen, stickigen Luft in der Scheune ihre Freude.

Streit der Geschwister

Im Herbst 1912 wurde Karoline die vermehrte Arbeit im Haus und auf dem Hof zu viel. Gehetzt wechselte sie zwischen Haus, Stall, Scheune und Feld. Sie wollte keine ihrer Pflichten aufgeben. Trotzdem war an manchen Tagen das Essen nicht rechtzeitig fertig, sodass der Bauer murrte. Am Mittagstisch, als die Dienstboten schon wieder aus der Küche waren, kam es deshalb zu einem Familiendisput.

»Gerade jetzt ist im Saustall so viel zu tun«, verteidigte sich Karoline, »wenn halt drei Sauen auf einmal Junge haben, dann muss ich immer wieder in den Stall.«

»Auf Dauer geht es so einfach nicht«, wandte Michel ein. Eigentlich könne Babette doch heimkommen und der Mutter helfen. Andernfalls müsse wieder eine Magd her.

»Ja, ja«, ärgerte sich sein Vater, »immer noch mehr Dienstboten, wie viele Löhne soll ich denn noch zahlen?«

Wenn Babette wenigstens bis nach dem Dreschen kommen könne, versuchte Karoline einzulenken, dann gehe es schon wieder.

Am nächsten Sonntag fuhren Wilhelm, Karoline, Michel und die inzwischen zehnjährige Luise auf den Onkelhof. Beim Nachmittagskaffe in der großen Stube rückte Wilhelm dann mit seinem Anliegen heraus, Babette müsse zurückkommen, um der Mutter zu helfen. Karoline saß mit betretenem Gesicht dabei. Sie wollte nicht der Grund für diese Entscheidung sein. Als sie nichts sagte, redete Michel, obwohl ihm das vom Vater einen strafenden Blick einbrachte. »So kann es einfach nicht weitergehen«, polterte er in seiner undiplomatischen Art. »Außer der Mutter kann niemand kochen und im Saustall geht es auch nicht ohne sie. Babette hat jetzt lange genug das feine Fräulein gespielt.«

Das hätte er nicht sagen sollen. »Was glaubst du eigentlich«, giftete ihn die Schwester an, »meinst du, ich mach hier nichts? Du weißt doch gar nicht, was hier auf dem Hof alles zu tun ist. Geh doch du in den Saustall und helf der Mutter, anstatt dich hier so aufzuspielen.«

Karoline wollte einlenken: »Jetzt im Herbst mit den Kartoffeln und dem Obst ist es halt ein bisschen viel. Im Winter wird es wieder besser. Und wenn Luise bald aus der Schule kommt, dann wird es schon wieder gehen.«

Die Schwägerin hatte wohl bemerkt, wie mager Karoline geworden war und wie müde ihre Augen blickten. Sie wusste auch, wie wenig Rücksicht ihr Bruder auf seine Frau nahm, deshalb wollte sie Karoline helfen: »Wir können schon eine Weile ohne Babette auskommen«, sagte sie. »Aber viel länger als bis zum Winter wird es nicht gehen. Dann müssten wir nach jemand anderem schauen.«

Wilhelm war erleichtert: »Wenn eingeschafft ist, werden wir auch wieder ohne Babette auskommen.«

Karoline atmete auf und Babette war wütend. Sie nahm nur das Allernötigste mit.

Es ging nicht gut. Babette erschrak über die Enge und Einfachheit im elterlichen Haushalt und über die Mängel, die ihr jetzt noch mehr ins Auge fielen. Sie wollte manches ändern, stieß aber schnell an Grenzen. Wenn sie die Küche und den Hauseingang sauber geputzt hatte, dann kamen die Männer am Abend mit Ackererde oder Stallmist an den Schuhen herein. Regte sie sich darüber auf, wurde sie von den Brüdern verspottet. Man sei hier nicht bei Stadtherrschaften, sondern auf dem Land. Ein Wort gab das andere und zuletzt manchen Streit, den Karoline nur mit Mühe schlichten konnte.

Babette wollte sich auch nicht mit dem einfachen Essen zufriedengeben, das Karoline kochte, weil sie mit dem auskommen musste, was der Hof selbst hergab, und weil sie nichts anderes gewohnt war. Als sie außer Kartoffeln und hausgemachten Nudeln, den Spätzle, auch einmal Reis und Fisch auf den Tisch bringen wollte, scheiterte sie am Geiz des Vaters. »Wir brauchen hier keine neuen Moden«, lautete sein striktes Urteil.

Er sah es auch nicht gerne, wenn Babette im Dorf unterwegs war, sich mit Schulkameradinnen traf und hin und wieder an der Milchsammelstelle mit den Burschen scherzte. Misstrauisch, wie er war, fürchtete er, es könne schlecht über ihn gesprochen werden.

Einen schlimmen Streit zwischen den Geschwistern gab es beim Erntedankfest. Babette war mit ihren beiden Brüdern ins Nachbardorf gegangen, wo abends im großen Saal der Wirtschaft getanzt wurde. Während sie und Walter bei jedem Tanz unterwegs waren, blieb Michel einsilbig am Tisch und trank ein Glas nach dem anderen. Bald machten sich einige Burschen über den Trinker lustig, der den anderen finster beim Tanzen zusah. »Na, Martinsbauer«, foppte ihn einer, »dir wär ein Buch im Arm wohl lieber als ein Mädchen. Mit Büchern muss man ja nicht reden.«

»Lass ihn«, sagte ein anderer, »der spricht nur mit dem Kaiser in Berlin. Wahrscheinlich muss er dem sagen, ob er jetzt bald mit dem Krieg anfangen soll.«

In Michel stieg die dachser'sche Wut. Er sprang auf, musste sich aber am Tisch festhalten. »Ihr seid doch zu dumm zum Bücherlesen. Ihr wisst doch nur, wie man mit einer Mistgabel umgeht«, schrie er den Spöttern ins Gesicht.

Ein stämmiger rothaariger Bauernsohn packte den um einen Kopf Kleineren so an der Brust, dass der Jackenstoff krachte: »Was willst du? Dir zeig ich, wie man mit einer Mistgabel umgeht.«

Ein anderer stieß ihm die Faust ins Gesicht: »Wir sind hier nicht in der Schule, hier hilft dir kein Lehrer«, schrie er.

Michel schoss das Blut aus der Nase. Er wollte nach dem Schläger fassen, bekam aber eine Faust in die Seite, die ihm den Atem nahm. Polternd, einen Stuhl mitreißend ging er zu Boden.

Im Saal wurden die Tänzer aufmerksam. Walter sah, dass es um den Bruder ging. Er ließ sein Mädchen stehen und war mit zwei

Sätzen bei den Raufenden. »Was ist hier los?«, fragte er und wollte Michel aufhelfen. Aber einer aus der Runde stellte ihm ein Bein, sodass auch er auf dem staubigen Boden landete.

Schnell war der zweite Dachsersohn wieder auf den Beinen. Ehe sich sein Kontrahent versah, hatte der die Faust auf der Nase und Blut im Gesicht. Jetzt fiel die Meute über Walter her. Je mehr er sich wehrte, umso heftiger prasselten die Schläge. Erst als der Wirt dazwischenging, hörte die Rauferei auf. »Macht dass ihr rauskommt, bei mir wird nicht gehändelt«, schrie er. Und zu den zwei Martinshöfern sagte er ruhig: »Ihr zwei geht heim, euer Vater wird euch loben.«

Babette wäre vor Scham am liebsten im Boden versunken. Michels Gesicht war blutüberströmt, seine Jacke zerrissen. Er war zu betrunken, um sich auf den Beinen zu halten. Auch Walter hatte Blut im Gesicht und einen ausgerissenen Jackenärmel. Er weinte vor Schmerz und Wut. Als Babette mit ihm an der Seite und Michel am Arm aus dem Saal ging, hörte sie aus dem Spalier der Umstehenden spöttische Worte. Sie ging nicht darauf ein. Aber auf der Straße brachte die Demütigung auch sie zum Weinen.

Die drei brauchten für den Kilometer heim fast eine Stunde, weil Michel nicht alleine gehen konnte und häufig zu Boden sackte. Immer wieder brach der bis auf die Schulzeit zurückreichende Hass aus ihm heraus: »Ich werde es denen schon noch zeigen. Ich bin immer noch besser als die«, schimpfte er und schüttelte die Faust.

»Gib endlich Ruhe«, schimpfte Walter zurück. »Du mit deiner Sauferei bist selbst schuld.«

Zu Hause wurden sie von Karoline empfangen, die nie schlafen konnte, solange ihre Kinder nicht daheim waren. Sie erschrak über das Aussehen der Söhne und fragte sorgenvoll, was den geschehen sei.

Babette berichtete und fing wieder zu weinen an. »Der ist schuld«, schluchzte sie und zeigte auf Michel, der zusammengesunken am Küchentisch saß. »Der hat in seinem Rausch Streit angefangen. Mit dem kann man sich ja nirgends sehen lassen.«

Michel wollte sich wehren, blieb aber nach einem Blick der Mutter lieber still.

Karoline holte eine Schüssel, füllte sie aus dem Wasserbad des Herdes, dem Schiff, mit Wasser und wusch ihren Söhnen das Blut von den Gesichtern.

Als der Vater am Morgen zum Aufstehen rief, war Michel dazu nicht in der Lage. Sobald er den Kopf hob, dreht sich alles. In seinem Gehirn hämmerten neben dem Alkohol die Schläge und noch mehr die erlittene Demütigung. Sein Magen drehte sich um. Zum Glück hatte ihm die Mutter einen Eimer ans Bett gestellt. Stöhnend legte er sich wieder zurück.

Im Nachbarbett spürte auch Walter jeden Knochen. Aber er stand auf, war kurz darauf im Stall, wich dort aber dem Vater aus. Martha, die schon beim Melken war, wusste von Karoline Bescheid. Sie lächelte den Jungbauern nur vielsagend an. Der lächelte schief zurück.

Erst beim Morgenessen bekam Wilhelm seinen geprügelten Sohn zu Gesicht und sah das verheulte Gesicht seiner Tochter. »Was ist denn mit euch los?«, fragte er entrüstet. »Und wo ist der andere?«

»Der schläft seinen Rausch aus«, sagte Babette giftig. »Mit dem sind wir gestern zum Gespött der ganzen Gemeinde geworden.«

Walter berichtete: »Mit dem Michel haben ein paar aus seiner Schule Streit angefangen. Da bin ich dazwischen gegangen. Aber mit fünf sind wir nicht fertig geworden.«

»Ach was«, fing Babette wieder an. »Der war einfach nur besoffen. Mit dem geh ich nirgendwo mehr hin«.

Ihr Vater bekam einen roten Kopf. »Wer abends saufen kann«, polterte er, »der kann am Morgen auch aufstehen.« Er schob den Stuhl zurück und wollte zur Stiege, die zur Bubenkammer führte.

Karoline hielt ihn zurück: »Lass ihn. Ihm ist nicht gut. Du weißt doch, wie das ist«.

Wilhelm setzte sich wieder. Diskret hatte ihn seine Frau daran erinnert, dass auch er hin und wieder mit einem schweren Rausch heimkam und am nächsten Tag nicht gleich aufstehen konnte. Sie schob dann immer einen anderen Grund vor.

Beim Mittagessen war auch Michel wieder dabei. Außer der Suppe rührte er aber kein Essen an.

»Ja, so ist das«, fing Babette wieder an, »wer am Abend viel trinkt, braucht am nächsten Tag wenig zu essen.«

Michel ging es zu schlecht, um darauf etwas zu erwidern.

Nach dem Mittagessen gingen alle bis auf Hermann, der seinem Vater beim Reinigen des Saatweizens helfen musste, in die rund ums Dorf liegenden Obstgärten, um das Mostobst aufzulesen. Auch Babette musste mit. Sie ärgerte sich darüber wie auch über die Tatsache, dass sie überhaupt auf dem elterlichen Hof sein musste. Bei der Tante war sie fast nur im Haus beschäftigt gewesen. Jetzt musste sie mit klammen Fingern und nassen Schuhen, in denen die Zehen vor Kälte schmerzten, arbeiten wie eine Stallmagd.

Auch Michel war wütend. Er litt immer noch unter einem Brummschädel und schmerzenden Rippen. Es fiel im schwer, mit dem an einer langen Stange befestigten Haken das Obst von den Birnen- und Apfelbäumen zu schütteln. Am meisten ärgerte er sich aber über die Erniedrigung, die er am Vortag im Wirtshaus erlitten hatte. Unentwegt ging ihm durch den Kopf, wie er diese Schmach ausmerzen und sich bei seinen Peinigern rächen könnte. Immer wieder hielt er inne und stützte sich gedankenverloren auf seine Hakenstange. Karoline musste ihn mahnen, weiterzuarbeiten.

Für Babette war das der Anlass, ihrem Zorn auf den Bruder, der ihr den Tanzabend verdorben hatte, freien Lauf zu lassen. »Der«, rief sie voller Verachtung, »der kann nicht arbeiten wie ein Mann und der kann auch nicht feiern wie ein Mann. Den kann doch keiner leiden. Das hab ich gestern gemerkt.«

Michel war tief getroffen. Er warf die Hakenstange ins Gras und stellte sich, bleich vor Wut, vor seine Schwester: »Was weißt du denn«, schrie er ihr ins Gesicht. »Du bist genauso dumm wie die andern. Geh doch hin zu diesem Pack. Die meinen, nur weil sie stärker sind, seien sie was Besseres. Die haben doch nur Stroh im Kopf genau wie du. Und du wirfst dich denen doch an den Hals. Das habe ich gestern gut genug gesehen. Geh doch wieder zu der feinen Tante Anne.«

Jetzt reichte es Babette: »Ich soll gehen? Ich kann dir sagen, lieber jetzt als später. Mit dir will ich keinen Tag länger im gleichen Haus sein. Such dir jemand andern, der dir den Dreck schafft.« Wütend warf sie die letzte Handvoll Äpfel ins Gras, drehte sich um und ging.

Karoline rief ihr nach, aber Babette drehte sich nicht einmal um. Die Mägde, denen dieser Streit peinlich war, arbeiteten unentwegt weiter. Auch Michel packte wieder seine Stange und ließ seinen Zorn an den Bäumen aus.

Als ihre Tochter nach einer Viertelstunde immer noch nicht zurück war, ging ihr Karoline nach. Babette saß am Küchentisch. Sie hatte sich umgezogen und trug jetzt wieder das Kleid, mit dem sie vor drei Wochen heimgekommen war.

»Aber Kind«, sagte die Mutter beschwichtigend, »was machst du denn?«

»Ich geh«, gab Babette kurz zurück. »Mit dem Michel kann man nicht auskommen.« Tränen rannen ihr übers Gesicht. »Und weißt du, Mutter«, sagte sie weiter und fasste Karoline an der Hand. »Ich kann doch hier auch nichts mehr lernen. Hier ist alles so rückständig. Der Vater lässt doch gar nichts Neues zu.«

Karoline musste ihr im Stillen recht geben. Zwar hatte Wilhelm als Erster im Dorf eine Dreschmaschine angeschafft, aber im Haus sah es immer noch aus wie zu der Zeit seiner Eltern. Auch mit seinem Geiz war es über die Jahre immer schlimmer geworden.

»Warte, was der Vater dazu meint«, sagte sie, stand auf und ging zur Scheune, wo Wilhelm mit Hermann an der Putzmühle arbeitete.

Als ihn seine Frau ins Haus bat, schüttete er mit der hölzernen Wanne noch einmal Weizen in den Trichter der Mühle und folgte Karoline. Hermann musste noch so lange die Kurbel drehen, bis auch das letzte Korn durchgelaufen war. Aufatmend richtete er sich auf. Diese eintönige Arbeit war bei allen auf dem Hof verhasst.

Im Haus kam es erneut zu einem Disput. Der Bauer sah nicht ein, dass seine Tochter nicht länger bleiben wollte. Der Streit mit Michel sei kein Grund. Die Mutter werde alleine nicht mehr fertig und deshalb müsse Babette wenigstens bis nach dem Dreschen, also noch mindestens den halben Winter, dableiben. Babette fing an zu weinen. Ihr grauste vor dem Winter in dem kalten Haus.

Karoline hatte Mitleid. »Ich kann den dauernden Streit auch nicht mehr brauchen«, sagte sie. »Es ist besser, Babette geht wieder zur Tante. Dort in dem großen Haus mit den vielen Leuten kann sie auch mehr lernen als bei uns.«

Sie schlug vor, in den nächsten Tagen ins Kirchdorf zu gehen und Helene, das frühere Kindermädchen, die bei ihren Eltern auf einem kleinen Hof wohnte und nur noch gelegentlich aushalf, zu fragen, ob sie ganz auf den Martinshof kommen könne. Wilhelm wollte davon zunächst nichts wissen. Eine Magd würde wieder Lohn kosten, während die Tochter umsonst arbeitet.

Aber Babette kannte ihren Vater. Und sie wusste ihn zu nehmen. »Die Tante hat gesagt, wenn ich wiederkomme, dann kauft sie mir die Aussteuer.«

Noch am selben Nachmittag spannte Wilhelm ein und fuhr seine Tochter zur Schwester. Die war froh, wieder eine Hilfe und, wie sie sagte, wieder eine Tochter zu haben.

Als Michel mit den Mägden vom Obsternten kam, war seine Schwester schon verschwunden. Vom Vater musste er sich am nächsten Morgen eine Standpauke anhören. Die Schlägerei vom Sonntag habe sich schon herumgesprochen. Man werde durch ihn zum Gespött der ganzen Gemeinde: »Wenn du schon mit andern nicht fertig wirst, dann fang auch keinen Streit an. Und wenn du nichts verträgst, dann sauf auch nicht so viel.«

Michel ließ die Strafpredigt, die er als weitere Demütigung empfand, mit der Faust in der Tasche über sich ergehen. Nicht zum ersten Mal hasste er den Vater. Und er schwor, es ihm und den anderen zu zeigen.

Ende Januar, als sich draußen wieder der Schnee türmte und in den Nächten der Sturm in den Kaminen heulte, starb Karolines Mutter. Sie war schon längere Zeit kränklich gewesen und erlag innerhalb von zwei Tagen einer erneuten Lungenentzündung. Weil die Wege durch den vielen Schnee kaum passierbar waren, erfuhr Karoline von der schweren Krankheit ihrer Mutter erst, als die alte Frau schon tot war. Nur mit zwei Pferden vor dem einspännigen Schlitten war es möglich, über die zugewehten Straßen die fünfzehn Kilometer bis zum elterlichen Hof und zur Beerdigung zu bewältigen. Karoline kam zu spät und konnte nur kurz von der in der Schlafstube aufgebahrten Mutter Abschied nehmen. Draußen im Gang warteten schon die Sargträger.

Die Frau mit ihrem eingefallenen Gesicht, die sie im Sarg erblickte, war ihr fremd geworden. In den vielen Jahren seit ihrem Abschied von daheim hatte Karoline ihr Heimweh nach und nach verloren. Die enge Bindung an die Mutter war schließlich der Sorge um die eigene Familie gewichen.

Der Krieg

Die Zeitung, die Wilhelm Dachser seit dem letzten Winter abonniert hatte und die auch Michel gerne ausführlich studierte, berichtete im folgenden Frühjahr von steigender Kriegsgefahr. Auf den Bauernhöfen und in den Wirtschaften wurde die politische Entwicklung ausführlich und oft lautstark diskutiert. Während die älteren, besonnenen Bauern und Handwerker dem alten Bismarck nachtrauerten und den jungen Kaiser Wilhelm als großmäuligen Jungpreußen abtaten, begeisterten sich die Jungen und auch viele Frauen am nationalen Pathos und dem Weltmachtgehabe des neuen Regenten. Bei vielen Festen veranstaltete das Militär aus den Garnisonstädten Paraden und Aufmärsche. Die Mädchen bewunderten die mit Trommelwirbel und Fanfarenklang aufmarschierenden Soldaten. Die Burschen ließen sich Schnurrbärte nach Art des Kaisers wachsen und hielten jeden, der nicht gedient hatte, für einen Menschen zweiter Klasse.

Zu denen, über die so geurteilt wurde, gehörte auch Michel. Als Achtzehnjähriger war er zur Musterung gerufen worden. Nach abschließender Ansicht der Militärärzte, die seine Körpergröße maßen, seine Muskeln prüften und seinen Brustkorb abhörten, war der leicht verwachsene, zu kleine und offenbar brustschwache Bauernsohn nicht geeignet, das Vaterland zu verteidigen. Er wurde für zwei Jahre zurückgestellt und fühlte sich wieder einmal gedemütigt.

Während die anderen, die die vaterländische Prüfung bestanden hatten, mit blumengeschmückten Strohhüten lärmend durch die Wirtschaften des Garnisonsstädtchens zogen und am Abend betrunken aus dem Zug stolperten, fuhr er mit dem Sohn eines lungenkranken Schneiders und einem Schulkameraden, dem ein Klumpfuß das militärische Marschieren unmöglich machte, gleich wieder heim und kam enttäuscht und missmutig auf dem Hof an.

Auch Karoline war traurig, dass man ihrem Ältesten nun sogar amtlich bestätigt hatte, nicht dem Idealbild eines deutschen Jünglings zu entsprechen. Andererseits war sie froh, dass er den Quälereien sadistischer Unteroffiziere entging.

Dem Vater war das Musterungsergebnis recht. So brauchte er als Ersatz keinen neuen Knecht. Gleichzeitig wurde sein abwertendes Urteil über den Sohn bekräftigt.

Bei einer erneuten Musterung zwei Jahre später war aus Michel immer noch kein Kämpfer fürs Vaterland geworden. Er wurde erneut zurückgestellt.

Das durch den soldatisch ungeeigneten Michel beschädigte nationale Ansehen der Familie Dachser wurde durch den zweiten Sohn wiederhergestellt. Walter wurde im März 1914 »sofort tauglich« gemustert. Er beteiligte sich an dem grölenden Zug der angehenden Vaterlandsverteidiger durch das Städtchen und die Wirtschaften, rief wie die anderen den Mädchen anzügliche Bemerkungen nach und kam erst spät am Abend mit einem respektablen Rausch heim. Der Vater ließ ihn am Morgen ausschlafen.

Nur vier Wochen später wurde Walter eingezogen. Den Kasernenschliff, der viele großmäulige Burschen zu heulenden Bündeln machte, überstand er leidlich. Das Aufstehen mitten in der Nacht, das lange Marschieren mit schwerem Tornister und die magere, eintönige Kasernenkost machten ihm nichts aus. Mit den Spießen, die es in erster Linie auf die Großbauernsöhne abgesehen hatten, kam er durch sein verträgliches Wesen zurecht und auf der Stube war er als lustiger, hilfsbereiter Kamerad beliebt.

Als er im ersten Urlaub in seiner Uniform nach Hause kam, waren die Eltern stolz. Seine Vorgesetzten hatten Walters technisches Talent erkannt. Deshalb wurde er nach dem Vierteljahr der Grundausbildung nicht wie andere Bauernsöhne der Kavallerie oder Infantrie, sondern der Artillerie zugeteilt. Er lernte Kanonen zu bedienen, ihre Schießbahnen zu berechnen und die Zünder der Geschosse so einzustellen, dass die Granaten zeitgerecht explodierten, um eine möglichst große, tödliche Wirkung zu entfalten. Die meisten dieser Geschützbatterien waren noch mit Pferden im Vierer- oder Sechserzug bespannt. Vereinzelt wurden aber bereits motorgetriebene Zugmaschinen eingesetzt. Von diesen Fahrzeugen mit ihren knatternden, knallenden Motoren war Walter begeistert. Er wünschte nichts mehr, als Lenker solch eines Ungetüms zu werden.

Die Nachrichten in der Zeitung wurden immer bedrohlicher. Gerade war der zweite Balkankrieg zwischen Bulgarien und Serbien mit der Niederlage Bulgariens glimpflich ausgegangen, da nahm das Säbelrasseln in den vier Großmächten Deutschland, Frankreich, England und Russland schon wieder zu. Deutschland und Frankreich schaukelten sich in einem kostspieligen Wettrüsten gegenseitig immer weiter nach oben.

Als Deutschland am 1. August 1914 Russland und drei Tage später Frankreich den Krieg erklärte, bangte Karoline um ihren Sohn. Auch Wilhelm murrte über den Krieg. Er fürchtete nicht nur um den Sohn, sondern auch um seine Pferde.

Schon in den ersten Kriegstagen musste Walter Dachser mit seiner Geschützbatterie an die französische Grenze abrücken. Er bekam gerade noch einen Tag Urlaub, um sich daheim zu verabschieden. Die Mutter weinte. Der Vater klopfte ihm auf die Schulter und Michel mahnte ihn, immer gut aufzupassen. Die zwölfjährige Luise heftete ein Sträußchen an die Uniformjacke und der fünfzehnjährige Hermann war stolz auf den Bruder.

Drei Tage später wurde das erste Pferd abgeholt. Diesmal weinte Paul, der an seinen Gäulen hing wie andere an ihren Kindern. Um die Ernte einzubringen, musste der Zugochse, der bisher mit dem dritten Pferd zusammengespannt worden war, die Getreidewagen alleine ziehen. Für das Umbrechen der Getreidestoppeln und die Herbsteinsaat war wieder ein zweites vollwertiges Gespann erforderlich. Michel und Hermann mussten einen der Mastochsen an die Wagendeichsel und das Geschirr gewöhnen. Eine mühselige Arbeit. Der junge Ochse wollte das über den Hals geworfene Kummet zunächst nicht dulden. Dann war er schneller als der erfahrene Artgenosse und musste ständig am Halfter zurückgehalten werden. Bis dieses Ochsenduo wie ein Pferdegespann an der langen Leine, dem Leitseil, ging, dauerte es mehrere Wochen.

Hermann, der sich als Ochsenkutscher anfänglich geschämt hatte, wenn ihm einer seiner Schulkameraden mit einem Pferdegespann begegnete, war zuletzt stolz, weil seine Ochsen jeden stecken gebliebenen Wagen, den die Pferde nicht mehr weiterbrachten, mühelos aus dem Acker zogen.

In den ersten Wochen kamen von der Kriegsfront gute Nachrichten. Die Zeitung berichtete von siegreichen Vorstößen im Westen. Das kriegsbegeisterte Volk jubelte. Den größten Jubel aber löste Ende August 1914 Hindenburgs Sieg gegen die Russen bei Tannenberg aus. Erste Ernüchterung brachte Anfang September die verlorene Schlacht an der Marne. Den Skeptikern, zu ihnen gehörte auch Wilhelm Dachser, wurde von da an klar, dass ein schneller Sieg über die Franzosen, wie er beim Siebziger Krieg errungen wurde, nicht möglich war.

Walter, der kein großer Schreiber war, lieferte in seinen wenigen Feldpostbriefen nur dürre Nachrichten. Aus ihnen war lediglich zu entnehmen, dass seine Geschützbatterie zunächst zur Grenzsicherung an die lothringische Grenze beordert worden war und dort nicht zum Einsatz kam. Wenig später schrieb Walter in typischem Militärdeutsch: »Wir habe die Franzosen wieder aus Mühlhausen verjagt und marschieren Richtung Paris. Unsere Geschütze schießen am Tag und über Nacht verlegen wir sie nach vorn.«

Noch zwei Wochen später, als die deutschen Truppen an der Marne zurückweichen mussten, klang sein Brief nicht mehr so optimistisch: »Mir geht es gut, aber wir haben schlimme Tage erlebt. Jetzt liegen wir wieder in unserer alten Stellung.«

Mitte September bekam Walter für drei Tage Heimaturlaub. Er hatte seine bubenhafte, unbekümmerte Fröhlichkeit verloren. Als ein alter Nachbar, der im Siebziger Krieg dabei gewesen war, seine Kriegserinnerungen ausbreitete und die französischen Soldaten als Feiglinge bezeichnete, denen die Deutschen schon noch das Rennen beibringen würden, entgegnete er nur: »Ja, rennen können die und besonders gut gegen uns.«

Erst als er mit Michel allein auf dem Feld war, um das abgeerntete Kartoffelkraut auf Haufen zu werfen, erzählte er von verbrannten Bauernhöfen, zerschossenen Schützengräben, toten Pferden links und rechts des Weges, mit Wasser vollgelaufenen Granatentrichtern, in denen tote Kameraden lagen, und von den Schreien grausam verstümmelter Soldaten, die erst in der Nacht aus dem Niemandsland geholt werden konnten. »Sei froh, wenn du daheim bleiben kannst«, sagte er zum Bruder. »Der Krieg ist viel schlimmer, als alle zugeben. Von unserer Geschützkompanie fehlt schon ein Drittel und wer weiß, ob ich noch einmal heimkomme.«

Müde lehnte sich Walter auf seine Gabel und ließ den Kopf hängen. Als Michel ihm ins Gesicht sah, rannen Tränen über die eingefallenen Wangen.

Karoline erkannte die Not ihres Zweitgeborenen. Sie versuchte ihm Gutes zu tun, kochte seine Leibspeisen und gab sich Mühe, ihn aufzuheitern. Allerdings vergebens.

Die Marneschlacht, die der junge Martinsbauer mitgemacht hatte, sollte erst die Vorhölle gewesen sein. Die wieder aufgefüllte Geschützkompanie wurde mit mehreren Armeekorps nach Verdun in Marsch gesetzt, um diese französische Festung zu erobern und den deutschen Nachschub zu sichern. Stundenlang donnerten die deutschen Kanonen gegen die französischen Verteidigungslinien auf den Höhenzügen. Die Luft um Walter war erfüllt von Pulverrauch. Das Dröhnen der eigenen Abschüsse vermischte sich mit dem scharfen Knall der gegnerischen Treffer, die ringsum die Erde durchpflügten und blutige Lücken in die eigenen Reihen rissen. Die Soldaten an den

Geschützen bemerkten davon nichts. Erst als der Batterieführer eine Feuerpause befahl, nahm Walter seine Umgebung wieder wahr. Erschöpft lehnte er sich an die aufgeschüttete Erdwand und hörte die Schreie der verwundeten Kameraden und sah die hastenden Sanitäter. Als er über den Grabenrand hinausblickte, erkannte er, wie die tödlichste Erfindung der jüngeren Militärgeschichte, das Maschinengewehr, unter den nach alter Manier angreifenden Soldaten schlimmste Verheerungen anrichtete.

Kaum war der deutsche Angriff zusammengebrochen, folgte der feindliche Gegenstoß, der unter dem Kugelhagel deutscher Maschinengewehre ebenfalls zum Stehen kam. Die Hügel der Argonnen waren nach wenigen Tagen mit toten Soldaten bedeckt und von Granattrichtern übersät. Manchmal gelang es den Infanteristen, gegnerische Geschützstellungen zu erobern. Im Nahkampf verrichteten die Handgranaten dann das tödliche Geschäft.

Die leichten Geschütze, zu denen auch die Batterie von Walter gehörte, waren dem gegnerischen Feuer nicht gewachsen. Immer häufiger löschten französische Volltreffer aus großkalibrigen Kanonen ganze Geschützbesatzungen aus. Bei einem solchen Treffer im Nachbargeschütz wurde Walter von einem Granatsplitter am Oberarm getroffen. Erst als das Trommelfeuer nach Stunden nachließ, konnten ihn seine Kameraden zum Verbandsplatz bringen. Die tiefe Wunde begann sich zu entzünden und brandig zu werden. Gegen eine Amputation wehrte sich Walter mit aller Macht. Er erreichte einige Tage Aufschub und hatte Glück. Die Verwundung besserte sich und der Arm war gerettet.

Zur weiteren Behandlung kam Walter in ein Freiburger Lazarett. Dort kümmerten sich junge Rote-Kreuz-Schwestern um die Verletzten. Als Anfang März die Frühlingssonne wärmte, saßen die Soldaten an der am Lazarett vorbei fließenden Dreisam. Manche schäkerten mit den Mädchen. Andere, so auch Walter, saßen still dabei. Sie sprachen wenig und dann nicht vom Krieg, sondern von daheim.

Manchmal setzte sich eine dunkelhaarige Schwester, die von einem Schwarzwaldhof kam und wie er Heimweh hatte, zu Walter, der immer noch seinen Arm in der Schlinge trug. Ihr erzählte er in seinem fränkischen Dialekt, den sie anfänglich nur schwer verstand, von den Pferden, Vaters Ochsen, von Feld und Wald und seiner Familie. Rosel, so hieß das Mädchen, berichtete in ihrer singenden alemannischen Sprechweise vom Leben auf dem Schwarzwaldhof. Durch ihr Heimweh fühlten sie sich miteinander verbunden.

An einem freien Tag fragte Rosel, ob Walter sie und eine Freundin auf einen Ausflug an den Titisee begleiten wolle. Ein weiterer Stubenkamerad schloss sich an. Als sie mit der neu erbauten Schwarzwaldbahn durch das romantische Höllental hinauf nach Hinterzarten fuhren, staunte Walter über die mächtigen Felsen und freute sich weiter oben über die zwischen den dunklen Wäldern liegenden grünen Matten mit den einsamen Bauernhöfen. Von solch einem Hof stammte Rosel.

Am Titisee schlenderten die vier paarweise am Seeufer entlang. Nach einer Weile griff Walter schüchtern nach Rosels Hand. Sie ließ es geschehen und erwiderte den Händedruck, ohne ihn anzusehen. Erst auf dem Rückweg, kurz vor dem großen Portal des mächtigen Gebäudes, das früher eine Schule gewesen war, wagte Walter sie kurz zu umarmen und ungeschickt zu küssen. Es war sein erster Kuss. Zu weiteren Küssen kam es bei diesem Aufenthalt nicht mehr, denn schon wenige Tage später erhielt Walter Heimaturlaub.

Auf dem Martinshof herrschte keine gute Stimmung. Kurz zuvor war ein zweites Pferd eingezogen worden. Als Ersatz erhielt Paul einen verwundeten Kriegsgaul, dem das Geschehen auf dem Schlachtfeld das Gemüt verdorben hatte. Bei jedem lauten Geräusch, das entfernt an einen Schuss erinnerte, versuchte dieses Pferd durchzugehen. Einige Male hatte es schon die Zugstränge am Geschirr zerrissen und Schäden am Wagen und der neuen Sämaschine angerichtet. Paul war am Verzweifeln. Eine zweite Person musste das unruhige Pferd am Halfter führen, bevor es nach Wochen endlich ruhig im Gespann ging. Das Ochsengespann war zu langsam, um mit dem Eggen der Felder rasch genug voranzukommen.

Der erst fünfzehnjährige Hermann konnte Walter nicht ersetzen, daher war man im Winter mit der Holzarbeit nicht fertig geworden. Erneut musste der Bauer feststellen, dass sein Sohn Michel kein tüchtiger Arbeiter war. Er beschäftigte sich deshalb immer mehr mit dem Gedanken, den Hof einmal nicht wie sonst üblich dem Ältesten, sondern dem Zweitgeborenen zu überschreiben.

Auch Karoline litt unter dem Krieg. Die Sorge um ihren Sohn drückte ihr aufs Gemüt. Dazu war die Arbeit immer schwerer zu bewältigen. Martha, die erste Magd, die von einem kleinen Hof im Kirchdorf kam, musste zurück, um daheim den gefallenen Bruder zu ersetzen. Sie konnte nur noch tageweise aushelfen.

Walter musste seinen Arm weiterhin schonen und konnte nicht viel tun. Hin und wieder traf er im Dorf mit anderen Burschen zusammen, die entweder noch nicht eingezogen worden waren oder Urlaub hatten. Die Buben waren begierig, vom Krieg zu hören, aber Walter erzählte wenig. Und als die anderen Urlauber mit ihren Erlebnissen prahlten und über die angeblich feigen Gegner spotteten, ging er bald heim. Nur der Mutter erzählte er vom Lazarett und der netten Schwester Rosel, die auch von einem Bauernhof kam und der er versprochen hatte zu schreiben. An der leichten Röte, die ihm dabei über das fahl gewordene Gesicht zog, erkannte Karoline die erste Liebe ihres Sohnes. Sie ermunterte ihn, das Versprechen bald einzuhalten. Schon in den nächsten Tagen setzte sich Walter an den Küchentisch und schrieb. Eine Woche später, zwei Tage bevor Walter wieder einrücken musste, kam Antwort aus Freiburg. Die Inhalte ihrer Briefe waren alltäglich. Keiner von beiden getraute sich, seine Gefühle zu offenbaren.

Die kriegsfreudige Euphorie der Bevölkerung war längst einer gedrückten Stimmung und immer mehr der alltäglichen Sorge ums Überleben gewichen. Jeden Tag brachte der Briefträger neue Gefallenenmeldungen. An den Sonntagen verlas der Pfarrer nach der Predigt eine lange Liste der Söhne, die den Heldentod fürs Vaterland gestorben waren. In den Wirtshäusern murrten die Bauern über die steigenden Abgaben an Getreide, Kartoffeln, Pferden und Schlachtvieh. Die Handwerker verloren ihre besten Gesellen an den Krieg und in den Fabriken mussten die Arbeiter zunehmend Überstunden leisten, um den Kriegslieferungen nachzukommen. Immer mehr Frauen wurden zur Arbeit verpflichtet. Auch in den Läden breitete sich der Mangel aus. Die Bevölkerung musste von Steckrüben und Kartoffeln satt werden.

Eines Tages brachte Wilhelm die Nachricht heim, dass auch Hans, der frühere Knecht, gefallen war. Karoline hatte Mitleid mit Hilde, die ihr einst das Leben so schwer gemacht hatte. Als Paul einige Säcke Gerste in die Brauerei fahren musste, gab sie ihm ein Paket aus Eiern, Rauchfleisch und Butter für Hilde mit. Am folgenden Sonntagnachmittag kam die einstige Magd auf den Hof, um sich zu bedanken. Als Karoline sie begrüßte und ihr mit Tränen in den Augen das Beileid aussprach, fing Hilde bitterlich an zu weinen. Wilhelm, der erst am Nachmittag aus der Wirtschaft heimkam, traf die beiden Frauen einträchtig am Küchentisch sitzend. Er begrüßte Hilde nur kurz und war froh, als sie ihm sagte, sie könne weiterhin in der Brauerei bleiben. Er hatte schon befürchtet, sie sei um einen neuen Dienst auf den Hof gekommen. Von dem Tag an kam Hilde häufiger zu Besuch. Sie hatte in Karoline eine Freundin gefunden.

Kurz nach Ostern 1916 musste Walter wieder zu seiner Einheit vor Verdun zurück. Viele seiner früheren Kameraden waren nicht mehr dabei. Sie wurden durch Rekruten ersetzt, die erst zwei Monate Grundausbildung hinter sich hatten und dem Trommelfeuer der Materialschlacht nicht gewachsen waren. Das unablässige Pfeifen der Geschosse, das Krachen der Einschläge, die Dreckfontänen über die Soldaten warfen, das angstvolle Wiehern der Pferde in ihren Unterständen und die Schreie der getroffenen Kameraden machten aus den größten Maulhelden zitternde, weinende Bündel, die zu keinem vernünftigen Gedanken und erst recht zu keiner kriegerischen Tätigkeit mehr fähig waren. Die kampferfahrenen Soldaten, zu denen auch Walter gehörte, mussten die jungen anschreien und schütteln, damit sie zur Besinnung kamen.

Walter überlebte Verdun. Er bekam Heimaturlaub mit einer Zwischenstation in Freiburg. Mit einer Feldpostkarte kündigte er sein Kommen an. Rosel holte ihn vom Bahnhof ab. Sie erschrak, als er ihr auf dem Bahnsteig entgegenkam. Sein Gesicht war eingefallen. Die Augen lagen in tiefen Höhlen. Müde lächelte er sie an. Rosel überwand ihre Scheu vor den vielen Menschen, schlang ihre Arme um seinen Hals, presste sich an ihn und weinte vor Freude und Angst. Auch Walter verlor die Fassung, um die er als Soldat immer bemüht war, und weinte. Minutenlang standen die beiden eng umschlungen zusammen. Dann begleitete Rosel Walter zu dem Soldatenheim, das dem Lazarett an der Dreisam angegliedert war. Sie hatte nur kurz freibekommen.

Aber am Abend trafen sie sich wieder. Sie aßen in einer Wirtschaft, in der man mit den an Frontsoldaten ausgegebenen Essensmarken bezahlen konnte. Für Walter, der die letzten Wochen immer nur in den tief in die Erde gegrabenen niederen Unterständen, entweder auf der roh gezimmerten Bank sitzend oder in einer kurzen Gefechtspause im Stehen an die Erdwand gelehnt, die magere Soldatenkost verzehrt hatte, war das Sitzen an einem weiß gedeckten Tisch wie ein Festmahl, obwohl er nur Würstchen mit Kartoffelsalat auf dem Teller hatte.

Anschließend gingen er und Rosel in der warmen Sommernacht durch den nahen Park und saßen noch eine Weile eng umschlungen auf einer Bank.

Walter wollte nur ein paar Tage in Freiburg bleiben, aber dann verbrachte er den ganzen zweiwöchigen Urlaub dort. Das Bett im Soldatenheim musste er nach der dritten Nacht räumen. In einer Wirtschaft am Schlossberg, die vor dem Krieg Sommergäste beherbergt hatte, jetzt aber weitgehend leer stand, bekam Walter für wenig Geld ein Zimmer.

Mit der Begründung, in Bereitschaft bleiben zu müssen, sagte er auf einer Postkarte daheim sein Kommen ab. Den wahren Grund verschwieg er. Nur seine Mutter, der er von Rosel erzählt hatte, ahnte den wahren Grund. Sie sagte niemandem etwas davon.

Tagsüber wanderte Walter manchmal durch die lichten Buchenwälder über der Stadt, manchmal setzte er sich lange auf eine Bank und sah den Bauern von weitem beim Heumachen zu. In den Wiesen und den Weingärten am Schlossberg arbeiteten fast nur Frauen und ältere Männer.

Abends und manchmal schon am Nachmittag traf sich Walter mit Rosel. Sie brachte aus der Lazarettküche Kuchen oder belegte Brote mit, die sie auf einem der Aussichtsplätze über der Stadt oder am Waldrand sitzend verzehrten. Walters Liebkosungen, die Rosel in ihrer schüchternen Art nur im Schutz des Waldes oder der Nacht geschehen ließ, wurden drängender. In der zweiten Woche, als sie spät am Abend von einer Wanderung im Dreisamtal zu Walters Herberge zurückkehrten, nahm er Rosel stillschweigend an der Hand und führte die Widerstrebende durch einen Seiteneingang an der Wirtsstube vorbei auf sein Zimmer.

Dieser für beide ersten Liebesnacht folgte nur noch eine zweite, denn Walter hatte, als er sich pflichtgemäß bei der örtlichen Kommandozentrale meldete, wieder den Stellungsbefehl erhalten. In jener zweiten Nacht überwältigte den jungen Soldaten die ganze Zukunftsangst und Verzweiflung. Wie ein Kind schluchzte er in den Armen seiner Rosel und ließ sich lange nicht beruhigen. Ohne auf die Sperrstunde zu achten blieb sie bis zum Morgengrauen und schlich sich dann über Nebengassen zum Schwesternheim.

Die Liebenden konnten nicht einmal voneinander Abschied nehmen. Als Rosel zum Bahnhof eilen wollte, traf eine Gruppe schwer verwundeter Soldaten ein. Weil es an Sanitätern mangelte, mussten alle Schwestern mithelfen, die Verletzten im Lazarett unterzubringen. Walter wartete vergebens. Erst als der begleitende Offizier mit der Waffe drohte, bestieg er den abfahrenden Zug.

Im Abteil erfuhr er dann von einem spät aus dem Soldatenheim eingetroffenen Kameraden den Grund für Rosels Fernbleiben. Starr blickte er aus dem Zugfenster und sah zum letzten Mal den Freiburger Schlossberg und die darüber liegenden Wälder, an deren Ränder das leuchtende Rot der Ebereschen den Herbst ankündigte.

Walter traf seine Einheit an der Somme wieder, als die schlimmsten Kämpfe bereits vorbei waren. Er verlebte ruhige Tage in einer Reserveabteilung und hatte Zeit, an Rosel und die Familie zu schreiben. Wären nicht die zerstörten Dörfer, die zerschossenen Wälder, der von unzähligen Granateinschlägen mehrfach umgepflügte Boden und das Tag und Nacht fortdauernde Donnern der Geschütze gewesen, hätte er prächtige Spätsommertage erlebt, an denen daheim der zweite Wiesenschnitt, das Öhmd, geholt und mit der Kartoffelernte begonnen wurde.

Der Tod kam so überraschend wie der erste Frost. Bei einem erneuten Angriff der an Feuerkraft weit überlegenen Alliierten durchbrachen die erstmals auftauchenden Tanks, die man später Panzer nannte, die deutschen Linien. Ihr Kanonen- und Maschinengewehrfeuer reichte weit in die hinteren Stellungen. Als der Angriff abgewehrt war und die völlig überraschten Soldaten wieder zur Besinnung kamen, fehlte Walter Dachser. Seine Kameraden fanden ihn außerhalb ihres Unterstandes. Wie schlafend lag er im Gras. Eine Maschinengewehrkugel hatte ihn am Haaransatz getroffen. Wäre nicht ein dünner Blutfaden über seine Stirn geronnen, dann wäre nichts vom unerbittlichen Urteil des Krieges sichtbar gewesen.

Obwohl in der Nachbarschaft und den umliegenden Dörfern schon viele junge Menschen gefallen waren, traf die Nachricht vom Tod Walters die Familie Dachser wie ein Hammerschlag. Als der Postbote den Brief brachte, musste sich Karoline am Treppengeländer im schmalen Hausgang festhalten, um nicht umzusinken. Erst als sie den Beileidsspruch des alten Boten entgegengenommen hatte, brach sie in hemmungsloses Schluchzen aus und sank wie erschlagen auf die Küchenbank. Mit ihr weinte ihre vierzehnjährige Tochter Luise.

Als die Männer kurz darauf vom Feld kamen, stand kein Mittagessen auf dem Tisch. Stattdessen lag dort die Nachricht der Militärbehörde. Wilhelm, der sofort wusste, was geschehen war, wurde weiß wie die Wand. Sein Sohn Michel stand starr neben ihm. Der Großknecht Paul verharrte mit fragendem Blick an der Türschwelle.

Als ihn Karoline mit erstickter Stimme unterrichtete, traten dem alten Mann Tränen in die Augen. Der zum Arbeitseinsatz auf den Hof beorderte französische Kriegsgefangene Bertrand, den alle nur Bert nannten, ging zur Bäuerin, reichte ihr die Hand und sagte in seinem ungelenken Deutsch, das er in den Monaten der Gefangenschaft gelernt hatte: »Krieg macht alles kaputt, dein Bub gute Mensch.« Dem Bauern drückte er kurz die Hand, ohne ihn anzusehen. Er und Paul verließen schweigend die Küche, um die Familie allein zu lassen.

Marie, die noch im Stall zu tun hatte, erfuhr die Nachricht von Paul. Still, wie es ihre Art war, kam sie in die Küche, wo die Familie schweigend um den Tisch saß. Sie ging zur Bäuerin und reichte ihr die Hand. Dann machte sie sich ohne weiteres Aufhebens am Herd zu schaffen, um das unvollendete Mittagessen fertig zu kochen.

Hermann kam erst am späten Nachmittag aus der Oberamtsstadt heim. Er war an dem Tag der Todesnachricht seines Bruders für den Kriegsdienst gemustert worden. Inzwischen liefen diese Musterungen ohne den Jahre vorher herrschenden Trubel ab. Die Gemusterten saßen bedrückt in den Wirtschaften herum, tranken wenig vom dünn gewordenen Bier und gingen bald heim, wo ihre Arbeitskraft dringend gebraucht wurde. Ausgemusterte gab es kaum noch. Jeder junge Mann, der seine Füße bewegen und die Arme heben konnte, wurde für tauglich befunden. Auch Hermanns Einberufungsbescheid kam schon wenige Wochen später. Er ließ den gnadenlosen Schliff der Spieße unbeeindruckt über sich ergehen.

Hermann war anders als seine Brüder. Zwar hatte er das runde, dunkle Gesicht des Vaters und des älteren Bruders, zeigte im Gegensatz zu Michel und Walter aber stets eine gleichgültige, eigentümlich unbeteiligte Miene. Es schien, als könne weder Freude noch Leid sein Gemüt bewegen. Im März 1917 kam er nach Frankreich. Weil er mit Pferden umgehen konnte, wurde er dem Tross zugeteilt. Er brachte mit seinem Gespann Munition, anderes Kriegsmaterial und Verpflegung an die Front und von dort verwundete Soldaten zurück, von denen viele noch auf dem Transport starben.

Eine neue Zeit

Nach der Nachricht vom Tod seines Sohnes ging mit Wilhelm Dachser eine eigentümliche Veränderung vor. Er, der sich vorher trotz der kriegsbedingten Einschränkungen mit aller Energie für den weiteren Fortgang des Hofes eingesetzt hatte, verlor plötzlich jeden Schwung. Müde, mit hängenden Schultern schleppte er sich über den Hof. An manchem Morgen kam er, der nach dem Großknecht immer der Erste gewesen war, kaum aus dem Bett. Seine Arbeit im Ochsenstall musste dann der französische Kriegsgefangene übernehmen.

Oft stand Wilhelm gedankenverloren auf die Gabel gestützt im Stallgang und starrte ins Leere. Dann wieder schrie er grundlos mit dem Gesinde oder den Kindern herum und hatte vor allem an seinem Sohn Michel viel auszusetzen. Nur seine Frau und den Großknecht ließ er in Ruhe.

Auch seine Trinkerei nahm zu. Dem Most, dem Grundgetränk der Zeit, hatte er schon immer reichlich zugesprochen. Jetzt holte er auch öfter die Schnapsflasche hervor, die in einem Schränkchen in der am Haus angebauten Brennerei eingeschlossen war. Dazu hatte nur er den Schlüssel. An manchen Tagen war er abends zu betrunken, um im Stall helfen zu können. Damit er nicht zum Gespött der Dienstboten oder gar der Nachbarn wurde, schaffte ihn Karoline dann vorzeitig ins Bett, was er entgegen seiner sonst widerspenstigen Art ohne Murren geschehen ließ.

Von seinen Marktgängen, die auch durch die Handelsbeschränkungen der Behörden immer seltener geworden waren, kehrte er oft erst spät in der Nacht mit einem schweren Rausch heim. Zum Glück fand der Gaul vor dem Einspänner den Weg allein. Karoline, die nie zu Bett ging, bevor ihr Mann im Haus war, musste dann das Pferd ausspannen und im Stall abschirren.

Des Öfteren wurde Wilhelm von den Landjägern aufgegriffen, die mit ihren Fahrrädern nachts Patrouille fuhren, um die allseits gefürchteten Spione zu fangen und verbotenen Schwarzhandel zu unterbinden. Wenn ihn die Polizisten nicht so gut gekannt hätten und oft genug von seiner Frau mit einem Vesper bewirtet worden wären, hätte er manche Nacht im kleinen Arrest des Kirchdorfes zubringen müssen.

In den Wirtschaften fing er immer wieder Streit mit anderen Gästen an. Meistens ging es dabei um den Krieg. Er schimpfte lauthals auf die Generäle und nannte den Kaiser in Berlin einen unerfahrenen preußischen Lausbuben. Daraufhin wurde er einige Male von den Dorfpatrioten, die den Krieg am Wirtshaustisch gewinnen wollten, wegen Majestätsbeleidigung angezeigt. Dann kamen erneut die Landjäger. Nur mit Mühe, einem reichlichen Vesper und weil andere den betrunkenen Zustand bezeugten, war eine Anklage vor Gericht abzuwenden.

Der Krieg, von dem sich Wilhelm längst sicher war, dass Deutschland ihn nicht gewinnen konnte, machte mit Walters Tod seine Zukunftspläne zunichte. Nachdem ihn Michel immer wieder enttäuscht hatte, weil er von Art, Körperkraft und Interessen nicht seinen Vorstellungen von einem richtigen Jungbauern entsprach, und sich die Streitereien mit ihm häuften, hatte er sich für Walter als Hofnachfolger entschieden. Von ihm hatte er sich nicht nur die Weiterführung des Hofes nach seinen eigenen Vorstellungen versprochen. Er war auch davon ausgegangen, dass sein zweiter Sohn ihm immer die Ehrerbietung entgegenbringen würde, die Michel vermissen ließ. Bei dem spürte er häufig den versteckten Hass, der seit dem höhnischen Urteil, Michel sei kein richtiger Mann und könne nie ein rechter Bauer werden, in dessen Innern gärte. Jetzt aber war Walter tot. Alles war mit einem Schlag zerronnen. Alles Mühen, Überlegen und Planen war umsonst. Jetzt musste er den Hof doch seinem ungeliebten Ältesten überlassen. Für den schien es ihm nicht wert, sich weiter anzustrengen und abzumühen.

Für Hermann erhielt der Bauer einen weiteren französischen Kriegsgefangenen mit Namen Auguste. Der aufsässige junge Bursche kam direkt aus dem Lager in Nürnberg, sprach kein Wort Deutsch und stellte sich immer unwissend, obwohl er vieles verstand. Bertrand musste ihm jede einzelne Anweisung übersetzen. Selbstständig konnte man ihn nicht arbeiten lassen. Er war widerspenstig und stachelte seinen etwas älteren Landsmann an, den *Boches* nicht zu helfen, sondern sie zu sabotieren.

Zerbrochenes Werkzeug, ein Schaden an der Mähmaschine durch ein in der Wiese steckendes Eisenteil und ein frei im Stall herumirrender junger Ochse, bei dem sich auf unerklärliche Weise die Halskette gelöst hatte, gingen auf sein Konto. Als er sich mitten in der Heuernte krank stellte, schwere Rückenschmerzen vorgab und am Morgen nicht aus dem Bett wollte, war es dem Bauern endgültig zu viel. Er alarmierte die Polizei, die den Franzosen ins Lager zurückbrachte.

Mit Mühe konnte ein Tagelöhner gewonnen werden, um das Heu halbwegs zeitgerecht einzubringen. Weil es in der Getreideernte an leistungsfähigen Mähern mangelte und weil die Magd Martha auf dem Kleinbauernhof ihrer Eltern den gefallenen Bruder ersetzen musste, fielen einige am Wald liegende Weizenäcker dem zu früh einsetzenden Herbstregen zum Opfer. Schwere Schauer und damit verbundene Stürme drückten das Getreide zu Boden. Die Ähren trockneten nicht mehr und die Körner keimten auf dem Halm. Zuletzt blieb nichts anderes übrig, als das nutzlos gewordene Korn unterzupflügen.

Der nächste Schlag traf die Familie, als Paul vom Hof ging. Der Großknecht musste auf dem Hof seiner Schwester, die er an den Sonntagen häufig besuchte und wo er sein Altenteil verbringen wollte, aushelfen. Dort war sein Schwager, obwohl schon über vierzig, noch eingezogen worden und an der französischen Nordfront gefallen. Allein mit dem sechzehnjährigen Sohn und einer alten Magd konnte die Schwester den Hof nicht durchbringen.

Wilhelm geriet außer sich, als Paul von seinen Weggang sprach. Das erste Mal kam es zwischen Herr und Knecht zu einer unflätigen Auseinandersetzung. In seiner hilflosen Wut nannte der Bauer den Mann, der ihm über zwanzig Jahre treu gedient hatte, einen ehrlosen Lumpen. Daraufhin wollte Paul noch am selben Abend vom Hof. Nur auf inständiges Bitten von Karoline blieb er bis zum Sonntag. Dann musste Michel ihn ersetzen.

Wider Erwarten kam er mit der neuen Rolle zurecht. Jetzt bekam er endlich die Gelegenheit, seinem Vater die Eignung als Bauer zu beweisen. Morgens war er als Erster auf den Beinen und schon vor fünf Uhr im Pferdestall. Kam er abends vom Pflügen des Kleeackers zurück, dann half er die von den anderen aufgelesenen Kartoffeln in den Keller zu schaffen. Todmüde fiel er nach dem Nachtessen ins Bett.

Weil sein Vater zunehmend in sich gekehrt am Küchentisch hocken blieb oder sich den halben Tag mit seinen Ochsen beschäftigte und dort unverständliche Selbstgespräche führte, musste Michel immer häufiger über die täglichen Arbeiten entscheiden. Erwachte Wilhelm aber hin und wieder und meistens vom Alkohol beflügelt aus seiner Lethargie, dann versuchte er, die Herrschaft über den Hof erneut an sich zu reißen. Dabei kam es zu hässlichen Szenen zwischen ihm und Michel, die Karoline meist vergeblich zu schlichten versuchte. Diese Streitereien kosteten sie, die immer um Harmonie bemüht war, ihre letzten Kräfte. Schluchzend saß sie dann in der Küche, unfähig ihre Arbeit zu verrichten. Die inzwischen sechzehnjährige Luise wurde ihr in dieser Zeit zu einer großen Stütze. Genau wie die treue Marie verrichtete sie viele liegen gebliebenen Arbeiten.

Nicht nur auf dem Martinshof, sondern überall wurden die Folgen des Krieges sichtbar. Auf den Feldern waren fast nur Alte, schulpflichtige Kinder und Frauen zu sehen. Weil auch viele Pferde im Krieg gebraucht wurden, mühten sie sich mit Ochsen- und Kuhgespannen ab. Nach der Getreideernte blieben viele Äcker ungepflügt. Die Herbstsaat zog sich bis zum Winteranfang hin. Um die für die Volksernährung so wichtige Kartoffelernte zu sichern, wurden Arbeiterfrauen, Schulkinder und Kriegsgefangene auf die Höfe entsandt. Als Arbeitslohn durften sie einen kleinen Teil der Ernte mit nach Hause nehmen. Die Bauern waren strengen Ablieferungspflichten unterworfen. Täglich waren Kontrolleure in den Dörfern unterwegs, die in Kellern, auf Kornböden und in den Scheunen nach versteckten Früchten, illegal hergestellter Butter und schwarz geschlachtetem Fleisch fahndeten.

Michel, der aufmerksamer als andere das Geschehen verfolgte, sah jeden Tag die drückende Last, die auf den Menschen lag. Je mehr sich die jeden Sonntag in der Kirche verlesenen Gefallenenmeldungen häuften, umso stiller wurde es in den Dörfern und Weilern. Wo es früher am Sonntag in den Wirtschaften hoch hergegangen war, herrschte jetzt bedrückende Stille. Weil in nahezu allen Häusern Kriegstote zu betrauern waren, bestimmten schwarz gekleidete Frauen und Mädchen das Straßenbild. Man sah kaum noch spielende Kinder. Sie mussten die Arbeit von Erwachsenen leisten. Kaum zehnjährige schmächtige Mädchen schleppten schwere Wassereimer in die Häuser. Buben, die gerade über den Pflug hinaussehen konnten, gingen hinter dem Ochsen- oder Kuhgespann und wurden am Pflug hin und her geworfen. Statt nach der Schule Hausaufgaben zu machen oder spielen zu gehen, mussten sie im Winter den Dreschflegel schwingen oder im Wald mit dem Großvater die Säge ziehen.

Auch auf dem herrschaftlichen Hof, auf dem Babette mit Onkel und Tante lebte, hatte der Krieg seine Spuren hinterlassen. Von den drei Söhnen hatte einer die Militärlaufbahn eingeschlagen und es vor Kriegsbeginn bis zum Kompanieführer der Infanterie gebracht. Er fiel 1916 bei einem Sturm deutscher Truppen auf französische Stellungen in der Champagne. Der zweite Sohn verlor 1917 bei den Kämpfen an der Marne ein Bein und lag lange in einem Aachener Lazarett. Nur der Jüngste blieb vom Krieg verschont.

Der Onkel, der vor dem Krieg viel für den landwirtschaftlichen Verein unterwegs war und dabei die Bauernarbeit fast verlernt hatte, musste sich nun wieder mehr um den Hof kümmern und selbst zu Hacke, Axt und Mistgabel greifen. Er, der vorher bei den Bauern durch seine Ämter hoch angesehen war, machte sich im Krieg unbeliebt. Er gehörte der Musterungskommission für Militärpferde an und holte in diesem Amt die besten Pferde aus den Ställen.

Babette, die sich in den guten Zeiten wie ein Herrschaftsfräulein gefühlt hatte, weil sie hauptsächlich für die Bewirtung der Gäste zuständig war, musste jetzt wie eine Magd in den Stall und aufs Feld. Weil aber dem prominenten Bauern von der Militärkommission regelmäßig zuverlässige Kriegsgefangene zugeteilt wurden, stand dieser Hof immer noch besser da als viele andere.

Im August 1918 war Deutschland militärisch am Ende. Ausschlaggebend waren die bessere Kriegstechnik seiner Gegner und der Kriegseintritt Amerikas an der Westfront. Am 11. November wurde im Wald von Compiègne bei Versailles die Kapitulation unterzeichnet.

Unter den Soldaten, die zumeist in geordneten Formationen ins Reich zurückströmten, war auch Hermann Dachser. Er hatte den Krieg unbeschadet überstanden. Die Gräuel, denen er bei seinen Transporten von toten, sterbenden und vor Schmerzen schreienden Soldaten begegnet war, hatten seinem von Gleichmut geprägten Gemüt keinen sichtbaren Schaden zugefügt. Er erreichte mit seinem zum Tross der württembergischen Infanterie zählenden Gespann Mitte Oktober Stuttgart und wurde dort ordnungsgemäß aus dem Militärdienst entlassen. Mit der Eisenbahn und die letzten fünfzehn Kilometer zu Fuß kam er auf dem elterlichen Hof an, als Karoline mit Luise den Hausgarten abräumte.

Beide erkannten den bärtigen, mageren Mann in seiner abgerissenen Uniform zunächst nicht. In der Meinung, es handele sich um einen aus dem Lazarett entlassenen Soldaten, der wie viele in der letzten Zeit um eine Wegzehrung bitten wollte, warf Karoline die ausgerissenen Bohnenstauden, die sie im Arm hielt, auf die Miststatt und wandte sich dem vermeintlich fremden Mann zu. Erst aus nächster Nähe erkannte sie den Sohn. »Es ist Hermann«, rief sie Luise zu, die im Garten geblieben war. Dann nahm sie ihren Buben in den Arm und weinte vor Glück, dass ihr der Krieg nicht auch noch diesen Sohn genommen hatte.

Luise ließ ihre Hacke fallen und rannte mit wehender Schürze auf den Hof zum Bruder. »Warum hast du nicht geschrieben?«, fragte sie noch ganz atemlos. »Wir hätten dich doch abholen können.«

»Es ging gar keine Post mehr«, antwortete Hermann, »und das Laufen hat mir nichts ausgemacht.« Er berichtete, wie in den letzten Tagen des Krieges alles drunter und drüber gegangen war, er aber sein Gespann trotzdem sicher bis nach Stuttgart gebracht hatte.

Dann ging Hermann mit der Mutter ins Haus, während Luise in die am Dorfrand gelegene Baumwiese eilte, um den Vater, der dort mit Marie und dem Franzosen das Obst auflas, von der Rückkehr des Bruders zu unterrichten.

Als Wilhelm mit Luise in die Küche kam, wo Hermann am Tisch saß, vor sich das von Karoline eiligst zubereitete Essen aus Spiegeleiern und Brot, erschrak der Sohn über das Aussehen des Vaters. Mit seinen in die Höhlen gesunkenen müden Augen, den eingefallenen, vom Alkohol unnatürlich geröteten Wangen und der gebeugten Gestalt schien ihm der Vater, der noch keine 70 war, wie ein Greis und viel kleiner, als er ihn in Erinnerung hatte.

»Ich bin froh, dass du wieder da bist«, sagte Wilhelm mit krächzender Stimme. »Bei uns ist alles durcheinander. Ich weiß nicht, wie es weitergehen soll.« Dann griff er nach dem Mostkrug, füllte sein angestammtes Halbliterglas und nahm einen tiefen Zug.

Karoline hatte ihren Sohn bereits über den Weggang von Paul und den Ärger mit dem zweiten Franzosen unterrichtet, die Streitereien des Vaters mit Michel und den anderen allerdings nicht erwähnt. Erst als Wilhelm die Küche kurz verließ, ging sie darauf ein: »Dem Vater geht es gar nicht mehr gut. Seit dem Tod von Walter ist er immer so unzufrieden. Jetzt müsst ihr zwei, du und Michel, gut zusammenhalten, damit es weitergeht.«

Hermann nickte. Er hatte sich mit Michel stets besser verstanden als mit Walter, auf den er wegen dessen allgemeiner Beliebtheit manches Mal eifersüchtig gewesen war. Dass Paul nicht mehr auf dem Hof war, nahm er fast mit Wohlgefallen auf. Jetzt konnte er Großknecht werden und den Pferdestall übernehmen. Mit den Tieren war er schon beim Militär besser klargekommen als mit den Menschen.

Als Michel am Abend vom Pflügen des Kleefeldes heimkam, stand der Bruder schon umgezogen im Hof.

»Mensch, Hermann, wo kommst du denn her?«, freute sich Michel und gab seinem Bruder die Hand. »Ich hab schon Angst gehabt, die Franzosen hätten dich gefangen.«

»So leicht lass ich mich nicht fangen«, lachte Hermann. Ohne weitere Worte übernahm er das Abschirren der Pferde, die sich zu zweit und nicht wie vor dem Krieg zu dritt vor dem Pflug abgemüht hatten.

Bereits am nächsten Morgen stand Hermann früh auf, um die Pferde zu füttern, damit sie auf dem Feld bis zum Mittag durchhielten. Michel überließ ihm das Gespann gerne. Er wollte sich möglichst schnell um eine Zuteilung frei gewordener Soldatengäule kümmern. Nach seiner Ansicht war das Aufgabe des Onkels, schließlich hatte der im Krieg die Pferde von den Höfen geholt. Obwohl der Vater unwirsch reagierte, weil alles doch keinen Wert habe, nahm Michel mit dem Einverständnis von Karoline am Nachmittag das Fahrrad aus dem Schuppen und fuhr auf den Hof der Verwandtschaft.

Dort war die Stimmung gedrückt. Der schwer verwundete zweite Sohn war auf Krücken aus dem Lazarett heimgekehrt. Man wusste, dass er mit nur einem Bein nicht mehr Bauer werden konnte. Auch der Hof hatte viel von seinem Glanz eingebüßt. Das Pflaster wurde längst nicht mehr regelmäßig gekehrt. Überall lagen Stroh, Grünfutter und Laub verstreut. Die vorher so akkurat rechteckig aufgestapelte Miststatt war ein unregelmäßiger Haufen, die immer blitzblank geputzten Stallfenster trübe und verstaubt. Vor der Scheune standen unbenutzte Wagen und reparaturbedürftige Geräte herum. Das Schmuckstück Annes, der Hausgarten, der mit seinen niederen Buchshecken, den exakt eingeteilten Beeten und den hochstämmigen Rosen an einen Schlossgarten erinnerte, war an manchen Stellen von Unkraut überwuchert.

Als Michel das Haus betrat, stand seine Tante in der Küche und kochte Marmelade ein. Die Magd, die eigentlich dafür zuständig war, musste auf dem Feld den Knecht ersetzen. Seine Schwester Babette kam mit verschwitztem Gesicht und einem Korb Wäsche dazu. Michel erzählte von der gesunden Rückkehr Hermanns und bemerkte den leisen Neid der Tante.

»Da habt ihr's aber gut«, sagte sie. »Unser Hans kann nie mehr richtig schaffen. Ich weiß nicht, wie es hier weitergehen soll.«

Babette setze sich missmutig dazu und schimpfte: »Dieser Krieg hat alles kaputt gemacht.«

Kurz darauf humpelte Michels Vetter Hans, der hinter dem Haus in der Sonne gesessen hatte, auf seinen Krücken in die Küche. Er war noch sehr bleich und hatte durch das lange Liegen ganz dünne Arme. Sein linkes Bein war oberhalb des Knies abgenommen. Unter den Hosenstoff zeichnete sich der dicke Verband ab, den er noch immer tragen musste. Hans fragte Michel, bei welcher Einheit und wo an der Front Hermann gewesen sei. Michel konnte nicht viel erzählen. In seiner Wortkargheit hatte der Bruder davon nur wenig berichtet.

Mittlerweile war auch der Onkel hinzugekommen. Müde ließ er sich auf einen Stuhl fallen. Die harte Bauernarbeit, die er nicht mehr gewohnt war, setzte ihm zu. Michel brachte sein Anliegen vor und fragte, was wohl mit den nicht mehr benötigten Militärpferden geschehe und ob man die eigenen vielleicht zurückbekommen könne. Der Onkel wusste nichts Genaues, versprach aber, sich bei der Behörde im Oberamt zu erkundigen. »Der Krieg wird uns noch lange weh tun«, sagte er voraus. Durch seine Verbindungen zu Regierungskreisen wusste er von den hohen Reparationslasten, die Deutschland von den Siegermächten drohten. »Wer soll uns dann die Milch, unsere Ochsen und unser Fleisch abkaufen, wenn die Leute kein Geld mehr haben?«, fragte er, ohne eine Antwort zu erwarten.

Doch in Michel fand er einen ebenbürtigen Gesprächspartner. Schließlich las der junge Martinshöfer regelmäßig die Zeitung und machte sich seine eigenen Gedanken über die politischen Ereignisse. Lange diskutierten die beiden, ohne einen Ausweg zu finden.

Der Besuch blieb nicht ohne Ergebnis. Schon zwei Wochen später kündigte der Onkel die baldige Rückführung eingezogener Militärpferde an. Als einer der ersten wurde Wilhelm Dachser von den Behörden darüber unterrichtet. Mit Hermann, dessen Pferdeverstand er mehr zutraute als dem von Michel, fuhr er mit dem Einspänner zur Bahnstation, um sich einen zum eigenen Gespann passenden Soldatengaul auszusuchen. Hermann schaute den Pferden ins Maul, um ihr Alter zu bestimmen, hob in bewährter, beim Beschlagen üblicher Manier die Hufe an, um deren Zustand und vor allem die Gutmütigkeit der Pferde zu kontrollieren.

Zusammen mit dem Vater entschied er sich schließlich für einen Braunen aus dem Württemberger Landschlag, der gut zu dem vom Kriegseinsatz verschonten Gespann passte. Eine Bewertungskommission, der wieder der Onkel angehörte, bestimmte den Preis. Der des Ausgesuchten entsprach dem, der damals für den eingezogenen Gaul festgelegt worden war. So musste Dachser nichts aufzahlen.

Zufrieden fuhren Vater und Sohn heim. Das erste Mal seit Wochen zeigte Wilhelm wieder den alten Lebensmut. Der Soldatengaul trabte so einträchtig neben dem Einspänner her, als habe er nie einen anderen Partner gehabt. Auf dem Hof wurde er von allen bestaunt. Hermann wurde für seine gute Wahl gelobt und war stolz darauf. Jetzt konnte er wieder mit drei Pferden pflügen.

Trotzdem wurde nichts mehr wie vor dem Krieg. Der Onkel behielt mit seiner pessimistischen Vorhersage recht. Den Fabriken, die für den Krieg gewirtschaftet hatten, fehlten die Aufträge. Die aus den Schützengräben zurückströmenden Soldaten standen vor dem Nichts.

Sie hatten keine Arbeit und nichts zu essen. Nicht einmal genügend Kartoffeln gab es. Wer einen Schrebergarten hatte, konnte sich glücklich schätzen. Weil die Bauern keinen Dünger kaufen konnten und weil auf den Höfen die Menschen und die Zugtiere fehlten, war die Ernte mager ausgefallen. Die Ablieferungspflichten waren aber genauso hart wie im Krieg und die Kontrollen ebenso streng und demütigend.

Nachdem Deutschland kapituliert hatte, verließen die Kriegsgefangenen überstürzt die Höfe. Der Franzose Bertrand hatte sich auf dem Martinshof wohlgefühlt, war er doch von der Bäuerin und ihren Kindern wie ein Familienmitglied und nie wie ein Feind behandelt worden. In den drei Jahren waren ihm Menschen, Vieh und Felder ans Herz gewachsen. Als er Adieu sagte und ihm Karoline ein umfangreiches Bündel Proviant mitgab, standen ihm Tränen in den Augen. Er umarmte Michel, mit dem er während der Arbeit viel über den Krieg, die Politik und über die gleichen Probleme der Bauern diesseits und jenseits des Rheins diskutiert und dem er viele französische Redewendungen beigebracht hatte. Von da an streute Michel bis ins hohe Alter zur Verwunderung und zum Spaß der Zuhörer in seine Reden französische Worte ein.

Für den Franzosen musste Ersatz beschafft werden. Die Soldaten, die aus dem Feld zurückkamen, wollten aber keine Bauernknechte mehr sein. Nachdem sie lange genug unter der Fuchtel ihrer Offiziere gestanden und gelitten hatten, fühlten sich nun frei und waren nicht mehr bereit, sich dem Kommando eines Bauern zu unterwerfen. Für viele waren die Bauern, die im Krieg warm und fern vom Kanonendonner auf ihren Höfen gesessen waren, sowieso nur Drückeberger. Wilhelm kehrte mehrmals erfolglos von seiner Suche nach einem Knecht zurück.

Michel gelang es schließlich. Er hörte in der Nachbarschaft, dass auch einer seiner Schulkameraden nach einer auskurierten Kriegsverletzung heimgekommen war. Dieser Albert hatte in der Schule nicht zu den Begabten gehört und deshalb ähnlich wie Michel einigen Spott erdulden müssen. Ihn besuchte der Martinshöfer und brachte ihm, zur Genesung, wie er sagte, ein gutes Stück Rauchfleisch und einige Eier. Eher beiläufig fragte er dann, ob Albert nicht bei ihm auf dem Hof arbeiten wolle. Für ihn wäre es schön, einen alten Kameraden an seiner Seite zu haben. Der entlassene Soldat stimmte zu. Gleich am darauffolgenden Montag kam er mit seinem Bündel auf den Martinshof.

Während in den Großstädten Hungermärsche und Demonstrationen stattfanden und die Arbeiter- und Soldatenräte in der Bürgerschaft Angst und Schrecken verbreiteten, blieb es auf dem Land weitgehend ruhig. Nur in den an die Bahn angeschlossenen Orten kam es zu kleineren Zusammenstößen heimkehrender und oft genug betrunkener Soldaten mit der Polizei. Manchmal mischten sich unter diese Gruppen Aufrührer, die von der Revolution begeistert waren oder einfach den reichen Bürgern und Bauern an ihren Besitz wollten.

Eine solche Gruppe stürmte an einem regnerischen Novemberabend grölend auf den Martinshof. Ihr Anführer war Karl, jener ehemalige Knecht, den der Bauer wegen des Getreidediebstahls fortgejagt hatte. Jetzt wollte er sich rächen. Als Wilhelm, von Marie alarmiert, aus dem Stall kam, richtete Karl eine Pistole auf ihn und verlangte als Führer des Bauern- und Soldatenrates die Öffnung des Kellers. »Lange genug habt ihr euch an uns gemästet«, schrie er Wilhelm ins Gesicht. »Jetzt wird der Spieß umgedreht.«

Als der Bauer nicht sofort bereit war, den verschlossenen Keller zu öffnen, holten sich die Aufrührer Spitzhacken und Äxte aus dem Schuppen. Wilhelm, der sich ihnen in den Weg stellen wollte, bekam von Karl einen Schlag mit dem Pistolenknauf und, als er zu Boden ging, den Stiefel in die Rippen. Auf seine Schreie hin stürzten Hermann, Michel und Albert hinzu. Hermann eilte dem Vater sofort zu Hilfe, wurde aber ebenfalls niedergeschlagen. Albert kümmerte sich um die Verletzten. Nur Michel hielt sich ängstlich zurück. Er hatte eine solche Schlägerei in schlechter Erinnerung.

Während die Gruppe in den Keller stürmte, dort die in einem Hängeregal aufbewahrten Brotlaibe an sich riss, aber vergeblich nach den vermuteten Wein- und Schnapsflaschen suchte, war Marie ins Haus geeilt und hatte die Bäuerin geholt. Mit wehender Schürze lief Karoline über den Hof. »Leute, was wollt ihr, wir haben doch selber nichts«, jammerte sie mit erhobenen Händen. Dann erkannte sie den ehemaligen Knecht, der ihr grinsend entgegentrat. Jetzt wurde ihre Stimme ruhig und fest. »Karl, du bist es«, sagte sie. »Hast du damals noch nicht genug gestohlen?« Sie zeigte aufs Haus. »Komm nur, hol dir alles.«

Der Angesprochene wurde unsicher. Einige seiner Kameraden hatten die Worte der Bäuerin gehört und sahen jetzt verwundert auf ihren Anführer.

»Wir stehlen nicht«, schrie er, »wir holen, was dem Volk gehört.

»So nennst du das also«, entgegnete Karoline. »Wir haben dir damals einen guten Lohn gezahlt, aber das war dir nicht genug. Du hast auch noch stehlen müssen. Trotzdem haben wir damals nicht den Landjäger geholt. Das war wohl ein Fehler.«

Jetzt wollte Karl nichts mehr hören. »Es reicht«, brüllte er seinen Spießgesellen zu, »wir müssen weiter.«

Die Aufrührer packten die Brotlaibe in ihre Rucksäcke und stopften noch schnell ein paar Kartoffeln hinterher. Dann stürmte die Gruppe ein Revolutionslied grölend die Dorfstraße hinab. Als sie im Nachbardorf andere Höfe heimsuchen wollten, wurden sie von einigen Bauern mit Hacken und Gabeln in der Hand empfangen und hinausgejagt. Das war der einzige Auftritt eines Bauern- und Soldatenrates in der Gegend.

Wilhelm und sein Sohn Hermann erholten sich schnell. Beiden wurde von Karoline und Luise das Blut aus dem Gesicht gewaschen und die Wunden mit Schnaps, dem Allheilmittel der Bauern, behandelt. Sie hatten keine ernsthaften Verletzungen davongetragen.

Als Michel mit der Stallarbeit fertig war und sich alle zum Nachtessen an den Tisch setzten, brach aus dem Bauern die Wut über die erlittene Demütigung heraus. Er brauchte einen Sündenbock. »Du warst ja wieder ein richtiger Held«, sagte er höhnisch zu seinem Sohn. »Hättest du uns geholfen, statt feige danebenzustehen, dann hätten wir die Bande schnell vom Hof gehabt. Aber das kennt man ja von dir.«

Michel schoss das Blut ins Gesicht. Er wollte aufspringen, aber Karoline hielt ihn an Arm zurück. »Hört auf«, sagte sie streng. »Mit der ganzen Bande wäret ihr auch zu dritt nicht fertig geworden.« Dass sie es war, die den Räuberspuk beendet hatte, sagte sie nicht.

Nach diesem Vorfall verschlossen die Bauern ihre Türen zu Ställen, Kellern und Speichern noch fester. Auf dem Martinshof wurde ein Wachhund angeschafft, für den Hermann und Michel eine kleine Hütte zimmerten. An seiner langen Kette konnte dieser Schäferhund jede Ecke des Hofes erreichen. Dafür bekam der Bauer Ärger mit dem Briefträger, der bisher ins Haus gekommen war.

Der neue Schwung, den die gesunde Rückkehr Hermanns in das Leben seines Vaters gebracht hatte, hielt nicht lange an. Nach dem Vorfall mit dem Bauern- und Soldatenrat verfiel Wilhelm bald wieder in den alten Trübsinn. Auch das Alter, er war jetzt 70, zeigte sich jeden Tag stärker. Rheuma plagte ihn in allen Gelenken. Dazu geriet er nach bei der kleinsten Anstrengung außer Atem. Immer mehr wurde der Alkohol sein heimlicher Freund. Hatte er genug Most getrunken oder dem weiterhin in der Brennerei versteckten Schnaps zugesprochen, vergaß er all das, was ihm misslungen war und was ihm andere angetan hatten. Manchmal versuchte er mit allem Zorn, der sich ihn ihm angesammelt hatte, die Herrschaft zurückzugewinnen. Dann stellte er überall auf dem Hof Versäumnisse fest. Dann war ihm das Vieh nicht gut genug gefüttert, der Stall nicht sauber genug und die Scheune zu unaufgeräumt. Er schimpfte mit allen, die ihm in den Weg kamen, bis ihm die Atemnot das Wort raubte.

Auch Karoline musste jetzt seine Wutausbrüche erdulden. Hermann nahm die Schimpfereien mit seinem stoischen Gleichmut hin. Michel trat der Kritik mit Verachtung entgegen. Er wusste inzwischen gut genug, dass er als Einziger in der Lage war, über den Tag hinaus zu denken und den Hof weiterzuführen.

Jetzt war er es, der die von Karoline aufgezogenen Ferkel auf dem Markt verkaufte. Anfänglich glaubten die Händler, mit diesem wenig ansehnlichen, schüchtern wirkenden Jungbauern leichtes Spiel zu haben. Mit lauter Stimme und rasch wechselnden Geboten für jedes einzelne Ferkel und die ganze Gruppe, die er im Korb hatte, versuchten sie, ihn einzuschüchtern und aus dem Konzept zu bringen. Aber Michel war ihnen im schnellen Kopfrechnen zumindest ebenbürtig, wenn nicht überlegen und einschüchtern ließ er sich schon längst nicht mehr. Unterschätzt zu werden, das war er seit seiner Schulzeit gewohnt. Er nutzte es geschickt für seine Geschäfte.

Vom Vater übernahm er auch den Einkauf von Jungvieh für den Ochsen- und Kuhstall. Verkäufer waren die Kleinbauern der Täler, denen für das Aufziehen ihrer Kälber das Futter und die Stallplätze fehlten. Ihnen war Michel lieber als sein Vater, der immer etwas großspurig aufgetreten war. Der junge Martinshöfer blieb bescheiden, nahm Anteil am Familienleben und machte mit den Bauern und ihren Frauen harmlose Späße. Er griff auch nie zu billigen Tricks, mit denen die Bauern von manchen Händlern oder Metzgern hereingelegt wurden. Sein Vorteil war der gute Viehverstand. Er konnte schon bald nicht nur das Gewicht jedes Tieres bis aufs letzte Kilo schätzen, sondern erkannte auch, welches Kalb eine gute Kuh oder einen wüchsigen Ochsen gab.

Mehr und mehr wurde Michel Dachser vom Bauern zum Händler, zum Kaufmann. Das entsprach seiner Neigung eher als die Arbeit auf dem Feld und im Stall. Bald brachte er es damit zu mehr Wohlstand als andere Bauern. Aber Ansehen errang er bei seinen Berufskollegen, die nach einem langen Tag harter Stall- und Feldarbeit todmüde ins Bett fielen, nicht.

Die Arbeit auf dem Hof überließ Michel zunehmend seinem Bruder Hermann, der nicht nur den Pferdeverstand hatte, sondern auch schnell wusste, wann und wo was zu erledigen war. Hermann kam außerdem mit dem Vater besser aus als Michel. An den selten werdenden Tagen, an denen Wilhelm nicht grübelnd und schimpfend am Küchentisch hockte oder sich in der Brennerei verkroch, gab er das uralte, von Generation zu Generation übermittelte bäuerliche Wissen an seinen jüngsten Sohn weiter.

Oft nahm Hermann den Vater mit auf die Felder. Dann lebte der alte Mann wieder auf. Soweit es seine Kräfte zuließen, hackte er am Feldrand die Grenzfurche sauber, zog mit dem Rechen das Gras vom Wiesenrand nach innen und setzte sich schließlich auf einen der an den Feldrändern aufgeschichteten Steinhaufen. Er sah zu, wie sein Sohn den Acker eggte oder das Gras mähte und wie auf anderen Feldern gearbeitet wurde. Manchmal kamen Dorfbewohner vorbei, mit denen er plaudern konnte. Das waren gute Tage, an denen die Kümmernisse für wenige Stunden davonflogen wie die Krähen, die doch jeden Morgen wiederkamen.

Das Bauernleben in den Dörfern und Weilern ging langsam wieder den alten Gang. Die Männer, die im Krieg geblieben waren, wurden allmählich ersetzt. Auch auf dem Martinshof lief das in Unordnung geratene Arbeitsleben wieder in ruhigen Bahnen. Mit dem Knecht Albert hatte Michel einen guten Griff getan. Der ruhige Mann war froh, dem Kommandogeschrei und der Schikane seiner Offiziere entronnen zu sein und am Küchentisch des Bauernhofes eine regelmäßige Versorgung zu haben. Als zwar langsamer, aber beharrlicher Arbeiter füllte er die Lücke aus, die der Franzose Bertrand hinterlassen hatte. Im Stall arbeitete er mit Marie zusammen und half ihr hin und wieder sogar beim Melken. Das hatte bisher noch kein Mann getan. Melken galt als reine Frauenarbeit. Aber Albert verstand sich gut mit den Tieren. Während der Stallarbeit sprach er mit ihnen wie mit seinesgleichen und in seiner Gegenwart blieben auch ängstliche, schreckhafte Rinder ruhig.

Den Saustall versorgte weiterhin Karoline. Michel, der längst begriffen hatte, wie gut man mit den Ferkeln Geld verdienen konnte, half ihr dabei. Im Haus herrschte Luise. Sie nahm ihrer Mutter nun auch das Kochen ab. Von ihrer Schwester Babette, die wieder häufiger zu Besuch kam, lernte sie viel und brachte neue Gerichte auf den Tisch. Der Vater murrte zwar darüber, aber die anderen freuten sich.

Von der politischen Unruhe, über die die Zeitung berichtete, und der zunehmenden Armut in den Städten merkten sie wenig. Ab und zu kamen Kriegsinvaliden an ihren Krücken in die Dörfer und baten um etwas Essen. Sie wurden von Karoline, die niemandem einen Wunsch abschlagen konnte, gut versorgt. Anfangs bat sie diese Gäste sogar an den Küchentisch. Als eine dieser abgerissenen Gestalten aber Läuse mitbrachte, mussten die Bettler ihr Vesper auf der Bank vor der Haustür verzehren. Unter ihnen waren auch viele Säufer, denen es nicht auf das Vesper, sondern auf den Krug Most ankam.

Wilhelm, der sich früher nie mit solchen Leuten abgegeben hatte, setzte sich manchmal dazu und ließ sich ihr Kriegsschicksal erzählen. Wenn er dann von seinem Sohn Walter berichtete, standen dem eigentlich so harten Mann Tränen in den Augen.

Einschneidend wurde die zunehmende Inflation. Als Michel es versäumte, mit dem auf dem Schweinemarkt erlösten Geld noch am gleichen Tag im Auftrag der Mutter neues Geschirr zu kaufen, musste er dafür zwei Tage später das Doppelte bezahlen. Von da an kehrte er wie andere zum Tauschhandel zurück. Er gab Ferkel für Saatgut und Dünger und bezahlte den Schmied, den Schneider oder den Schuster mit Korn. Für das erworbene Jungvieh brachte er den Kleinbauern Ferkel, Weizen, Gerste oder Hafer.

Im Herbst überredete er Hermann, die in der Oberamtsstadt eingerichtete landwirtschaftliche Winterschule zu besuchen. Mit zwei weiteren Jungbauern aus dem Dorf mietete sich der Bruder von November bis März bei einer Handwerkersfrau ein und bezahlte für seine Unterkunft jede Woche mit einigen Pfund Brotweizen.

Von dieser Winterschule brachte Hermann viele neue Ideen mit, die er mit seinem Bruder diskutierte. Mit dem Vater war darüber nicht mehr zu reden.

Wilhelm, der früher für Neuerungen aufgeschlossen war und als erster im Dorf eine Dreschmaschine hatte, lehnte im Alter jede Veränderung ab. Die Söhne bauten ohne sein Wissen neue Getreidesorten an und ersetzten den Dinkel vollkommen durch Weizen, der einen höheren Ertrag brachte. Weil die Brüder das Geld schon seit Langem vor allem im Stall mit den Ochsen, Kühen und Schweinen verdienten, wollten sie künftig mehr für das Vieh tun. Daher entschlossen sie sich, Futterrüben anzubauen. Hermann hatte gelernt, dass Rüben einen guten, lockeren, reichlich gedüngten Boden brauchen. Deshalb erfolgte der ersten Anbau auf einem kleinen Acker nahe beim Hof, auf dem Karoline sonst immer Kraut und Bohnen gepflanzt hatte.

Die von Hand in Reihen ausgesäten Rüben machten reichlich Arbeit. Karoline, Luise und Marie brachten viele Tage damit zu, die kleinen Pflänzchen zu vereinzeln und die Rüben bis zum Hochsommer vom Unkraut frei zu halten. Die Mühe lohnte sich. Im Herbst konnte Hermann stolz die Ernte einfahren. Die Rüben wurden im großen Scheunenkeller eingelagert und im Winter klein gehackt dem Rinderfutter aus Heu und Stroh beigemischt. Auch für die Schweine waren sie willkommene Leckerbissen. Beim Melken konnte Marie mit vollen Milchkannen den Erfolg der Rübenfütterung nachweisen.

Wenn sie die Kannen mit dem Handkarren zur Sammelstelle gefahren hatte, berichtete die Magd voll Stolz, dass sie von allen Höfen wieder die meiste Milch abgeliefert habe. »Niemand kann mit uns mithalten«, sagte sie mit strahlenden Augen zu Michel.

»Ja, Marie«, lachte er sie an und legte ihr die Hand auf die Schulter, »du bist die beste Melkerin am Ort und mir von allen die liebste.«

Der schüchternen Magd schoss das Blut in die Wangen. Sie wagte aber nicht ihre Freude zu zeigen, sondern bückte sich, um das Melkgeschirr ins Haus zu bringen.

Auch für Karoline waren das nach den Sorgen der Kriegszeit gute Tage. Sie freute sich über den Erfolg auf dem Hof und das gute Auskommen der drei Geschwister. So ließ sich auch der schwierigen Umgang mit ihrem Mann leichter ertragen.

Luises Liebe

Am Martinshof floss der schnelle Strom der Zeit fast unbemerkt vorbei. Die inzwischen zweiundzwanzigjährige Luise war die Einzige, die sich mitreißen ließ. Aus dem etwas unscheinbaren Mädchen war eine hübsche junge Frau geworden. Wie der Vater war sie nicht sehr groß, dunkelhaarig, braunäugig und hatte im sonst schmalen Gesicht starke Wangenknochen. Die viele Arbeit hatte ihr breite Schultern und starke Arme eingetragen. Trotzdem war ihre Gestalt mit der schmalen Taille schlank geblieben. Nach dem Vorbild ihrer Schwester Babette verstand sie sich gut anzuziehen. Sie trotzte dem geizigen Vater und der sparsamen Mutter mit ihrer liebenswerten Art immer wieder neue Kleider ab. Auch im Dorf verstand sie sich mit allen Leuten gut. An den Sonntagen war sie gern mit anderen Mädchen unterwegs, was der Mutter und den Brüdern nicht immer gefiel. Weil es sich nicht schickte, allein oder nur mit anderen Mädchen die Feste des Liederkranzes oder die vom Wirt im Kirchdorf veranstalteten Tanzabende zu besuchen, musste Hermann mitgehen. Er tat das nur sehr ungern.

Wie sein Bruder Michel war Hermann im Grunde ungesellig. Er tanzte nicht und hatte auch für die Späße der anderen jungen Leute wenig übrig. Wenn er aus dem Haus ging, dann setzte er sich in der Wirtschaft am liebsten zu den gestandenen Männern und sprach mit ihnen über Pferde, das Vieh und über das Gedeihen der Feldfrüchte. Im Gegensatz zu Michel, dessen Interessen weit über den Horizont des Hofes hinausreichten, beschränkte sich Hermann auf das, was um ihn herum geschah und womit er täglich zu tun hatte.

Unter den Burschen, die zu den Tanzabenden aus dem weiten Umkreis zusammenkamen, hatte Luise viele Verehrer. Sie sprach und scherzte mit allen, wehrte Annäherungsversuche aber stets freundlich, doch entschieden ab. Bei vielen der Abgewiesenen galt sie deshalb als eingebildet. Aber sie wartete einfach nur auf den Richtigen.

Auf den Hof kam hin und wieder ein Handelsvertreter, der Futtermittel und Präparate für die Behandlung kranker Tiere verkaufte. Michel hatte ihn auf einem Vortrag der Landwirtschaftsschule kennengelernt und war mit ihm ins Geschäft gekommen.

Dieser etwa 35-jährige Mann namens Eduard Weißmann, der stets wie ein Gutsverwalter mit grüner oder brauner, hochgeschlossener Jacke nach Art einer Uniform und engen, mit übergeschlagenen Kniestrümpfen getragenen Hosen gekleidet war, hatte den Krieg als Leutnant der Kavallerie mitgemacht. Er entstammte einer Kaufmannsfamilie aus dem Elsass, die durch den Anschluss ihrer Heimat an Frankreich die Firma und in der Inflationszeit viel von ihrem restlichen Vermögen verloren hatte. Damit war sein Traum, Rechtswissenschaften zu studieren, ausgeträumt. Da er gut mit Menschen umgehen konnte und aus dem weltoffenen Elternhaus geschliffene Umgangsformen mitbrachte, wurde er ein erfolgreicher Verkäufer. Er kam oft auf den Martinshof, einmal, weil er Spaß an der Unterhaltung mit Michel hatte, mit dem über mehr zu reden war als mit den anderen Bauern. Ein weiterer Grund wurde aber mehr und mehr die hübsche Luise.

Oft saß Eduard Weißmann stundenlang mit Michel in der Stube und winters in der Küche. Er berichtete dem wissbegierigen Martinshöfer, was auf den großen Höfen gerade an Neuheiten ausprobiert wurde, mit welchen Methoden man dort auf den Feldern zu Höchsterträgen kam und welche neue Rinderrasse noch mehr Milch gab. Außerdem redeten die beiden häufig über Politik, über die Verhandlungen zur Minderung der deutschen Reparationszahlungen an die Kriegsgegner und über einen gewissen Hitler, der in München bei einem Putschversuch gescheitert war, aber trotzdem viele Anhänger fand.

Am liebsten saß Weißmann am großen Küchentisch. Dort konnte er Luise betrachten, die ihrer Arbeit nachging und dabei den beiden Männern zuhörte. Er machte dem Mädchen harmlose Komplimente und bezog es immer wieder in das Gespräch mit ein. Manchmal brachte er ihr Süßigkeiten mit, um sich damit, wie er sagte, für die Bewirtung zu revanchieren. Luise gefiel dieser Verehrer, der anders war als die Bauernburschen. Sie ließ sich gerne von ihm hofieren.

Zuerst war Weißmann immer mit einem Einspännerwägelchen gekommen. Eines Tages ratterte er aber mit einem Automobil auf den Hof. Das war für alle im Dorf eine Sensation. Die Kinder liefen zusammen und auch einige Jungbauern und Knechte bestaunten das Gefährt. Bisher war der Brauereibesitzer im Städtchen der einzige Autobesitzer weit und breit gewesen.

Als sich die Neugierigen wieder verlaufen hatten, lud Weißmann Luise zu einer kleinen Spazierfahrt ein. Der Weg führte über das Sträßchen zum nächsten Weiler, vorbei an grünen Wiesen und durch ein kleines Wäldchen. Dort hielt Weißmann an, um für die Rückfahrt zu wenden. Er drehte sich zu Luise und fragte, wie ihr die Fahrt gefalle. Natürlich war sie begeistert.

»Dafür hätte ich aber eine kleine Belohnung verdient«, lachte er treuherzig, fasste ihre Hand und sah ihr in die Augen.

Luise wurde rot, ihr Herz klopfte. »Was soll ich Ihnen geben, ich habe doch nichts«, sagte sie unsicher.

»Du hast mehr als andere«, entgegnete Weißmann, schlang den Arm um ihren Nacken und zog ihren Kopf zu sich. Als er sie küsste, wehrte sich Luise nicht.

Auf der Rückfahrt sprachen beide kein Wort. Erst als sie den Hof erreichten, hatte sich das Mädchen wieder gefangen. Nur Karoline, die mit einem Korb Tomaten aus dem Garten kam, bemerkte die geröteten Wangen ihrer Tochter und machte sich ihre Gedanken. Galant fragte Weißmann die Mutter, ob sie nicht auch eine kleine Fahrt mitmachen möchte. Karoline lehnte lachend ab und gab dem Automobilisten in einem von Luise geholten Tuch einige der leuchtend roten Früchte.

»Ich komme bald wieder«, flüsterte er leise, als er sich von Luise verabschiedete.

Die fröhliche, stets ausgeglichene Luise wurde ernst und nachdenklich. Die Liebe hatte ihr Herz ergriffen und hielt auch den Verstand gefangen.

Weißmann kam schon nach einer Woche wieder. Diesmal brachte er der Tochter ein hübsches Tuch und der Mutter eine Schachtel feine Pralinen. Karoline wehrte ab.

»Ich habe schon viel mehr bei Ihnen verzehrt«, sagte er und drückte der Bäuerin die schmale Schachtel in die Hand. Dann wollte Weißmann in den Stall, um nach den kranken Kälbern zu sehen, für die er beim letzten Besuch ein Vitaminpräparat mitgebracht hatte. Da Michel und Hermann auf dem Feld zu tun hatten, bat Karoline ihre Tochter, dem Herrn Weißmann die Stalltüre zu öffnen, die seit dem unerfreulichen Besuch des Arbeiter- und Soldatenrates auch tagsüber abgeschlossen war.

Im Stall, in dem die Schwalben ihre Jungen fütterten und beim Eintritt des fremden Mannes erschreckt davonflogen, zog Weißmann Luise wortlos an sich und küsste sie stürmisch.

Diesmal entgegnete das Mädchen die Liebkosung. »Ich hab die ganze Woche nur an dich gedacht«, gestand sie leise und streichelte sein dunkles Haar.

»Mir geht es genauso.« Weißmann schmiegte sich noch näher an sie. »Ich möchte dich ganz bei mir haben. Können wir uns nicht einmal länger sehen?«

»Komm am Sonntag«, flüsterte Luise. »Dann können wir uns draußen am Wäldchen treffen.«

Weißmann willigte erfreut ein und sie vereinbarten schnell Zeit und Treffpunkt.

An jenem Sonntag bemühte sich Luise, ihre Nervosität, die sie schon die ganze Woche plagte, nicht merken zu lassen. Sie bemühte sich, das Mittagessen möglichst früh auf den Tisch zu bringen, um danach mit Marie rasch das Geschirr abzuwaschen. Und sie bemühte sich, möglichst gleichmütig zu verkünden, dass sie sich mit einem Buch in den Obstgarten hinter der Scheune setzen wolle.

Ohne vom Dorf aus gesehen zu werden, erreichte sie zur verabredeten Zeit das Wäldchen. Dort wartete Weißmann bereits. Er hatte kein Auto dabei. Der Bierbrauer, bei dem er oft einkehrte, hatte ihn ein Stück mitgenommen. Seine übliche Vertreteruniform war gegen einen leichten, hellen Sommeranzug ausgetauscht, in dem er Luise noch besser gefiel. Für seine Angebetete hatte Weißmann ein kleines Sträußchen aus Heckenrosen gepflückt, das er ihr mit galanter Verbeugung überreichte.

Luise war hingerissen. Zu so einer feinen Geste war keiner ihrer bäuerlichen Verehrer fähig. Sie umarmte den Geliebten und er küsste sie heiß. Hand in Hand schlenderte das Paar den engen Waldweg entlang, der von Buchenästen wie von einem Kirchenschiff überdacht wurde. An einer kleinen Lichtung setzten sich die beiden ins weiche, trockene Gras und küssten sich wieder und wieder. Die Liebkosungen von Weißmann wurden drängender. Als er Luise aber die Bluse öffnen wollte, hielt sie seine Hand fest und stand auf.

»Komm, wir gehen noch ein Stück«, sagte sie leise und zog ihn an der Hand in die Höhe.

Weißmann war ein wenig enttäuscht, ließ sich aber nichts anmerken. Nach einer Weile machte Luise den Vorschlag, sie könnten doch gemeinsam auf den Hof gehen und dort sagen, sie hätten sich zufällig getroffen. Nach einigem Zögern willigte er ein.

Durch den hinteren Scheuneneingang betraten sie das Haus. Dort war noch alles still. Luise führte Weißmann in die Stube, wo es kühl war und nur einige Fliegen summten. »Wir haben Besuch«, sagte sie laut in Richtung Schlafstube.

Dort regte sich die Mutter. »Wer ist es denn?«, fragte Karoline durch die geschlossene Tür.

»Der Herr Weißmann«, entgegnete Luise und brachte ihre Mutter damit in Verlegenheit. Die hatte höchstens den Schwager mit Babette erwartet. Schnell holte sie ein besseres Kleid aus dem Schrank, machte am Spiegel der Waschkommode die weiß gewordenen Haare zurecht und kam in die Stube. »Das ist aber eine Überraschung«, sagte sie zu dem Gast. »Machen sie auch am Sonntag Geschäfte?«

Weißmann wehrte ab. Er habe mit dem Bierbrauer eine Ausfahrt unternommen und sei dann ein Stück zu Fuß gegangen. Rein zufällig habe er Luise hinter der Scheune entdeckt.

Luise ließ die beiden allein, um in der Küche Kaffee zu kochen. Den für die Bauern neuen Brauch, wie die Städter am Sonntagnachmittag Kaffee zu trinken, hatte sie nach dem Vorbild des Onkelhofes eingeführt. Am Vormittag hatte sie wohlweislich mit den frisch gepflückten Johannisbeeren einen Kuchen gebacken.

In der Stube lief das Gespräch der Mutter mit dem Sonntagsgast weiter. Karoline, die hinter dem angeblich zufälligen Treffen Absicht vermutete, fragte Weißmann nach seiner Familie. Wie sie erfuhr, hatte der Vater mit dem ältesten Bruder in Mannheim eine neue Firma für den Handel mit landwirtschaftlichen Produkten gegründet, die sich recht gut machte. Besonders das Geschäft mit dem neuen Kunstdünger, bei dem der Stickstoff aus der Luft geholt wurde, habe gewaltig zugenommen. Karoline war beeindruckt.

Auch die beiden Brüder, die wenig später dazukamen, waren vom Besuch überrascht. Der einfältige Hermann dachte sich nichts dabei, aber Michel machte sich seinen Reim. In seinen Augen war dieser Weißmann eine gute Partie für die Schwester.

Beim Kaffee plätscherte das Gespräch locker dahin. Weißmann war bemüht, immer wieder auch Luise und ihre Mutter einzubeziehen. Erst als Wilhelm aus der Schlafstube nach seiner Frau rief, die ihm beim Aufstehen helfen musste, fiel ein Schatten auf den sonnigen Nachmittag. Der Bauer wehrte sich dagegen, seinen guten Anzug anzuziehen, was bis zum Kaffeetisch zu hören war. Als er in seinen Alltagskleidern dazustieß, lehnte er auch den Kaffee ab, Luise musste einen Krug Most holen. Mürrisch saß er am Tisch und beteiligte sich nicht am Gespräch. Er konnte diesen Weißmann nicht leiden, so wie er in der letzten Zeit gegen alle Fremden etwas hatte.

Luise war das Verhalten des Vaters peinlich. Sie war froh, als er nach einiger Zeit stöhnend aufstand und in die Küche ging, um dort wie jeden Nachmittag die Zeitung zu lesen. In der Stube lief das Gespräch munter weiter. Man war inzwischen bei Michels Lieblingsthema, der Politik, angekommen. Er und Weißmann setzten ihre Diskussion auch fort, als Hermann aufstand, um sich für die Stallarbeit umzuziehen und Karoline in die Küche musste, um für den heimgekehrten Knecht das Vesper zu richten.

Als Weißmann sich schließlich verabschieden wollte, machte Michel den Vorschlag einzuspannen, um dem Gast den langen Fußweg bis zum Städtchen zu ersparen. Er selbst werde zwar im Stall gebraucht, doch Luise könne kutschieren. Kurz darauf rollte der Einspänner mit Luise auf dem Bock und Weißmann neben sich vom Hof. So hatte das Paar Gelegenheit, unbeobachtet einige Liebkosungen auszutauschen und das nächste Treffen zu vereinbaren.

Weißmann kam jetzt regelmäßig auf den Martinshof. An den Sonntagen holte er Luise manchmal mit dem Auto ab, um irgendwo spazieren zu gehen oder in einer Gartenwirtschaft einzukehren. Bei den anderen Dorfbewohnern galt er nun als offizieller Bewerber um die Hand der Dachsertochter. Ihre Freundinnen, für die Luise kaum noch Zeit hatte, waren neidisch.

Mit Michel sprach Weißmann über seine Pläne. Sein Ziel war es, im Städtchen ein eigenes Geschäft zu gründen, um die Bauern mit den Gütern zu versorgen, die er bisher für eine andere Handelsfirma verkauft hatte. Michel riet ihm zu. Als Weißmann gestand, dass ihm für die Geschäftsgründung das Geld fehle und er auch von seinen Eltern nicht viel erwarten könne, sagte der Martinshöfer unvermittelt: »Wenn Luise deine Frau wird, dann können wir dir helfen.«

Eine Geldsumme nannte er nicht. Und Weißmann wollte nicht danach fragen, aber er war erleichtert.

Noch am gleichen Tag sprach Michel mit seiner Mutter. Karoline war einerseits froh, die Tochter in gute Hände geben zu können, andererseits machte ihr Michels Plan Sorgen. Womöglich mussten Schulden gemacht werden und Babette war ja auch noch zu versorgen.

Michel konnte sie beruhigen. Er hatte noch vor der Inflation das auf der Sparkasse angelegte Geld bei einem jüdischen Bankier in Dollar umgetauscht und dadurch vor dem Wertverlust gerettet. Außerdem hatte er mit seinen Viehhandelsgeschäften in der letzten Zeit gut verdient. Neben der Aussteuer könne man Luise zehntausend Mark mitgeben.

Mit dem Vater sprach Karoline über die Verheiratung der Tochter, ohne auf Weißmann einzugehen. Sie nannte die von Michel ausgemachte Summe, so als sei es ihr Gedanke. Karoline wusste, dass ihr Mann auf Pläne seines Sohnes stets mit Ablehnung reagierte.

Aber auch so fragte Wilhelm zunächst entrüstet: »Wo sollen wir so viel Geld hernehmen?«

Karoline verwies auf das Dollarvermögen, das Michel angehäuft hatte, wieder ohne den Namen des Sohns zu nennen.

»Wenn du meinst«, lenkte der Bauer ein, »mir ist sowieso bald alles egal.«

»Komm«, entgegnete Karoline, »sei doch nicht immer so unzufrieden, es geht uns doch wieder recht gut.«

»Ja«, erwiderte Wilhelm mit zittrig werdender Stimme, »alles wäre gut, wenn der Walter noch da wär.«

Zwischen Michel und Weißmann wurde der Handel im Stall abgeschlossen. Dort konnten die beiden ungestört über Weißmanns Zukunftspläne reden. Der künftige Schwager war mit der zugesagten Summe einverstanden. Mit einem Handschlag wie beim Viehhandel wurde alles besiegelt. Gleich anschließend stürmte der angehende Bräutigam in die Küche, nahm seine Luise, die dort das Mittagessen vorbereitete, in die Arme und fragte: »Wann sollen wir heiraten?«

Obwohl sie schon hin und wieder über ein gemeinsames Leben, aber nie direkt vom Heiraten gesprochen hatten, war Luise überrascht. Sie war sich nie ganz sicher gewesen, ob Weißmann es mit seinen Liebesschwüren auch wirklich ernst meinte. Wusste sie doch, dass manch andere Frau in den Dörfern und im Städtchen den galanten Geschäftsmann ebenfalls gerne geheiratet hätte. »Du hast mich noch gar nicht gefragt, ob ich dich überhaupt will«, sagte sie mit gespielter Entrüstung.

Wie ein Bühnenschauspieler holte Weißmann diesen Antrag nach: »Luise Dachser«, sagte er mit ausgebreiteten Armen und tiefer Verbeugung, »willst du meine Frau werden?«

Wenige Sonntage nach seinem Heiratsantrag auf dem Martinshof fuhr Eduard Weißmann mit Luise auf der Bahn nach Mannheim, um seine Braut den Eltern vorzustellen. Luise war sehr aufgeregt. Sie hatte Angst, den städtischen Ansprüchen nicht gerecht werden zu können.

Es wurde wesentlich einfacher, als befürchtet. Die Weißmanns wohnten in einem mittelgroßen Vorstadthaus mit einem kleinen Vorgarten. Das Paar wurde auch nicht, wie Luise es sich vorgestellt hatte, von einem Dienstmädchen, sondern von Eduards Mutter selbst empfangen. Nach den im Elsass erlittenen Einbußen und weil alles Geld für den Aufbau einer neuen Firma gebraucht wurde, konnte sich die Familie keinen großen Stadthaushalt mit viel Personal leisten. Trotzdem schüchterte die dunkelhaarige, mit der hochgesteckten Frisur und dem schwarzen, mit einem weißen Kragen verzierten Kleid streng wirkende Frau das Bauernmädchen Luise zunächst ein. Als sie aber gemeinsam im einfach eingerichteten Wohnzimmer an einem runden Tisch saßen, legte sich ihre Befangenheit schnell.

Sie und ihr Mann, der noch in seinem Büro zu tun habe, freuten sich sehr, dass ihr zweiter Sohn einen Hausstand gründen wolle, sagte Pauline Weißmann in ihrem französisch gefärbten Elsässer Dialekt, der Luise an die Sprechweise des Kriegsgefangenen Bertrand erinnerte. »Und wie ich sehe«, fügte die Kaufmannsfrau lächelnd hinzu, »hat er eine gute Wahl getroffen.«

Luise wurde rot.

»Ja, Mutter, du bekommst eine wundervolle Schwiegertochter«, antwortete Eduard für sie.

Die künftige Schwiegermutter erkundigte sich nach Luises Eltern, den Geschwistern und dem Hof. Luise erzählte von der Arbeit daheim und wie sehr der Vater unter dem Tod seines Sohnes Walter gelitten hatte. Umgekehrt berichtete Frau Weißmann vom Verlust des Geschäftes im Elsass und wie schwer der Neuanfang in Mannheim gewesen sei. Aber jetzt sei das Gröbste überstanden. »Dieser Krieg hat viel Unglück über uns alle gebracht«, schloss sie.

Luise nickte heftig.

Dann trat auch der Hausherr ins Zimmer. Albert Weißmann war im Gegensatz zu seinem Sohn untersetzt. Unter der geöffneten Jacke spannte ein stattlicher Bauch die mit einer silbernen Uhrkette verzierte Weste. Wie zuvor die Mutter und Eduard umarmten und küssten sich auch Vater und Sohn, was der Bauerntochter aus der heimischen Umgebung völlig unbekannt war und ihr für die eigene Familie überdies unvorstellbar erschien. Luise wurde mit einem Handkuss begrüßt.

Weißmann erwies sich als galanter Geschäftsmann. Er habe dem Geschmack seines Sohnes stets vertraut, sagte er, seine Erwartung sei aber mit dem hübschen Besuch noch übertroffen worden. Außerdem freue es ihn besonders, dass sich Eduard eine Bauerntochter ausgesucht habe, denn die Familie habe schon immer Verbindungen zur Landwirtschaft gehabt. Bei diesen Komplimenten wurde Luise ein weiteres Mal rot.

Als Erfrischung und Willkommtrunk servierte Frau Weißmann roten Sekt aus ihrer Elsässer Heimat. So etwas hatte Luise noch nie getrunken. Vorsichtig nippte sie am Glas und spürte bald die anregende Wirkung. Das löste neben der lockeren, mit witzigen Bemerkungen gewürzten Unterhaltung die letzte Anspannung. Luise fühlte sich wohl.

Kurz bevor die Köchin das Mittagessen servierte, stand Albert Weißmann auf und hob das Glas: »Wir freuen uns, eine so liebe Schwiegertochter in unsere Familie aufnehmen zu können, und wie es unter Familienangehörigen Brauch ist, sollten wir auch Du zueinander sagen. Komm, liebe Luise, lass dich umarmen.«

Er prostete seiner Schwiegertochter zu, nahm sie vorsichtig in die Arme und küsste sie auf beide Wangen. Mit Pauline Weißmann wurde die Umarmung inniger. Luise fühlte sich ihrer Schwiegermutter bereits eng verbunden.

Zum Mittagessen erschien auch Eduards Bruder Peter, der sich kaum am Tischgespräch beteiligte und nach dem Essen, als Eduard und Luise mit der Straßenbahn in die Innenstadt fuhren, wieder in sein Kontor ging, um dort die Handelsgeschäfte der kommenden Woche vorzubereiten.

Wenige Wochen später erfolgte der Gegenbesuch. Eduard Weißmann fuhr mit dem Automobil auf den Martinshof und stellte seine Eltern und den Bruder vor. Schon Tage zuvor hatte sich die Dachserfamilie auf Drängen von Luise vorbereitet. Im ganzen Haus und sogar im Stall wurden die Fenster geputzt. Innen wurde der Stall mit Kalk ausgeweißt. Die Scheune war aufgeräumt und der Hof sauber gekehrt. Hermann, der auf seine Pferde so stolz war, striegelte sie an diesem Sonntag besonders gründlich. Karoline zog ihr bestes Kleid an und Luise kümmerte sich ausgiebig um den Vater, damit auch er, der sich in der letzten Zeit immer weniger um sein Aussehen scherte, gut angezogen war.

Der alte Herr Weißmann erkannte auf den ersten Blick, wie gut die Wirtschaft geführt wurde. Auch der später folgende Gang durch Stall und Scheune bestätigte seinen positiven Eindruck. Wilhelm lebte auf, als der Gast die Ochsen lobte, die längst nicht mehr von ihm, sondern hauptsächlich von Michel betreut wurden. Als sein Sohn das Geschäft mit den Ochsen erläutern wollte, schnitt er ihm das Wort ab. Vor dem Krieg, als Walter noch lebte, sei alles viel besser gewesen. Michel bekam einen roten Kopf, bezähmte sich ob der Anwesenheit des Gastes aber. Im Übrigen wusste Weißmann längst um die Verhältnisse auf dem Hof und die Spannungen zwischen Vater und Sohn. Diplomatisch wandte er sich im Stall und später beim Essen in der Stube mal an den einen, mal an den anderen.

Am Nachmittag, zum Kaffee, kam auch Babette mit Onkel und Tante hinzu. In der Meinung, der Onkel bringe etwas Weltläufigkeit ins Haus, hatte Luise darauf bestanden. Von da an drehte sich das

Gespräch hauptsächlich um die große Politik. Weißmann lobte die Gründung des Verbandes der Landwirte in Berlin. Der Onkel befürchtete wiederum, dort hätten nur die großen Grundbesitzer das Sagen, weshalb im Süden der neue Hauptverband die Anliegen der einheimischen Bauern vertreten müsse.

Die Frauen, die sich an den Männergesprächen nicht mehr beteiligen wollten, zogen sich zunächst in den Hausgarten, der von Pauline Weißmann gelobt wurde, und dann in die Küche zurück. Babette, die sich für die feinen Stadtherrschaften besonders elegant angezogen und auf sich aufmerksam gemacht hatte, blieb einsilbig. Sie neidete ihrer Schwester die gute Partie.

Wie es neuerdings Brauch war, wurde die Verlobung von Eduard Weißmann mit Luise Dachser in der Zeitung bekannt gemacht. Luise legte besonderen Wert darauf, denn mit der offiziellen Ankündigung konnte sie ihren Triumph unter den vermeintlichen Rivalinnen verbreiten. Weißmann wiederum schätzte die Verlobungsanzeige als Werbung für sein Geschäft. Mit der Verbindung zu einem der größeren Höfe konnte er seinen Kunden signalisieren: »Ich bin einer von euch.«

Schon drei Monate später, als die Bauern die Kartoffeln und das Obst geerntet und die Herbstsaat vorbereitet hatten, fand die Hochzeit statt, allerdings im kleineren Rahmen. Die großen Feste, die vor dem Krieg oft drei Tage gedauert hatten, gab es nicht mehr. Zu viele heiratsfähige Jungbauern waren auf den Schlachtfeldern geblieben. Zudem fehlte vielen Familien nach der Inflation das Geld für solch große Anlässe. Auch Weißmanns, die als Familie des Bräutigams traditionsgemäß für die Ausrichtung der Hochzeit zuständig waren, konnten sich keine ausschweifende Feier leisten. Die Geschäftsgründung in Mannheim hatte Schulden verursacht und Eduard war die Unterstützung für sein eigenes Geschäft zugesagt worden.

Der Bräutigam sprach mit seinem Freund, dem Brauereibesitzer. Der stellte ihm seine Wirtschaft zur Verfügung und spendierte das

Bier. Den Wein brachte Eduards Bruder aus der Pfalz mit. Für das traditionelle zweigängige Festessen aus Rindfleisch mit Meerrettich und Schweinekoteletts kam das Fleisch vom Martinshof.

Als Hochzeitsgäste waren von Bräutigamsseite nur dessen Eltern, der noch unverheiratete Bruder und eine ältere Tante, deren Mann schon vor Jahren gestorben war, eingeladen. Auf Luises Nachfrage nach weiterer Verwandtschaft hatte Eduard immer sehr ausweichend geantwortet. Eine Tante, die Schwester des Vaters, sei vor langer Zeit nach Amerika ausgewandert und dort unverheiratet gestorben. Mütterlicherseits habe er überhaupt keine Verwandtschaft. Erst einige Wochen später erzählte er seiner Frau ein in der Familie ängstlich gehütetes Geheimnis.

Vater Albert Weißmann entstammte einer alten jüdischen Familie aus dem Vogesenstädtchen Remiremont, die dort im Textilgewerbe ansässig geworden war. Während die Stammfamilie am jüdischen Glauben festhielt, ließ sich der Zweig, dem Albert angehörte, Mitte des letzten Jahrhunderts taufen und war seitdem evangelisch. Aus Enttäuschung und Zorn über den Abfall vom Glauben der Väter brachen die Remiremonter Verwandten jeden Kontakt ab. Auch Pauline Weißmann hatte väterlicherseits jüdische Vorfahren, zu denen aber ebenfalls kein Kontakt mehr bestand.

Die Dachsersippe war auf der Hochzeit zahlreicher vertreten. Wilhelms ältere Schwestern waren mit ihren teilweise bereits verheirateten Kindern und deren Familien gekommen. Natürlich war auch die jüngere Schwester vom Onkelhof mit ihrem Mann und dem jüngsten, noch unverheirateten Sohn Rudolf dabei. Der andere, Hans, der als Kriegsinvalide im neuen bäuerlichen Hauptverband untergekommen war, fehlte. Zu den Gästen gehörten außerdem Bruder und Schwester von Karoline mit ihren Kindern, zwei Mädchen und drei Burschen, die alle noch unverheiratet waren.

Das zahlenmäßige Missverhältnis der beiden Sippen bereitete bei der Vorbereitung einige Sorgen. Üblicherweise mussten aus den Unverheirateten Pärchen zusammengestellt werden, die nach Möglichkeit jeweils der anderen Sippe angehören sollten. Um diese

Pärchenbildung dennoch zu ermöglichen, lud das Brautpaar einige Freunde ein. Zu denen gehörten auch zwei Kriegskameraden Eduards, die durch ihr schneidiges Auftreten und ihre vom Militär geprägten Sprüche für Aufsehen sorgten.

Der Ältere der beiden, der sich mit knapper Verbeugung als Richard von Goltz vorstellte, wurde Tischherr Babettes. Sie verstand sich prächtig mit ihm. Für sie stand ein solcher Herr haushoch über den Bauernburschen, die nichts anderes kannten und von nichts anderem sprachen als von Pferden, Vieh, Heu und Korn und mit ihren oft unflätigen Sprüchen bei den Mädchen Eindruck schinden wollten.

Umgekehrt gefiel Babette auch ihrem Tischherrn, der eine derbe Dorfpomeranze erwartet hatte. Mit ihrer schlanken Gestalt, die noch durch die seitlich hochgesteckten Haare unterstrichen wurde, ihrem eleganten, nach der neuesten Mode geschnittenen Kleid und ihren feingliedrigen, schmalen Händen, die nicht durch schwere Arbeit verdorben waren, hob sie sich von den anderen weiblichen Gästen ab. Ihre eher städtische Erscheinung und die gewandte, schlagfertige Redeweise, mit der sie keine Antwort schuldig blieb, imponierte dem ehemaligen Kavallerieoffizier aus adligem Geschlecht.

Babette verleugnete ihre Herkunft. Der schon vom Alkohol gezeichnete Vater war ihr in seinem altmodischen Sonntagsanzug peinlich und sie schämte sich auch für ihre von der Arbeit gebeugte Mutter, die sich ständig um den hinfälligen Mann kümmern musste. Selbst mit ihren Brüdern, die in den Sonntagsanzügen wie verkleidet aussahen, war nicht viel Staat zu machen. Als man nach Kirchgang und Mittagessen im Saal der Brauereiwirtschaft zusammenstand, stellte sie dem Herrn von Goltz lieber Onkel und Tante als ihre Eltern vor. Der Onkel war durch die Musterung der Militärpferde den Umgang mit Kavalleristen gewohnt. Schnell plauderten die beiden angeregt miteinander. Der zweite Kriegskamerad Eduards, dem Luise eine ihrer Freundinnen an die Seite gestellt hatte, gesellte sich dazu und bald wurde über Anekdoten aus der Kriegszeit gelacht. Von der Trauer über den verlorenen Krieg und die toten Soldaten spürte man nichts mehr.

Richard von Goltz entpuppte sich als strammer Monarchist und Anhänger des General Ludendorff, der die Dolchstoßlegende in die Welt gesetzt hatte. Er bezeichnete die Weimarer Regierung ungerührt als Lumpenpack und machte sich über den vom Sattlergesellen zum Reichspräsidenten aufgestiegenen Friedrich Ebert lustig. Die Umstehenden lachten kräftig mit. Nur Michel stimmte nicht mit ein. Er, der von den beiden Kavalleristen herablassend behandelt wurde, kritisierte die Generäle: »Wie kann man sich einbilden, gegen die halbe Welt Krieg führen zu können.« Erst diese Großmannssucht habe Deutschland zugrunde gerichtet.

Von Goltz widersprach heftig und Michel blieb ihm keine Antwort schuldig. Weil dem Kavalleristen schließlich die Argumente fehlten, stellte er Michel zuletzt die gerne als Totschlagargument benutzte Frage: »Haben Sie überhaupt gedient?«

»Nein«, gab Michel bescheiden zurück, »aber meine zwei Brüder waren an der Front und der eine ist an der Marne gefallen.« Bevor der ehemalige Offizier darauf eingehen konnte, stellte Michel die Gegenfrage: »An welchem Frontabschnitt waren Sie denn eingesetzt?«

Von Goltz stutzte und bekam einen roten Kopf. Es stellte sich heraus, dass er den Krieg im Berliner Heereshauptamt zugebracht und nie einen Schuss gehört hatte.

Damit war die Unterhaltung beendet und Michel wandte sich ab, um mit dem Onkel über die abgeschlossene Ernte und die Viehpreise zu sprechen. Die beiden Kavalleristen zogen sich peinlich berührt mit ihren Damen an den Kaffeetisch zurück und würdigten den kleinen Bauern, wie sie Michel nannten, keines Blickes mehr. Babette, die von Goltz anzuhimmeln begann, hatte erneut Gelegenheit, auf ihren Bruder wütend zu sein.

Kurz vor Weihnachten machte Eduard Weißmann seine Ankündigung wahr. Er kaufte die ehemalige Spinnerei und eröffnete dort die »Landesproduktenhandlung Weißmann«. Noch direkt vor der Hochzeit hatte er mit tatkräftiger Hilfe seiner Schwäger das zugehörige Pförtnerhaus zu einem Kontor und einer Wohnung umgebaut. Dort führte Luise einen zunächst bescheiden eingerichteten Haushalt, strich nebenbei die Wände neu, hängte die mit Hilfe von Karoline genähten einfachen Gardinen auf und verkaufte, wenn Eduard auf den Höfen unterwegs war, den Bauern Nährmehl für die Kälber, gemahlene Holzkohle gegen Ferkeldurchfall, Eutersalbe für die Milchkühe und Petroleum für die Stalllaternen.

Im neuen Jahr belebte sich das Geschäft. Eduard brachte von den Höfen Bestellungen für Saatgut, Kunstdünger und Futtermittel mit. Mit der stabilen neuen Reichsmark liefen die Geldgeschäfte fast wie vor dem Krieg. Wer dem von den Winterschulen gelehrten und vom viel gelesenen Landwirtschaftlichen Wochenblatt verbreiteten Fortschritt folgte, säte auf den Feldern neue Getreidesorten, düngte die Felder mit gekauftem Kunstdünger und besserte das Futter für Rinder und Schweine mit Zukäufen auf. Das zum Lagerhaus umgebaute Spinnereigebäude füllte sich. Bereits im Februar musste Eduard einen Gehilfen einstellen, der die mit der Bahn angelieferten Güter einlagerte und an die Bauern ausgab. Luise führte die Kasse und verstand sich gut mit den Kunden. Die Firma Weißmann entwickelte sich rasch und konnte mit den zur Jahrhundertwende gegründeten genossenschaftlichen Lagerhäusern konkurrieren.

Auf dem Martinshof wurde Luise durch eine junge Magd mit Namen Elsa ersetzt, die sich von Anfang an gut mit Karoline und Marie verstand. Weil Michel immer häufiger auswärts unterwegs war, um Ferkel zu verkaufen und junge Rinder einzukaufen und weil Wilhelm Dachser immer hinfälliger wurde, wurde in jenem Frühjahr zusätzlich ein gerade schulentlassener Bub auf den Hof genommen. Dieser kleine Knecht, der den in der Gegend seltenen Namen Korbinian trug und Sohn eines Kleinbauern nahe der bayerischen Grenze war, litt anfänglich entsetzlich unter Heimweh. Karoline, die ein feines Gespür für die Not anderer Leute hatte, bemühte sich, dem Korbi, wie ihn bald alle nannten, eine Heimat zu geben.

Der Vater stirbt

Im April 1926, als die Frühlingssonne Felder und Menschen wärmte und den Winterwind mit seinen kalten Regen- und Schneeschauern verjagte, ging es mit Wilhelm Dachser zu Ende. Schon seit Wochen blieb er lange im Bett und ließ sich nur widerwillig zum Aufstehen bewegen. Schwer atmend und mit aufgeschwemmten Beinen saß er dann in der Küche, aß kaum noch, langte aber umso häufiger nach dem Mostkrug. Der Doktor verschrieb herzstärkende Medikamente und Wassertabletten. Was auf dem Hof vorging, interessierte den Altbauern nicht mehr. Wollte ihm Karoline zur Aufmunterung davon erzählen, winkte er müde ab. Manchmal war sein Kopf so verwirrt, dass er die Menschen um sich herum nicht wiedererkannte. Kamen die beiden Töchter am Sonntag zu Besuch, konnte er sich an ihre Namen nicht erinnern.

Vier Tage vor dem Osterfest war er nicht mehr in der Lage, das Bett zu verlassen. Seine Augen lagen noch tiefer in den Höhlen als sonst. Auf den eingefallenen Wangen zeigte sich eine unnatürliche Röte. Unruhig strichen die dünn gewordenen Finger über die Bettdecke. Karoline ließ die Töchter rufen. Als sie am Nachmittag kamen und die Familie um das Bett stand, fantasierte der Vater. Zusammenhanglos redete er vom Krieg und von der Ernte, die dringend eingebracht werden müsse. Dann sprach er seinen Sohn Walter an. Er müsse mit dem neuen Pferd unbedingt zum Schmied, weil sich die anderen um nichts kümmerten, schimpfte er. Noch einmal richtet sich Wilhelm aus den Kissen auf: »Alles geht kaputt«, brachte er mit letzter Anstrengung hervor. Dann sank er zurück und atmete nicht mehr.

Karoline, seine Frau, die er als Hofbäuerin geachtet, manchmal wegen ihrer stolzen Demut verachtet und, weil sie seine Schwächen kannte, auch gefürchtet hatte, strich ihm mit der Hand übers Gesicht und drückte ihm sanft die Augen zu. Dann lief ein Zittern über ihre gebeugte Gestalt. Unsicher fasste sie nach der Bettlade und sank auf einen Stuhl. Schluchzend ließ sie den lange zurückgehaltenen Tränen freien Lauf. Auch Luise weinte heftig. Als Einziges der Kinder fasste sie noch einmal nach der Hand des Toten. Sie war seine Lieblingstochter gewesen. Babette und die beiden Söhne standen nur stumm dabei.

Wenig später fuhr Michel mit dem Einspänner aus dem Hof und holte den Pfarrer. Luise unterrichtete die Nachbarn. Wie es der Brauch war, kamen am Abend die Frauen der Nachbarschaft, um den Toten zu waschen und für den Sarg einzukleiden. Babette kümmerte sich darum und so ging die Trauer in Geschäftigkeit über. Hermann, der Knecht Albert, der kleine Korbi und die Mägde Marie und Elsa verrichteten die Stallarbeit. Nur in der Wohnstube war es ruhig. Dort saßen Karoline und Michel zusammen und besprachen, wer zur Beerdigung eingeladen werden müsse.

Am Ostersamstag wurde der Bauer Wilhelm Dachser beerdigt. Dem Sarg, der wie üblich von Nachbarn aus dem Haus getragen und mit dem pferdebespannten Leichenwagen zur Kirche gefahren wurde, folgten in einem langen Trauerzug die Familie, die nächsten Verwandten, die Leute aus dem Dorf und Bekannte des Toten, vor allem solche, die mit ihm Geschäfte gemacht hatten.

Auf dem Friedhof, wo sich die schwarz gekleideten Menschen wie ein Krähenschwarm zwischen den Gräbern drängten, zerrte ein böiger, kalter Wind an den Hüten der Männer und den Schultertüchern der Frauen. Ein verspäteter Schneeschauer zwang alle, die nicht zur engeren Trauergemeinde gehörten, zu einem frühen Aufbruch. Nur die Familie musste ausharren, um die fast immer gleich lautenden Beileidsworte der Nachbarn und näheren Bekannten entgegenzunehmen. Zu ihnen gehörte auch die ehemalige Magd Hilde, von deren besonderem Verhältnis zum Verstorbenen niemand wusste. Als sie Karoline die Hand gab, hatten beide Tränen in den Augen. Hilde nahm ihre ehemalige Bäuerin kurz in den Arm, was ihr von den Umstehenden böse Blicke einbrachte. Solche Gefühlsäußerungen galten auf dem Friedhof als nicht schicklich.

Zum Leichenschmaus kam die engere Trauergemeinde auf dem Hof zusammen. Luise hatte mit Marie alles vorbereitet. Es gab Kaffee mit einem von Babette gebackenen Hefekranz und anschließend heiße Würste mit den besonderen, vom Bäcker geholten Leichenwecken. Anfänglich verlief die Unterhaltung – dem Anlass gemäß – sehr gedämpft, fast flüsternd. Später, als die Nachbarsmädchen Bier und Most reichten, wurde es lauter. Bald erzählte man sich Anekdoten aus dem Leben des Verstorbenen und lachte ungezwungen darüber. Einige Trauergäste wandten sich an den Schwiegersohn des Toten, den Landesproduktenhändler Weißmann, um Bestellungen aufzugeben oder sich nach den Preisen seiner Waren zu erkundigen. Es hätte nicht viel gefehlt, und es wäre in der Küche, wo Weißmann mit seinen Kunden sprach, zu einem regen Handel gekommen.

Auch nach Wilhelms Tod ging das Leben auf dem Hof weiter wie vorher. Außer Karoline, der plötzlich eine Aufgabe genommen war, fehlte der Verstorbene eigentlich niemandem. Dass Michel jetzt der Hofbauer war, wurde zwei Wochen später notariell bestätigt. In einem Vertrag übertrug die Witwe Karoline Dachser den Hof ihres verstorbenen Gatten Wilhelm Dachser an ihren ältesten Sohn Michel. Ihr wurde das übliche »Leibgeding« zugesichert. Dazu gehörte das lebenslange Wohnrecht, die »Versorgung in gesunden und in kranken Tagen« und ein angemessenes Heiratsgut für die beiden noch ledigen Kinder Babette und Hermann.

Babette

Über die Modalitäten der Hofübergabe kam es zu einem hässlichen Streit zwischen Michel und Babette. Die Schwester, die ihn nie mochte, forderte von ihrem Bruder eine genaue Aufstellung dessen, was ihr an Aussteuer und Geld zustand. Das lehnte Michel ab. Wenn sie heirate, bekomme sie wie Luise ihren Vermögensanteil, wobei berücksichtigt werden müsse, dass Luise, anders als Babette, immer ohne Lohn auf dem Hof gearbeitet habe. Außerdem erinnerte Michel seine Schwester an die frühere Aussage der Tante.

»Babette ist jetzt mein Mädchen, ich werde für sie sorgen wie für eine Tochter«, hatte die damals im Überschwang ihrer Gefühle gesagt.

»Das heißt doch wohl«, schloss Michel jetzt, »dass du von dort auch eine Aussteuer bekommst.« Außerdem gebe es das Heiratsgut immer erst bei einer Heirat und davon sei ihm bei Babette nichts bekannt.

Diese spöttische Aussage ärgerte Babette am meisten. Sie galt in den Dörfern der Gegend mit ihren vierunddreißig Jahren bereits als »alte Jungfer«. Mehrmals hatten Bauernburschen erfolglos um sie geworben, aber weder ihr Herz erobert, noch mit dem Ansehen des Onkelhofs konkurrieren können. Babette, die im Grunde eine recht kühle, berechnende Person war, der mehr an gesellschaftlicher Bedeutung als an Gefühlsbindung lag, hätte in der Ehe gerne ein großes Haus mit vielen hochrangigen Gästen geführt. Die höheren Beamten oder aufstrebenden Politiker, die ins Haus des Onkels kamen, hatten es ihr angetan. Tatsächlich wurde sie auch von solchen Herren umworben und zu gesellschaftlichen Anlässen in der Oberamtsstadt eingeladen. Aber es wurde nie mehr daraus. Für ein leichtes Abenteuer, das sich diese Herren von einem Bauernmädchen versprachen, war Babette nicht zu haben und zur Ehefrau nahmen sie dann lieber eine Bürgers- oder Beamtentochter. So gingen die Jahre dahin. Die ältere der Dachsertöchter wurde verbittert. Sie neidete ihrer jüngeren Schwester die Heirat mit dem Landesproduktenhändler, auch wenn sie spöttisch feststellte, Luise sei im Grunde nichts anderes als ein Ladenmädchen.

Eine letzte Erwartung knüpfte sie an den ehemaligen Kavallerieoffizier von Goltz, der ihr auf der Hochzeit von Luise so vielversprechend den Hof gemacht hatte. Bei weiteren Besuchen schwärmte dieser stramme Nationalist mit dem zackigen Auftreten von einer glänzenden Zukunft in einer neuen Gruppierung, die bald die »Weimarer Bande« davonjagen werde. Mehrmals führte er Babette zu Zusammenkünften ehemaliger Offiziere, wo es lärmend zuging und der Kriegsverlierer Ludendorff verehrt wurde.

Unklar war, wie von Goltz seinen Lebensunterhalt bestritt. Immer war er gut gekleidet und gab bei den Anlässen, zu denen er Babette einlud, viel Geld aus. Vom Onkel auf seinen Beruf angesprochen, bezeichnete er sich als Sekretär eines neuen politischen Zirkels, über den er aber nicht reden könne. In Wirklichkeit wurde er von seiner Familie unterstützt, die in Mecklenburg ein großes Gut besaß und an Industrieunternehmen im Ruhrgebiet beteiligt war. Richard von Goltz galt im Familienkreis als »schwarzes Schaf«. Seine militärische Karriere war keineswegs glorreich. Einige Alkoholeskapaden, ein Kameradenstreit, bei dem er seinen Kontrahenten übel verleumdet hatte, nicht bezahlte Spielschulden, die dann beim Vater eingetrieben wurden, und schließlich ein nicht eingehaltenes Heiratsversprechen an eine Bürgerstochter, die ein Kind erwartete, verhinderten den geplanten Aufstieg in den Generalstab. Jetzt versprach er sich eine neue Karriere bei jenen, die den Sturz der jungen Demokratie planten. Immer häufiger tauchte in seinen Reden der Name Hitler auf und eines Tages erschien er in einer braunen Uniform und stellte sich als SA-Offizier vor.

Die sonst so kritische Babette ließ sich hinreißen. Die kompromisslose Art, mit der von Goltz seine nationalsozialistischen Thesen vortrug, gefiel ihr. Und als ihr Verehrer sie im August 1929 zum ersten

Reichsparteitag der NSDAP nach Nürnberg mitnahm, wurde auch sie zu einer glühenden Verehrerin des Führers.

Von Goltz machte nun die Karriere, von der er immer geträumt hatte. Er bezog ein Parteibüro in München und eine kleine Wohnung in der Innenstadt. Babette solle zu ihm ziehen, schlug er vor. Mit einem letzten Rest ihres kritischen Verstandes willigte sie erst ein, als von Goltz ihr einen Heiratsantrag machte.

Die Hochzeit fand im einfachen Rahmen in einem Münchner Hotel statt. Trauzeugen waren der Freund des Bräutigams, der schon bei Luises Hochzeit dabei war, und der Onkel. Von Babettes Familie war niemand eingeladen. Auf dem Martinshof traf lediglich eine Heiratsanzeige ein, die mit einem Hakenkreuz verziert war und Richard von Goltz als SA-Sturmbannführer auswies.

Von diesem Zeitpunkt an ging es mit den Jungvermählten steil bergauf. Babettes Mann kam in seiner Partei schnell voran, sie selbst arbeitete in einem Hotel, zunächst am Büfett. Als der Hotelchef ihre Begabung im Umgang mit Gästen erkannte, stieg sie in kurzer Zeit zur zweiten Empfangsdame auf. Bald konnte das Paar in eine schöne Vierzimmerwohnung umziehen.

Ein halbes Jahr später machten sie einen Besuch in der Heimat. In einem von der Partei geliehenen Auto führte Babette ihren gesellschaftlichen Aufstieg vor. Den heimischen Dialekt hatte sie bereits gegen ein stark bayerisch geprägtes Hochdeutsch eingetauscht.

Ihre Mutter freute sich über den Erfolg der Tochter, aber den hochmütig auftretenden neuen Schwiegersohn mochte sie nicht. Auch Babettes Verhältnis zu ihren Brüdern blieb frostig. Hermann kam nur kurz zum Essen ins Haus und Michel blieb ganz weg. Er hatte weder seiner Schwester noch deren Mann etwas zu sagen. Luise traf erst zum Kaffee ein und musste bald wieder gehen. Sie hatte einen auf den Namen Harald getauften Sohn bekommen, der sie stark in Anspruch nahm. Ihr Mann, der sie begleitete, wurde von seinem ehemaligen Waffenbruder nur kühl begrüßt, nachdem von Goltz von dessen jüdischer Herkunft erfahren hatte.

Die goldenen Zwanziger und ihr Ende

Mit dem wirtschaftlichen Aufschwung der Zwanzigerjahre kam auf die vom Krieg ausgebluteten Bauernhöfe wieder ein bescheidener Wohlstand. Für die durch eine verbesserte Feldtechnik und vor allem durch den Kunstdünger gestiegenen Erträge wurden die Scheunen erweitert oder gar neu gebaut. Manche Knechte und Mägde, die lieber in die Fabriken gingen, als mit weniger Geld der Willkür eines mürrischen Hofbauern ausgesetzt zu sein, wurden von den fortschrittlichen Bauern durch Maschinen ersetzt. Der elektrische Strom brachte nicht nur Licht in düstere Bauernstuben, sondern nahm den Menschen auch schwere Arbeiten ab. Die Bauern konnten jetzt elektrisch dreschen. Auch die Häckselmaschinen, mit denen das Winterfutter für Rinder und Pferde geschnitten wurde, mussten nicht mehr mühselig von Hand oder mit dem Göpel gedreht werden. Das kräftezehrende Brennholzsägen übernahm die elektrische Kreissäge. Auf den Wiesen hatte die Mähmaschine längst die Arbeit erleichtert. Auch bei der immer noch mühseligen Getreideernte sann Michel Dachser auf Abhilfe. Er richtete sich nach dem Beispiel der Fürstengüter. Dort liefen bereits aus England kommende Getreidemähmaschinen, die »Ableger«. Mit ihnen wurde das Getreide geschnitten und von großen Flügeln, die sich wechselweise hoben und senkten, zu garbengroßen Bündeln abgelegt. Bei der nächsten Ernte stand auch auf dem Martinshof ein Ableger. Er ersetzte zwei Handmäher.

Die goldenen Zwanzigerjahre gingen 1929 schlagartig zu Ende. Der mit Schulden befeuerte, überhitzte Aufschwung brach mit dem Abzug amerikanischer Kredite jäh zusammen. Einer, den es besonders schlimm traf, war Karolines Bruder Matthias Wieland. Im Gegensatz zu seiner Schwester hielt er nicht viel vom Arbeiten. Er kam am Morgen nicht aus dem Bett, überließ das Vieh der Magd und dem Knecht und kümmerte sich auch wenig um seine Felder. Nicht selten wuchs das Unkraut über das Getreide hinaus. Auf seinen Äckern konnten die Kinder die schönsten Kornblumensträuße holen und die Frauen säckeweise Kamillenblüten sammeln. Matthias plauderte lieber mit den Nachbarn als die Hacke in die Hand zu nehmen und hatte für jeden fahrenden Händler und jeden Handwerksburschen immer ein offenes Ohr.

Ständig war er auf der Suche nach Neuem und Besserem. Nach dem Vorbild seines Schwagers Wilhelm wollte er Ochsen mästen, aber dafür fehlte ihm wegen seiner mageren Wiesen und der schlecht gepflegten Äcker das Futter. Dann fing er mit der Schweinezucht an. Weil er aber im Gegensatz zu seiner Schwester nachts nicht aufstehen wollte, um im Schweinestall Geburtshelfer zu spielen, waren in der Frühe die Ferkel tot. Auf Kredit kaufte er eine Mähmaschine, blieb aber gleich beim ersten Einsatz mit ausgefahrenem Messerbalken an einem Baum hängen und musste die teure Reparatur bezahlen. Weil der Wind einige Ziegel vom Scheunendach geworfen hatte und er den Schaden nicht bemerkte, sickerte jahrelang Regenwasser ins Gebälk. Schließlich brach ein durchgefaulter Firstbalken, dessen Austausch eine hohe Summe kostete.

Als dann in der Wirtschaftskrise die Preise für Milch und Weizen um ein Fünftel zurückgingen und die Bank kein Geld mehr herausrücken wollte, sondern auf sofortige Rückzahlung längst fälliger Kredite drängte, kam das Ende. Matthias, der die Mahnungen nie ernst genommen hatte und mit jeder Neuerung glaubte, das Unglück wenden und es allen Spöttern zeigen zu können, war mit seinen Hoffnungen am Ende.

Nach einem Streit mit seiner Frau und einer schlaflosen Nacht wagte er einen letzten Versuch. Er spannte ein und fuhr zu seiner Schwester auf den Martinshof.

Am bleichen Gesicht ihres Bruders und dem tonlos gemurmelten Gruß erkannte Karoline, dass etwas Ernstes vorgefallen sein musste. Sie bat Matthias in die Küche.

Er aber drängte mit den Worten »Ich muss mit dir alleine reden«, in die Stube.

»Karoline, ich weiß nicht weiter«, begann er stockend, »vielleicht kannst du uns helfen.« Stück um Stück berichtete er von seinen Schwierigkeiten, ohne mit der vollen Höhe seiner Bankschulden herauszurücken.

Die Schwester war erschüttert. »Gott sei Dank hat die Mutter das nicht mehr erlebt«, jammerte sie. »Wie konnte es bloß so weit kommen?«

Im Stillen wusste sie, dass die Hauptschuld bei Matthias selbst lag, aber neue Vorwürfe wollte sie ihm jetzt nicht machen. »Wir müssen mit Michel reden« sagte sie begütigend. »Er hat bei uns alle Geldsachen in der Hand«.

Als Michel am Mittag aus dem Wald kam, wo er mit Korbi und Marie junge Fichten gepflanzt hatte, erkannte er an dem im Hof abgestellten Wägelchen den Besuch. Von einigen Händlern war ihm bekannt, dass der Onkel Matthias ein schlechter Zahler war. Dass er kein guter Bauer war, hatte Michel am Zustand der Felder und am Viehbestand längst mit eigenen Augen gesehen. Jetzt ahnte er Einiges.

Im Gegensatz zu seiner sonst lärmenden Begrüßung war der Onkel Matthias diesmal sehr verlegen. Er redete lange um den heißen Brei herum, bis er endlich mit seinen Schwierigkeiten herausrückte und dann die entscheidende Frage stellte: »Michel, kannst du mir etwas borgen?«

»Es ist nicht einfach«, entgegnete der Neffe. »Wie du weißt, haben Luise und Babette geheiratet und müssen ausbezahlt werden und nach den Schwierigkeiten, die alle haben, bekommen auch wir von den Banken jetzt kein Geld.«

Trotzdem wehrte Michel nicht vollständig ab, sondern willigte ein, mit dem Onkel gemeinsam zu dessen Bank zu gehen, um sich einen Überblick zu verschaffen.

Karoline ging das Unglück ihres Bruders sehr zu Herzen. Nachdem Matthias aufgebrochen war, fragte sie ihren Sohn angstvoll, ob er helfen könne.

»Ich weiß es noch nicht«, sagte Michel und hob die Schultern. »Viel können wir ihm nicht geben und womöglich geht das dann auch noch kaputt.«

Wenige Tage später fand das Bankgespräch statt. Das Ergebnis war vernichtend. Es stellte sich heraus, dass der Hof bis unters Dach verschuldet war und selbst der gesamte Besitz wohl nicht ausreichte, alle Gläubiger zu befriedigen.

Als Michel mit dem Onkel zurückfuhr, sprachen beide kein Wort. Jetzt war klar, dass auch eine Hilfe des Martinshofes das Übel nicht mehr wenden konnte.

Erst nach dem Mittagessen, als sie sich am Tisch allein gegenübersaßen, brach das Elend aus dem Onkel heraus: »Es ist alles aus«, jammerte er und ließ den Kopf auf die Tischplatte sinken.

»Ihr seid nicht die Einzigen«, versuchte ihn Michel zu trösten. Er berichtete von einigen Handwerkern, die Konkurs angemeldet hatten. »Am Wichtigsten ist jetzt, dass ihr im Haus bleiben könnt«, sagte er sachlich. »Im Sommer kannst du zu uns kommen, wir können noch jemand brauchen.«

Das war für Matthias eine fürchterliche Vorstellung. Er als Knecht bei seinem Neffen, über den er mit anderen in der Wirtschaft oft gespottet hatte.

Die Bank versuchte zunächst, Felder, Wiesen und den Wald einzeln an die umliegenden Bauern zu verkaufen. Der Versuch scheiterte. Die Bauern, die zum Kauf in der Lage waren, wurden sich nicht einig, wer welche Parzellen bekommen sollte. Auch aus dem geschlossenen Verkauf des ganzen Hofes wurde nichts. Widerwillig schaltete die Bank schließlich einen Gütermakler ein, der sich schon am Anfang als Vermittler angeboten hatte. Es handelte sich um einen Juden, der auch Viehhändler war. Dieser breitschultrige, dunkelhaarige Mann, der immer eine Melone auf dem Kopf trug und nie in die

Häuser ging, sondern seine Geschäfte immer im Stall oder der Scheune abschloss, kannte die zum Verkauf stehenden Äcker und Wiesen gut. Er wusste auch, wer als Käufer infrage kam und wer das Geld dafür hatte.

Seine Vermittlung betrieb er eher beiläufig. Wie sonst kam er auf die Höfe und fragte nach dem Vieh. Im Stall lobte er die Tiere und wusste nach wenigen Blicken und Handgriffen in der Schwanzgrube, am Rücken und am Hals, wie schwer ein Rind war und wie gut es im Futter stand. Erst kurz vor oder nach einem solchen Geschäft sprach er den Güterhandel an. »Du«, sagte er dann wohl zu dem Bauern, »neben deinem Steinacker, wo du einen so schönen Klee hast, da liegt doch der vom Wieland, der jetzt verkauft wird. Warum nimmst du den nicht?« Der Bauer gab dann sein Interesse zu, aber auch seine Bedenken, die meist finanzieller Art waren.

Nach wenigen Wochen wusste der Händler, wer Güter kaufen wollte und wo sich die Interessen überschnitten. Jetzt ging er daran, zwischen den einzelnen Bauern zu vermitteln und jedem gerecht zu werden. Was vorher die Bankbeamten in ihren eleganten Anzügen und mit ihren feinen Aktentaschen nicht zu Wege brachten, das gelang ihm. Er legte der Bank einen fertigen Plan für den Güterverkauf vor und bereits innerhalb eines Vierteljahres war Karolines elterlicher Hof zerschlagen.

Matthias Wieland war ein gebrochener Mann. Er hatte mit seinem Besitz auch seine Bauernehre verloren. Zum Verlust des Selbstbewusstseins kam die Last der neuen Arbeit im Straßenbau. Er war es nicht gewohnt, zehn Stunden am Tag groben Schotter in den Schubkarren zu schaufeln oder mit Spaten, Pickel und Schaufel Gräben auszuheben. Der Vorarbeiter, ein ehemaliger Bauernknecht, quälte ihn. Nicht nur mit seinem ständigen Antreiben, sondern noch mehr mit seiner Häme. »Gelt, Matthias«, spottete er, »das ist etwas anderes, als mit der Mistgabel den großen Herrn zu spielen und andere schaffen zu lassen. Bei uns lernst du, was ehrliche Arbeit ist und was es heißt, im Schweiße des Angesichts sein Brot zu essen.«

Ende Februar zog sich Matthias in der zugigen, nachts eiskalten Baracke, in der er mit seiner Familie wohnte, eine Lungenentzündung zu. Er hustete die halbe Nacht und saß schwer atmend auf der Bettkante. Als seine Frau an einem frostigen Morgen nach ihm sah, lag er stumm und starr in den Kissen.

Matthias Wieland wurde in seinem Heimatort begraben. Michel half der Tante bei den Obliegenheiten der Beerdigung und übernahm auch die Kosten. Trotzdem wurden er und seine Mutter von der Schwägerin und ihren Kindern fast feindselig begrüßt.

Die unausgesprochene Anschuldigung, die Karoline im Verhalten der Verwandten spürte, lastete schwer auf ihren Schultern.

»Dem war nicht mehr zu helfen«, sagte Michel trocken. »Der Matthias hätte halt schon vorher mit dem Arbeiten anfangen sollen.«

Der Profiteur

Michel wurde zum Profiteur der Wirtschaftskrise. Durch gutes Wirtschaften und sparsames Geldausgeben kam der Hof ohne Schulden über die schwierigen Jahre. Sein Bruder Hermann, dem er auf den Feldern völlig freie Hand ließ, war ein guter Ackerbauer. Die Bestände der dachserschen Äcker gehörten zu den besten der Gegend. Hermann pflanzte ertragreiche Getreidesorten, düngte die Felder nach den Erkenntnissen der neuesten Lehre und war einer der ersten, der mit einer Hackmaschine das Unkraut auf den Äckern beseitigte. Die Speicher auf dem Dachboden des Hauses und über dem Göpelhaus konnten das Getreide nach dem Dreschen nicht mehr vollständig aufnehmen. Ein Teil musste bereits beim Dreschen an das Lagerhaus der schon Ende des letzten Jahrhundertes gegründeten Genossenschaft abgegeben werden.

Auch im Stall wusste Michel die Stärken seiner Hofgenossen zu nutzen. Der Knecht Albert war ein fürsorglicher Rinderhirt. Er war stolz auf die glatten Flanken der Kühe und die runden Rücken der Mastochsen. Wenn in den Ställen der Nachbarschaft die Kühe am späten Nachmittag vor Hunger brüllten, dann lagen sie auf dem Martinshof noch behaglich wiederkäuend im Stroh, mit vollen Bäuchen und strotzenden Eutern. Mit täglich drei vollen 20-Liter-Milchkannen war der Martinshof größter Milchlieferant im Dorf. Im Schweinestall verließ sich Michel auf seine Mutter, die sich, unterstützt von Marie, liebevoll um die Sauen und ihre Ferkel kümmerte. Alle paar Wochen konnte er mit bis zu zehn Ferkeln auf den Markt fahren, wo er bei den anderen Bauern und Händlern längst als guter Schweinebauer und gewiefter Verkäufer bekannt und geachtet war. Wie sein Vater hielt er sich an solchen Tagen gerne und lange in den Wirtschaften auf. Wie jener diskutierte er gerne, vermied aber im Gegensatz zu Wilhelm jeden Streit. Ging es besonders hoch her, gab er schon mal eine Runde aus und freute sich, wenn die anderen immer lustiger und betrunkener wurden.

Bei diesen Anlässen erfuhr Michel ganz nebenbei, wo ein Bauer in Zahlungsschwierigkeiten steckte und zum Verkauf von Äckern oder einem Wald gezwungen war. Er erwarb einige Äcker, die neben denen des Martinshofes lagen, und manches Waldstück. Waldbesitz galt von Alters her als besonders wertvoll und dauerhaft. Er war für die Bauern eine natürliche Sparkasse. Ohne großes Zutun wuchs mit den Bäumen ein Kapital heran, auf das zu besonderen Anlässen, etwa für das Heiratsgut einer Tochter, zurückgegriffen werden konnte. Michel, der mit zunehmendem Alter gerne allerlei Sinnsprüche von sich gab, zitierte immer wieder den geflügelten Satz: »Am besten hat's die Forstpartie, die Bäume wachsen ohne sie.«

In den eigenen Wäldern ergötzte er sich an den glatten, mächtigen Buchenstämmen, deren Holz für Schwellen beim Eisenbahnbau gefragt war. Auch das als Brennholz aufbereitete Kronenholz brachte jeden Winter gutes Geld.

Wenn er mit seinem Einspänner unterwegs war, um sich nach Einstellvieh zu erkundigen, suchte Michel beiläufig die in Not geratenen Höfe auf, schaute sich beim Vieh um, fragte nebenbei, wie es um den Wald stehe, und schließlich, ob das mit dem angeblichen Verkauf stimme. Zuletzt war den meisten Bauern der Handel mit Michel lieber als womöglich eine Zwangsversteigerung. Michel zahlte bar und diskret, was dem Verkäufer in seiner Notlage mehr wert war als ein möglicher höherer Preis bei einem öffentlichen Verkauf. Auf diese Weise erstand Michel Waldstücke, die teilweise mehr als zehn Kilometer vom Hof entfernt lagen. Nicht einmal seine Schwestern oder seine Mutter wussten davon.

Karoline war jetzt 68 Jahre alt, schmal und gebeugt. Das dünn gewordene Haar schlohweiß und das großflächige Gesicht von Falten durchzogen. An den von Narben übersäten Händen waren die Fingergelenke durch Gichtknoten verunstaltet. Abgesehen von gelegentlichen Erkältungen war sie nie krank gewesen. Wie immer versorgte sie mit Marie das Hauswesen, hielt den großen Garten instand und kümmerte sich liebevoll um die Schweine. Aber ihre Kraft, die sie wie ein gleichmäßig fließender Strom über alle Klippen und Untiefen des Lebens hinweggetragen und um die sie ihr Mann im Stillen beneidet hatte, ließ nach. Störungen des gewohnten Tagesablaufes, Sorgen, die sie früher ohne äußere Regung überwunden und gemeistert hatte, stürzten sie jetzt in tiefe Verzweiflung. Dazu kam an vielen Tagen eine bleierne Müdigkeit. Wenn sie sich nach dem Mittagessen in der aufgeräumten Küche an den Tisch setzte, um ein wenig Zeitung zu lesen, sank ihr Kopf nach wenigen Zeilen auf die Tischplatte. Meist schreckte sie nach kurzem Schlummer auf, sah sich schuldbewusst um und machte sich dann umso eifriger an eine neue Arbeit.

Luise, die fast jeden Sonntag zu Besuch kam und der Mutter mit ihrem kleinen Buben Freude bereitete, bemerkte die Veränderungen in deren Aussehen und Wesen. Sie machte ihre Brüder darauf aufmerksam und mahnte, der Mutter mehr Arbeit abzunehmen. Michel und Hermann waren erstaunt. Für sie war Karoline stets die geblieben, die sie seit ihrer Kindheit als ruhenden Fels der Familie kannten. Dass sie sich jetzt über Kleinigkeiten erregte und manchmal müde war, hielten sie für altersgerecht und keineswegs besorgniserregend. Luise gab sich damit nicht zufrieden. Sie bedrängte Michel, eine neue kleine Magd einzustellen und, was noch viel wichtiger wäre, endlich zu heiraten.

Den ersten Rat befolgte der Bruder. Vom zweiten wollte er aber nichts hören.

Nach der Getreideernte, bevor die mühselige Ernte von Kartoffeln, Futterrüben und Obst den Frauen alles abverlangte, holte er aus dem Kirchdorf ein im Frühjahr schulentlassenes Mädchen mit Namen

Magdalene, die von allen nur Lene gerufen wurde, damit Karoline am Nachmittag nicht mehr mit aufs Feld musste. Stattdessen sollte sie sich jeden Mittag eine Stunde auf das Sofa im Wohnzimmer legen.

Karoline befolgte den Rat, aber es fiel ihr schwer. Nur allmählich gewöhnte sie sich an die erzwungene Ruhe. Sie wäre im Grunde gerne mit den anderen auf dem Feld gewesen.

Als es im Winter ruhiger wurde, als ausgedroschen war und auch das Weihnachtsfest mit dem vorausgegangenen Großputz des ganzen Hauses vorüber war, holte Luise ihre Mutter zu sich, um ihr einige Tage der Ruhe zu gönnen. Aber Karoline fühlte sich in dem städtisch eingerichteten Haus mit der kleinen Küche und dem modern ausgestattetes Wohnzimmer nicht wohl. Weil Luise für die Zeit, in der sie im Geschäft ihres Mannes helfen und der knapp einjährige Bub versorgt werden musste, ein Dienstmädchen eingestellt hatte, gab es für Karoline kaum etwas zu tun. Für Spaziergänge, die ihr Luise empfahl, traute sie sich nicht auf die fremde Straße. So saß sie den Tag über meist untätig im Wohnzimmer, blätterte etwas in der »Gartenlaube«, die die Tochter bezog, und sah aus dem Fenster nach draußen, wo fremde Leute vorbeigingen. Nachts konnte sie in dem fremden Bett nicht schlafen und hörte jeden Stundenschlag vom nahen Kirchturm. Nur abends, wenn das Dienstmädchen aus dem Haus war und sie für die Tochter und den Schwiegersohn das Essen zubereiten konnte, lebte sie auf. Mit Eduard verstand sich Karoline gut. Wenn er von seinen Geschäften auf den Bauernhöfen in der Umgebung erzählt, hörte sie interessiert zu. Das war ihre Welt.

Als sie von ihrem Schwiegersohn nach einer Woche wieder auf den Hof zurückgebracht wurde, war Karoline froh. In der großen, altmodisch eingerichteten Küche atmete sie auf. Und noch am gleichen Abend ging sie in den Schweinestall und begrüßte ihre Ferkel mit den Worten: »So, jetzt bin ich wieder da.« Das zufriedene Grunzen der Sauen erschien ihr wie ein Willkommensgruß. Fortan war sie nicht mehr vom Hof zu bringen. Allerdings gewöhnte sich Karoline daran, dass ihr die neue Magd einen Teil der Arbeit abnahm. So blieb ihr auch mal Zeit für ein Schwätzchen mit einer Nachbarin, die wie sie von außerhalb eingeheiratet und es anfänglich in der neuen Familie nicht leicht hatte.

Hin und wieder kam Hilde, die frühere Magd. Obwohl es ihr durch die Arbeit in der Brauereiwirtschaft nicht an Gelegenheiten mangelte, hatte sie nach dem Kriegstod ihres Mannes nicht wieder geheiratet. Sie blieb die lustige, schlagfertige Person von früher, lebte aber ganz für ihren Sohn, der mit zunehmendem Alter dem verstorbenen Martinshöfer so ähnlich sah. Sie brachte viele Neuigkeiten mit, erzählte manche lustige Begebenheit und scherzte gerne mit den beiden Dachsersöhnen. Den Älteren neckte sie immer mit seinem ewigen Junggesellendasein. »Ich glaube«, sagte sie zu Michel, »dir muss man eine Frau backen. Sei froh, dass ich nicht mehr jung bin. Ich hätte dich schon noch rum bekommen.«

Die Brautwerbung

Die Ehelosigkeit des Martinsbauern wurde zum Dorfgespräch. Immerhin war Michel schon vierzig Jahre alt und fast jeder seiner Altersgenossen längst ein gestandener Ehemann und Vater. Es war auch nicht so, dass er kein Interesse am anderen Geschlecht gehabt hätte. Viele Mädchen, denen er auf seinen Handelsfahrten begegnete, gefielen ihm, besonders die dunklen, schlanken und sanftmütigen. Ihnen gegenüber war er schüchtern und ungewöhnlich zurückhaltend. Er wusste um seine Mängel in Gestalt und Aussehen und hatte Angst, jede Art der Ansprache könne als plumpe Annäherung ausgelegt werden. Mit den Derben, Kräftigen, die wie ein Mann zupacken und reden konnten, machte er unbefangen Späße und blieb ihnen keine Antwort schuldig. So eine wollte er aber nicht zur Frau. Dann wirtschaftete er lieber mit seinen Knechten, der Mutter und der sanften Marie.

Oft, wenn er im Stillen über sein bisheriges und sein künftiges Leben nachdachte, fiel ihm auf, dass ihm nach seiner Mutter die Magd am nächsten stand. Sie hatte ihn, wenn er den anderen an Körperkraft unterlegen war und bei den Demütigungen des Vaters vor ohnmächtiger Wut geweint hatte, nie verspottet oder belächelt, sondern immer still unterstützt und getröstet. »Am besten wäre es«, sagte er sich dann, »ich würde die Marie heiraten. Sie wäre die richtige Kameradin.« Aber dann behielt doch wieder der dachsersche Bauernstolz die Oberhand, der es nicht zuließ, sich offiziell mit Dienstboten zusammenzutun. Und schließlich forderte auch das Erwerbsstreben, das seit den Erniedrigungen durch den Vater die Triebfeder allen Handelns war, mit einer Heirat den Besitz zu mehren.

Im nahen Tal kam Michel oft auf einen Hof, der aus den umliegenden Kleinbauerngehöften an Größe, Sauberkeit und erfolgreichem Wirtschaften herausstach. Er kannte den Bauern, der etwas jünger war als er, seit seiner Kindheit. Damals war dessen Vater als Tagelöhner zum Holzmachen und zum Dreschen auf den Martinshof gekommen und hatte seinen Buben zum Spielen mitgebracht. Auf dem Martinshof hatte der Kleinbauer die Anfänge der Schweinezucht gesehen und aus den selbstgefälligen Erzählungen von Wilhelm Dachser erfahren, wie gut damit Geld zu verdienen war. Er ahmte das Beispiel nach und brachte es mit Zähigkeit und der Mithilfe einer tüchtigen Frau zu bescheidenem Wohlstand.

Der Sohn war aus dem gleichen Holz. Mit der ausgebauten Schweinezucht und einer geschickten Heirat war es ihm gelungen, den Hof zu vergrößern und vom Tagelöhner zum Vollbauern aufzusteigen. Jetzt tauschte dieser Bauer mit Michel Erfahrungen über die Bewirtschaftung des Hofes und vor allem über die Schweinehaltung aus. Die beiden versorgten sich gegenseitig mit Jungsauen für die Nachzucht ihrer Herden und diskutierten auch viel über die Politik.

Wenn sie im Stall zusammenstanden oder in der Küche saßen, kam oft die fünfundzwanzigjährige Schwester des Bauern dazu, die noch daheim mithalf, wenn sie nicht beim nahen Wirt in der Küche arbeitete und die Gäste bediente. Dieses Mädchen hieß Margarete, wurde aber von allen nur Gretel gerufen. Sie war mittelgroß, sehr schlank und hatte die dunklen, fast schwarzen Haare im Nacken zu einem großen Knoten gebunden. Diese Gretel mit ihren sanften, dunklen Augen hatte es dem jungen Martinshöfer angetan. Ihm gefiel nicht nur ihr Aussehen, sondern auch ihre ruhige, sichere Art. Ihr gegenüber war er, der im Umgang mit anderen so viel Selbstsicherheit gewonnen hatte, befangen, ja fast schüchtern. Wenn er versuchte, sie in das Gespräch mit ihrem Bruder einzubeziehen, blieb er dabei meist hölzern, stockend und oberflächlich.

Gretel begegnete ihm nicht anders als den anderen Männern im Dorf. Sie wusste, dass viele über Michel spotteten, dessen unscheinbare Erscheinung gar nicht zu seinem großen Hof passte. Sie kannte die übertriebenen Geschichten, die aus seiner verkorksten Schulzeit und Jugend im Umlauf waren und sie wusste auch, dass ihn manche als gerissenen Händler bezeichneten, der sich an der Not anderer bereichere. Gretel hielt nicht viel vom Gerede der Leute, bei dem stets Neid mitschwang. Sie achtete Michel, weil ihr Bruder viel von ihm hielt, und sie staunte beim Zuhören oft über sein umfangreiches Wissen, das weit über das hinausging, was sonst das Hirn eines Bauern beschäftigte.

Michel kam immer häufiger auf den Hof und verlegte seine Besuche in die Mittagszeit, weil er wusste, dass Gretel dann im Haus oder im Stall war. Er nutzte jede Gelegenheit, mit ihr zusammen zu sein, was dem Bruder und Gretel selbst nicht verborgen blieb. Unterwegs und daheim machte er sich Gedanken, wie er das Mädchen beeindrucken konnte und kam auf die absonderlichsten Ideen. Keine Frage, Michel Dachser war verliebt.

Weil er wusste, dass Gretel gerne Bücher las, brachte er ihr die neueste Ausgabe von Hedwig Courths-Mahler mit, deren Romane auch von seiner Schwester Luise verschlungen wurden. Er selbst war, was außer seiner Mutter niemand wusste, ein Freund der Lyrik. Er liebte die romantischen Verse von Eichendorff, Brentano oder Mörike und die Balladen von Schiller und Heine. In der Buchhandlung der Oberamtsstadt erwarb er ein schmales Bändchen mit Gedichten und schenkte es der Angebeteten, in der Hoffnung, sie erkenne daraus seine Gefühle. Gretel blätterte darin, verstand manches nicht und blieb gleichgültig.

Aber Michel gab nicht auf. Als der Gewerbeverein, dem sein Schwager Weißmann angehörte, im Winter eine große Feier mit der Aufführung einer komischen Oper und anschließendem Tanz abhielt, besorgte sich Michel über Luise zwei Karten und lud Gretel dazu ein.

Der Abend wurde zum Fiasko. Die Handwerker, Händler und Kaufleute, die mit ihren Frauen, Söhnen und Töchtern den Saal bevölkerten, wunderten sich nicht wenig über Michel Dachser, den sie noch nie bei einer solchen Lustbarkeit und noch viel weniger je mit einer Frau gesehen hatten. Sofort wurden spöttische Bemerkungen laut, die auch Gretel nicht überhörte.

Als nach der Aufführung der wenig begabten Laiengruppe die Kapelle des Musikvereins zum Tanz aufspielte, sprang Michel über seinen Schatten. Er, der so gut wie noch nie getanzt hatte, wollte an diesem Abend ein vollkommener Kavalier sein. Er forderte Gretel zum Tanz auf, stolperte dann aber mehr, als dass er tanzte. Mehrfach trat er seiner Partnerin auf die Füße, entschuldigte sich und versuchte krampfhaft, aber erfolglos im Takt zu bleiben. Ihm brach der Schweiß aus und auch Gretel bekam einen roten Kopf. Die anderen Paare auf der Tanzfläche und die sitzen gebliebenen Zuschauer bemerkten seine Ungeschicklichkeit, manche lachten und andere, die er angerempelt hatte, beschwerten sich lautstark.

Es blieb bei diesem einen Tanz. Michel war erschöpft und wurde einsilbig. Die schöne Gretel zog ein mürrisches Gesicht und wandte sich mehr Luise als ihrem Begleiter zu. Eduard Weißmann, der seinem Schwager beistehen wollte, forderte die Unglückliche zum Tanz auf. Er war ein eleganter Tänzer und in seinen Armen lebte Gretel auf. Dadurch fühlten sich auch einige andere Männer ermutigt. Sie forderten Gretel mehrfach auf, ohne ihren Begleiter um Erlaubnis zu fragen, und die nahm gerne an. So wurde es für Gretel doch noch ein vergnüglicher Abend, während sich Michels Gesicht zusehends verfinsterte. Wieder einmal trank er mehr als ihm gut tat. Luise, der das nicht entging, drängte bald zum Aufbruch.

Als die vier den Saal verließen, war Michel unsicher auf den Beinen. Bei der Heimfahrt tastete er nach Gretels Hand. Sie entzog sie ihm. Trotzdem versuchte er vor ihrer Haustüre eine Umarmung und einen Kuss. Auch daraus wurde nichts. Gretel drehte sich zur Seite und war gleich darauf hinter der Türe verschwunden.

Als Michel einige Tage nach diesem Abend auf den Hof kam, war Gretel nicht da. Und bei späteren Besuchen sah er sie nur kurz. Sie war ständig in Eile.

Der sonst so realistische Michel wollte die Realität nicht anerkennen. Er brachte weiterhin kleine Geschenke, für die sich das Mädchen mit einem Handschlag und einem Lächeln bedankte, das er bereits wieder als Ermutigung begriff. Dass diese Liebe einseitig war, wurde ihm erst ein halbes Jahr später bewusst. Gretel habe eine Stelle in einer zwanzig Kilometer entfernten Stadt angenommen, teilte ihm der Bruder im Frühjahr mit. Und als es Sommer wurde, erfuhr er von anderen, sie habe sich dort mit einem Handwerker verlobt.

Michel fühlte sich genauso gedemütigt wie damals, als ihn der Vater mit dem Satz: »Aus dir wird nie ein richtiger Bauer«, verspottet hatte. Niedergeschlagen blieb er daheim hocken, wurde gegenüber den anderen im Haus ungerecht, stritt mit seinem Bruder Hermann über Nichtigkeiten und fing an zu trinken. Mit Schrecken entdeckte Karoline Charakterzüge seines Vaters an ihm. Einmal mehr sorgte sie sich um ihren Ältesten, aber anders als in seiner Jugend sah sie jetzt keine Möglichkeit mehr, ihm zu helfen.

Im Oktober 1932 wurde Karoline siebzig. Luise bestand darauf, dass dieser Geburtstag mit einem Familienfest gefeiert wurde. Obwohl Karoline jedes Aufheben um ihre Person zuwider war und die Brüder wegen des Aufwands murrten, setzte sich die Tochter durch. Sie wurde von Babette unterstützt, die sich für die Vorbereitungen sogar einige Tage Urlaub nahm.

Michel holte sie mit dem Einspänner ab. Als sie an der kleinen Station aus dem Zug stieg, sorgte ihre Erscheinung für Aufsehen. Babette war nach der neuesten Münchner Mode gekleidet. Sie trug ein hellgraues Reisekostüm mit einem wadenlangen, schmal geschnittenen Rock und einer eng anliegenden Jacke. Darunter eine dunkelrote Bluse mit weitem Kragen. Auf dem Kopf saß ein breitrandiger, ebenfalls hellgrauer Hut, dessen Krempe vorne weich über die Stirn fiel. Den großen braunen Lederkoffer überließ sie Michel. Wie ein Dienstbote ging er hinter seiner Schwester her, die hoheitsvoll durch die kleine Bahnhofshalle schritt. Daheim war Babette, die ihr Elternhaus zwei Jahre nicht mehr gesehen hatte, überrascht, wie klein und alt ihre Mutter geworden war. Auch das Haus selbst und vor allem die Küche erschienen ihr altmodisch und eng. »Hier hat sich ja überhaupt nichts geändert«, rief sie aus. Und an Michel gewandt »Es wird Zeit, dass eine junge Bäuerin ins Haus kommt. Willst du nicht endlich heiraten?«

»Das ist meine Sache«, gab er verärgert zurück, »Wenn es dir hier nicht mehr gefällt, dann geh halt in die Stadt zurück.«

Um den Familienfrieden besorgt hob Karoline die Arme: »Kinder, jetzt streitet doch nicht schon wieder.«

Michel erwiderte nichts und verließ die Küche.

Babette ging in die Schlafstube, um sich umzuziehen. Obwohl sie insgeheim froh war, der bäuerlich kargen Enge entflohen zu sein, fühlte sie sich vom Elternhaus doch seltsam berührt. Wie oft war sie als Kind weinend in diese Stube gekommen und durfte, weil sie krank war oder schlecht geträumt hatte, zur Mutter in deren warmes Bett schlüpfen. Im Sommer, wenn es draußen schon lange hell war und die Großen am Sonntag nicht so früh aufstehen mussten, hatte der Vater, der sich sonst wenig um die Kinder kümmerte, seltsame Geschichten von Hexen und Zwergen erzählt. Manchmal war sie heimlich in die Schlafstube geschlichen und hatte über den Betten das Bild betrachtet, auf dem der Herr Jesus zwei kleinen Kindern segnend die Hände auf den Kopf legte. Oft hatte sie sich gewünscht, eins von diesen Kindern zu sein und anderen davon erzählen zu können.

Am Abend kamen Luise und ihr Mann mit dem kleinen Harald. Die beiden Schwestern begrüßten sich herzlich und Eduard Weißmann nahm seine Schwägerin kurz in den Arm. Als sie mit der Mutter in der Wohnstube saßen, betrachtete Babette ihren Schwager prüfend und stellte für sich fest, dass er doch gar nicht so aussah, wie die Parteigenossen in München die Juden immer darstellten. Nein, er hatte weder eine Hakennase noch wulstige Lippen und war blond statt schwarzhaarig. Eigentlich, dachte Babette, sieht er so aus, wie der Führer die nordische Rasse beschreibt. Und er war bestimmt kein betrügerischer Händler, der sich an der Not anderer Leute bereicherte. Sie wusste von Luise, wie schwer die beiden anfänglich um ihre Existenz arbeiten mussten, und der Onkel hatte berichtet, dass Eduard bei den Bauern geachtet war.

Während Eduard in die Küche ging, wo die Männer beim Nachtessen saßen, besprachen die beiden Schwestern, was sie bei diesem Geburtstagsfest alles auftischen wollten. Schnell stellte sich heraus, dass die Vorräte des Hofes nicht ausreichten. Babette machte eine Liste. Sie rief Michel in die Stube, um zu besprechen, was alles noch eingekauft werden musste.

Der Bruder stutzte, als er die Liste überflog: »Ihr wisst«, sagte er zu den Schwestern, »dass wir erst vor vierzehn Tagen geschlachtet haben, und jetzt soll ich Fleisch kaufen. Was denkt ihr euch eigentlich, wie wir unser Geld verdienen?«

Babette stand zornig auf: »Wenn dir die Mutter, die dir seit Jahren umsonst das Haus macht, nicht so viel wert ist, dann gute Nacht. In der Wirtschaft spendierst du mehr als eine Runde und dann willst du deiner Mutter keinen Geburtstag gönnen. Du verdienst dein Geld im Saustall, aber nur, weil die Mutter dort für alles sorgt und nachts aufsteht, wenn Ferkel geboren werden. Du bist immer noch der gleiche sture Bock wie früher.«

Karoline, die alles mitbekommen hatte, rang die Hände: »Jetzt geht das schon wieder los. Wenn ihr nur streitet, will ich überhaupt keinen Geburtstag.« Müde sank sie auf den Stuhl zurück.

»Dass du's nur weißt«, sagte Michel ruhig zu Babette, »ich habe mehr für die Mutter übrig als du, die du nur alle paar Jahre mal heimkommst«.

Er nahm die Liste und ging in die Küche. Dort wurde er von Weißmann beruhigt, schämte sich aber insgeheim für seinen Auftritt.

Am nächsten Morgen spannte er ohne weitere Worte ein, fuhr ins Städtchen und kaufte alles, was auf der Liste stand.

Der Metzger staunte: »Na, hast du Hochzeit, man hat gar nichts davon gehört.«

»Nein«, gab Michel zur Antwort, »meine Mutter wird siebzig und das wird richtig gefeiert. Wenn ich Hochzeit mache, dann sage ich's dir schon rechtzeitig.«

Der Geburtstag von Karoline Dachser wurde an jenem sonnigen, warmen Herbstsonntag ein großes, im Dorf viel beachtetes Fest. Am Vormittag ging die ganze Familie zur Kirche. Dort wurde Babette mit ihrem am Vortag mit einem zweisitzigen, offenen Auto aus München gekommenem Gatten bestaunt: Sie in einem eleganten grünseidenen Kleid mit einem kleinen roten Hut und er in glänzend gewichsten Reitstiefeln und der braunen SA-Uniform. Neben diesem Paar und dem gediegen, aber durchaus elegant gekleideten Ehepaar Weißmann nahmen sich die Brüder Dachser in ihren dunklen, altmodischen Sonntagsanzügen fast ärmlich aus.

Die Jubilarin ging am Arm von Michel in ihrem einfachen Kleid mit dem aus der Mode gekommenen dunklen Hut gebückt und ganz unscheinbar durch das hohe Kirchenportal, durch das sie vor bald dreiundvierzig Jahren erstmals am Arm von Wilhelm Dachser, mit schwerem Herzen und Angst vor der Zukunft, geschritten war. Nach der Kirche besuchte die Familie die Gräber des Vaters, seines Sohnes Walter und der Tante. Eilfertig zupfte Karoline die verblühten Blumen aus den Beeten. Am Grab von Walter murmelte sie für die anderen unverständlich: »Wärst du dageblieben, dann wäre vieles anders geworden.«

Am Ausgang des Friedhofs wartete ein alter, grauhaariger Mann mit gebeugten Schultern auf die Gruppe. Es war Paul, der Großknecht. Mit dem Hut in der Hand begrüßte er seine Bäuerin, gratulierte zum Geburtstag und wünschte ihr noch viele Jahre guter Gesundheit.

»Ach Paul«, sagte Karoline, »du bist ein guter Mensch. Es ist so schade, dass du nicht mehr bei uns bist. Aber jetzt sind wir alte Leute und was sollen wir da noch erwarten.«

»Ja, Bäuerin«, entgegnete Paul, »viel haben wir nicht mehr vor uns. Aber wir müssen unser Beet halt vollends ausackern.«

Luise und Eduard begrüßten Paul und seinen Neffen ebenfalls herzlich. Weißmann hatte auch zu diesem Hof geschäftliche Verbindungen. Babette begrüßte den Knecht hingegen nur ganz kurz. Ihr Mann hielt sich abseits. Ihm war ein solcher Umgang mit Dienstboten lästig.

Nach dem Mittagessen daheim, zu dem auch die übrigen Verwandten erschienen, wurde es draußen laut. Eduard Weißmann hatte die Musikkapelle des Städtchens, bei der er Mitglied war, bestellt, die der Jubilarin ein heiteres Ständchen spielte. Anschließend wurden die Musikanten im Hof mit Most und Schnaps bewirtet. Michel achtete darauf, dass niemand zu kurz kam. Erst gegen Abend und nachdem sie immer wieder aufgespielt hatten, verließen die Musikanten schwankend den Hof. Sie erzählten noch lange von dem lustigen Nachmittag.

Im Haus saßen die Gäste gruppenweise zusammen, Babette und ihr Mann bei Onkel und Tante. Sie erzählte von ihrer guten Anstellung im Hotel und den hochrangigen Gästen und er ließ keinen Zweifel daran, dass seine Partei mit der Bande in Weimar bald aufräumen werde. Der Onkel, ein Anhänger der Zentrumspartei, stimmte Richard von Goltz in Vielem zu, erschrak aber über die Radikalität seiner Ansichten. Widersprechen wollte er aber dem Nationalsozialisten nicht. Der breitete wortreich die Thesen seiner Partei und ihres Führers aus. Als Richard von Goltz die Weimarer Regierung ein weiteres Mal als von den Juden unterwandertes Lumpenpack beschimpfte und wieder die Dolchstoßlegende zum Besten gab, konnte Michel nicht mehr an sich halten. Er hatte sich nach den Erfahrungen bei Luises Hochzeit eigentlich vorgenommen, mit dem angeberischen Schwager keine Diskussion mehr zu führen, aber jetzt wurde es ihm doch zu viel. Außerdem hatten die Schnäpse, die er mit den Musikanten getrunken hatte, seine Streitlust beflügelt. »Die Revolution ist viel zu spät gekommen«, rief er quer über den Tisch. »Die Soldaten hätten ihre Gewehre lange vorher wegwerfen sollen. Hätte dein Ludendorff die vierzehn Punkte des amerikanischen Präsidenten angenommen, dann wären wir noch gut weggekommen und müssten nicht bis in alle Ewigkeit Reparationen zahlen.«

Jetzt mischte sich auch Babette ein. »Was weißt du denn?«, fauchte sie ihren Bruder an. »Du weißt doch nur, was in der Wirtschaft erzählt wird. Von den großen Zusammenhängen hast du doch keine Ahnung. Du wirst schon sehen, der Führer räumt bald in Deutschland auf.«

Bevor der Streit vollends eskalierte, mischte sich Karoline ein, die bisher ganz behaglich auf ihrem mit Herbstblumen geschmückten Ehrenplatz gesessen hatte. »Kinder«, rief sie, »fangt doch nicht zu streiten an. Es ist so ein schöner Tag und ich wäre gern ein wenig in den Garten gegangen.«

Alle waren froh über diesen Vorschlag. Die ganze Festtagsgesellschaft drängte aus dem Haus in die schon tief stehende, aber immer noch wärmende Herbstsonne. Während ein Teil in den Hausgarten ging, wo die Astern in voller Blüte standen und die letzten Tomaten rot durch das grüne Laub leuchteten, schlugen die beiden Dachserbrüder mit Weißmann und der männlichen Bauernverwandtschaft den Weg zum Stall ein. Die Stallbesichtigung hatte schon immer zu jedem Verwandtenbesuch gehört.

Der Graben, der schon in der Jugendzeit zwischen Michel und Babette aufgebrochen war, wurde nach diesem Familienfest noch tiefer.

Babette sah in ihrem Bruder den geizigen, misstrauischen, verschlagenen, altmodischen Bauern, der in Art und Aussehen so gar nichts Deutsches hatte, sondern mehr den als Untermenschen betrachteten östlichen Völkern glich und viel von einem Juden hatte, der die ehrlichen, aufrechten Deutschen mit gerissener Intelligenz bekämpfte. Noch mehr hasste sie ihn, weil er es, wie damals bei Luises Hochzeit, erneut gewagt hatte, ihrem Gatten, den sie wie einen strahlenden Held verehrte, zu widersprechen, statt zu ihm aufzuschauen.

Verwirrt wurde ihr vereinfachtes vom Nationalsozialismus geprägtes Weltbild lediglich durch den Schwager Eduard. Dieser so gut aussehende, elegante, nette und ihr gegenüber zuvorkommende Mann sollte ein Jude sein? Er hatte doch so gar nichts Jüdisches an sich.

Der Onkelhof

Bei der Stallbesichtigung auf dem Martinshof war der Onkel über den guten Zustand des Viehbestandes erstaunt. Er musste sich im Stillen eingestehen, dass der eigene nicht mithalten konnte. In seinem Stall mit den vielen Prämierungsplaketten an der Tür hatten die hoch dekorierten Zuchtkühe ihr prachtvolles Aussehen eingebüßt. Immer wieder gingen wegen mangelnder Sorgfalt Kälber verloren, die auf der Zuchtviehauktion gutes Geld hätten bringen sollen. Auch die Felder stachen nicht mehr heraus. Der Onkel hatte den Anschluss an neuzeitliche Anbaumethoden verpasst. Trotzdem gebärdete er sich immer noch als Herrenbauer. Für seine Ämter beim Vieh- und Pferdezuchtverband und bei der aufstrebenden bäuerlichen Berufsvertretung, dem landwirtschaftlichen Hauptverband, brachte er viel Zeit auf, die der Hof dringend gebraucht hätte. Die Arbeit auf den Feldern und im Stall überließ er den drei Knechten und den zwei Mägden. Wenn er müde und nicht selten vom Alkohol beschwert heimkam, hatte er nicht mehr die Kraft, sich um alles zu kümmern. Und die Tante? Die wollte weiterhin ein großes Haus führen. Besucher gab es genug. Beamte aus der Landwirtschaftsverwaltung, von anderen Behörden und vom Hauptverband ließen sich gerne bewirten und brachten manchen Nachmittag und Abend im Jagdzimmer zu.

Den jüngsten Sohn Rudolf, der nach dem Tod des Ältesten und der Kriegsverletzung des Zweiten den Hof übernehmen sollte, wollte der Onkel zu einem gelehrten Bauern machen. Er schickte ihn nicht, wie in der Gegend üblich, auf die Winterschule in der Oberamtsstadt, sondern auf die Ackerbauschule. Die Schüler dort fühlten sich als

Studenten und gebärdeten sich auch so. Sie saßen schon am Nachmittag in den Kneipen oder Biergärten, grölten Studentenlieder, machten sich über die braven Bürger lustig und fingen Liebeleien mit den Dienstmädchen an. Der Jüngste vom Onkelhof war ein beliebter Kneipkumpan, aber ein schlechter Ackerbauschüler. Er bestand die Abschlussprüfung nur, weil die Professoren Vater und Bruder kannten.

Hochmütig und arrogant kam Rudolf auf den Hof zurück. Er spielte sich den Dienstboten gegenüber als großer Herr auf, was die Knechte mit stiller Arbeitsunlust quittierten. Radikal wollte der junge Hofbauer die veralteten Methoden des Vaters ändern. Manches klappte, aber noch mehr ging schief. Um im Herbst mehr Futter zu haben, wurde Mais angebaut. »Pferdezahn« nannten ihn die Bauern. Aber die empfindlichen Pflanzen erstickten im Unkraut. Weil ihm im Sommer das tägliche Grünfutterholen für die Rinder zu lästig war und nach gelehrter Meinung die Tiere Bewegung brauchten, führte er den Weidegang ein. Die Tiere im Frühjahr auf die Wiese zu bringen, wurde ein von der Nachbarschaft belachtes und für die eigenen Leute schweißtreibendes Abenteuer. Die älteren Kühe wollten nicht aus dem Stall. Sie fürchteten die ungewohnte Helligkeit und die fremde Umgebung. Mühsam mussten sie am Strick einzeln aus der Stalltüre gezerrt werden und standen dann ängstlich glotzend im Grasgarten. Anders die jungen. Draußen überkam sie die pure Lebenslust. Mit grotesken Sprüngen rasten sie über die Wiese und ließen sich nur mit Mühe auf dem Weg halten. Waren die Kühe schließlich nach viel Geschrei und Rennerei auf der Weide, dann waren Mensch und Tier erschöpft.

Unter den älteren Kühen bildeten sich Leittiere, die keine anderen neben sich dulden wollten. Bei den Rangkämpfen wurden die spitzen Hörner zu gefährlichen Waffen. Eine der hoch dekorierten Spitzenkühe wurde durch einen Hornstoß in die Flanke so schwer verletzt, dass sie geschlachtet werden musste. Weil der junge Bauer die Tragezeit nicht im Auge behielt, kalbten im Herbst zwei Kühe auf der Weide. Eines der Kälber erstickte in der Nachgeburt.

Bei einem Schulkameraden hatte Rudolf als revolutionäre Landmaschine den Traktor kennengelernt, der von vorn einem Hundekopf glich und vom Hersteller deshalb Bulldog genannt wurde. Dieses knallende Ungetüm, das die Pferde zum Scheuen brachte, konnte, wie der Besitzer stolz erzählte, zwei volle Mistwagen auf einmal ziehen und so viel pflügen wie drei Pferdegespanne zusammen.

Rudolf versuchte dem Vater die Anschaffung mit dem Hinweis schmackhaft zu machen, dass dann auf zwei der vier Pferde verzichtet werden könne und auch ein Knecht entbehrlich sei. Dem Onkel wurde dieses Gespräch peinlich. Er musste gestehen, dass für den Traktorenkauf kein Geld vorhanden war. Als der Sohn daraufhin vorschlug, man könne dafür doch einen Kredit aufnehmen, kam heraus, dass der Hof bereits große Schulden hatte. Rudolf fiel aus allen Wolken. So also stand es. Zornig fragte er den Vater, wo denn das ganze Geld hingekommen sei. Der gab lautstark zurück, einen Teil davon habe er auf der Ackerbauschule mit vollen Händen ausgegeben.

Auch die Politik war nicht auf der Seite des Onkels. Als Adolf Hitler am 30. Januar 1933 die Macht in Deutschland übernommen hatte, wurden schon im September alle bäuerlichen Organisationen dem neuen Reichsnährstand einverleibt. Der Onkel verlor sämtliche Ämter, die er bei den Zuchtverbänden und im Hauptverband gehabt hatte. Und daheim wollte ihn sein Sohn nicht mehr als Hofherren anerkennen. Es kam zu lautstarken Streitereien, über die in den Dörfern hämisch geredet wurde. Auch der Tante ging ein wichtiger Teil ihres Lebens verloren. Die Gäste blieben aus. Im Jagdzimmer setzte sich Staub ab. Missmutig saß das alt gewordene Paar in seinem Austragsstübchen und trank den Kaffee allein.

Der kriegsversehrte Sohn konnte seine berufliche Existenz nur durch den Eintritt in die Nationalsozialistische Partei retten. Er war von da an beim Reichsnährstand für die Durchführung des Reichserbhofgesetzes zuständig, das zwischen Bauern und Landwirten trennte. Bauern mussten arischen Blutes sein, mindestens siebeneinhalb Hektar Land besitzen, die nur geschlossen an den ältesten Sohn vererbt werden durften. Die Zweiteilung wurde von Reichsbauernführer Darré so erklärt: »Bauer ist, wer in erblicher Verwurzelung seines Geschlechts mit Grund und Boden sein Land bestellt und seine Tätigkeit als eine Aufgabe an seinem Geschlecht und Volk betrachtet. Landwirt ist, wer ohne erbliche Verwurzelung sein Land bestellt und in dieser Tätigkeit nur eine rein wirtschaftliche Aufgabe des Geldverdienens erblickt.«

Die Bauern sollten das Gefühl bekommen, der wichtigste Stand des Volkes zu sein.

Michel Dachser waren solche eher mystischen Begründungen zuwider. Für ihn, der mehr Kaufmann als Bauer war, kam das Geldverdienen vor der Bewahrung von Volk und Geschlecht. Zwar ließ er den Martinshof als Erbhof eintragen, hasste aber das damit verbundene Verbot von Grundstückshandel und Geldgeschäften mit Banken oder Privatleuten. Andere, so auch der Sohn des Onkels, freuten sich über die mit dem Erbhofgesetz verbundene Entschuldung ihrer belasteten Höfe. Rudolf dankte es dem Führer mit seiner Gefolgschaft.

Die Sorgen von Luise

In diesen Wochen und Monaten des Umsturzes zogen über der Landesproduktenhandlung Weißmann dunkle Wolken auf. Die Hetze des fränkischen Gauleiters Julius Streicher gegen die Juden trug Früchte.

Was geschieht, wenn die jüdische Herkunft des Firmeninhabers bekannt wird, fragten sich Eduard und Luise. Noch war das Ehepaar für die Kunden evangelisch. Sie hatten in der Kirche des Städtchens geheiratet und dort auch die beiden Kinder taufen lassen. Aber wie lange ließ sich das Geheimnis der jüdischen Herkunft bewahren?

In der näheren Umgebung gab es nur zwei Mitwisser, Richard von Goltz, den Schwager, Kriegskameraden und aufstrebenden Nationalsozialisten, und seine Frau. Babette behielt das Geheimnis lange für sich. Erst ein neuer Streit mit ihrem Bruder um die Höhe des Heiratsgutes ein Jahr nach Karolines Geburtstagsfest brachte die Lawine ins Rollen. Fordernd wies sie bei diesem Streit auf die Summe hin, die Luise bekommen hatte. Ohne dieses Geld, fügte sie spöttisch hinzu, hätte Eduard Weißmann sein Geschäft doch gar nicht aufbauen können und wäre noch immer ein kleiner Handelsvertreter. Dieser Spott ließ bei Michel die Zornesader schwellen. »Dann wäre er immer noch mehr«, sagte er seiner Schwester ins Gesicht, »als dein feiner Offizier, der nur weiß, wie man Leute aufhetzt, aber nicht, wie man mit ehrlicher Arbeit Geld verdient. Und damit du's weißt, du bekommst fünftausend Mark und damit basta.«

In ihrem Zorn erzählte Babette noch am gleichen Abend dem Onkel und der Tante von der Auseinandersetzung und wie Michel ihren Mann gegenüber Eduard Weißmann herabgesetzt habe. »Aber wisst ihr überhaupt«, setzte sie mit gewichtiger Miene hinzu, »dass der Eduard gar kein richtiger Deutscher ist?« Und als die beiden Alten und der hinzugekommene Neffe Rudolf erstaunt aufsahen, vollendete sie ihren Triumph: »Er ist in Wirklichkeit ein Jude.«

Der junge Rudolf, der jetzt Hofherr war, hatte bisher seinen Kunstdünger und was er im Viehstall brauchte beim Landesproduktenhandel Weißmann gekauft. Er war ein guter Kunde, aber ein schlechter Zahler. Weil die Außenstände einen immer bedrohlicheren Umfang angenommen hatten, erzählte Luise ihrem Bruder davon. Michel sprach den Onkel darauf an, der wiederum seinen Sohn zur Rede stellte.

»Ach was«, sagte Rudolf großspurig, »der Jud kriegt schon noch sein Geld. Er muss halt ein wenig warten, wenn er überhaupt weitermachen darf.«

Rudolf zahlte seine Schulden nicht, kaufte aber auch nicht mehr bei Weißmann. Einige andere Kunden sprangen plötzlich ebenfalls ab.

Eduard suchte nach den Gründen und hatte einen schlimmen Verdacht. Obwohl die Eheleute nicht darüber sprachen, peinigten Luise die gleichen Gedanken. Es war Michel, der den Verdacht bestätigte. Als er in jenem Winter nach dem Schweinemarkt mit einigen Bauern im Wirtshaus zusammensaß, wurde wie meistens bei diesen Gesprächen über Preise für die verkauften Ferkel, Ochsen und Kornsäcke und auch für eingekauften Kunstdünger, Futtermittel und andere Waren gesprochen. Käufer und Lieferanten wurden verglichen, kritisiert oder gelobt. Vom Nebentisch, wo drei junge Bauern saßen, hörte Michel plötzlich den Namen Weißmann.

»Nein«, sagte einer der drei, »bei dem kaufe ich überhaupt nichts mehr.«

»Wieso?« fragte sein Gegenüber, »der ist doch auch nicht teurer als andere.«

»Darum geht's mir nicht, aber«, der Angesprochenen senkte die Stimme, »ich kaufe nicht bei einem Juden.«

Diesen leise gesprochenen Satz hatte Michel gehört.

Er fuhr nicht sofort heim. Er wollte Gewissheit haben. Wenig später stand sein Einspänner im Hinterhof der Landesproduktenhandlung. Im Laden fragte er nach dem Chef, und als es hieß, der sei nicht da, nach der Chefin, seiner Schwester.

Luise war in der Wohnung gerade dabei, ihr neugeborenes Töchterchen zu versorgen.

»Du, ich muss dich was fragen«, sagte Michel mit ernstem Gesicht.

Luise schloss die Tür zur Küche, wo das Dienstmädchen hantierte. »Was ist denn?«, fragte sie erschrocken.

»Ich hab da heute was über den Eduard gehört«, sagte Michel. »Er sei ein Jude. Aber das stimmt doch nicht, er geht doch in unsere Kirche.«

Luise hatte plötzlich Tränen in den Augen. »Doch«, sagte sie mit stockender Stimme. »Eduard ist getauft, aber seine Eltern und seine Vorfahren sind Juden.«

»Aber wer kann das hier gewusst haben?« fragte Michel, als er die Sprache wiedergefunden hatte.

»Ich weiß es nicht«, antwortete Luise und weinte.

Schon am Abend kam Eduard Weißmann auf den Martinshof. Um ungestört zu sein, ging Michel mit ihm in die Brennerei. An dem kleinen Tisch neben dem Brennkessel, an dem sonst der Zollbeamte seine Eintragungen in das Brennbuch vornahm, erzählte Eduard die Geschichte seiner Vorfahren. Wer konnte von seiner Herkunft gewusst haben? Die beiden rätselten. Nach langem Nachdenken erinnerte sich Eduard an ein vertrauliches Gespräch mit seinem Regimentskameraden Richard von Goltz. Er erzählte Michel davon. Aber der andere Schwager hatte doch gar keine Verbindung zu den hiesigen Bauern. Dann kam Michel in den Sinn, dass derjenige, der Eduard am Wirtschaftstisch als Juden bezeichnet hatte, ein Freund seines Neffen Rudolf war. Führte die Spur womöglich zum Onkelhof und zu Babette? Michel beschloss, der Sache nachzugehen.

Er besuchte die Verwandtschaft. Die Tante bügelte in der Küche die Wäsche. Der Onkel saß dabei und las in der Zeitung. Die beiden, die recht einsam geworden waren, freuten sich über den Besuch. Die Tante fragte, wie es daheim gehe und ob Luises kleine Tochter wieder gesund sei. Michel erzählte von der Sorge um das Kind. Außerdem laufe in Weißmanns Geschäft nicht alles so glatt.

Der Onkel nickte: »Das kann ich mir vorstellen.«

»Wieso?«, fragte Michel. »Was meinst du?«

»Ach, nur so«, wich der Onkel aus, »die Nazis mischen sich doch in alles ein.«

Die Tante konnte nicht an sich halten: »Wenn bekannt wird, dass der Eduard eigentlich ein Jude ist, machen sie ihm womöglich das Geschäft zu.«

Michel hakte ein: »Woher wollt ihr denn wissen, dass der Eduard ein Jude ist?«

Etwas stockend rückte die Tante mit dem heraus, was Babette erzählt hatte. Jetzt war klar, woher das Gerede kam.

Gerade als Michel wieder abfahren wollte, kam der junge Rudolf mit einer Fuhre Holz auf den Hof. Während die beiden Knechte den Wagen abluden, nahm Michel den Vetter auf die Seite. »Warum kaufst du nichts mehr beim Eduard?« fragte er direkt.

Rudolf wurde rot, aber er gab sich selbstbewusst: »Das ist meine Sache. Aber wenn du's genau wissen willst. Mit Juden mache ich grundsätzlich keine Geschäfte mehr.«

Jetzt wurde Michel wütend. »Aha«, sagte er höhnisch, »du hast dein Fähnchen auch schon nach dem Wind gedreht, bist auch schon ein Nazi geworden. Aber merk dir eins, der Eduard ist mindestens ein genauso guter Deutscher wie du und der lässt andere nicht auf sein Geld warten. Der hat sein Geschäft vielleicht länger als du deinen Hof.«

Ohne auf eine Antwort zu warten, drehte sich Michel um, bestieg sein Wägelchen, trieb den Gaul an und fuhr davon.

Zunächst hatte Eduard Glück im Unglück. Einige, vor allem jüngere Bauern, die sich vom Rassenwahn der Nazis begeistern ließen, glaubten dem Gerücht, Weißmann sei ein Jude, und kauften nicht mehr bei ihm. Viele andere hielten Eduard trotz des Geredes die Treue. Im konservativen deutschen Südwesten und besonders bei der Landbevölkerung hatte es die Hitlerpartei wesentlich schwerer als im Norden und in den Städten. Wenn die braunen Kolonnen ihre Aufmärsche abhielten, jubelten ihnen wohl manche Jüngere und vor allem die Mädchen zu. Viele von den Älteren standen unbeteiligt dabei oder verzogen sich in die Häuser. Sie hatten nach dem schrecklichen Krieg genug von Uniformen und Marschkolonnen.

Der Hof verliert sein Herz

Auf dem Martinshof gab es andere Sorgen. Karoline wurde am Ende jenes Winters, der gar nicht sehr streng gewesen war, ernstlich krank. Schon seit Wochen quälte sie ein polternder Husten. Abends saß sie erschöpft am Küchentisch und hatte ein fiebrig gerötetes Gesicht. Michel holte den Doktor. Er stellte eine leichte Lungenentzündung fest und verordnete Bettruhe. Luise kam. Sie erschrak über die eingefallenen, unnatürlich geröteten Wangen der Mutter und ihre schwache Stimme, die immer wieder durch Hustenanfälle unterbrochen wurde. Michel verwies auf den nicht sonderlich beunruhigenden Befund des Arztes, aber Luise gab sich damit nicht zufrieden. »Siehst du denn nicht, wie schwach die Mutter geworden ist«, warf sie dem Bruder vor. »Sie muss besser versorgt werden. Hier im Haus ist es ja nicht einmal richtig warm.«

Michel wusste nicht, was sie meinte. Für ihn war es im Haus wie immer. Dass die Küche im Winter der einzige gut geheizte Raum des Hauses war, fiel ihm nicht auf. Und weil er die Mutter jeden Tag um sich hatte, bemerkte er den langsamen Verfall nicht.

Luise wollte die Mutter zu sich nehmen, aber Karoline wehrte sich heftig. Sie hatte den Aufenthalt bei der Tochter in keiner guten Erinnerung. Am Ende gab Luise sich geschlagen, aber sie verpflichtete den Bruder, dafür zu sorgen, dass der Kachelofen in der Stube durchgehend geheizt wurde und die Mutter ein besonderes Essen erhielt.

Als Michel klar wurde, dass seine Schwester recht hatte, machte er sich stille Vorwürfe und wollte Versäumtes nachholen. Liebevoll kümmerte er sich um die Kranke, sorgte dafür, dass sie es in ihrer

Schlafstube ständig warm hatte, kaufte beim Metzger Suppenfleisch und Kalbsbraten. Von Luise brachte er Rotwein mit, dem eine besonders kräftigende Wirkung zugeschrieben wurde und den die Kranke vermischt mit einem rohen Ei trinken musste. Außerdem sorgte er dafür, dass Marie ständig an Karolines Seite blieb. Ihre Arbeit im Stall übernahm der junge Knecht Korbi.

Trotzdem besserte sich Karolines Zustand auch nach einigen Wochen nicht. Tagsüber schlief sie viel. Abends, wenn das Fieber stieg, wurde sie unruhig und wollte mit jemandem reden. Dann setzte sich Michel zu ihr ans Bett und erzählte die Neuigkeiten aus dem Dorf, aber die Mutter hörte gar nicht richtig zu. Sie lebte ganz in der Vergangenheit. In ihrem Kopf tauchten Bilder aus ihrer Jugend auf. Sie machte die schwere Zeit nach dem frühen Tod ihres Vaters und des Bruders noch einmal durch, sah das verhärmte Gesicht ihrer Mutter und grämte sich um den Niedergang des Hofes. »Weißt du«, sagte sie zu Michel, »eigentlich hätte ich doch daheim bleiben sollen. Dann wär alles noch wie früher.«

Der Sohn sah sie fragend an.

Karoline wurde unwirsch: »Du verstehst auch gar nichts. Es wär besser gewesen, der Matthias hätte woandershin geheiratet. Dann hätten wir den Hof noch.«

Sie kam auch nicht darüber hinweg, dass sie nicht da gewesen war, als ihre Mutter starb.

Unruhig strichen ihre Hände über die Bettdecke. »Es war falsch, dass wir die Babette weggegeben haben«, fing sie wieder an. »Kinder sollten bei den Eltern bleiben, bis sie groß sind.«

Dazu brach der Schmerz über den Tod Walters neu auf. »Er war so ein guter Bub«, jammerte sie, setzte sich dann unvermittelt im Kissen auf und fragte aufgeregt: »Wo ist der Hermann, warum kommt der gar nicht zu mir?«

Michel rief den Bruder, der in der Küche beim Nachtessen saß.

Der jüngste der Dachsersöhne tat sich schwer im Umgang mit kranken Leuten. Ungelenk trat er ans Bett und fragte: »Wie geht's dir, Mutter?«

»Komm her, Bub, setz dich zu mir.« Sie wies auf den Bettrand.

Hermann setzte sich vorsichtig. Er wusste nicht, was er reden sollte.

Ganz sachlich sagte Karoline: »Weißt du, Bub, jetzt muss ich bald sterben und da will ich euch alle bei mir haben.«

Es war das erste Mal, dass sie vom Tod sprach. Michel schossen die Tränen in die Augen. »Aber was sagst du da, dir geht es doch bald wieder besser«, brachte er mühsam heraus.

Karoline schüttelte den Kopf: »Nein, Bub, es ist bald vorbei, ich bin schon jetzt so müd.« Sie schloss die Augen und schlief ein. Ihr Atem ging gleichmäßig, aber die unruhige Bewegung der Hände hörte nicht auf.

Michel schreckte hoch. »Wir müssen die Luise holen und es der Babette sagen.«

Er verließ das Krankenzimmer und eilte zum Posthalter im Dorf, bei dem vor kurzem ein Fernsprecher eingerichtet worden war. Auch im Geschäft von Weißmann gab es bereits ein Telefon. Eduard war am Apparat. »Luise muss gleich kommen«, sagte Michel aufgeregt, »der Mutter geht es gar nicht gut. Könnt ihr es auch der Babette sagen?«

Eine halbe Stunde später trat Luise ans Krankenbett. Die Mutter schlief. Die unnatürliche Röte in ihrem Gesicht hatte zugenommen, aber die Fingerspitzen wurden weiß. Gegen Mitternacht wachte sie aus einem ihrer Vergangenheitsträume auf. Erschreckt öffnete sie die Augen und rief nach ihrer eigenen Mutter. Erst nach einer Weile nahm sie ihre drei um das Bett stehenden Kinder wahr. »Ihr seid da«, brachte sie mühsam hervor, »da bin ich aber froh.«

Zufrieden schloss sie die Augen und öffnete sie nach einigen schweren Atemzügen auch nicht mehr. Karoline Dachser war tot.

Luise hielt ihre Hand und schluchzte. An der anderen Seite des Bettes ließ sich Michel auf den Stuhl fallen und verbarg sein Gesicht in den Händen. Der Schmerz schüttelte ihn. Hermann stand stumm und tränenlos am Fußende.

Babette kam erst am nächsten Nachmittag. Hermann holte sie von der Bahn ab. In der Schlafstube waren die Nachbarinnen schon dabei, die Tote zu waschen und einzukleiden. Michel und Luise saßen in der Stube am Tisch und besprachen die Beerdigung.

»Warum habt ihr mir nicht früher etwas gesagt«, herrschte Babette die beiden an.

»Es ging alles so schnell«, rechtfertigte sich Luise.

»Vor ein paar Tagen hat der Doktor noch gemeint, es gehe ihr schon wieder besser«, setzte Michel hinzu.

Damit gab sich Babette zufrieden. Sie hatte keine so enge Bindung an die Mutter wie die anderen Geschwister.

Der Tag, an dem Karoline ihrem Mann Wilhelm in das Grab folgte, war der erste strahlende Frühlingstag. Über den Äckern jubilierten die Lerchen und an den Giebelwänden der Häuser und Scheunen lärmten die Stare. In der Stube, in der sich die Verwandten zum Leichtrunk niederließen, summten die ersten Fliegen. Draußen im Hof bewirtete Michel die Musikanten, die der Toten wie an ihrem Geburtstag ein Ständchen geblasen hatten.

Wie sich bald herausstellte, wurde der Tod von Karoline zu einem tiefen Einschnitt im weiteren Leben der Familie und für den Fortbestand des Martinshofes. Der Hof hatte sein Herz, seine Mitte verloren.

Michel litt am meisten darunter. Die Mutter war für ihn von Kindheit an Beschützerin, Kameradin, Vertraute gewesen. Nun konnte er mit niemandem mehr so über seine Pläne, seine Gedanken und seine Empfindungen reden. Er wurde einsam. Die Schwestern bedrängten ihn, endlich zu heiraten. Einige aus der Verwandtschaft boten sich als Vermittler an und machten Vorschläge. Michel hörte sich alles stumm an und schob die Entscheidung hinaus.

Besonders an den Abenden grub sich das Fehlen der Mutter schmerzhaft in sein Gemüt. Er vertiefte sich noch mehr als sonst in die Zeitung, die von dem großen Aufschwung der deutschen Wirtschaft und den außenpolitischen Erfolgen des Führers berichtete. Aber seine oft bissigen Kommentare, die er dazu abgab, fanden kein

Echo mehr. Hermann, der meistes mit am Tisch saß, kümmerte sich nicht um Politik.

Wenn die anderen ins Bett gegangen waren, blieb Michel nur das Mostglas, das er aus dem großen irdenen Krug, der immer auf dem Tisch stand, regelmäßig auffüllte. Dann sprach er mit sich selbst, so wie er immer mit seiner Mutter gesprochen hatte. Manchmal hielt er sich dabei vor, die Erniedrigungen von Mitschülern, dem Vater und anderen Bauern hingenommen und nicht mehr aus seinem Leben gemacht zu haben. Er schimpfte auf alle, die ihn auf seinem Lebensweg behindert hatten. Dazu gehörte auch jene Gretel, der es als Einzige gelungen war, sein Herz zu bewegen und seinen Kopf zu vernebeln. Sie hatte ihn nicht gewollt und jetzt wollte er auch keine andere. Ihm graute vor dieser Heirat, die ihm seine Familie so sehr ans Herz legte. Mit der Mutter als Gefährtin war alles so einfach und gut gewesen.

Die Heirat

Als die Heuernte anstand, musste sich Michel wie jedes Jahr um zusätzliche Hilfe kümmern. Die Magd Elsa hatte den Hof an Lichtmess verlassen, um Dienstmädchen in der Stadt zu werden, und die Tagelöhnerin, die sonst im Sommer aus dem Tal auf den Martinshof gekommen war, stand wegen einer schweren Krankheit nicht mehr zur Verfügung.

Ersatz zu finden war nicht leicht. Viele der Kleinhäusertöchter aus dem Tal, die früher froh waren, bei den Bauern auf der Ebene eigenes Geld zu verdienen, waren wie Elsa in die Stadt in Stellung gegangen. Ihre Mütter hatten auf dem eigenen kleinen Anwesen genug zu tun. Der Freund, den Michel trotz der gescheiterten Liebe zu dessen Schwester Gretel weiterhin aufsuchte, empfahl ihm die Tochter eines Kleinbauern aus dem Nachbardorf, die nach mehreren Jahren Arbeit auf einem Gutshof wegen Unstimmigkeiten mit einer neuen Herrin wieder heimgekehrt war.

Michel sah sich die Bewerberin an. Es handelte sich um eine groß gewachsene, dunkelhaarige Frau mit kräftigem Körperbau und einem etwas derben Gesicht. Dass sie arbeiten konnte, war ihren kräftigen Armen und den breiten Händen anzusehen. Michel und sie wurden schnell einig.

Schon am übernächsten Tag kam die neue Hilfe, sie hieß Berta, auf den Martinshof und reihte sich beim Heuwenden ohne Umstände in die Schar der Hofleute ein.

Berta verbrachte fast den ganzen Sommer auf dem Hof. Sie half beim Rübenhacken, beim Ausgrasen der im Vorjahr gepflanzten Fichtenkulturen, bei der Kornernte und beim Kartoffellesen. Sie redete nicht viel, wusste aber sofort, wo es anzupacken galt. Mit wachem Blick hatte sie schnell erkannt, dass hier eine Bäuerin als ordnende und bestimmende Kraft für Haus und Hof fehlte. Wenn es beim Essen darum ging, was an diesem und den nächsten Tagen noch zu schaffen sei, und es darüber zwischen den Brüdern fast zum Streit kam, wurde sie zur Vermittlerin.

Hermann, der auf dem Feld das Sagen hatte, war des Lobes voll über die neue Hilfe. Als er eines Abends mit Michel allein am Tisch saß und beim Gespräch über den alltäglichen Arbeitsablauf immer wieder der Name Berta fiel, sagte er halb im Scherz: »Du, das wär doch eine gute Bäuerin für dich.«

Michel wehrte ab. Aber der Satz des Bruders setzte sich in seinem Kopf fest. Beim Freund im Tal erkundigte er sich nach der Familie dieser Frau.

Berta war schon Anfang dreißig. Ihre Mutter war vor einigen Jahren gestorben. Der Vater hatte darauf den kleinen Hof, auf dem die Familie ein bescheidenes Auskommen fand, an den ältesten Sohn übergeben. Das Mädchen war schon bald nach der Schulzeit auf andere Höfe gekommen, hatte mehrfach gewechselt und zuletzt auf dem Gutshof die Stelle der ersten Magd oder zweiten Haushälterin eingenommen. Ihr oblag es, den anderen drei Mägden die Arbeit vorzugeben. Die neue Gutsfrau, eine herrische Person, wollte das ändern. Für sie waren alle Dienstboten gleichgestellte Untertanen, denen allein sie Befehle erteilte. Sie hatte ihre Freude daran, andere zu demütigen und zu schikanieren. Nach einem halben Jahr gab Berta auf und kehrte auf den elterlichen Hof zurück. Sie war dort nicht sehr willkommen. Der Bruder stand unmittelbar vor der Heirat und seine Braut wollte keine Schwägerin mit im Haus haben. Bemühungen, die Schwester zu verheiraten, waren schon vorher an ihren Ansprüchen gescheitert. Ihr waren die Höfe der Kandidaten nicht groß genug und eine Arbeiterfrau wollte sie nicht werden. Bei anderen galt die Familie zwar als tüchtig, aber ungesellig. Manche sagten ihr Geiz nach.

Der Freund, der in der Nachfrage Michels bereits eine Heiratsabsicht vermutete, lobte Berta. Sie sei nicht nur eine tüchtige Arbeiterin, sondern bestimmt auch eine gute Hausgenossin. Er bot sich als Vermittler an. Michel stimmte halbherzig zu. Wie es Sitte war sprach der Freund zuerst mit Bertas Vater und ihrem Bruder. Beide waren überrascht und angetan. Der Bruder freute sich über die Aussicht, die Schwester bald vom Hof zu haben, und für den Vater war eine Verbindung mit dem großen Martinshof eine besondere Ehre. Bedenken hatte er nur, ob seine Tochter zustimmen würde. Schließlich war Michel Dachser von Gestalt und Aussehen kein besonders attraktiver Bewerber. Zudem waren einiger Spott über seine für einen Bauern untypische Versponnenheit und ungute Gerüchte über seinen Vieh- und Güterhandel in Umlauf.

Die Bedenken waren überflüssig. Sie könne sich eine solche Heirat durchaus vorstellen, sagte Berta unumwunden. Schließlich kannte sie die Verhältnisse auf dem Martinshof. Schon seit Wochen hatte sie sich im Stillen vorgestellt, dort Bäuerin zu sein. Ihr wäre allerdings der jüngere Dachsersohn lieber gewesen. Er hatte, wie sie längst wusste, ein einfacheres Gemüt. Mit ihm war leichter umzugehen, als mit dem Älteren. Aber natürlich wusste sie, dass Michel als Hofbesitzer die bessere Partie war.

Die Dinge entwickelten sich schneller, als es Michel lieb war. Schon bald nach dem ersten Gespräch berichtete der Freund vom Einverständnis der Familie und drängte auf einen Besuch. Am folgenden Sonntagnachmittag fuhren die beiden mit dem Einspänner vor. Wie üblich wurden Stall und Haus besichtigt und ganz alltägliche Gespräche über die Feldbestände, die Ergebnisse der Ernte und die Viehpreise geführt. Niemand erwähnte den eigentlichen Zweck der Zusammenkunft. Erst kurz bevor er mit dem Freund den Einspänner bestieg, sprach Michel für den folgenden Sonntag die unvermeidlich gewordene Gegeneinladung aus.

In den nächsten Tagen erfasste ihn Panik. Er sollte mit dieser Frau, die er doch kaum kannte, jeden Tag und, was er als noch bedrohlicher empfand, auch noch die Nächte verbringen. Er sah sein ganzes bisheriges Leben, das nach der von ihm gewählten Ordnung verlief, bedroht.

Am Abend vor dem Besuch saß er bis weit in die Nacht brütend, mit sich selber und mit der toten Mutter redend am Küchentisch. Halt suchend umklammerte er das Mostglas. »Morgen kommt sie«, sprach er vor sich hin. »Aber ich brauch sie doch gar nicht, ich hab doch meine Mägde. Was soll ich nur machen?« – Die Mutter gab keine Antwort.

Schon kurz nach dem Mittagessen traf der Besuch ein. Berta rollte mit Vater und Bruder auf einem geliehenen Einspännerwägelchen und mit dem einzigen Pferd der Familie auf den Hof.

Marie hatte einen Kuchen gebacken und bediente die Gäste. Sie wunderte sich nicht wenig, dass die Tagelöhnerin mit ihrer Familie eingeladen war. Michel begrüßte die Gäste mit einem gezwungenen Lächeln und fahrigen Gesten. Auch Hermann kam dazu und übernahm in der Stube bei Kaffee und Kuchen sogar – ganz gegen seine Art – die Gesprächsführung. Mit Bertas Vater und Bruder redete er über die Herbstarbeiten, die Gefährdung der Wintersaat durch den vielen Regen und die mäßig ausgefallene Obsternte. Michel, der sonst ein sehr gesprächiger Gastgeber war, blieb auffallend einsilbig. Berta beteiligte sich ebenfalls wenig am Gespräch, sondern half Marie beim Decken und Abräumen. Dabei zeigte ihr Gesicht eine zufriedene, fast stolze Miene. Sie hatte ihr Ziel vor Augen. Bei der üblichen Hof- und Stallbesichtigung schwoll auch bei ihrem Vater der Stolz. Die Tochter auf so einem großen, schönen Anwesen unterzubringen, das war etwas.

Zwischen den Höfen im Tal und auf der Ebene gab es schon immer eine Diskrepanz, ja fast schon einen Standesunterschied. Auf der Ebene waren die Höfe größer, die Böden ertragreicher und die Bewirtschaftung einfacher. Die Bauern von der Ebene holten zwar ihre Mägde, aber nur selten ihre Frauen aus dem Tal. Und so gut wie nie gelang es einem Bauernsohn aus dem Tal, auf der Ebene einzuheiraten.

Wieder in der Stube bei dem von Marie gerichteten Vesper sprach Bertas Vater den Zweck des Besuches an: »Wenn es stimmt, Michel, dass du unsere Berta zu deiner Frau machen willst, dann müssen wir über das reden, was zu einer Hochzeit gehört.«

Michel richtete sich auf. Sein Oberkörper wurde starr. » Ja«, sagte er mit belegter Stimme, »jeder Hof braucht eine Bäuerin und ich glaube, bei uns wird es Zeit. Aber«, er sah Berta ins Gesicht, »ich weiß ja noch gar nicht, ob du mich willst.«

»Michel«, entgegnete die Angesprochene ruhig, »ich war lange genug als Dienstbote auf den Höfen, wenn ich jetzt bei dir Bäuerin werden darf, dann ist das für mich das, was ich mir immer gewünscht hab.« Sie griff über den Tisch nach seiner Hand.

Er entgegnete den Händedruck.

Die weiteren Modalitäten der Heirat waren schnell besprochen. Auf eine Verlobungszeit verzichtete das Paar. Die Hochzeit wurde für Mitte Januar beschlossen.

Als Hermann am Abend jenes Tages schon wieder bei der Stallarbeit war, saß Michel immer noch in sich versunken am Stubentisch. In der Küche hantierte Marie am Spülstein. Das Klappern des Geschirrs riss ihn aus seinen Gedanken.

»Marie«, rief er plötzlich, »komm doch einmal.«

Ihre Hände schnell an der Schürze abtrocknend erschien die Magd in der Tür.

»Komm, setz dich her, ich muss dir etwas sagen.«

Michels Gesicht hatte einen bitteren Zug um den Mund. »Weißt du, warum die Berta heute mit ihren Leuten da war?«

Marie schüttelte den Kopf.

»Die will mich heiraten. Schon nach Weihnachten soll die Hochzeit sein.«

Die Magd schaute auf. »Ja, dann muss ich dir gratulieren«, sagte sie tonlos und streckte ihm die Hand hin.

Michel winkte müde ab. »Ich will nur, Marie, dass du trotzdem bei uns bleibst. Mir wär's am liebsten, es tät sich überhaupt nichts ändern.« Wie bittend sah er die Magd an.

»Ich bleib gern bei dir«, sagte Marie leise, »wo soll ich denn auch sonst hin?«

Hermann war von der Wahl des Bruders mehr angetan als dieser selbst. Er hatte sich mit Berta, mit der er bei der Arbeit viel öfter zusammen war als Michel, stets gut verstanden. Ihm war ihre ruhige, zupackende Art willkommen. Nichts fürchtete er mehr als eine schwatzhafte Bäuerin, die sich womöglich in alles einmischt.

Als die beiden Brüder eines Abends zusammensaßen, lobte der sonst so Wortkarge die künftige Bäuerin lebhaft. Sie sei für den Hof schon die Richtige. Mit ihr könnten sie wieder auf eine Magd verzichten.

Michel sagte nicht viel dazu. Das einzig Gute sah er darin, künftig von der Verwandtschaft in Ruhe gelassen zu werden, und in dem Triumph, auch ohne deren Hilfe zu einer Frau gekommen zu sein.

Luise überraschte er mit der Neuigkeit bei ihrem nächsten Besuch. Die Schwester kannte die künftige Schwägerin nicht, auch wenn ihr Mann Eduard schon auf deren elterlichem Hof gewesen war. Im war von der Familie aber nichts ungutes bekannt.

Als die Verwandtschaft vom Onkelhof, von Luise unterrichtet, im Spätherbst vorbeischauten, foppte die Tante ihren Neffen: »Muss es unbedingt eine vom Tal sein? Eine Tagelöhnerin hättest du auch hier oben gefunden.«

»Das ist allein meine Sache«, wurde sie von Michel abgefertigt. »Ich muss mit ihr leben.«

Ähnlich erging es allen, die den Martinsbauer auf seine baldige Heirat ansprachen.

In den nächsten Wochen kam Michel jeden Sonntagnachmittag in Bertas Elternhaus. Wenn sich die beiden an der Haustüre begrüßten, gaben sie sich wie alte Freunde die Hand. Zärtlichkeiten wurden hier und auch beim Abschied nicht ausgetauscht. Es war schon viel, wenn Berta ihrem künftigen Mann beim Besteigen des Einspänners noch einmal über den Arm strich. Michel gewöhnte sich an diese Zusammenkünfte. Mit Bertas Vater und ihrem Bruder konnte er sich gut unterhalten. Der alte Mann war politisch interessiert und hielt wie sein künftiger Schwiegersohn nichts von dem aufgeblasenen Gehabe der neuen Machthaber. Berta saß meistens still dabei. Sie beteiligte sich am Gespräch nur, wenn es um die Bauernarbeit ging. Hier wusste sie gut Bescheid und Michel staunte immer wieder über ihren praktischen Sinn.

Auf dem Martinshof war Berta in dieser Zeit nur noch selten. Lediglich zum Dreschen kam sie für einige Tage und blieb auch über Nacht. Während Michel wie immer in der Schlafstube nächtigte, die er nach dem Tod der Mutter bezogen hatte, schlief sie in der als Gastzimmer vorgesehenen dritten Gesindekammer. In der Küche übernahm sie aber bereits die Arbeit der künftigen Bäuerin. Sie kochte gut und wurde von den Männern dafür gelobt. In den Arbeitsablauf mischte sie sich nur ein, wenn sie von Hermann oder Michel nach ihrer Meinung gefragt wurde.

In der Weihnachtszeit musste Luise ihren Bruder zu den Vorbereitungen seiner Hochzeit drängen. Ihm wäre es am liebsten gewesen, alles wäre möglichst einfach und geräuschlos abgelaufen. Die Schwester widersprach. Er sei dem Hof, seinem Ansehen und der Verwandtschaft ein richtiges Fest schuldig. Widerstrebend gab Michel nach. Luise schrieb eine Gästeliste und Michel musste mit Berta die Verwandtschaft besuchen und persönlich einladen.

Am Freitag der dritten Januarwoche war es so weit. Nicht wie sein Vater mit der Chaise, sondern mit dem Auto seines Schwagers Eduard holte Michel seine Braut ab. Berta trat auch nicht, wie damals Karoline, bleich und den Tränen nahe aus der Tür. Sie hatte den Kopf erhoben und lächelte ihrem Bräutigam siegesgewiss entgegen. Angst vor dem Kommenden und Trauer um den Verlust des Gewesenen war eher dem Gesicht des Bräutigams abzulesen.

Berta trug ein neues, dunkelblaues, schmal geschnittenes Kostüm, darunter eine weiße Bluse, deren bestickter Kragen dekorativ auf dem schmalen Revers der Kostümjacke ausgelegt war. Das dunkle, hochgesteckte Haar bedeckte ein modischer, ebenfalls dunkelblauer Hut mit weicher, breiter Krempe.

Als die beiden am späten Vormittag im Rathaus des Kirchdorfes vor den Bürgermeister traten, der gleichzeitig das Amt des Standesbeamten versah, wirkte Michel neben seiner eleganten, um einen halben Kopf größeren Braut trotz des neuen dunklen Anzugs etwas deplatziert.

Am Morgen der kirchlichen Trauung strahlte die Sonne vom Winterhimmel. Der nächtliche Nebel war in der Frühe zu Raureif erstarrt, der aus den Bäumen der Obstgärten und den Büschen an den Feldwegen glitzernde Kunstwerke machte.

Der feierliche Zug der Hochzeitsgäste formierte sich erst vor der Kirche. Denn Luise war der Meinung gewesen, für den sonst üblichen Hochzeitszug vom Martinshof zur Kirche sei es zu kalt. Und überhaupt sei dieser Brauch nicht mehr zeitgemäß.

Unter den Gästen, die teilweise bereits mit einem Auto vorgefahren waren, fielen die Uniformträger auf. Besonders Richard von Goltz stach heraus. Nicht nur mit der besonderen Dekoration seiner braunen SA-Uniform, sondern auch mit seiner kräftigen Stimme und dem breiten Lachen. Ursprünglich hatten er und Babette nach der schlimmen Auseinandersetzung mit Michel gar nicht kommen wollen. Den Auftritt in der Heimat wollte Babette sich aber schließlich doch nicht entgehen lassen. Allerdings blieb sie dem Bruder gegenüber kühl. Ihr Gatte wahrte aus anderen Gründen Distanz zu seinem früheren Regimentskameraden Eduard Weißmann.

Als das ungleiche Paar aus der Kirche trat, schmetterte der Musikverein des Städtchens den Hochzeitsmarsch. Eingedenk der mehrmaligen guten Bewirtung auf dem Martinshof übernahmen die Musiker anschließend auch die Unterhaltung der Gäste.

Luise und Berta hatten durchgesetzt, das Hochzeitsmahl nicht auf dem Hof, sondern in der neuen Festhalle abzuhalten, die der Kriegerverein zusammen mit dem Liederkranz 1935 gebaut hatte. Die Bewirtschaftung übernahm der Dorfwirt, der gleichzeitig Metzger war. Das Fleisch für den Festtagsbraten stammte von Schweinen und Ochsen des Martinshofes.

Das Hochzeitspaar verließ das Fest schon kurz nach Mitternacht. Der anfänglich recht wortkarge Michel war ziemlich lustig geworden und ließ es sich nicht nehmen, mit möglichst vielen Gästen auf die Zukunft anzustoßen. Sein Gang wurde zunehmend unsicher und deshalb drängte Berta zur Heimfahrt. Als die Musiker erneut aufspielten, nahm Eduard Weißmann seinen Schwager am Arm und führte ihn von den meisten unbemerkt hinaus. Seine Frau Luise folgte mit der neuen Schwägerin. Michel wehrte sich, er wäre am liebsten bis zum Morgen geblieben. Er fürchte sich vor der Hochzeitsnacht.

Seine Frau half ihm über diese Klippe hinweg. Als sich beide, voneinander abgewandt, entkleidet hatten und nebeneinander in den neuen Ehebetten lagen, übernahm Berta die Initiative. Sie drehte sich zu Michel, nahm seinen Kopf zwischen beide Hände und küsste ihn. Zunächst sehr vorsichtig und dann immer ungestümer. Gleichzeitig drängte sie ihren Körper unter dem dünnen Nachthemd an seinen. In Michel Dachser, der noch nie eine Frau angerührt hatte, erwachte die Manneslust. Hinterher war er nicht stolz, sondern eher ernüchtert. Ohne die Liebkosung seiner Frau zu erwidern, schlief er ein.

Das Leben auf dem Martinshof änderte sich. Berta führte ein strenges Regiment und beseitigte im Haus und im Stall manchen Schlendrian, der sich in den letzten Jahren eingeschlichen hatte. Sie achtete aber stets darauf, die Oberherrschaft ihres Mannes nicht infrage zu stellen. Auch die Stellung ihres Schwagers Hermann als Herrn der Feldwirtschaft tastete sie nicht an. Marie ordnete sich willig unter, so wie sie es immer getan hatte. Sie kümmerte sich mit Liebe um den Schweinestall und hatte ihre Freude an den kleinen Ferkeln. Berta sprach wenig mit ihr. Sie fragte nur hin und wieder, wie dieses oder jenes bisher gemacht worden sei, um dann doch nach eigenem Gutdünken zu entscheiden. Lene, die zweite Magd, die für den Kuhstall zuständig war, bekam das neue Regiment am stärksten zu spüren. Sie war nachlässig, hielt das Melkgeschirr nicht sauber und kümmerte sich zu wenig um die Kälber. Berta stellte im Milchtrichter käsige Schmutzschichten fest und sah, dass die Tiere in den Kälberverschlägen im nassen Stroh lagen und verdreckte Flanken hatten. Um nicht als böse Frau zu erscheinen, machte sie Michel darauf aufmerksam, der Lene zwar anwies, die Kälberställe auszumisten, sich dann aber nicht weiter darum kümmerte. Als sich nichts änderte, bekam die Magd erstmals die scharfen Worte der neuen Bäuerin zu hören, die es auch nicht duldete, dass Lene beim Wegbringen der Milchkannen lange mit anderen Dienstboten tratschte. Bald wusste man im Dorf, dass auf dem Martinshof ein neuer Wind wehte.

Auch bei den Männern wollte Berta etwas ändern. Ihr gefiel es nicht, dass die Brüder nach dem Nachtessen mit den beiden Knechten lange am Küchentisch sitzen blieben, den Klatsch von anderen Höfen austauschten, dem Most reichlich zusprachen und über zotige Sprüche lachten. Ihrer Meinung nach sollten Herrschaft und Dienstboten wie auf den Gutshöfen den Feierabend getrennt verbringen. Auch dass Michel, wenn die Knechte endlich gegangen waren, am Küchentisch hocken blieb und sich in seine Zeitung vergrub, missfiel ihr. Sie hätte gerne mit ihm über dies und jenes gesprochen, aber er gab nur einsilbige Antworten. Selbst mit dem stillen Hermann konnte sie mehr reden als mit ihrem Mann. Eifersüchtiger Groll kam in ihr auf, als sie vom Hof aus mitbekam, wie ausgiebig und einträchtig sich Michel mit Marie im Saustall unterhielt.

Um ihn am Abend für sich zu haben, ermunterte sie Michel, einen Radioapparat anzuschaffen, wie er in vielen Bauernhäusern bereits vorhanden war. Dieses Radio sollte in der Wohnstube stehen, wo es sich das Ehepaar am Abend gemütlich machen konnte. Michel stimmte widerwillig zu.

Der Elektriker aus dem Städtchen brachte den Volksempfänger und montierte außen an der Hauswand eine Antenne. Hermann war fasziniert. Er drehte stundenlang an der Skala und freute sich, wenn er fremde Sender wie Radio Belgrad, Radio Beromünster oder Radio Brüssel empfangen konnte, auch wenn er außer den Namen kein Wort verstand. Darüber ärgerte sich Michel. Er wollte deutsche Sender hören und lauschte aufmerksam den Nachrichten und anderen politischen Sendungen. Berta wiederum hörte gerne Musik; die Lieder von Zarah Leander, Lale Andersen, Marika Rökk und Johannes Heesters, die Melodien von Robert Stolz und die wieder häufig gespielte Marschmusik, die den Deutschen das verloren geglaubte Selbstbewusstsein zurückgeben sollte.

Das Zusammenleben änderte sich auch mit dem Radio nicht. Weil Michel schon am Mittag die Nachrichten hören wollte, stand der Radioapparat bald in der Küche und wie zuvor spielte sich dort auch der Feierabend ab. Die Eheleute blieben, jeder für sich, so einsam, wie sie vorher gewesen waren. Berta beschäftigte sich mit der Flickwäsche und hörte Musik. Michel las seine Zeitung oder seltener ein Buch. Hörte er den langatmigen politischen Sendungen zu, ging seine Frau früh zu Bett. Von der Schlafstube aus konnte sie dann seine bissigen Bemerkungen, mit denen er das heisere Geschrei des Führers oder seines obersten Propagandisten Goebbels kommentierte, vernehmen.

Manchmal, wenn die anderen schon zu Bett gegangen waren, saß Michel noch lange und sah gedankenverloren vor sich hin. Dann wurden vergangene Tage lebendig, die noch voller Erwartung gewesen waren. Im Rückblick empfand er die kurze Spanne, in der er nach dem Weggang des Großknechtes Paul die Verantwortung für die Feldarbeit übernehmen musste und das erste Mal im Gesicht des Vaters stumme Anerkennung aufleuchten sah, als seine schönste Zeit. Damals hatte er auch, von gelegentlichen Gedichten in der Zeitung angeregt, seine Liebe zur Lyrik entdeckt. Manchmal, wenn er mit der Mutter allein in der Küche saß, hatte er ihr Gedichte vorgelesen und sie hatte Gefallen daran gefunden. Mit seiner Frau das Gleiche zu tun, kam ihm nicht in den Sinn. In diesen Stunden erschien Michel das jetzige Leben leer und freudlos.

Ein halbes Jahr nach der Hochzeit war Berta schwanger. Von einem Kind erhoffte sie sich eine Klammer für ihre Ehe. Michel wiederum wünschte sich einen Sohn, dem er seine Auffassung vom Leben weitergeben konnte, für die er bei seiner Frau kein Interesse fand. Berta war für ihn nicht mehr als eine Hausgenossin, mit der er zufällig das Schlafzimmer teilte. Ihr Einfluss bliebt fast ganz auf das Hauswesen beschränkt. Dort ließ ihr Michel freie Hand.

Berta war das zu wenig. Im Gegensatz zu Karoline war sie keine stille Dulderin. Mit der Gleichgültigkeit Michels konnte sie zur Not leben, aber sie wollte Herrin sein. Sie wollte mitbestimmen. Den Einfluss, den sie suchte, fand sie bei Hermann. Wenn Michel in seinen Marktgeschäften unterwegs war und spät heimkam, beredete sie mit dem Schwager die alltäglichen Vorgänge und erzählte ihm von ihren Erfahrungen auf den Gutshöfen. Er hörte ihr aufmerksam zu und nahm viele ihrer Vorschläge auf. Auch über die Arbeit hinaus verstanden sich die beiden.

An einem solchen Abend fragte Berta vorsichtig, ob Hermann nicht auch heiraten wolle. Es gebe einige Hoferbinnen, die sich einen so tüchtigen Bauern wie ihn wünschten.

»Ach, weißt du«, gab er zur Antwort, »die eingeheirateten Bauern sind doch nur bessere Knechte und hier bin ich im Grunde mein eigener Herr.« Treuherzig sah er seine Schwägerin an: »Warum soll ich mich außerdem mit einer fremden Frau ärgern, wenn ich mich hier mit der Bäuerin so gut versteh.«

Berta wurde rot und senkte den Blick auf ihr Nähzeug. »Ja, Hermann«, gab sie zur Antwort, »mit dir ist es ein gutes Auskommen.«

Im März 1938, als an den nördlichen Waldrändern noch der Schnee leuchtete, an den Wegböschungen aber schon die Veilchen blühten, brachte Berta eine Tochter zur Welt. Das dunkelhaarige, braunäugige Mädchen wurde auf den Namen Marianne Pauline Karoline getauft. Obwohl sich der neue Pfarrer zunächst sträubte, bestand Michel auf dem Privileg der Haustaufe. Paten waren Luise und Bertas Bruder Andreas. Berta selbst hätte gerne Babette genommen, um eine Verbindung zu dem einflussreichen Parteifunktionär Richard von Goltz aufzubauen, aber Michel lehnte das ab. Mit dem arroganten Parteibonzen wolle er, wie er kategorisch erklärte, nichts zu tun haben.

Die Flucht

Mit Abscheu und Sorge verfolgte Michel die zunehmende Kriegstreiberei der Nazis und ihren verstärkten Judenhass. Je häufiger in der Zeitung die Hetzreden des Gauleiters Streicher zu lesen waren und je öfter im Radio die Juden als Pest der Menschheit bezeichnet wurden, desto mehr fürchtete Michel um den Schwager und seine Schwester. Als in der Nacht vom neunten auf den zehnten November 1938 der aufgestachelte Judenhass überschäumte, in ganz Deutschland Synagogen brannten und die Schaufenster jüdischer Geschäfte in Scherben gingen, wurde zwei Nächte später auch am Tor zur Landesproduktenhandlung Weißmann mit ungelenker, aber unübersehbarer Schrift die Aufforderung »Kauft nicht bei Juden« angemalt. Noch ein paar Nächte später zersplitterte ein Steinwurf die zur Straße gerichteten Fensterscheiben. Vor Angst zitternd und die weinenden Kinder an sich gepresst, verbrachte Luise den Rest der Nacht in der zum Hof liegenden Küche. Eduard konnte sie nicht trösten. Nachdem seine Eltern in Mannheim einen Ahnennachweis erbringen mussten, lag die Zugehörigkeit der Sippe zur jüdischen Rasse offen. Der Übergang zum christlichen Glauben bot keinen Schutz mehr.

Als Eduard am Morgen aus der Wohnung trat, um über den Hof in sein Büro zu gehen, verstellten ihm zwei SA-Männer den Weg. Sie wollten von ihm wissen, was in der Nacht vorgefallen sei.

»Das müsst ihr doch am besten wissen«, gab er zornig zur Antwort, ihr seid doch nachts immer unterwegs.«

»Pass auf, Jud«, gab der Jüngere der beiden, ein stadtbekannter Schreihals, zurück, »wenn du frech wirst, geht bald mehr kaputt.«

Der Schreiner, den Weißmann mit der Behebung des Schadens beauftragen wollte, ließ durch seine Frau ausrichten, er habe die nächsten Tage keine Zeit. Schließlich musste ein Glaser aus der Kreisstadt kommen.

In der Kreiszeitung wurde über die Sachbeschädigung bei der Landesproduktenhandlung Weißmann und die zerstörten Schaufenster einer jüdischen Textilhandlung berichtet. So erfuhren nun auch die, die es bisher nicht gewusst oder nicht geglaubt hatten, dass der evangelische Landhändler in Wirklichkeit ein Jude war. Die Ängstlichen, die von Prügeleien der SA gehört hatten, mieden das Geschäft. Der Hof, in dem sich sonst während der Dreschzeit die Fahrzeuge der Bauern stauten, blieb weitgehend leer. Der Lagergehilfe, der normalerweise mit der Arbeit kaum nachkam, hatte ruhige Tage.

Eduard fuhr mit der Bahn nach Mannheim. Das elterliche Geschäft war von der Polizei bereits mit der Begründung geschlossen worden, man befürchte auch hier Ausschreitungen der aufgebrachten Bevölkerung.

Am Abend traf sich die Familie mit den Inhabern anderer jüdischer Geschäfte und mit den führenden Männern der jüdischen Gemeinde. Von ihnen war die Familie Weißmann bisher wegen ihres Übertritts zum christlichen Glauben gemieden worden. Das spielte nun keine Rolle mehr. Neben glatt rasierten Geschäftsleuten in Straßenanzügen saßen bärtige Juden mit schwarzen Hüten, unter deren Krempe die Schläfenlocken baumelten. Aufgeregt redeten die Männer durcheinander. Einige sprachen von Auswandern, andere erinnerten an die lange Geschichte ihres Volkes, das schon viele Pogrome überlebt habe. Und schließlich sei Deutschland ein Rechtsstaat. Die Gerichte würden die Nazis schon noch in die Schranken weisen. Trotzdem wurden einige Juristen der Gemeinde, darunter stadtbekannte Rechtsanwälte, beauftragt, Modalitäten einer Auswanderung, mögliche Aufnahmeländer und vor allem die Sicherung der jüdischen Vermögen zu erkunden. Von dunkler Ahnung erfüllt fuhr Eduard zurück.

Einige Bauern, die ihm die Treue hielten, ermunterten Eduard zum Weitermachen. Demonstrativ fuhren sie mit ihren Weizenfuhren Peitschen knallend durch das Städtchen in den Hof des Lagerhauses. Der Brauereibesitzer verkündete in seiner vollen Wirtsstube so laut, dass es alle hören konnten, für ihn bleibe der Weißmann ein guter Deutscher und ein ehrlicher Geschäftsmann. Wer jemals von ihm übervorteilt worden sei, solle aufstehen.

Niemand erhob sich.

Der Umsatz früherer Zeiten wurde trotzdem nicht mehr erreicht. Eduard saß abends lange im Büro und rechnete seine Bestände und Verpflichtungen durch. Manche Bestellungen machte er rückgängig. Einige Lieferanten, mit denen noch nicht abgerechnet war, wollten nicht abwarten und holten ihre Waren selbst zurück.

Auch aus Mannheim kamen keine guten Nachrichten. Einige wohlhabende Mannheimer Juden waren von der Gestapo abgeholt und in das Konzentrationslager Dachau gebracht worden. Den Übrigen, so auch der Familie Weißmann, wurden von den Banken die Kredite gekündigt und von der Regierung die »Judenbuße« auferlegt. Alle, die ein Vermögen von mehr als 5000 Mark besaßen, mussten davon ein Fünftel abgeben. Wer zu wenig Geldvermögen hatte, musste sein Geschäft verkaufen.

Eduard besprach sich erneut mit seinem Vater. Der machte sich über den Fortgang der Judenverfolgung keine Illusionen, sondern prüfte nüchtern die Möglichkeiten des Überlebens. Letztlich komme nur eine Auswanderung infrage. Eduard zögerte, aber sein Vater nutzte den Kontakt zu einer britischen Getreidehandelsfirma und hatte Erfolg. Der Leiter des Londoner Büros dieser weltweit tätigen Firma, den er gut kannte, sagte eine Anstellung zu. Nach dieser Zusicherung erteilte das britische Konsulat im Frühjahr 1939 Einreisevisa für Albert Weißmann, seine Frau und den noch unverheirateten Sohn Peter.

Ein Konkurrent kaufte das Geschäft. Der Erlös reichte, um die Überfahrt und den Transport der wichtigsten Möbelstücke zu bezahlen. Einige Wertsachen, so das rechtzeitig ausgelagerte Familiensilber, brachte ein befreundeter Spediteur zu Eduard.

In London bezog die Familie eine winzige Wohnung. Die Zusage einer Anstellung galt nur noch für den Sohn. Sein Vater Albert Weißmann wurde Privatier. Er saß zu Hause, las immer häufiger das Gesetzbuch des jüdischen Volkes, die Thora, und eines Tages ging der getaufte Christ wieder in die Synagoge.

Auch Eduard dachte jetzt ans Auswandern. In der Gegend waren bereits einige jüdische Geschäfte geschlossen und die Inhaber an unbekannte Orte deportiert worden. In einem der vielen Briefe, die den Ärmelkanal überquerten, bat er Vater und Bruder, für ihn ebenfalls die Möglichkeiten einer Beschäftigung in England zu prüfen. Seiner Frau Luise sagte er davon nichts.

Im Sommer kam aus London eine Beschäftigungszusage und die Aufforderung, unverzüglich ein Visum zu beantragen. Aber Eduard zögerte. Als am ersten September 1939 der Zweite Weltkrieg begann, wurde ihm die Entscheidung abgenommen. Schon in der zweiten Kriegswoche kam der Bescheid, dass die Landesproduktenhandlung Weißmann als kriegswichtiger Betrieb in die Hand des Staates übergehe. Die Familie Weißmann habe die zur Firma gehörenden Wohn- und Geschäftsräume unverzüglich zu räumen. Auch das Auto wurde eingezogen.

Weinend benachrichtigte Luise ihren Bruder. Ohne zu zögern und ohne seine Frau zu fragen, bot Michel seine Hilfe an. Schon am nächsten Tag brachte ein Lastwagen der Brauerei den Hausrat auf den Martinshof. Hermann holte mit dem Einspänner den Schwager, die Schwester und die beiden Kinder. Das Gästezimmer wurde zum Schlafzimmer des Ehepaars und eine seit Langem ungenutzte Gesindekammer zum Kinderzimmer.

Damit wurde das Zusammenleben auf dem Martinshof problematisch. Berta war verärgert, weil diese Einquartierung ohne sie beschlossen worden war. Wenn sich Luise, so wie sie es aus ihrer Jugendzeit gewohnt war, in der Küche einmischte, fühlte sich Berta bevormundet. Mit mürrischem Gesicht verrichtete sie ihre Arbeit und stellte eifersüchtig fest, dass ihr sonst so einsilbiger Mann an den

Abenden auflebte und mit Schwester und Schwager lange Gespräche führte.

Eduard fühlte sich auch nicht besonders wohl. Er half bei der Kartoffelernte, kam sich aber in der neuen Rolle sehr verloren vor. Traf er im Dorf andere Bauern, dann spürte er Schadenfreude. Von den Nazianhängern wurde er demonstrativ gemieden und auf der Straße nicht gegrüßt. Nur den beiden Kindern gefiel es. Für sie war der Umzug auf den Bauernhof ein Abenteuer. Die dreijährige Elise spielte in der Scheune mit den Katzen und streichelte im Saustall die kleinen Ferkel. Hermann ließ den fünfjährigen Harald auf dem Ackergaul reiten und auf dem Traktor mitfahren, der ein Jahr zuvor als große Neuerung angeschafft worden war und meistens von Korbi gefahren wurde. Die Maschine leistete beim Pflügen mehr als zwei Pferdegespanne, und weil Korbi auch anderen Bauern aushalf, war der Martinshof im Dorf angesehener denn je.

Anfang Januar bekam Eduard Weißmann Nachricht vom britischen Konsulat. Der Antrag auf ein Einreisevisum, den er ohne Wissen von Luise gestellt hatte, wurde nur für ihn selbst bewilligt. Das Land sehe sich derzeit nicht in der Lage auch die Ehefrau und die Kinder aufzunehmen, hieß es in dem Bescheid. Als Eduard seiner Frau die Nachricht vorlas, fiel Luise aus allen Wolken. Es kam zu einem heftigen, lautstark ausgetragenen Streit und einem tiefen Zerwürfnis. Luise fühlte sich hintergangen und ausgeschlossen. Sie verdächtigte ihren Mann, von vornherein nur seine Ausreise geplant zu haben, und warf ihm vor, sie habe noch nie richtig zu seiner Familie gehört. »Wenn du unbedingt gehen willst«, schrie sie ihn an, »dann geh doch, wir kommen auch ohne dich durch.«

Eduard war tief verletzt. Er fühlte sich nicht nur von den Deutschen, sondern auch von seiner eigenen Frau ausgegrenzt. Tagelang sprachen die beiden nicht miteinander und Eduard unternahm wochenlang nichts.

Es war Michel, der Realist, der eine Entscheidung herbeiführte. Nachdem er gesehen hatte, wie eine jüdische Familie nach der anderen abgeholt wurde, forderte er den Schwager zum Handeln auf. Eduard dürfe nicht länger untätig herumsitzen. Wenn nur er ein englisches Visum bekomme, dann müsse er es halt allein nutzen. Später könne er Luise und die Kinder bestimmt nachholen. Am gleichen Abend setzte er sich mit dem Paar in der Stube zusammen und überzeugte auch Luise. Allerdings gab es ein weiteres Problem: die Ausreisebewilligung der deutschen Behörden, die seit Kriegsbeginn nur noch selten erteilt wurde.

Michel schaltete Babette ein. Sie müsse kommen, sagte er ihr vom einzigen Telefon im Dorf aus. Es gehe um Luise.

Babette traf drei Tage später mit der Bahn ein. Michel holte sie mit dem Einspänner ab und brachte schon auf der Fahrt zum Hof sein Anliegen vor. Babettes Mann, der in der Partei weiter aufgestiegen war, könne doch für die Ausreisebewilligung sorgen. Es gehe zunächst nur um Eduard. »An dem hast du etwas gut zu machen«, sagte Michel.

Babette wusste, was gemeint war. »Ich werde mit Richard sprechen«, versprach sie, »er wird tun, was er kann.«

Sie hielt Wort. Richard von Goltz sprach mit der örtlichen Parteileitung und setzte für seinen alten Regimentskameraden die Ausreisebewilligung durch, ohne selbst noch einmal mit ihm gesprochen zu haben.

An einem kalten Februartag, als eisige Schneeschauer über den Vorplatz des kleinen Bahnhofs fegten, nahm Eduard von seiner Frau, den Kindern und seinem Schwager Michel Abschied. Luises Gesicht war tränenlos und wie versteinert. Sie wollte den wenigen Reisenden kein Schauspiel bieten und umarmte ihren Gatten nur kurz, bevor er den Zug bestieg. Die Kinder waren gewohnt, dass der Papa immer wieder verreiste. Sie winkten ihm fröhlich nach.

Der zweite Krieg

Wenige Wochen später bekam der Knecht Korbi den Einberufungsbefehl zur Wehrmacht. Er wurde Panzerfahrer, was er sich immer gewünscht hatte. Korbi erlebt den schnellen Vormarsch in Frankreich, paradierte mit seiner Einheit vor dem Führer in Paris und nahm an den großen Panzerschlachten in den russischen Ebenen teil. Im Urlaub berichtete er von endlosen Kolonnen russischer Kriegsgefangener, erzählte in der Küche des Martinshofes aber auch von Partisanen, die hinter den deutschen Linien gefangene Landser an die Scheunentore genagelt hatten, und von der Gegenreaktion der Feldpolizei, die ihre Gefangenen zwischen zwei Pferde spannte und so zu Tode reißen ließ. Im dritten Kriegswinter kam über einen Kameraden die Todesnachricht. Als General Manstein mit der vierten Panzerarmee den Kessel um Stalingrad aufbrechen wollte und kurz vor Weihnachten an der russischen Gegenwehr scheiterte, verbrannte Korbi in seinem abgeschossenen Panzer zu einer schwarzen, seltsam verrenkten Kinderleiche.

Korbi wurde von Luise und Marie beweint und als der Techniker des Hofes von Hermann schmerzlich vermisst. Der Knecht hatte am besten mit den neuen Maschinen umgehen können, die wie der Bindemäher, der Gabelheuwender, der Kartoffelroder und zuletzt der Traktor auf den Hof gekommen waren. Seit Korbi nicht mehr da war, blieb die Zugmaschine häufig ungenutzt im Schuppen stehen. Hermann bestieg dieses Gefährt nur ungern und Michel überhaupt nicht. Dieses Problem erledigte sich bald von allein. Denn mit der Fortdauer des Krieges sorgte der um sich greifende Treibstoffmangel dafür, dass die Bauern ihre Felder wieder mit Pferde- und Ochsengespannen bestellten.

Korbi wurde auf dem Martinshof nicht ersetzt. Hermann hielt das, von Berta unterstützt, nicht für erforderlich. Nachdem Luise immer mehr das Hauswesen und die Herrschaft in der Küche übernahm, verrichtete die Bäuerin draußen die Arbeit des Knechts. Sie warf im Stall den Rindern das Futter vor, mistete aus und richtete die Einstreu. Auch beim Dreschen übernahm sie Männerarbeit und wollte sogar zum Mistbreiten aufs Feld. Das wurde ihr von Michel untersagt. Noch nie sei eine Bäuerin vom Martinshof mit der Mistgabel aufs Feld gegangen.

Bevor draußen die Frühjahrsarbeit begann, beantragte Michel die Zuteilung eines Kriegsgefangenen. Aus dem Lager bei Nürnberg kam ein junger Franzose mit dem deutsch klingenden Vornamen Edgar. Er war daheim, in der Gegend von Bordeaux, Landarbeiter auf einem Weingut gewesen, wusste mit Hacke, Schaufel und Gabel umzugehen, hatte aber vor den Pferden und Ochsen Angst. Er lernte schnell einige Brocken Deutsch und auch Michel machte es umgekehrt Spaß, sich mit den wenigen Worten, die er im Ersten Weltkrieg vom damaligen Kriegsgefangenen Bertrand gelernt hatte, auf Französisch zu verständigen.

Der zartgliedrige Franzose verstand sich gut mit Michel, Luise und leidlich mit Hermann. Luise mochte seine zuvorkommende, feine Art, die so ganz im Gegensatz zu dem stand, was sie von den anderen Männern auf dem Hof und im Dorf gewohnt war. Berta wiederum mochte gerade diese Eigenschaft nicht. Sie hielt den Franzosen für falsch und faul. Sie ärgerte sich, wenn er Luise in seinem drolligen Deutsch zum Lachen brachte, von den beiden Weißmannkindern umschwärmt wurde und sich in unbeobachteten Augenblicken vor der Arbeit drückte. Erwischte sie ihn, wenn er, statt die Rinder zu füttern, rauchend an der hinteren Stalltüre lehnte und den Schwalben zusah, dann schalt sie ihn grob aus und nannte ihn einen Nichtsnutz. Edgar murmelte französische Schimpfworte, deren Bedeutung Berta nur erahnen konnte, was sie erst recht zornig machte.

Gemäß den Vorschriften der Militärbehörde wollte sie den Kriegsgefangenen anfänglich auch nicht am gemeinsamen Tisch mitessen lassen. Er sollte sein Essen in dem kleinen Anbau am Haus verzehren, in dem der große Kartoffelkessel für die Zubereitung des Schweinefutters stand. Michel ließ das nicht zu. Jeder, der mit den anderen arbeite, esse auch mit ihnen. So sei es immer gewesen und so bleibe es auch.

Von Eduard Weißmann kamen aus England nur spärliche Lebenszeichen. Um die Familie daheim nicht zu gefährden, berichtete er ohne Angabe seines Wohnsitzes nur, dass es ihm, seinen Eltern und dem Bruder gut gehe.

In Wirklichkeit ging es ihm schlecht. Die Beschäftigung, die ihm in Aussicht gestellt war, hatte er nicht bekommen. Er lebte in der winzigen Wohnung seiner Eltern und alle vier mussten mit dem kleinen Verdienst des Bruders auskommen. Zweimal in der Woche musste er sich bei der Polizei melden. – Die englische Bevölkerung war den Emigranten gegenüber misstrauisch: Sie wurden verdächtigt, den deutschen Bombern die Ziele anzugeben.

Die erzwungene Untätigkeit zehrte an den Nerven. Eduard entschloss sich deshalb weiterzuziehen. Ende 1942 erhielt er von der amerikanischen Botschaft ein Einreisevisum für die USA und kam kurz vor Weihnachten mit dem Schiff in Chicago an. Dort fand er schnell Arbeit bei einer der großen Getreidehandelsfirmen.

Auf dem Martinshof traf Ende Januar ein Brief mit bunten Briefmarken an, die das Wappentier der Amerikaner, den weißköpfigen Seeadler, zeigten. Luise öffnete ihn mit zitternden Fingern und überflog ihn im Stehen. Tränen der Erleichterung und des Schmerzes rannen ihr über die Wangen. Jetzt war Eduard zwar vor den deutschen Bomben sicher, dafür aber um mehrere Tausend Kilometer von ihr und den Kindern getrennt.

Mit der Fortdauer des Krieges kamen neue Leute ins Dorf. Für die Aufnahme der Evakuierten aus den bombardierten Großstädten mussten die Eingesessenen auf ihren Höfen zusammenrücken. Auf dem Martinshof zog die geschwätzige Frau Schmitz aus dem Ruhrgebiet mit ihren zwei schulpflichtigen Kindern Joachim und Martina ein. Für sie wurden in dem bisher als Abstellkammer genutzten kleinen Raum über der Brennerei zwei Bettgestelle aufgeschlagen und ein alter Ofen aufgestellt. Als Michel im Winter ans Schnapsbrennen ging, konnte sich die Frau das Heizen sparen. Durch die rissige Holzdecke strömte genug Wärme vom Brennkessel in die bescheidene Kammer. Wurde unten Holz nachgelegt, quoll Rauch aus dem Feuerloch des Kessels und dann tränten oben die Augen. Als sich die Rheinländerin bei Berta lautstark darüber beklagte, wurde sie von der Bäuerin grob abgefertigt. Man habe sie nicht eingeladen. Ihr Aufenthalt sei halt keine Sommerfrische.

Neben solchen Unstimmigkeiten brachten die Evakuierten auch viel Freude in die Dörfer. Die leichtlebigen Rheinländer veranstalteten in einer Scheunentenne zum Spiel zweier Akkordeons kleine Tanzvergnügen, an denen sich die Dorfjugend gerne beteiligte. Durch die Mithilfe der unfreiwilligen Gäste wurde die Arbeit leichter und es blieb Zeit für solche Lustbarkeiten, bei denen man die Schrecken und Einschränkungen des Krieges für einige Stunden vergessen konnte.

Michel unterhielt sich gerne mit den Evakuierten. An warmen Abenden saß er mit ihnen vor dem Haus und spendierte freigebig Most. Bis weit in die Nacht hinein lauschte er ihren Erzählungen und trug mit seinen ausgeschmückten Berichten zur Unterhaltung bei. Auch Luise saß manchmal dabei und vergaß für kurze Zeit ihren Kummer. Nur Berta beteiligte sich nicht. Sie ärgerte sich über die Großzügigkeit ihres Mannes und vor allem darüber, dass er an solchen Abenden oft betrunken in die Schlafstube wankte. Andererseits war ihr die Mithilfe der Frau aus dem Brennereihäuschen willkommen. Sie arbeitete im Haus und im Garten und kümmerte sich um die kleine Marianne, die bald ein Geschwisterchen bekommen würde.

Für die vielen Kinder war die Kriegszeit auf den Bauernhöfen ein einziges Abenteuer. Evakuierte und Einheimische tollten in den Scheunen und in den Obstgärten. Sie bauten im nahen Wäldchen wacklige Unterstände und manchmal stritten sie auch. Dabei waren die schwerfälligen Einheimischen den zungenschnellen, aufschneiderischen Zugereisten oft nicht gewachsen.

Im März 1942 brachte Berta Dachser ihr zweites Kind zur Welt. Es war zur Enttäuschung von Michel wieder ein Mädchen, das auf den Namen Gertrud getauft wurde.

Michel ließ seine Frau die Enttäuschung spüren und so entfremdeten sich die beiden noch mehr voneinander. Waren sie abends in der Küche und später in der Schlafstube allein, sprachen sie kaum ein Wort miteinander.

Auch Berta war von ihrer Ehe enttäuscht, aber trotzdem nicht unglücklich. Ihr Mann war der unumstrittene Herr des Hofes, sie selbst aber keineswegs machtlos. Michel überließ die tägliche Arbeit auf dem Hof mehr und mehr seinem Bruder. Und mit dem verstand sich Berta besser denn je. Herrmann beredete vieles mit ihr und gab ihr so die Bestätigung, die ihr Michel verweigerte. Sie führte zwar keine glückliche Ehe, mit der sie nach außen repräsentieren konnte, war aber trotzdem, wenn auch nur im Hintergrund, die Herrin, die sie immer hatte sein wollen.

Michel war wieder viel unterwegs. Geschickt umging er bei seinen Handelsgeschäften kriegsbedingte Einschränkungen. Er erfüllte die Ablieferungspflichten, betrieb aber nebenher erfolgreichen Schwarzhandel. Weil er in den Wirtschaften freigebig war und kleine Kontrollbeamte und Polizisten mit zusätzlichen Lebensmitteln und mancher Flasche Schnaps bestach, verließen in der Nacht einige Ferkel und manches Rind ungesehen und unkontrolliert den Martinshof. In der in einem Wandversteck der Schlafstube verwahrten Kassette häuften sich Geldscheine und Wertsachen. Trotz des vom Reichsnährstand weitgehend verbotenen Güterhandels nutzte Michel immer noch jede Möglichkeit, den Hof mit diesem Geld zu vergrößern. Als ein Bauer des Nachbardorfes bei der Waldarbeit zu Tode kam und seine Frau den Hof allein nicht mehr weiter führen konnte, wurde dieser Hof mit Zustimmung der Behörden zerschlagen. Michel kaufte daraus ein großes Waldstück. Solche Geschäfte ließen ihn die Enttäuschungen in der Ehe vergessen.

Der Krieg, der die Menschen auf dem Land bisher weitgehend verschont hatte, kam näher. Die Siegesmeldungen im Radio wurden seltener. Dafür wurde immer öfter von Frontbegradigungen gesprochen. Soldaten auf Urlaub berichteten von chaotischen Rückzugskämpfen und manche flüsterten hinter vorgehaltener Hand, dass der Krieg nicht mehr zu gewinnen sei. Michel Dachser war längst dieser Meinung. Nachts, wenn die anderen im Bett waren, löschte er das Licht in der Küche und hörte den streng verbotenen englischen Radiosender, den Hermann auf der Skala des Volksempfängers gefunden hatte. Schon bevor die offiziellen Nachrichten von Abwehrkämpfen an der Atlantikküste berichteten, wusste er, dass die Amerikaner in Frankreich gelandet waren. Berta, der das nächtliche Radiohören von der Schlafstube aus nicht verborgen blieb, schalt ihren Mann. Er bringe sich selbst und seinen Bruder ins Zuchthaus. Michel ließ sich nicht beirren.

Zuerst nur in den Nächten, bald aber auch am Tag hörten die Martinshöfer das monotone Brummen der feindlichen Bomberverbände und ahnten den damit verbundenen vielfältigen Tod. Gemeinsam mit einigen anderen Dorfbewohnern beobachtete Luise das schaurig schöne Schauspiel der Bombenangriffe auf die Städte Heilbronn und Nürnberg. Vom Himmel regneten silbrige Schlangen, die der deutschen Flugabwehr an den Radargeräten die Sicht vernebelten und von den Kindern begeistert aufgesammelt wurden.

Ein tiefer Schreck fuhr allen in die Glieder, als sich ein getroffener Bomber vorzeitig seiner Last entledigte und die Explosionen nahe beim Dorf tiefe Krater in die Wiesen und das Wäldchen rissen.

Von nun an suchten die Menschen, sobald neue Angriffe ankündigt wurden, die Keller auf und wagten sich kaum noch auf die Felder.

Nachdem der Feind den Rhein überschritten hatte, wurde auch den letzten Hitlergetreuen, die sich an die Mär von der Wunderwaffe geklammert hatten, deutlich, dass dieser Krieg verloren war. Nach außen wollten sie die Niederlage nicht eingestehen, sondern bekämpften ohne Nachsicht jeden Defätismus.

Durch die Dörfer fluteten die geschlagenen deutschen Verbände nach Süden und zwangen einige Bauern, so auch Hermann Dachser, Waffen, Munition und andere Ausrüstung noch in der Nacht mit ihren Gespannen zum nächsten Einsatzort oder Rastplatz zu fahren. Berta war in großer Sorge um den Schwager. Als er nach zwei Tagen mit den Pferden, aber ohne Wagen müde und hungrig heimkam, fiel ihm die Bäuerin, die sonst nach außen jede Gefühlsregung vermied, erleichtert um den Hals.

In den selben Tagen kam eine von Feldpolizisten bewachte Schar russischer Kriegsgefanger auf den Hof, deren Lager westwärts aufgelöst worden war. Müde schleppten sich die hohlwangigen, kahl geschorenen Gestalten in die Scheunentenne und bettelten um Brot und Wasser. Berta wollte sie mit einem aufgeschnittenen Brotlaib abfertigen. Aber Michel ließ von Marie den großen Waschkessel anschüren, um den Russen eine kräftige Kartoffelsuppe zu kochen. Berta musste dazu einiges aus ihren sorgsam verwahrten Schmalztöpfen opfern. Ihren Widerspruch und die Aussage eines Wachsoldaten, das Lumpenpack müsse nicht auch noch herausgefüttert werden, überging Michel mit dem Satz: »Das sind Menschen wie wir. Wir werden vielleicht einmal froh sein, wenn uns die Sieger eine Kartoffelsuppe geben.«

Die Sieger kamen an einem strahlenden Apriltag. Angekündigt wurden sie von dem kilometerweit hörbaren Dröhnen vieler Motoren und dem anschwellenden Rasseln, der aus dem Tal anrückenden Panzer. Michel trieb alle Hausbewohner in den großen Scheunenkeller. Zwischen Rüben, Kartoffeln und Mostfässern, die Kinder eng an sich gedrückt, horchten sie angstvoll nach draußen. Nur Hermann wagte sich auf die oberen Stufen der steinernen Treppe, um aus dem kleinen Kellerfenster das Geschehen draußen zu beobachten. Als es zweimal nacheinander heftig knallte, schreckte er zurück. Die letzten am Ortsrand beim alten Schäferhaus verschanzten Soldaten hatten ihre Panzerfäuste auf die anrückenden Feinde abgeschossen. Daraufhin kehrten die Amerikaner um und forderten Luftunterstützung. Wenig später jaulten Flugzeugmotoren und Geschosse aus schweren Maschinengewehren prasselten auf das Scheunendach und in die lehmbewehrten Wände.

Als es wieder still war, drängten alle ins Freie. Mehrere Gehöfte standen in Flammen. Gemeinsam mit den Nachbarn versuchten die Martinshöfer, das Vieh aus den brennenden Ställen zu retten. Aber die durch Rauch und Flammen verschreckten Tiere wollten ihren Platz nicht verlassen und mussten einzeln hinausgezerrt werden. Nur die Kühe, die den Weidegang gewohnt waren, verließen willig den Stall und sammelten sich brüllend auf den Wiesen. Viele Tiere erstickten im Qualm. Von den Dorfbewohnern selbst war außer einem älteren Mann, der ins Haus zurückgekehrt war, um wichtige Dokumente zu sichern und beim Rückweg über den Hof von einem Geschoß getroffen wurde, niemand zu Schaden gekommen.

Vergeblich versuchten die Bauern, die Brände zu löschen. Auch die Kriegsgefangenen und die wenigen Zwangsarbeiter, die den Höfen zugewiesen waren, halfen mit. Doch die handbetriebene Spritze der Ortsfeuerwehr vermochte nichts auszurichten. Am Ende blieb nur übrig, einige Maschinen, Geräte und wichtigen Hausrat zu retten.

Als Michel und die anderen sich abends erschöpft daran machten, die liegen gebliebene Tagesarbeit zu erledigen, das hungrige Vieh zu füttern und die prallen Euter der seit dem Vortag nicht mehr gemolkenen Kühe zu entleeren, sorgten die Flammen für eine gespenstische Beleuchtung. Auf zwei Gehöften brannte außer der Scheune und dem Stall auch das Wohnhaus nieder. Die Bewohner mussten dem Verlust tatenlos zusehen. Die Frauen und Kinder weinend und wehklagend, die Männer in stummer Wut.

Auf dem Martinshof war das Scheunendach zerschossen und im angebauten Göpelhaus hatte sich das wenige dort gelagerte Stroh entzündet. Dieser Brand wurde von Hermann und den Knechten schnell gelöscht. Auch das Haus wies zerschossenen Dachziegel und zerborstene Fenster auf. Michel taxierte den Schaden und war erleichtert.

Zwei Tage später wurde das Dorf von den Amerikanern endgültig eingenommen. Schwere Panzer besetzten die Dorfstraße, Waldränder und strategisch wichtige Punkte im Gelände. Von ihren Fahrzeugen aus stürmten die Soldaten in die Höfe, rissen die Kellertüren auf und brüllten »Bauer raus«. Die Bewohner kamen mit erhobenen Händen. Sie mussten sich in den Höfen aufstellen. Ihre blutjungen Bewacher hatten mehr Angst als sie selbst.

Nach dem Krieg

Die Besatzer führten ein mildes Regiment. Sie beschlagnahmten zwar Jagdgewehre, Hitlerbilder, Hakenkreuzfahnen, Nazibücher und Fotoapparate, ließen die Bauern aber in ihre Ställe und nach wenigen Tagen auch wieder auf die Felder.

Nur auf dem Martinshof war das Leben stark eingeschränkt. Das stattlichste Haus des Dorfes wurde zur Ortskommandantur erhoben. In der Wohnstube richtete ein Major seine Dienststelle ein. In der Schlafstube machte sich sein Adjutant breit. Die Ehebetten mussten unter das Dach. Michel und Berta schliefen neben dem aufgeschütteten Getreide und hörten in der Nacht die Mäuse rumoren. In der Küche wirtschaftete ein schwarzer Koch, der die eintönige Militärverpflegung mit Eiern aus Bertas Hühnerstall und Gemüse aus dem Hausgarten aufbesserte. Für die Hausbewohner wurde in der Brennerei gekocht.

Der Major, ein aus Frankfurt stammender und bereits Anfang der dreißiger Jahre emigrierter Jude, erklärte Michel die Beschlagnahmung in hessischem Dialekt und beruhigte die aufgebrachte Berta, sie könne bald wieder ins Haus. Der Koch verteilte an die neugierig im Hof stehenden Kinder Schokolade und das unbekannte, aus Erdnussbutter hergestellte hellbraune Schoko-Buk. Die schüchterne fünfjährige Dachsertochter Marianne, welche die Hand der evakuierten Frau Schmitz ängstlich umklammert hielt, wurde sein Liebling. Er fütterte sie mit besonderen, aus der Offiziersverpflegung abgezweigten Leckerbissen und sie ließ sich bald gerne auf den Schoß nehmen.

Der Major, der über den Bildungsstand des Hofbauern erstaunt war und schnell seine nazikritische Haltung erkannte, erzählte vom Schicksal seiner Familie. Als Michel die traurige Geschichte seines Schwagers Eduard berichtete, stellte sich heraus, dass der Offizier über Verbindungen seiner Eltern die Mannheimer Familie Weißmann kannte. Michel holte Luise hinzu, die darüber klagte, lange nichts von ihrem Mann in Chicago gehört zu haben. Der Major versprach, sich um eine Verbindung zu bemühen.

Drei Wochen später, als die Amerikaner das Dorf bereits wieder verlassen hatten, rollte ein Jeep auf den Hof, dem der Major mit einem Telegramm entstieg, in dem sich Eduard Weißmann für die Nachricht über seine Frau bedankte und weitere Meldungen ankündigte.

In den Dörfern wechselten die Menschen. Die evakuierten Städter und die Kriegsgefangenen kehrten heim. So auch Frau Schmitz mit ihren Kindern und der Franzose Edgard. Für die Evakuierten und Kriegsgefangenen kamen Flüchtlinge. Sie hatten in ihrer Heimat oft stattliche Güter und große Bauernhöfe zurückgelassen. Jetzt mussten sie auf kleinen Klitschen, wie sie sagten, als Knechte und Mägde schuften. Auch die ersten von den Amerikanern entlassenen Soldaten kehrten bald zurück. Nur von denen, die in Russland gefangen waren, gab es – wenn überhaupt – nur dürftige Lebenszeichen.

Auf den Martinshof kam eine aus den deutschen Siedlungen der ungarischen Tiefebene vertriebene Flüchtlingsfamilie mit vier Kindern, zwei Buben und zwei Mädchen. Das Paar wurde mit den Mädchen über der Brennerei einquartiert. Für die Flüchtlingsbuben teilte der Schreiner unter dem Hausdach einen Verschlag ab, in dem zwei alte Bettgestelle Platz fanden.

Mittlerweile kamen jeden Tag bettelnde oder hausierende Städter ins Dorf. Sie hatten unter dem Nachkriegsmangel weit mehr zu leiden als die Dörfler. Zu Fuß oder über halsbrecherische Fahrten in total überfüllten Eisenbahnwagen suchten sie auf dem Land ein wenig Essen zu ergattern und gaben dafür ihre über den Krieg geretteten Wertsachen hin. Von der Not profitierten die Schwarzhändler und manche Bauern, die für einen Sack Kartoffeln, einige Wurstdosen oder ein Dutzend Eier Ölbilder, Silberbesteck, Tischdecken und Schmuck eintauschten. Manche Aussteuer wurde daraus zusammengestellt und noch viele Jahre später waren die Bauern deshalb bei den Städtern verhasst.

Auch der geschäftstüchtige Michel Dachser beteiligte sich am Nachkriegsgewinn. Er bereicherte sich nicht an ausgehungerten Männern und Frauen, die mit ihren Rucksäcken oder abgeschabten Einkaufstaschen und mit hohlwangigen Kindern an der Hand um Essen nachfragten und dafür Kleinigkeiten boten. Ihnen musste Berta Milch für die Kinder, einige Esslöffel Schmalz, ein paar Eier und etwas Brot umsonst geben. Michels Geschäftspartner waren die Schwarzhändler, mit denen er schon im Krieg Handel betrieben hatte. Dass diese zwielichtigen Gestalten, die von ihm säckeweise Getreide, literweise schwarz gebrannten Schnaps und von Berta nachts hergestellte Butter erhielten, ihren ausgehungerten Abnehmern den letzten Silberlöffel und die letzte Tischdecke abpressten, wusste er jedoch.

Wenn er, wie so oft, spät nachts allein in der Küche saß und der im Übermaß genossene Most alte Erinnerungen weckte, hörte er die leise Mahnung seiner Mutter: »Bub, bleib ehrlich.« – »Aber wer, außer dir, ist mit mir denn ehrlich umgegangen?«, sagte er dann laut vor sich hin.

Manchmal vernahm Berta in der Schlafstube diese Selbstgespräche, aber sie war zu müde, um genauer hinzuhören. Sie gab sich auch keine Mühe mehr, die Gedanken und Entscheidungen ihres Mannes zu verstehen. Sie akzeptierte seine Geschäfte, weil sie den Reichtum mehrten.

Aber nicht überall ging es so gut wie auf dem Martinshof. Not herrschte bei jenen Bauern, deren Scheunen, Ställe und manchmal auch noch Wohnhäuser zerstört waren. Um wieder aufbauen zu können, mussten sie Brotgetreide, Fleisch, Butter und anderes hingeben, um dafür Baumaterial eintauschen und die Handwerker bezahlen zu können. Oft wurden diese Tauschgüter vom Munde abgespart.

Um schnell wieder auf den alten Stand zu kommen, begnügten sich viele damit, die neuen Gebäude auf übrig gebliebenen Mauerresten und Fundamenten notdürftig so zu errichten, wie die alten gewesen waren. Andere dachten weiter. Sie wollten mit dem Neubeginn den Fortschritt nutzen. Sie bauten die Ställe luftiger und heller, mit breiten Futter- und Mistgängen, starken Decken, über denen Heu und Stroh gelagert und über Abwurfluken direkt zu den Tieren befördert werden konnten. Die Scheunen wurden größer und die Wohnhäuser bekamen Badezimmer, die es vorher noch in keinem Bauernhaus gegeben hatte. Die Behörden hatten für so viel Luxus keinen Sinn. Überliefert ist der Ausspruch eines Kreisbaumeisters, der den eingereichten Plan mit den Worten: »Was braucht ein Bauer ein Bad«, ablehnen wollte.

Eine beklemmende Angst herrschte auf jenen Höfen, auf denen der Bauer der Nazipartei angehört, oft stattliche Ämter innegehabt und andere unterdrückt und der Staatsmacht ausgeliefert hatte. Diese Angst herrschte auch auf dem Onkelhof. Während auf dem Martinshof das Leben fast genauso weiterging, wie es vorher gewesen war, war es auf dem Onkelhof durch diese Angst gelähmt.

Der junge Rudolf hatte es in der Partei bis zum Ortsbauernführer gebracht. Er war in seiner braunen Uniform fast so viel unterwegs gewesen wie vorher der Onkel, der im letzten Kriegsjahr gestorben war. Auch das Jagdzimmer war so zu neuen Ehren gekommen. Gastgeberin war Rudolfs Frau, die einer angesehenen Bauernfamilie im Unterland entstammte und die er Ende der Dreißigerjahre geheiratet hatte.

Kurz bevor die Sieger einmarschierten, hatte Rudolf die braune Uniform ausgezogen. Den amerikanischen Soldaten trat er in der biederen Alltagskluft entgegen. Zwei Tage nach dem Einmarsch fuhr jener Major, der auf dem Martinshof residierte, mit seinem Adjutanten und zwei mit Maschinenpistolen bewaffneten Soldaten vor. In seinem hessisch-amerikanischen Deutsch ließ er sich von dem eingeschüchterten Rudolf bestätigen, dass er den Ortsbauernführer vor sich hatte, und erklärte ihn zum Gefangenen. Im Rathaus des Städtchens wurde der angstbleiche Bauer verhört und dann in die Arrestzelle gesperrt. Die von den Amerikanern befreiten Kriegsgefangenen belasteten ihn mit zwei Vorfällen:

In einem kleinen Weiler hatte eine Frau, deren Mann im Krieg war, mit dem polnischen Kriegsgefangenen, den ihr Rudolf zugeteilt hatte, ein Liebesverhältnis angefangen. Ein Tagelöhner, der auch dort arbeitete, zeigte die beiden an. Rudolf ließ den Polen von der Polizei abholen. Er wurde schon am nächsten Tag an der alten Dorflinde aufgehängt. Die Frau kam für zwei Jahre ins Zuchthaus und ihre Kinder zu anderen Bauern. Der verwaiste Hof wurde dem Tagelöhner zugesprochen. Außerdem, so berichteten die Gefangenen, habe der Ortsbauernführer zugelassen, dass die Fremdarbeiter bei mehreren Bauern hungern mussten und geschlagen wurden. Einmal sei ein erst vierzehnjähriges ukrainisches Mädchen daran gestorben.

Gegenteiliges berichteten die auf dem Onkelhof beschäftigten Gefangenen und Fremdarbeiter. Sie seien von ihrem Bauern immer gut behandelt worden. Schließlich konnte Rudolf auch nachweisen, dass nicht er, sondern ein Polizeioffizier das Todesurteil gegen den Polen verhängt hatte. Nach einer Woche ließen ihn die Amerikaner laufen. Abgemagert und verängstigt kehrte er auf den Hof zurück. Noch wochenlang fürchtete er die Rache der Polen, die plündernd über die Dörfer zogen und den Bauern, die sie schlecht behandelt hatten, den Hunger und die Schläge heimzahlten.

Aber wie viele, die im Nazistaat Ämter bekleidet und zum Herrschaftssystem gehört hatten, kam Rudolf bei der ein Jahr später durchgeführten Entnazifizierung billig davon.

Babette kehrt heim

Zu denen, die einst naserümpfend das Elternhaus auf dem Bauernhof verlassen und sich bei gelegentlichen Besuchen städtischer als die geborenen Städter gegeben hatten und jetzt obdachlos und hungernd bei der Bauernverwandtschaft Unterschlupf suchten, gehörte Babette.

Ihre stattliche Münchner Wohnung war zerbombt und ihre Arbeitsstelle, das Hotel, ein Trümmerhaufen. Die Handwerkersleute in dem kleinen oberbayrischen Dorf, in deren Haus sie evakuiert worden war, verhielten sich feindselig. Sie wollte so schnell wie möglich zurück. Aber München war von Heimkehrern und Flüchtlingen überschwemmt.

Nachdem sie mit ihren zwei großen Koffern und etlichen Taschen eine unruhige Nacht in dem zum provisorischen Asyl umgewandelten, halb zerstörten Bahnhofssaal zugebracht hatte, nahm sie am Morgen den nächsten Zug nach Norden. Nach mehrmaligem Umsteigen, langen Wartezeiten auf überfüllten Bahnsteigen und einer halsbrecherischen Fahrt über provisorisch hergerichtete Brücken kam sie am Abend im heimatlichen Städtchen an.

Ausgehungert und todmüde, ein Kopftuch um das strähnigen Haar, mit eingefallenen, bleichen Wangen, einem schmutzig gewordenen Sommermantel und schweren Wanderschuhen saß sie auf der Bank des kleinen Bahnhofs, den sie vor wenigen Jahren hoheitsvoll durchschritten hatte. Sie wartete auf den Bruder, den sie bei einem Zwischenaufenthalt in Augsburg über die Nachbarn, die das öffentliche Telefon besaßen, benachrichtigt hatte. Niemand erkannte sie. Als Michel mit dem Einspänner kam, schreckte sie aus kurzem

Schlummer hoch und stand schwerfällig auf. Mit einem erbarmungswürdigen Ausdruck im Gesicht streckte sie ihm die Hand entgegen. »Grüß Gott, Michel, kann ich ein paar Tage bei euch bleiben, in München ist alles kaputt.«

»Frag doch nicht, du kannst bei uns bleiben, solange du willst«, entgegnete der Bruder und nahm ihr die Tasche ab. Ein Bub, der den beiden zusah, musste helfen, die Koffer aufzuladen.

Daheim wurde Babette von Luise empfangen. Jetzt erst löste sich ihre Erstarrung. In den Armen der Schwester weinte sie mit zuckenden Schultern. Berta stand wie unbeteiligt daneben.

Bei der ersten richtigen Mahlzeit nach mehreren Hungertagen erzählte Babette ihr Schicksal: »Ihr glaubt gar nicht, wie das in München zuging. Als der Fliegerangriff kam, war unser Hotel mit Offizieren, Soldaten und Flüchtlingen bis unters Dach belegt. Nach dem Alarm kamen viele gar nicht mehr in den Bunker. Wir vom Personal mussten sowieso den alten Leuten helfen und die wollten immer noch etwas anderes mitnehmen. Als es draußen nur noch gekracht und gebrannt hat, sind wir runter in den Bierkeller und da hab ich geglaubt, dass es aus ist. Alles hat gewackelt, das Licht ging aus, die Leute haben geschrien und gebetet. Man hat fast keine Luft mehr gekriegt. Als es dann plötzlich ganz still war, hat einer von den Offizieren mit der Taschenlampe geleuchtet. Alle haben zum Eingang gedrängt, aber wir konnten nicht raus. Die Kellertreppe war zugeschüttet und alles war voll Rauch. Da hat der Offizier die Leute angeschrien, sie sollen sich wieder hinsetzen, und als einige weiter gedrängt haben, hat er mit der Pistole in die Luft geschossen.« Erschöpft hielt Babetten inne.

»Wie seid ihr denn wieder rausgekommen?«, fragte Michel.

»Ich kann gar nicht sagen«, fuhr Babette fort, »ob es eine Stunde oder einen halben Tag gedauert hat. Plötzlich hat es draußen gepoltert und dann haben Soldaten runtergeschrien, ob da noch jemand lebt. Als wir rauskamen, hat es oben immer noch gebrannt. Am nächsten Tag haben sie uns dann mit Lastautos aufs Land gefahren. Aber da hab ich es nicht ausgehalten. Die Leute waren so hässlich zu mir.«

»Weißt du was von deinem Mann?«, wollte Luise wissen. «Gar nichts.« Babette senkte den Kopf und kämpfte mit den Tränen. »Er hat sich nicht mehr gemeldet und niemand hat mir etwas sagen können. Ich hab solche Angst, dass ihm die Partisanen oder die Russen etwas angetan haben. Er war Sonderführer und auf die haben die Ukrainer eine besondere Wut gehabt.«

Luise legte der Schwester den Arm um die Schulter und zog sie fest an sich.

Am Abend richtete Berta auf dem Sofa der Wohnstube ein Nachtlager her. Dort schlief Babette anderthalb Tage durch. Hörte sie bei kurzem Aufwachen aus den Obstgärten das Krähen der Hähne, vom Stall her das Muhen der Kühe, von der Straße die Rufe der kutschierenden Bauern und aus der Küche die halblauten Gespräche zwischen Luise und Marie, dann fühlte sie sich in ihre Kindertage zurückversetzt und schlief beruhigt wieder ein. Später wurde für Babette im Schlafzimmer von Luise ein zweites Bett aufgeschlagen.

Beim Essen hatten nun nicht mehr alle am großen Küchentisch Platz. Babette, Luise und ihre beiden Kinder aßen in der Wohnstube. Die Flüchtlingsfamilie, die auf einem alten Herd über der Brennerei gerne für sich kochte, aß auch dort.

Aus Amerika kamen für Luise fast allwöchentlich gute Nachrichten. Eduard Weißmann fühlte sich wohl in Chicago, in dieser Stadt, die mit ihrer Börse den weltweiten Getreidehandel dominierte. Es gehe ihm gut, aber er vermisse sie und die Kinder sehr und hoffe, sie bald nachholen zu können, hieß es in seinen Briefen.

Luises Freude war nicht ungetrübt. So glücklich sie darüber war, nicht zu den vielen Frauen zu gehören, deren Männer irgendwo in französischer oder russischer Erde lagen oder in sibirischen Gefangenenlagern litten, so traurig war sie, dass Eduard kein Wort darüber verlor, in der Heimat, die auch seine war, um die Rückgewinnung der so schmählich verlorene Existenz zu kämpfen. Sie schrieb nach Chicago zurück, dass die Gebäude der Landesproduktenhandlung unzerstört seien und Michel ihr geraten habe, die Rückübereignung zu beantragen. Ein mit dem Bruder bekannter Anwalt sehe gute Chancen.

Eduards Antwort war nicht ermutigend. Mit einem Regierungsvertreter habe er über die Entwicklung in Deutschland gesprochen. Die herrschende Meinung sei, dass von den Deutschen nie mehr eine Kriegsgefahr ausgehen dürfe. Ein wirtschaftlicher Aufbau wie nach dem Ersten Weltkrieg werde gar nicht mehr zugelassen. Das sei keine gute Grundlage für einen Neuanfang. Womöglich aber, so schloss sein Brief mit einem Hoffnungsschimmer, werde er von seiner Firma bald nach Europa gesandt und dann gebe es ein Wiedersehen.

Im zeitigen Frühjahr nach einem harten Winter, dem in den ausgehungerten Städten viele Kinder und Alte zum Opfer gefallen waren, brauste an einem trüben Nachmittag ein Armeejeep so schwungvoll auf den Martinshof, dass der Schneematsch spritzte. Ihm entstiegen jener Offizier, der damals die Wohnstube requiriert hatte, und ein Zivilist in einer dicken, karierten Winterjacke und mit breitrandigem Hut. Es war Eduard. Er hatte zwar die Europareise angekündigt, aber keinen Tag für sein Kommen genannt.

Die Kinder, die neugierig aus dem Haus strömten und unter denen sein zehnjähriger Sohn Harald zu den Großen gehörte, erkannten ihn zunächst nicht. Erst als Eduard zu reden anfing und nach der Mutter fragte, stürzte der Bub auf ihn zu und umklammerte den Vater. Aus der vielköpfigen Kinderschar löste sich jetzt auch die dunkelhaarige Elise. »Papa!«, rief sie und schmiegte sich an ihn.

Von den anderen Kindern aufmerksam gemacht, trat Berta aus der Haustür. Sie erkannte den Schwager sofort und streckte ihm die Hand entgegen. Eduard umarmte sie. »Mein Gott«, sagte er, »wie viele Kinder habt ihr denn auf dem Hof? Wo kommen die denn alle her?«

Berta klärte ihn auf und nahm ihre zweite Tochter Gertrud, die sich ängstlich an ihre Schürze geklammert hatte, auf den Arm. »Luise ist im Dorf«, sagte sie, »ich lasse sie gleich holen.« Einer der Flüchtlingsbuben musste zu dem Nachbarhof rennen, wo Luise eine Schulfreundin besuchte, deren Mann vor ein paar Tagen krank aus der französischen Gefangenschaft heimgekommen war. Mit wehender Jacke kam sie gelaufen und stürzte ins Haus, wo Eduard mit Berta und dem Offizier, von den Kindern umringt, bereits am Küchentisch saß. Das Paar umarmte und küsste sich. Luise rannen Tränen über die Wangen und auch Eduard hatte feuchte Augen. »Warum hast du nicht geschrieben, dass du kommst«, schluchzte sie, »ich hab gar nichts gewusst.«

Eduard erzählte, wie er im Stuttgarter Hauptquartier der Amerikaner überraschend diesen Offizier, den alten Bekannten seiner Eltern, getroffen habe und von ihm ohne langes Zögern in den Jeep gesetzt worden sei. Unterdessen war Babette unbemerkt in die Küche gekommen. Sie blieb in der Türe stehen, um die Wiedersehensfreude nicht zu stören.

Als Eduard sie sah, erschrak er über ihr blasses Gesicht, die eingefallenen Wangen und den müden Blick. »Babette«, rief er und nahm die Schwägerin in den Arm.

Auch sie begann zu weinen. Das Glück der Schwester führte ihr das eigene Unglück erst recht vor Augen.

Bis zum Abend füllte sich das Haus. Hermann war mit dem Knecht Albert, der Magd Lene und dem Ungarnflüchtling im Wald gewesen, um Reisig heimzufahren, und Michel hatte mit Marie junge Fichten gepflanzt. Eduard bemerkte, wie die Kriegsjahre die Menschen verändert hatten. Michel kam ihm noch kleiner vor, seine hängenden Schultern und der gekrümmte Rücken zeigten das beginnende Alter, die feinen blauroten Äderchen im Gesicht den Alkohol, der ihm ein alltäglicher Freund geworden war. Marie war ein kleines, mageres Weibchen und Albert ein alter, müder Mann geworden. Nur Hermann hatte die Zeit nichts anhaben können. Er war wie immer, kräftig und in sich ruhend. Er und Berta, so schien es Eduard, waren die Anker, die den Martinshof im unruhigen Wasser einer veränderten Zeit festhielten. Diese beiden blieben zum Nachtessen mit dem Gesinde in der Küche. Michel saß mit Babette und der Familie Weißmann in der Stube.

Mit Michel fuhr Eduard am nächsten Tag in das nahezu unversehrte Städtchen. Auf den Straßen bewegten sich die Menschen eigentlich wie immer. Aber sie waren ärmlicher gekleidet als vor dem Krieg und es fehlten die Männer der mittleren Jahrgänge. Die Leute transportierten ihre Güter auf Handwagen, hölzernen Schubkarren und auf Fahrrädern. Fuhrwerke waren selten und Privatautos überhaupt nicht zu sehen. Eduard fielen die zahlreichen Frauen mit dunklen, tief in die Stirn gezogenen Kopftüchern, weit ausladenden Röcken und großen Handtaschen auf. Es waren die aus der ungarischen Tiefebene, dem rumänischen Banat oder der jugoslawischen Batschka gestrandeten Flüchtlingsfrauen, deren Vorfahren einst aus Schwaben ausgewandert waren und in den fruchtbaren südosteuropäischen Ebenen blühende Siedlungen gegründet hatten. Von den sprachlichen Veränderungen in der alten Heimat abgegrenzt, sprachen sie den Dialekt der Ahnen, ein urtümliches, seltsam anzuhörendes Schwäbisch.

Als er das Gebäude der ehemaligen Spinnerei, das einstmals seine Existenz gewesen war, erblickte, bat Eduard den Schwager vorbeizufahren. An der Giebelseite konnte er noch die alte Schrift »Landesproduktenhandlung« lesen. Nur den Namen Weißmann hatten die Nazis übermalt.

Erst im Innenhof der Brauerei hielt Michel an. Durch die Hintertür betrat er mit Eduard die Wirtschaft. Der große, saalartige, durch den riesigen, grün gekachelten Ofen unterteilte Raum war fast leer. Nur an dem Tisch zwischen Ofen und Ausschank saßen einige ältere Handwerker mit dem Wirt. Der große, breitschultrige Brauereibesitzer begrüßte zunächst nur den Bauern: »Komm, Michel, setz dich her.« Den Begleiter erkannte er erst, als der zum Tisch kam und den Hut abnahm.

»Jetzt aber«, rief er und stand auf. »Der Eduard.« Er drückte ihm fest die Hand und fasste ihn dann mit ehrlicher Freude an beiden Schultern. »Mensch, wie geht's dir denn als Amerikaner? Komm wir gehen rüber ins Büro.«

Die beiden verließen die Wirtschaft und Michel setzte sich zu den anderen. Das Mädchen, das hinter dem Ausschank die Begrüßung beobachtet hatte, brachte ihm ein Bier. Dann bestürmten ihn alle mit Fragen nach dem Schwager: »Was macht der Eduard in Amerika?« – »Hat er jetzt mit dem Militär zu tun?« – »Kommt er vielleicht wieder zurück?«

Nur einer der Handwerker drückte sich in die Ecke und sagte nichts. Ihm war die Angelegenheit peinlich. Er war an der Enteignung von Weißmann beteiligt gewesen.

Im Büro erzählte Eduard, wie schlecht es ihm in England ergangen war und wie gut er es in Amerika getroffen hatte.

»Aber jetzt kommst du doch wieder zurück«, drang sein alter Freund in ihn. »Das ganze Geschäft ist noch da, das kriegst du doch wieder zurück. Du kannst gleich wieder anfangen.«

Eduard legte ihm die Hand auf den Arm. »Ich weiß nicht, ob das so einfach geht. Und ich weiß auch nicht, ob ich noch einmal mit den Deutschen Geschäfte machen will. Da ist zu viel passiert.«

»Ach komm«, entgegnete der Brauer, »die von damals haben nichts mehr zu sagen. Die Schlimmsten sind weg und eingesperrt. Und ich sag dir, deine alten Kunden warten doch darauf, dass du wieder anfängst.«

»Das sagst du«, entgegnete Eduard. »Aber wenn dir einmal Steine durch die Scheiben fliegen und wenn einer Judensau zu dir sagt und wenn von deinen Verwandten die Hälfte nicht mehr aus dem KZ zurückkommt, dann überlegst du dir das zweimal.«

Dann erzählte er, wie frei man in Amerika leben könne und welche Möglichkeiten er dort geschäftlich habe. »Und hier bei euch«, setzte er hinzu, »bei euch ist doch alles so kaputt. Du kannst dir gar nicht vorstellen, wie es in den Städten aussieht. Und die amerikanische Regierung will auch gar nicht, dass ihr wieder hochkommt.«

Trotzdem erkundigte sich Weißmann bei der Militärverwaltung nach der Möglichkeit der Rückgabe. Die Auskunft war ernüchternd. Der ganze Handel bleibe zunächst unter alliierter Kontrolle und über die Rückgabe enteigneter Geschäfte werde erst entschieden, wenn eine gut funktionierende Verwaltung aufgebaut sei, sagte ihm ein ungehaltener Oberst, dem der deutsche Wunsch nach Wiederherstellung der alten Ordnung zuwider war.

Das Glück, das Luise in den ersten Tagen nach Eduards Rückkehr empfunden hatte, wandelte sich in nervöse Unsicherheit.

Auch Babette wurde um eine Hoffnung ärmer. Eduard hatte sich bei den Militärbehörden nach dem Schicksal ihres Mannes Richard erkundigt, von dem weiterhin jedes Lebenszeichen fehlte. Von den Russen, die jenes Gebiet eingenommen hatten, werde jede Auskunft verweigert, hieß es. Auch beim Roten Kreuz, bei dem er sich in München erkundigte, gab es keine bessere Antwort. Wenigstens wurde der Name Richard von Goltz in die Suchliste der im Osten vermissten Personen aufgenommen.

Nach seiner Inspektionsreise durch Süddeutschland und Österreich kehrte Eduard noch einmal für drei Tage auf den Martinshof zurück. In der Enge des überfüllten Hauses war es den Eheleuten kaum möglich, ungestört über die weitere Zukunft zu sprechen. Bei einem langen Spaziergang durch die frisch grünenden Wiesen begründete Eduard seiner Frau die Zweifel an einem Neuanfang. Es könne Jahre dauern, bis er die Landesproduktenhandlung zurückerhalte, und bis dahin hätte sich die alte Kundschaft womöglich verlaufen. Außerdem, so gab er offen zu, könne er nicht mehr unbefangen mit den Bauern Geschäfte machen, die vorher bei der Judenhetze mitgemacht oder sie wenigstens stillschweigend geduldet hatten. Und auch die bittere Armut, die über Deutschland hereingebrochen sei, erschrecke ihn.

Mitten im Gehen hielt Eduard an und drehte sich zu Luise um: »Ich weiß gar nicht«, sagte er und sah ihr eindringlich ins Gesicht, »ob wir bei diesem Elend dabei sein sollen. Drüben in Amerika geht es den Leuten so gut und hier ist alles so traurig und kaputt. Dort drüben könnten wir es uns schön machen.« Er fasste seine Frau an den Schultern und zog sie zu sich. »Komm doch mit mir nach Amerika«, sagte er bittend.

Luise hatte Tränen in den Augen. »So weit fort von daheim«, schluchzte sie, »wir hatten es hier doch so gut.«

Schweigend, aber wie in stiller Übereinkunft kehrten die beiden auf den Hof zurück. Am Abend, nachdem die Kinder im Bett waren, saßen sie mit Babette und Michel in der Stube, während Berta noch in der Küche hantierte und Hermann dort am Tisch die Zeitung las. Ohne Umschweife erklärte Eduard, er wolle hier nicht noch einmal neu anfangen. Er werde mit Luise in Amerika eine neue Existenz gründen. Aufmerksam sah er seiner Frau ins Gesicht. Sie nickte. Erleichtert erläuterte er die Einzelheiten seines Plans. Sofort nach der Rückkehr werde er die Einreise für Luise und die Kinder beantragen und die Überführung der Familie und des Hausrates klären. In einem halben Jahr könne alles erledigt sein.

»Ihr habt es gut«, brach es bitter aus Babette heraus, »ihr könnt das ganze Elend hier hinter euch lassen.« Finster starrte sie vor sich auf den Tisch.

Michel war wieder der nüchterne Realist: »Ich kann dich verstehen, Eduard, du bekommst dein Geschäft bestimmt einmal zurück, aber es kann halt lang dauern. Drüben, in Amerika, ist es wohl einfacher.«

Zwei Tage später fuhr wieder ein Jeep auf den Hof, um Eduard abzuholen. Luise hatte Abschiedstränen in den Augen und die Tochter weinte, weil sie nicht in dem Soldatenauto mitfahren durfte. Nur der Sohn war glücklich. Er freute sich auf Amerika.

Auf dem Martinshof gab es zunehmend Unstimmigkeiten zwischen den Geschwistern und manchmal auch mit Berta. Babette fühlte sich von Luise eingeschränkt und von den Kindern belästigt. Berta missfielen die unnützen Esser und, wie sie zu Hermann sagte, das vornehme Getue von Babette, die sich für die Mithilfe auf dem Hof zu fein sei. Hermann wiederum war von den ganzen Streitereien genervt. Michel ging dem Unfrieden aus dem Weg. Er kam von seinen Geschäften oft spät und betrunken heim. Im Haus kümmerte er sich um nichts. Dass er mit Luise bald seine Lieblingsschwester verlieren sollte, machte ihm zu schaffen. Einzig mit ihr konnte er noch über Dinge reden, die über die alltäglichen Probleme hinausgingen. Mit der zänkisch gewordenen Babette war nichts anzufangen.

Eduards Zeitplan stimmte. Ende Oktober wurde von den US-Behörden die Einreise von Mrs. Eduard Weisman und ihren Kindern genehmigt. Luise erhielt von der Militärverwaltung in Frankfurt einen Pass mit eingestempeltem Visum, in dem auch ihre beiden Kinder eingetragen waren. Direkt aus den USA kam die Schiffskarte für die Überfahrt von Hamburg nach New York. An eine Mitnahme von Möbeln war nicht zu denken. »Wir kaufen hier alles neu«, schrieb Eduard.

Michel ließ nach den vom Schwager mitgeteilten Vorschriften der Reederei eine seefeste Kiste anfertigen, die Wertsachen, wichtige alltägliche Gerätschaften und ein kleines, an sich wenig wertvolles Kästchen aus Kirschbaumholz aufnahm, das die Mutter Karoline in die Ehe gebracht und mit altem, bereits von der Urgroßmutter ererbtem Schmuck an ihre Tochter weitergegeben hatte. Dieses Kästchen wurde für Luise zu einer wichtigen Verbindung in die Heimat.

Berta war froh, dass Luise aus dem Haus und so weit fort war. Sie hatte in der gemütvollen, oft lustigen und redseligen, oft aber auch traurigen und dann in sich gekehrten Schwägerin immer eine Konkurrentin um den Zugang zu ihrem Mann und die Macht auf dem Hof gesehen. Nun nahm Berta die Zügel im Haus wieder fest in die Hand und bestimmte, was in der Küche zu geschehen hatte. Wie immer ordnete sich die Magd Marie, die so gerne mit Luise zusammen gewesen war, willig unter. Statt dem lockeren Geplauder dieser beiden war in der Küche jetzt die herrische Stimme der Hofbäuerin zu hören.

Aus Babette hatte der Krieg eine mürrische, verbitterte und, gemessen an ihrer früheren Erscheinung, unansehnliche Frau gemacht. Ihr Gesicht war bleich und stets hatte sie dunkle Ringe unter den Augen. Um den verkniffenen Mund zeigte sich ein Kranz kleiner Falten. Das früher sorgfältig frisierte Haar war grau, strähnig und zu einem unordentlichen Knoten gebunden. Von ihrer eleganten Garderobe, von der sie zwei Kleider und ein Kostüm hatte retten können, hatte sie seit ihrer Ankunft auf dem Martinshof noch kein Stück angehabt. Sie trug ein einfaches, von Luise überlassenes, graues Kleid oder einen abgetragenen Rock und einen alten, von Berta aussortierten Pullover. Darüber immerzu eine hässlich geblümte Kittelschürze. Mit Luise hatte sie noch über vergangene Zeiten, große Abende in der Münchner Gesellschaft und die schönen Ausflüge in die Berge sprechen können. Das wollte jetzt niemand mehr hören. Bertas Gedanken drehten sich allein um die Arbeit in Haus und Hof, Garten und Stall, den Unfrieden mit dem Gesinde und die lästigen Nachlässigkeiten der Flüchtlingsfamilie.

Nur manchmal, wenn Babette mit Michel über früher sprach, entstand für kurze Zeit eine Atmosphäre traulicher Verbundenheit. Aber dann verlor sich der Bruder oft in seinen eigenen, versponnenen Erinnerungen, während sie die schönen Münchner Tage im Kopf hatte. Ihre Gedanken und Gespräche liefen aneinander vorbei.

Sooft sie konnte, flüchtete Babette zur Tante, saß bei der alten Frau in deren Austragsstübchen und sprach mit ihr über damals und in allen Einzelheiten über die vielen Gäste im Jagdzimmer. Dann kehrte der Glanz in ihre Augen zurück, dann konnte sie bisweilen lachen, so wie sie als junges Mädchen gelacht hatte, wenn sie sich in der Küche gemeinsam über manchen Besucher lustig gemacht hatten.

Immer wieder fragte Babette beim Suchdienst des Roten Kreuzes nach Nachrichten über den Verbleib ihres Mannes. Aber immer noch gab es keine konkrete Spur. Nur so viel war sicher: Die Einheit, der er angehört hatte, wurde in der Ukraine zur Partisanenabwehr eingesetzt, während er selbst für die Versorgung der Soldaten aus dem eroberten Land zuständig war. Niemand wusste, was aus ihnen geworden war, ob die Einheimischen blutige Rache genommen oder die Russen sie gefangen hatten.

Von der Tante und Michel ermuntert fuhr Babette im Frühjahr nach München. Die Eisenbahn verkehrte wieder regelmäßig und einigermaßen pünktlich. In München waren zwar viele der Trümmer beiseite geräumt, doch kaum etwas aufgebaut. An ihrer alten Arbeitsstelle, dem Hotel, gähnten leere Fensterhöhlen aus den wenigen stehen gebliebenen Mauern. Mühselig fragte sie sich durch verschiedene provisorisch eingerichtete Dienststellen zu der Adresse des damaligen Geschäftsführers Bernthaler durch. Sie fand ihn in einer unversehrten Villa in einem Außenbezirk, wo er bei Verwandten untergekommen war.

Ein Dienstmädchen öffnete ihr und fragte mit hochmütigem Gesicht. »Was wollen Sie?« Abweisend sah das junge Ding auf die große Handtasche, die Babette trug. Sie vermutete eine Hausiererin oder Bettlerin: »Wir kaufen nichts und wir können Ihnen auch nichts geben.«

»Ich will nur wissen«, entgegnete Babette und straffte sich, »ob hier der Herr Bernthaler wohnt. Ich war Empfangsdame im Hotel Würzburger Hof.«

Jetzt wurde das Mädchen zugänglicher. Der ehemalige Chef sei in der Stadt, müsse aber längst zurück sein. Sie könne im Haus auf ihn warten.

Babette lehnte ab. Müde setzte sie sich seitlich des Eingangs auf eine Bank und betrachtete den parkähnlichen Garten, in dem die Forsythienbüsche blühten und dem nichts von den Verheerungen des Krieges anzusehen war.

Wenig später kam ein Mann im grünen Lodenmantel und mit einem Schlapphut auf dem Kopf den gleichen Weg herauf, den sie vorhin von der Haltestelle der Trambahn aus gegangen war. Es war Bernthaler. Babette erkannte ihn erst, als er bis auf wenige Meter herangekommen war. Sie hatte ihn immer nur im korrekt sitzenden dunklen Anzug mit glatt gescheiteltem Haar und in Respekt einflößender, aufrechter Haltung gesehen. Jetzt war sein Mantel fleckig. Unter der Hutkrempe quoll das schon lange nicht mehr geschnittene Haar hervor und er ging gebückt.

Babette stand auf und ging ihm ein paar Schritte entgegen. »Grüß Gott, Herr Bernthaler, ich bin's, die Babette.«

Jetzt erst sah der Angesprochene auf: »Ach, die Frau Babette. Das freut mich aber, dass Sie wieder in München sind. Wie geht es Ihnen?«

»Wie's halt geht in diesen Zeiten«, antwortete sie. »Ich wollt' nur mal sehen, wie es in München ist.«

»Ach, Frau Babette«, antwortete der Hotelier, »Sie sehen doch selbst, wie es in der Stadt aussieht. Aber kommen Sie, gehen wir hinein, Sie werden müde sein.«

Bernthaler führte sie durch einen Seiteneingang in eine kleine, nur aus zwei Zimmern bestehende Wohnung und bot Babette einen Stuhl an. »Sie müssen entschuldigen«, sagte er, »dass ich Sie nicht besser empfangen kann, aber heutzutage muss man froh sein, wenn man überhaupt ein Dach über dam Kopf hat.« Er zog seinen Mantel aus und hängte ihn mit dem Hut an einen Haken an der Tür. »Sie sind bestimmt durstig, Frau Babette.«

Sie nickte.

»Aber ich kann Ihnen leider nur Leitungswasser anbieten. Es ist schon ein Wunder, dass es so etwas gibt.« Bernthaler holte zwei Gläser aus einem Wandschränkchen mit verglasten Türen, füllte sie am Wasserhahn und setzte sich zu seinem Besuch. »Jetzt müssen Sie mir erzählen, wie es Ihnen ergangen ist.«

Babette berichtete von ihrer Flucht aus der oberbayerischen Evakuierung und dem Unterkommen beim Bruder. »Da geht es mir ganz gut«, schloss sie, »aber so wie früher ist es halt nicht. Das Schlimmste ist, dass ich gar nichts von meinem Mann weiß.« Traurig blickte sie auf die weiße Tischplatte. »Am liebsten wär's mir«, sagte sie nach kurzer Pause, »wenn ich wieder bei Ihnen arbeiten könnte, so wie früher.« Fragend sah sie ihren ehemaligen Chef an.

»Ich weiß selbst nicht, wie es weitergehen soll«, sagte Bernthaler. »Das Hotel, das ja der Brauerei gehört, ist vollkommen zerstört und niemand weiß im Moment, ob es wieder aufgebaut wird. Ich bin auch auf der Suche nach einer Arbeit, deshalb war ich in der Stadt, aber es sieht nicht gut aus.« Er legte die Hand auf Babettes Arm. »Seien Sie froh, Frau Babette, dass Sie daheim ein Unterkommen haben. Wenn sich hier in München etwas ergibt, werde ich Ihnen das gerne mitteilen.«

Da Babette am gleichen Tag nicht mehr zurück konnte, wollte sie sich in der Stadt eine Übernachtungsmöglichkeit suchen, aber Bernthaler hielt das für viel zu gefährlich. Er fragte im Haus nach und erreichte, dass sie in einem leerstehenden Dienstbotenzimmer schlafen konnte. Am Abend teilte er mit Babette seine spärlichen Essensvorräte und bei einer für besondere Anlässe aufgesparten Flasche Wein sprachen sie noch lange von den alten Zeiten.

Am nächsten Morgen begleitete Bernthaler Babette zur Trambahn und winkte ihr beim Einsteigen kurz zu, bevor er sich umdrehte und gebückt, mit hängenden Schultern davonging.

Müde, enttäuscht und mit pochenden Kopfschmerzen kam Babette wieder auf dem Martinshof an. Den Weg vom Bahnhof legte sie auf dem holprigen Pferdewagen eines bekannten Bauern und das letzte Stück zu Fuß zurück. Sie wollte den Bruder nicht in Anspruch nehmen.

Ein halbes Jahr später erhielt Babette zweifache Post aus München. Der Suchdienst des Roten Kreuzes teilte ihr mit, dass die Einheit ihres Mannes in russische Gefangenschaft geraten sei. Der weitere Verbleib sei nicht bekannt. Von russischen Behörden würden dazu bisher keine Mitteilungen gemacht. Auf einer zweiten Postkarte schrieb ihr alter Chef Bernthaler, dass er die Stelle eines Geschäftsführers in einem Brauereigasthof außerhalb von München, in Dachau, bekommen habe. Er könne ihr eine Arbeit in diesem Lokal anbieten.

Voller Hoffnung reiste Babette erneut nach München und fuhr mit der Vorortbahn in das weitgehend unzerstörte Dachau. Der Gasthof, den ihr Bernthaler genannt hatte, war im herrschaftlich anmutenden Hauptgebäude von den Amerikanern belegt. Die für Deutsche geöffnete Wirtschaft war in einen Seitenflügel verlegt worden.

Als Babette dort eintrat, saßen an einem Tisch lediglich einige Arbeiter. Sie verzehrten von daheim mitgebrachte Brote und hatten die hohen Maßkrüge mit dem von der Serviererin gebrachten Bier vor sich. Neugierig drehten sie sich nach Babette um. Sie hatte sich besonders herausgeputzt. Mit frisch geschnittenen und zu einer Hochfrisur aufgesteckten Haaren, einem von einer Freundin geliehenen hellblauen Kleid und einer weißen Strickjacke strahlte sie etwas von ihrem alten Glanz aus. Bei der Frau hinter dem Ausschank erkundigte sie sich nach Herrn Bernthaler.

»Da müssen's rüber gehen ins Casino«, lautete die Antwort. Und nach einem verständnislosen Blick von Babette »Halt nach drüben ins Hauptgebäude zu den Amis.«

Dort wurde Babette zunächst von einem Soldaten aufgehalten, der in schlechtem Deutsch nach ihrem Begehr fragte und nach der entsprechenden Antwort den Weg freigab. Babette blieb hinter der Tür stehen. In dem großen Brauereisaal standen weiß gedeckte Tische und in einer geräumigen Ecke neben dem großen Kachelofen mehrere dunkle Ledersessel um einen niederen Tisch und ein großes Sofa. Dort saßen ein paar Soldaten, bei denen es sich, den eleganten Uniformen nach, um Offiziere handeln musste. Suchend sah sich Babette um. Aus einer Seitentür trat ein Mann mit schwarzer Jacke, gekleidet wie ein Oberkellner. Es war Bernthaler. Er trug auf einem Tablett eine viereckige Flasche und einige niedrige, becherartige Gläser.

»Grüß Gott, Frau Babette«, sagte er, als er sie sah, »das freut mich aber. Ich hab gleich Zeit für Sie.«

Er ging zu dem Offizierstisch, stellte dort mit wenigen englischen Worten Flasche und Gläser ab, goss jeweils eine kleine Menge des braunen Getränks in die Gläser und entfernte sich mit einer leichten Verbeugung, die den gelernten Kellner verriet.

»Gut schaun Sie aus«, sagte er zu Babette. »Wenn man Sie sieht, könnt man meinen, es hätte gar keinen Krieg gegeben. Kommen Sie, wir gehen ins Büro.«

Er führte sie durch eine Tür neben dem Ausschank in ein kleines, wohnlich eingerichtetes Zimmer, in dem nur der große Schreibtisch das Büro verriet. Dort berichtete er von seiner neuen Arbeit. Er sei zwar als Geschäftsführer eingestellt, aber viel zu führen gebe es nicht. In die Wirtschaft drüben kämen kaum Leute. Die Deutschen hätten wenig Arbeit und auch kein Geld. Die amerikanischen Soldaten blieben im Hauptgebäude unter sich. Den Tag über sei wenig los, aber am Abend werde es voll. »Wissen Sie, Frau Babette«, sagte er, »die Offiziere, die hier verkehren, wollen schon, dass es recht vornehm zugeht, da habe ich mir gedacht, das ist etwas für Sie.« So wurde Babette, die sich in der Vorkriegszeit, als noch viele Ausländer in das Hotel kamen, etwas Englisch angeeignet hatte, den Tag über zur Serviererin. Am Abend, wenn sich der Saal füllte, eine Soldatenkapelle Dixieland oder eine heimische Blaskapelle Bierzeltmusik spielte, dirigierte sie drei Bedienerinnen, die in ihren Dirndln für die Amerikaner der Inbegriff bayerischer Lebensart waren. Babette fühlte sich in ihrer neuen Rolle nicht unwohl.

Sie bewohnte oberhalb des Brauereisaales ein geräumiges Zimmer und saß tagsüber, wenn kaum Gäste da waren, viel mit Herrn Bernthaler in dessen Büro zusammen. Sie besprachen das Tagesgeschäft und plauderten von den alten Zeiten. Beide hingen ihren Erinnerungen nach. Babette dachte viel an ihren Mann, von dem sie immer noch keine Nachricht hatte, an die schönen Tage und die Feste, die sie mit ihm und seinen Parteifreunden gefeiert hatte. Bernthaler sehnte wehmütig die Tage zurück, als er Herr über achtzig Angestellte und in München eine geachtete Persönlichkeit war.

Mit den Amerikanern verstand sich Babette gut. Wie vom Hoteldienst gewohnt, war sie höflich, hilfsbereit, aber stets auf eine gewisse Distanz bedacht. Nie wurde einer von ihnen ihr gegenüber so plump zutraulich wie bei den jungen Mädchen, die ihnen am Abend das Bier brachten.

Auf dem Martinshof war das Leben nach dem Auszug von Luise und Babette einfacher, aber auch eintöniger geworden. Im Haus hatte Berta das Heft wieder fest in der Hand. Sie kommandierte die Mägde und überwachte misstrauisch die Arbeit der Flüchtlingsfamilie. Mit Hermann sorgte sie dafür, dass kein unnötiger Schlendrian aufkam und nichts vergeudet wurde. Ihren beiden Töchtern war Berta eine fürsorgliche, aber auch strenge Mutter. Wenn sie der kleinen Marianne, die in die dritte Klasse der Volksschule ging, am Morgen die Zöpfe flocht, musste ihr das Kind die als Hausaufgabe aufgetragenen Gedichte oder die vom Pfarrer verlangten Bibelsprüche aufsagen.

Michel beteiligte sich kaum am Familienleben und an der Hofarbeit. War er nicht auf den Märkten oder für seine Handelsgeschäfte unterwegs, dann saß er auch an den Nachmittagen viel in der Küche, schrieb, rechnete, las oder grübelte. Was auf den Feldern zu geschehen hatte, überließ er dem Bruder. Auf dem Hof galt sein Interesse dem Saustall, in dem Marie die Hauptarbeit übernahm, und draußen dem Wald. Eigenhändig pflanzte er in die beim Fällen großer Bäume entstandenen Lücken junge Buchen. Im Sommer war er viel mit einer Sichel oder der Haue im Wald unterwegs, um die jungen Setzlinge von Unkraut zu befreien.

Mit der am 20. Juni 1948 erfolgten Währungsreform war Michels erfolgreicher und mit geradezu sportlichem Ehrgeiz betriebener Schwarzhandel beendet. Jetzt waren nicht mehr Zigaretten, Butter oder Schnaps die geltenden Zahlungsmittel, sondern die Deutsche Mark. Verlierer waren die Besitzer von Sparguthaben oder altem Bargeld, das auf ein Zehntel abgewertet wurde. Dazu gehörten auch die Schwarzhändler, Michel Dachsers gute Kunden. Ihre Geschäfte brachen über Nacht zusammen. Gewinner waren jene, die ihre Waren gehortet hatten und sie jetzt in die Läden brachten. Gewinner waren aber auch die kinderreichen Familien, denn für jedes Mitglied gab es vierzig Mark Kopfgeld. So erhielt die Flüchtlingsfamilie auf dem Martinshof mit ihren vier Kindern 240 neue Deutsche Mark. Die Hofbesitzerfamilie Dachser musste sich dagegen mit 160 Mark bescheiden, was Berta als großes Unrecht ansah. »Die werden von uns gefüttert«, schimpfte sie, »und haben jetzt mehr wie wir.«

Auch Michel schimpfte auf die Währungsreform. Aber zum Glück hatte er seinen Reichtum nicht in Geld, sondern in festen Werten angelegt. Voller Genugtuung öffnete er vor dem Zubettgehen seinen geheimen Wandschrank und betrachtete mit Wohlgefallen den Goldschmuck, die wertvollen Uhren und die alten Stücke Goldmark. Wenn sie ihn in der Wirtschaft mit der Währungsreform und dem Ausspruch: »Ja, Michel, wenn man halt bloß zwei Kinder fertig bringt, dann hat man halt auch wenig Kopfgeld«, hänselten, stand er mit zornrotem Kopf auf, hieb auf den Tisch, dass die Gläser klirrten und schrie: »Damit ihr's wisst, ich bin der Dachser und ich kauf euch alle.«

Anschließend bestellte er beim Wirt Bier für alle und war damit schnell wieder wohlgelitten, auch wenn die Trinker nachher über ihn spotteten.

Daheim wurde er zum Geizhals. Nach dem Zusammenbruch des Schwarzmarktes war die wichtigste Quelle seines bisherigen Reichtums versiegt. Alkohol hatte als Zahlungsmittel ausgedient und niemand fragte mehr nach schwarz geschlachtetem Fleisch und selbst gemachter Butter. Wie die anderen Bauern bekam der Martinshöfer für seine an die Molkerei gelieferte Milch, für seine Ochsen und Ferkel das neue Geld, das zwischen den Fingern zerrann. Hermann wollte neue Maschinen. »Was glaubst du, was das kostet«, schrie ihn Michel an. Die Mädchen brauchten neue Schuhe. Der Schuster nahm dafür keinen Schnaps, er wollte Geld. »Du willst wohl schnell Millionär werden«, hielt ihm Michel vor. Der Tierarzt schrieb wieder ordnungsgemäße Rechnungen, die Berta bezahlen musste. »Ich hör nur noch Geld«, erregte sich ihr Mann. »Ich kann gar nicht so viel mit dem Heuwagen einfahren, wie ihr mit dem Geldbeutel ausgebt.«

Mit der Währungsreform änderte sich auch das Leben in den Dörfern. Bis dahin war den vielen Flüchtlingen nichts anderes übrig geblieben, als in den oft mangelhaften Unterkünften bei Bauern und Handwerkern auszuharren. Nachdem es aber bei Industrie und Gewerbe wieder aufwärtsging, griffen die Flüchtlinge begierig nach der neuen Arbeit. Aus Bauernknechten wurden Arbeiter auf dem Bau und in den Fabriken. Kaum waren nach dem Krieg fünf Jahre vergangen, wurde es in den vorher überfüllten Dörfern und Höfen wieder leer und still. Die Bauern, die über viel Gesinde regiert hatten, mussten selbst die Gabel in die Hand nehmen und eigenhändig den Mistkarren schieben. Auch die Ungarnflüchtlinge auf dem Martinshof fanden eine andere Arbeit und zogen weg.

Hermann

Hermann, der sich mit dem Ungarndeutschen gut verstanden hatte und den ältesten, sechzehnjährigen Sohn zum Traktorfahrer machen wollte, kam mit der Arbeit nicht mehr nach. Zum ersten Mal blieb er bei der Frühjahrssaat hinter anderen Höfen zurück. Während auf deren Feldern schon der Hafer und die Gerste grünte, waren bei ihm immer noch einige Äcker unbestellt. Weil die Magd Lene ihre kranken Eltern versorgen musste, fehlten zum Hacken die Leute, und weil Michel keine Tagelöhnerin als Ersatz fand, wuchs das Unkraut über die Rüben. Es kam zum heftigen Streit zwischen den Brüdern, der sich immer öfter wiederholte.

Als Michel an einem regnerischen Juniabend angetrunken von einer seiner Ausfahrten zurückkehrte und über den Hof nach dem Knecht Albert rief, der ihm das Pferd ausspannen sollte, kam Hermann mit zornrotem Gesicht aus dem Ochsenstall. »Was glaubst du eigentlich?«, schrie er den Bruder an. »Meinst du, wir haben gar nichts zu tun? Spann den Gaul gefälligst selber aus, und wenn du zu besoffen bist, dann lass ihn wegen mir die ganze Nacht stehen. Wir kommen hier mit der Arbeit nicht mehr nach und du hockst in der Wirtschaft.«

Auf unsicheren Beinen drehte sich Michel um. Auch ihm stand die Zornesröte im Gesicht: »Was bildest du dir ein«, schrie er zurück, »immer noch bin ich der Herr auf dem Hof.«

Bevor der Streit weiterging, nahm ihn Berta am Arm und zerrte ihn ins Haus. »Der Hermann hat sich halt geärgert, weil es wieder geregnet hat und wir mit dem Rübenhacken noch nicht fertig sind«, versuchte sie ihn zu beruhigen.

Aber Michel wollte sich nicht beruhigen: »Ich lass mich von dem nicht anschreien wie ein Knecht.« Er ließ sich schwer auf den Küchenstuhl fallen und griff nach dem Mostkrug, um sein Glas zu füllen.

»Trink doch nicht so viel.« Auch Berta wurde jetzt ärgerlich. »Hermann hat im Grund schon recht, du kümmerst dich um nichts mehr auf dem Hof. Es muss endlich wieder ein zweiter Knecht her.«

»Holla«, gab Michel zurück. »Jetzt willst du mir auch noch sagen, was ich tun muss. Wer sorgt denn dafür, dass Geld auf den Hof kommt und dass es weitergeht? Ihr zwei wisst immer alles besser. Holt euch doch selbst einen Knecht, wenn keiner mehr zu den Bauern will.«

Inzwischen war auch Hermann in die Küche getreten. Sein Zorn wurde durch die letzten Worte seines Bruders neu angestachelt: »So ist das also, du bist der Herr und wir sind die Dienstboten«, schrie er Michel an. »Ohne uns wärst du doch gar nichts. Nur ein besoffener Bauer, über den die andern lachen.«

Damit traf er die wunde Stelle im Selbstbewusstsein seines Bruders. Mit einem Ruck stand Michel auf. »So, sie lachen«, sagte er ruhig, aber mit drohendem Unterton. »Die lachen bald nicht mehr. Vielen, die bisher gelacht haben, hole ich das letzte Stück aus dem Stall. Und glaub mir, mein Lieber, wenn du Streit willst, dann werd ich auch mit dir fertig.« Ohne auf eine Antwort zu warten, drehte er sich um und polterte mit seinen schweren Schuhen in die Schlafkammer.

»Lass ihn«, sagte Berta und fasste den vor Zorn bebenden Schwager beruhigend am Arm. »Wenn er ausgeschlafen hat, tut es ihm wieder leid.«

Hermann atmete schwer. Weil er wusste, dass sein Bruder in der Schlafstube mithören konnte, drehte er sich wortlos um und ging über den Hof, um die Arbeit im Stall zu beenden. Das Pferd am Einspänner hatte Albert bereits ausgespannt und abgeschirrt.

Während Hermann im Stall den Ochsen und den Mastrindern die Streu richtete, gärte der Streit in ihm weiter. Schon seit einiger Zeit dachte er mehr als sonst über seine Stellung auf dem Hof nach. »Was bin ich eigentlich?«, fragte er und gab selbst die Antwort: »Ich bin doch nur ein besserer Knecht. Ich hab doch eigentlich gar nichts.«

Das stimmte nicht ganz. Michel zahlte ihm schon immer einen höheren Lohn als jedem Knecht und überwies dieses Geld auf ein Bankkonto. Mit dem richtigen Gespür für die drohende Geldentwertung hatte er dem Bruder gegen Kriegsende sogar noch ein Waldstück gekauft. Aber Besitzer des Hofes war Michel allein und das arbeitete in seinem Bruder.

Jahrelang hatte es Hermann genügt, selbstständig entscheiden und anderen die Arbeit vorgeben zu können. Aber jetzt gab es bald niemanden mehr, der ihm unterstand, jetzt war er selber der Arbeiter und die Arbeit fiel ihm mit zunehmendem Alter schwer. Seit er mit Vielem nicht mehr nachkam, befriedigte sie ihn auch immer weniger.

Michel erschien an jenem Abend nicht mehr. In der Schlafstube hatte er sein Wandschränken aufgeschlossen und aus der dort verwahrten Schnapsflasche die Trunkenheit, die er aus der Wirtschaft mitgebracht hatte, zu einem schweren Rausch aufgefüllt. Er hatte nur die Jacke, die Schuhe und die Hose ausgezogen und schlief in den Unterkleidern, noch mit Strümpfen an den Füßen, traumlos, wie ein Stein.

Nach dem Nachtessen, als die beiden Mädchen im Bett und die Mägde und der Knecht Albert in ihre Stuben hinaufgestiegen waren, blieb Hermann noch am Tisch sitzen. Gedankenverloren blickte er vor sich hin. Erst als sich Berta, die zuvor in der Wohnstube geräumt hatte, mit dem Korb Flickwäsche zu ihm setzte, sah er auf. »Schläft der Michel?«

»Ja«, antwortete die Schwägerin, »den weckt heute nichts mehr. Wenn er nur nicht immer so viel trinken würde. Es wird immer schlimmer.«

Auf diese Aussage hatte Hermann gewartet. »Ja«, sagte er lebhaft, »jetzt trinkt er bald so viel wie der Vater, der hat zuletzt auch fast jeden Abend einen Rausch gehabt. Dass du das aushältst.«

»Ach, weißt du, Hermann«, entgegnete Berta und legte ihr Flickzeug auf den Tisch, »man gewöhnt sich an so vieles. Aber glaub mir, ich hab mir das Eheleben schon anders vorgestellt.« Sie ließ den Kopf sinken, um ihre Tränen zu verbergen. Sie, die harte, immer so beherrschte Frau, weinte.

In Hermanns Gemüt, das bisher kaum von etwas zu bewegen gewesen war, stieg außer dem Zorn auf den Bruder Mitgefühl für die Schwägerin. Über den Tisch griff er nach ihrer Hand. »Ja, es ist schon ein Elend, aber glaub mir, Berta, du bist nicht allein. Ich steh zu dir, und wenn wir beide zusammenhalten, dann kann uns der Michel egal sein.«

Dankbar sah Berta zu ihm auf und drückte seine schwielige Hand. »Ich weiß, Hermann, du bist immer gut zu mir, ohne dich würd ich es hier doch gar nicht mehr aushalten.« Sie atmete tief durch und wischte sich die Tränen ab.

Einträchtig beschlossen sie, notfalls ohne Michel nach einem Knecht oder nach Tagelöhnern zu schauen.

Michel kam ihnen zuvor. Als sei nichts gewesen, richtete er sich am nächsten Tag nach dem Morgenessen, zu dem er erst aus der Schlafstube kam, als Hermann mit dem Knecht und der Magd Lene schon wieder beim Grünfutterholen war, für den Schweinemarkt her. Mit Marie lud er den ovalen Ferkelkorb auf das Einspännerwägelchen, nahm die von der Magd mit geübtem Griff aus der Bucht gefangenen und laut quiekenden Ferkel auf den Arm, trug sie zum Wagen, warf zum Schluss einen Bund Stroh auf die achtköpfige Herde und verschloss sorgfältig den geflochtenen Korbdeckel. Dann spannte er den Gaul ein und fuhr ins Städtchen. Nach dem üblichen Feilschen, das zum Ritual des Marktes gehörte, hatte er seine Ferkel bald verkauft. Ein Tagelöhner, der zur festen Einrichtung des Marktes gehörte, lud die Tiere auf den kleinen Lastwagen des Händlers. Als er fertig war, drückte ihm Michel Trinkgeld in die Hand. Dann ging er über den Markt, wo der Handel immer noch nicht beendet war, schaute in die offenen Körbe, lobte die Ferkel, mischte sich scherzhaft in einige Kaufgespräche und ging schließlich mit dem Käufer seiner Ferkel zur nahen Wirtschaft, wo die Händler das Geld auszahlten. Vor der Wirtschaft nahm er ihn kurz beiseite: »Weißt du mir keinen

Knecht?«, fragte er. »Bei mir ist der Flüchtlingsmann weggegangen und ich brauch schnell einen Ersatz. Wichtig wär, dass er Traktorfahren kann. Du weißt, ich zahl gut.«

Der Mann versprach, sich umzusehen. Ganz gegen seine Gewohnheit war Michel schon am frühen Nachmittag wieder auf dem Hof, während die anderen auf dem Rübenacker arbeiteten. Nur seine Tochter Marianne war daheim. Sie saß am Küchentisch und machte Hausaufgaben. Michel setzte sich zu ihr, griff nach dem Mostkrug und füllte sein Glas. »Was habt ihr den heute auf?« fragte er.

Marianne zeigte ihm die Rechenaufgaben, die sie schon gemacht hatte, und erzählte dann, dass sie noch einen Aufsatz über ihre Vorfahren schreiben müsse. »Aber ich weiß doch gar nichts«, jammerte sie, »kannst du mir nicht helfen?«

Michel liebte seine Älteste. Sie hatte sein verträumtes Wesen, las viel, hatte als kleines Kind am liebsten alleine gespielt und war dann ganz in Geschichten von Rittern, Räubern, Königen und Prinzessinnen aufgegangen. Jetzt war sie dreizehn, für ihr Alter klein, schmächtig und mit den dunkelbraunen Zöpfen neben dem schmalen Gesicht immer noch ein Kind.

Mit ihren großen, dunklen Augen sah sie den Vater fragend an: »Ich weiß nur, dass die Großmutter, als ich auf die Welt kam, noch nicht lange gestorben war. Was ist mit dem Großvater und den anderen, die noch auf dem Hof waren?«

»Ach, Marianne, das ist keine schöne Geschichte. Dein Großvater, das war kein einfacher Mann.«

Die Schmach, die der junge Michel durch seinen Vater erlitten hatte, war noch jetzt, bald fünfzig Jahre später, immer noch in ihm lebendig.

Marianne riss ihn aus den Gedanken: »Wieso ist das keine schöne Geschichte, erzähl doch.«

So berichtet Michel seiner Tochter von dem strengen, ungerechten Wilhelm, der seine Karoline so spät heiratete, der mehr mit den Knechten als mit seiner Frau sprach und der so ungerecht zu seinen Kindern war. Er erzählt von seinem Bruder Walter. Den habe der Vater viel lieber gehabt als ihn. »Und weißt du«, eröffnete er der

Tochter, »wenn der Walter nicht im Ersten Weltkrieg gefallen wär, dann wär der heut Bauer auf dem Hof und nicht ich.«

Und das wäre vielleicht auch besser gewesen, dache Michel, während er weitererzählte. Er war ein guter Erzähler und ging so in der Geschichte auf, dass er seine Tochter beinahe vergaß. Marianne hörte gebannt zu. Jetzt störte sie auch der leichte Alkoholgeruch nicht mehr, der dem Mund des Vaters beim Reden entströmte.

Vater und Tochter saßen noch zusammen, als die anderen vom Feld kamen. Mit dem Korb für das nachmittägliche Vesper am Arm, trat Berta in die Küche. Eifersucht stieg in ihr auf, als sie die beiden so einträchtig plaudernd am Tisch sitzen sah. »Bist du immer noch nicht mit deinen Hausaufgaben fertig?«, herrschte sie Marianne an. »Ich hab dir doch gesagt, du sollst noch in den Garten gehen.«

Ihren Mann streifte sie nur mit einem ärgerlichen Blick. Marianne stand eilfertig auf und packte ihre Schulsachen zusammen. Auch Michel erhob sich mühsam. In der Schlafstube zog er seine Stallkleider an und ging aus dem Haus.

Am nächsten Abend fuhr der Schweinehändler mit seinem Lastwägelchen auf den Hof. Er hatte einen jungen, schmächtigen Burschen dabei, der, wie er sagte, gerne in den Dienst des Martinsbauern treten würde. Michel ging mit den beiden in die Stube. Die anderen, die in der Küche beim Nachtessen saßen, sollten das Gespräch nicht mithören. Es stellte sich heraus, dass der neunzehnjährige Willi Langner von einem Taglöhnerhof nahe der bayerischen Grenze stammte und bisher in einer Mühle im übernächsten Tal gearbeitet hatte. Dort gab es wegen einer kaputten Maschine Streit mit dem Müller, der ihm, weil er sich gegen die Anschuldigung, den Schaden verursacht zu haben, wehrte, eine Ohrfeige versetzt hatte. Willi war weggelaufen – und auf der Straße ins nächste Dorf dem Händler direkt in die Arme gerannt. Der fragte den Burschen, ob er mitfahren wolle, erfuhr seine missliche Geschichte und berichtete von der freien Stelle auf dem Martinshof.

Michel wurde mit Willi schnell einig. Er bot ihm einen Monatslohn von sechzig Mark, der nach gutem Eingewöhnen schon in einem halben Jahr auf neunzig Mark steigen könne. Der Knecht war zufrieden. Bisher hatte er nur fünfzig Mark bekommen und die Aussicht, Traktorfahrer zu sein, machte ihn stolz. Herr und Knecht besiegelten die Abmachung mit einem Handschlag.

»So«, sagte Michel und rieb die Hände, »jetzt wird erst mal gevespert. Kommt, wir gehen in die Küche.«

Dort sahen die Essenden erstaunt auf, als er ihnen mit den Worten: »Das ist Willi, unser neuer Knecht«, den jungen Mann vorstellte.

Berta sah mit einem kritischen Blick zu Hermann hinüber, sagte aber nichts, sondern stand auf, um die beiden Gäste zu bewirten.

Willi lebte sich schnell ein. Er war schon in der Mühle mit dem Traktor gefahren und kam mit dem Fahrzeug des Martinshofes gut zurecht. Als die Heuernte anstand, hatte er zusammen mit dem Schmied aus dem Kirchdorf das beschädigte und deshalb in den letzten Jahren ungenutzte Mähwerk des Traktors gerichtet und mähte die Wiesen schneller, als es Hermann je mit den Pferden gekonnt hätte. Am meisten Mühe hatte der junge Knecht mit der gedrückten Stimmung auf dem Hof. Der »Vizechef«, wie er Hermann gegenüber den anderen nannte, sprach nur das Nötigste mit ihm und ging kaum auf die Scherze des stets gut gelaunten Knechtes ein. Auch mit dem wortkargen Albert war nicht viel anzufangen. Der alte Knecht arbeitete am liebsten für sich und war abends für Plaudereien zu müde. Albert war wie sein Schulkamerad Michel jetzt über sechzig. Die harte Bauernarbeit setzte ihm von Jahr zu Jahr mehr zu. Beim Heuwenden von Hand hatte er Mühe, mit den anderen Schritt zu halten. Auch die Bäuerin zeigte sich Willi gegenüber recht verschlossen. Berta konnte dem neuen Knecht innerlich nicht verzeihen, dass Michel mit ihm ihre und Hermanns Pläne durchkreuzt hatte. Am besten verstand sich Willi mit der Magd Lene, die froh war, dass mit dem jungen Burschen wieder etwas Leben auf den Hof kam. Die Vierzigjährige scherzte und kicherte mit ihm wie ein junges Mädchen.

Eine neue Zeit brach an. Wenn die Bauern in den ersten, taunassen Frühstunden das Heugras mähten, dann waren kaum noch die hellen Klänge der Sensenwetzer zu hören. Auch die Rufe der Gespannführer, die auf ihren Mähmaschinen die Pferde ermunterten, wurden immer häufiger von den knallenden oder knatternden Geräuschen der Traktoren übertönt. Das Heu wurde nur noch selten von Hand, sondern meist mit dem pferdegezogenen Gabelwender umgedreht, der das Lockern mit der handgeführten Gabel nachahmte. Auf den größeren Höfen mussten die Frauen das trockene Heu nicht mehr von Hand zusammenrechen. Diese Arbeit übernahm der Schwadenrechen. Auch Hermann wollte so eine Maschine, aber Michel war dagegen.

»Was soll das neumodische Zeug?«, sagte er. »Wir haben unsre Leute, die arbeiten sauberer als die Maschine.«

Einige Male aber regneten abendliche Gewitter ins Heu, weil das Schwaden von Hand zu lange dauerte und das Heu deshalb noch auf den Wiesen lag. Dann gerieten die Brüder wieder aneinander.

Mit Hermann Dachser vollzog sich eine merkwürdige Veränderung. Er, der immer selbstzufrieden seine Arbeit verrichtet und von Freud und Leid kaum berührt in sich geruht hatte, wurde unzufrieden. Er war zornig, weil er mit der neuen Zeit nicht mehr mitkam. Es wurmte ihn, dass er die Stellung des besten Ackerbauern im Dorf an andere, jüngere verloren hatte, die bessere Ernten einfuhren als er. Diese jungen Bauern konnten mit dem künstlichen Dünger besser umgehen als er und ihre Äcker waren sauberer, weil sie das Unkraut nicht mühsam mit der Hacke niederhielten, sondern mit den neuen, über die Felder gespritzten Pflanzengiften. Was Hermann aber noch mehr zu schaffen machte, war sein Bruder, der ihm die Arbeit überließ, aber nach außen den Hofbauern spielte, über den zwar viele lachten, mit dem sie aber ihre Geschäfte machten und den sie im Stillen doch auch bewunderten, weil er ihnen beim Handel überlegen war.

»Ich bau den Acker«, sagte sich Hermann, wenn er während der Arbeit innehielt und nachdenklich von den höher gelegenen Feldern auf das Dorf und den Martinshof hinabsah, »aber Michel fährt die Ernte ein, die doch auch mir gehört.« Es genügte ihm nicht mehr, dass Michel einen guten Lohn zahlte. Er wollte nicht Geld, er wollte Besitz. Er wollte Herr sein und nicht Knecht.

Missgunst stieg in ihm auf, wenn der Bruder an manchem Sonntag mit der Frau und den beiden Töchtern im Sonntagsstaat die Chaise bestieg und zweispännig zu Verwandtenbesuchen oder auf einen der vielen Märkte in der Umgebung fuhr. Heiße Wut überfiel ihn, wenn Lokalgrößen wie der laute Bierbrauer, ein bekannter Rechtsanwalt oder einer der wichtigen Händler auf den Hof kamen, ihn, Hermann, wie einen Knecht nach dem Bruder fragten und, wenn Michel dann erschien, diesen mit großem Hallo begrüßten und mit ihm im Haus verschwanden. Eifersucht keimte in ihm, wenn dann auch Berta ihre Arbeit und ihn stehen ließ, um die Gäste zu bewirten. Kam er zum Nachtessen in die Küche, dann ärgerte er sich, wenn es nebenan in der Stube hoch herging, wenn das dröhnende Lachen des Bierbrauern, die krähende Stimme von Michel zu hören war.

Immer häufiger versuchte Hermann seine Schwägerin, mit der er sich so gut verstand, auf seine Seite zu ziehen. Als der Rübenacker nach dem Heumachen zum zweiten Mal mit der Hacke vom Unkraut befreit wurde, ließ er die Knechte und Mägde nach dem am Feldrand eingenommenen Nachmittagsvesper vorausarbeiten, um mit Berta Seite an Seite hacken und dabei ungestört reden zu können. »Wir rackern uns hier ab und der andere hockt gewiss schon wieder in der Wirtschaft«, fing er an. Hermann nannte immer seltener den Namen seines Bruders. Der war für ihn nur noch »der andere«.

»Oh Gott«, antwortete Berta, »hoffentlich kommt er nicht wieder mit einem Rausch heim.«

»Der markiert draußen den großen Herren und wir dürfen daheim schaffen«, fuhr Hermann fort. »Lang mach ich das nicht mehr mit.«

Überrascht richtete sich Berta auf: »Ja, was willst du denn machen?« fragte sie.

»Der soll mich auszahlen und dann such ich mir etwas anderes«, antwortete der Schwager. »Oder«, setzte er heftig hinzu, »soll der gehen, Vieh handeln kann er auch sonst wo. Um den Hof und um uns alle kümmert er sich ja sowieso nicht.« Über die Rübenreihe hinweg fasste Hermann nach Bertas Hand: »Wir zwei, du und ich, wir wären ohne den doch ein gutes Gespann.«

Berta erschrak und trat zurück, sodass er ihre Hand loslassen musste: »Aber Hermann, wie stellst du dir das vor? Dem Michel gehört der Hof und er ist mein Mann. Du weißt doch, ich schaff gern mit dir und ich weiß auch, was ich an dir hab. Aber du kannst doch nicht alles über den Haufen werfen. Bleib hier, in Wirklichkeit bist du doch der Hofbauer.«

Hermann winkte müde ab: »Ja, ja, das sagst du so. Aber wenn der andere so groß tut, dann bin ich halt doch bloß der Knecht.«

Berta wandte sich wieder den Rüben zu, denn das Gesinde war durch die heftigen Reden aufmerksam geworden und schaute immer wieder zurück.

»Lass ihn doch groß tun«, sagte sie beim Weiterhacken begütigend. »In Wirklichkeit weiß Michel genau, was er an dir hat. Und alle wissen, dass ohne dich auf dem Hof nichts geht.«

Äußerlich blieb alles beim Alten. Aber die Brüder beobachteten einander misstrauisch. Hermann arbeitete noch mehr als sonst. Niemand sollte ihm nachsagen können, auf dem Martinshof sei nicht mehr alles in Ordnung. Auch Michel bemühte sich um den schönen Schein. Manche Tage blieb er ganz daheim, ging mit aufs Feld und half am Abend im Stall. Viele Tage brachte er in seinem geliebten Wald zu. Wenn er dort Hilfe brauchte, dann nahm er Marie und nicht seine Frau mit. Wie so oft war ihm die Magd lieber, die still zuhörte und leise über seine Geschichten lachte, die er auf den Märkten, in den Wirtshäusern und bei seiner Einkehr in die Kleinbauernhäuser aufgeschnappt hatte und gern ein wenig ausschmückte.

An den Sommerabenden saß er mit den eigenen und anderen Knechten auf der Bank vor dem Haus. Dann stand er mit seinen Geschichten und der Großzügigkeit beim Mostausschenken im Mittelpunkt. Hermann gehörte nur selten zu dieser Runde. Er blieb in der Küche, las die Zeitung und besprach mit der Schwägerin die Arbeit. Wenn es vor dem Haus lustig wurde und die krächzende Stimme ihres Mannes die anderen übertönte, ärgerte sich Berta über seine Trinkerei und die Freigebigkeit. Dass er sich mit Knechten, Tagelöhnern und Hausierern abgab, kostete ihn bei seiner Frau die letzte Achtung. »Jetzt macht er dort draußen wieder den Hanswurst und ich muss ihn nachher ins Bett bringen«, klagte sie bei Hermann.

»Aber ihm gehört der Hof«, antwortete der Schwager giftig.

An einem Frühlingstag des Jahres 1952 brachte der Postbote einen Trauerbrief. Paul, der alte Großknecht, war nach einem langen Leben gestorben. Auf dem ehemals kleinen Hof seiner schon vor einigen Jahren verstorbenen Schwester hatte er seine ganze Kraft dafür eingesetzt, aus dem Neffen einen tüchtige Bauern und aus dem halben einen vollen Bauernhof zu machen.

Zur Beerdigung auf dem kleinen Friedhof mit seinen sorgsam gepflegten, jungen Gräbern neben den alten, moosbewachsenen Grabsteinen ausgestorbener Bauerngeschlechter kamen außer Michel mit seiner Frau und Marie keine auswärtigen Trauergäste. Auf die Begleitung der Magd hatte Michel bestanden. Sie war außer ihm die Einzige, die noch mit Paul zusammengearbeitet hatte.

Wie es der Brauch war, reihten sich die drei nach der Aussegnung des Pfarrers in die Schar der Trauergäste ein, um kurz am offenen Grab zu verweilen, aus bereitgestellten Körben Blumen auf den Sarg zu werfen und dann den Familienangehörigen ihr Beileid auszusprechen. Als Michel Pauls Neffen, Karl Wagner, den er von den Märkten kannte, die Hand gab, fügte er dem üblichen Beileidsspruch »Der Paul war mein bester Lehrmeister«, hinzu. Wagner bedankte sich und lud die Martinshöfer zum Leichtrunk auf seinen Hof ein.

Michel staunte, was aus diesem einstigen Kleinbauerngehöft geworden war. Nur das niedere, einstöckige Haus mit dem angebauten kleinen, aber nicht mehr benutzten Stall erinnerte an frühere Zeiten, als sich der damalige Bauer nur mit Tagelöhnerarbeiten über Wasser halten konnte. Wie in der Gegend üblich stand etwas vom Haus abgesetzt und quer zu diesem die Scheune mit dem neuen Stall. Sie war kurz vor dem Krieg neu gebaut worden und zeigte mit ihrer Größe und dem über die ganze Länge gezogenen breiten Vordach den vollwertigen Bauernhof. Neugierig geworden fragte Michel vor dem Abschied, ob er auch in den Stall schauen könne. Berta war ebenfalls interessiert. Voll Stolz führte Wagner sie herum. Neben den beiden großen Scheunentoren führte ein weiteres zweiflügeliges Tor in den Rinderstall. Durch dieses Tor konnten die Futterwagen direkt auf die breite Futtertenne fahren. Auf der einen Seite dieser Tenne standen acht Kühe und gegenüber zwei Pferde und, durch einen Quergang abgetrennt, sechs Rinder. Dahinter befand sich der Schweinestall. Dort wurden die Muttersauen nicht wie in den alten Ställen in dicht von Holzbohlen oder Mauern umschlossenen Buchten gehalten. Hier bestanden diese Abgrenzungen aus senkrecht gestellten, schmalen Brettern nach Art eines Gartenzauns. Dadurch waren die Buchten luftig und über die großen Fenster von Licht durchflutet. Michel war beeindruckt. Beim schnellen Durchzählen stellte er fest, dass in diesem Stall mehr Muttersauen mit Ferkeln standen als auf dem eigenen Hof. Voll Stolz zeigt der Bauer den Martinshöfern nun auch noch seinen Maschinenpark. Michel staunte nicht schlecht. Der Traktor war neu und einige der Maschinen hatte er noch nie gesehen.

Wie auf diesem Hof gab es auch auf vielen anderen Höfen eine regelrechte »Technisierungswelle«: Pferde wurden durch Traktoren und Knechte und Mägde durch Maschinen ersetzt. Triebfeder dieser Technisierung war die schon früher beklagte Leutenot. Sie trat jetzt viel schärfer zu Tage als in der Vergangenheit. Anders als auf dem Martinshof gab es fast überall nur noch alte, abgearbeitete Knechte und Mägde oder junge Herumtreiber, die es oft nur wenige Tage oder Wochen aushielten. Oft mussten Bauer, Bäuerin und die Kinder die Arbeit alleine machen. Kaum schulentlassene Buben standen auf dem Dunghaufen, um mit schwachen Armen den Mistwagen zu beladen. Ausgangs des Winters stolperten sie, die schwere Streuwanne vor dem Bauch, hinter dem Vater über gefrorene Ackerschollen, um

Dünger zu streuen. An regnerischen Sommermorgen quälten sie sich beim Grünfutterholen mit dem schweren, nassen Klee. Und beim Heumachen brauchten sie alle Kraft, um die Gabel zu stemmen und dem auf dem Wagen wartenden Vater oder der Mutter die großen Bündel zu reichen.

Auf dem Martinshof schien die Zeit gemächlicher voranzuschreiten. Gegenüber jenen Bauern, die vor lauter Hast und Hetze kaum noch Zeit für ein Schwätzchen hatten, rühmte sich Michel mit seinen Dienstboten. »Damit ihr's wisst«, krähte er in den Wirtschaften, »ich hab meine Leut, die für mich schaffen.«

Für seine Dienstboten und für Tagelöhner gab er das Geld aus, das anderswo in die neuen Maschinen gesteckt wurde. Willi, den Traktorfahrer, der auch gerne mal Lastwagenfahrer werden wollte, hielt er mit einem Lohn, der dem eines Fabrikarbeiters gleichkam. Dadurch konnte er ihn in dem unter der Decke schwelenden Streit mit dem Bruder auf seine Seite ziehen.

Hermann sah wohl, dass es auf anderen Höfen im Dorf vorwärts ging, während auf dem eigenen fast alles stehen blieb. Das war ihm inzwischen nicht nur gleichgültig, sondern bereitete ihm sogar eine stille Genugtuung. Für ihn war der Martinshof der Hof des anderen, des Bruders. Wenn der nicht merkte, wie es allmählich bergabging, so sagte er sich, dann war das dessen und nicht seine Sache. Hermann arbeitete wie sonst, aber er kämpfte nicht mehr für Neuerungen. Auch Berta gegenüber wurde er gleichgültig und still. Seit sie ihn auf dem Rübenacker zurückgewiesen und gewissermaßen zur Ordnung gerufen hatte, hatte er den Traum, mit ihr und ohne den Bruder den Hof zu bewirtschaften, aufgegeben.

Seit damals breitete sich auch eine eigentümliche Müdigkeit in ihm aus. Er freute sich nicht mehr, wenn sich im Frühjahr das Netz der sauber gezogenen Saatreihen mit zartem Grün über die Äcker zog. Er ergötzte sich im Sommer nicht mehr an dem im Wind wogenden Gerstenfeld und es fehlte auch die stolze Zufriedenheit, mit der er an einem Regentag den trocken eingefahrenen Getreidestapel betrachtet hatte, während auf anderen Höfen die Garben in der Nässe verdarben.

Er, der noch nie viel geredet hatte, verstummte vollends. Wachte er für kurze Zeit aus seiner Gleichgültigkeit auf, dann im Zorn. Aus nichtigen Anlässen beschimpfte er die Dienstboten und nahm dabei auch Albert nicht aus, der ihm immer wie ein Bruder gewesen war. Am meisten hatte Willi unter seinen Wutausbrüchen zu leiden, dem das aber am wenigsten ausmachte.

»Ich lass ihn schreien«, sagte er zu Lene, die ihn zum Widerspruch aufstacheln wollte, »der hört auch schnell wieder auf und in Wirklichkeit meint er doch gar nicht uns, wenn er so tobt, sondern seinen Bruder, den Chef. Die zwei vertragen sich halt nicht.«

Beflügelt wurden Hermanns Wutausbrüche vom Alkohol, dem auch er in letzter Zeit vermehrt zusprach. Oft stieg er, von den anderen unbeobachtet, in den Keller hinab, um aus einem versteckten Mostkrug seinen Durst zu löschen oder seine innere Leere zu füllen.

Nun war Berta die Einzige, die den Rückstand des Martinshofes nicht hinnehmen wollte. Als sie abends mit Hermann allein in der Küche saß, wies sie auf Beispiele anderer Höfe hin und fragte, ob man das selbst nicht auch machen solle.

»Das musst du deinem Mann sagen«, gab der Schwager mürrisch zur Antwort und sah kaum auf. »Der ist der Chef und der hat das Geld, das man dafür braucht. Mit mir hat das nichts zu tun.«

Berta legte begütigend die Hand auf Hermanns Arm: »Aber es wär doch besser, du redest mit ihm, auf dich hat er immer gehört.«

Hermann lachte bitter: »Der, der weiß doch alles besser.« Kurz sah er Berta ins Gesicht: »Und du, du hast mir doch deutlich genug gesagt, dass der Hof ihm gehört, also muss er auch wissen, was zu tun ist.« Ohne eine Antwort abzuwarten, stand er auf und ging aus der Küche.

An einem der nächsten Tage, als die anderen nach dem Morgenessen schon wieder aus dem Haus waren und Michel allein vor seiner großen Tasse Milchkaffee am Küchentisch saß, setzte sich Berta zu ihm.

»Du«, fing sie an, »mir geht der schöne Saustall von dem Wagner nicht aus dem Kopf. Meinst du nicht, wir sollten unseren Stall auch so umbauen? Dann könnten wir doch mehr Ferkel verkaufen.«

Michel sah auf: »Das geht bei uns gar nicht«, entgegnete er, »dafür ist unser Stall zu eng. Dann müssten wir gleich neu bauen und für einen neuen Stall haben wir dort gar keinen Platz.«

Berta gab sich damit nicht zufrieden. Als ihr Bruder Andreas überraschend auf den Martinshof kam, weil er im Kirchdorf zu tun hatte, besprach sie mit ihm ihre Pläne.

»Wenn ihr was machen wollt«, sagte Andreas nach einer gründlichen Umschau, »dann baut ihr am besten gleich ganz neu. Hinter der Scheuer, in dem großen Grasgarten habt ihr doch genug Platz.«

Die Geschwister sprachen in der Küche noch über diesen Vorschlag, als Michel sichtlich angetrunken heimkam.

Großspurig, wie in diesem Zustand immer, begrüßte er den Schwager: »So, kommen die Talleute auch wieder einmal herauf. Ab und zu müsst ihr halt schauen, wie's die richtigen Bauern machen.«

Andreas verzog das Gesicht, ging aber nicht darauf ein. »Ich wollt halt mal sehen, was bei euch los ist, und da erzählt mir Berta gerade einige Neuigkeiten.«

Michel schaute misstrauisch: »So, was denn für Neuigkeiten?«

»Na, wie ich grad hör, wollt ihr bauen.«

»Wer will bauen?« fragte Michel barsch. »Davon müsst ich wohl als Erster was wissen.«

Berta sah den Ärger ihres Mannes: »So wie mit dir, hab ich mit Andreas halt auch überlegt, wie wir am Saustall etwas machen könnten«, sagte sie begütigend.

»Ja, und da mein ich halt«, fuhr Andreas eifrig fort, »es wär am besten, du tätst gleich einen neuen Stall bauen. Hinter der Scheuer, da hast du doch genug Platz.«

Michel wurde laut: »Das kommt gar nicht infrage und den Grasgarten lass ich mir sowieso nicht verbauen. Und damit ihr's wisst, bei mir wird überhaupt nicht gebaut. Das sollen die machen, die nach mir kommen. Mir reicht, was wir haben.« Wütend griff er nach dem

Mostkrug und schenkte sich ein. »Und was die andern machen, ist mir egal«, setzte er noch hinzu, »die sollen nur fleißig Schulden machen. Ich behalt mein Geld.«

Sein Geld und sein Vermögen zu halten und zu mehren, das war schon immer Michels Triebfeder gewesen. Jetzt aber gelang es ihm nicht mehr, diesen Schatz, den er in seinem fest verschlossenen Wandschrank und auf der Bank besaß, zu vergrößern. Die Preise für Getreide, Milch und Vieh, die Anfang der Fünfzigerjahre so erfreulich zugenommen hatten, stiegen nicht mehr. Für das Nachstellvieh musste er sogar mehr bezahlen. Und auch alles andere, das der Hof nicht selbst hergab, wurde immer teurer. Hartnäckig krallte sich Michel an das Alte. Er wurde geizig und blind für den Fortschritt.

Marianne

Die beiden Töchter waren jetzt siebzehn und fünfzehn Jahre alt. Marianne war klein wie der Vater, hatte aber im Gegensatz zu ihm ein schmales Gesicht und eine schlanke Gestalt. Wie der Vater in seiner Jugend war sie verträumt und schüchtern. Nach dem Willen von Berta sollte sie, gemäß ihrem Beispiel, woanders lernen, was zu einer modernen Bäuerin gehörte. Nach der pflichtgemäßen Berufsschule nahm sie im Kirchdorf zwei Winter lang an Nähkursen teil. Dort kannte Marianne alle und fühlte sich wohl. Dann aber sollte sie im Städtchen für ein halbes Jahr die Kochschule besuchen und hatte Angst davor. Sie kannte dort kaum jemanden und konnte nicht jeden Tag heimkommen, sondern musste in der Brauerei, wo ihr der Vater eine Unterkunft besorgt hatte, wohnen. Als Gegenleistung sollte sie manchmal in der Wirtschaft aushelfen. Von Heimweh geplagt stand Marianne diese Zeit leidlich durch. Am Abend ging sie jener Hilde zur Hand, die einst auf dem Martinshof Magd gewesen war. Die resolute alte Frau nahm das Mädchen unter ihre Fittiche. Sie ließ Marianne manchmal auch servieren. Dann freuten sich die Gäste an dem jungen Gesicht und wollten mit ihr ähnlich vertraut umgehen wie mit dem Vater, den alle kannten. Weil Marianne aber nicht darauf einging und mit leiser Stimme nur verlegene Antworten gab, verloren sie rasch das Interesse.

Aber mancher junge Bursche interessierte sich für die Martinshoferbin. Auf den Tanzabenden, die jetzt mit Ausnahme der Fastenzeit nahezu jeden Sonntag in der Festhalle des Kirchdorfes stattfanden, fehlte es nicht an Tanzwilligen und Marianne tanzte gern und gut.

Mit ihr anzubändeln erwies sich allerdings als schwierig. Suchten die Kavaliere beim Tanzen ein vertrauliches Gespräch, dann gab sie nur einsilbige und leise Antworten. Wenn ihre Freundinnen in den Pausen mit lautem Gelächter auf die derben Späße der Burschen eingingen, dann brachte sie höchstens ein stilles Lächeln zustande. Keinem der Bauern- oder Handwerkersöhnen, deren Gespräche sich um Motorräder, Autos, Traktoren und in recht eindeutiger Ausdrucksweise auch um Mädchen drehten, gelang es, ihr etwas näherzukommen.

Mariannes Sinn stand nicht nach den lauten, derben Bauernburschen, die auch in ihren Sonntagsanzügen noch immer ein wenig nach Stall rochen, die kaum einmal ein Buch gelesen hatten und nichts von der feinen, vornehmen Welt wussten, in der ihre Bücherhelden lebten. Gefallen fand sie an einem Jungen, der mit seiner hellen Haut, den weißblonden Haaren, dem schlanken Wuchs und dem fremdartigen Dialekt so ganz anders war als die einheimischen Bauernbuben, mit denen er zum Tanz kam. Fremd war auch sein Name: Holger Behrens. Er redete Hochdeutsch, konnte aber das Platt seiner westfälischen Heimat nicht verbergen. Holger war der Sohn eines Münsteraner Rechtsanwalts und wegen seiner Naturliebe, aber auch wegen der für eine Akademikerlaufbahn unzureichenden Schulleistungen zur Landwirtschaft gekommen. Der Vater hatte Verbindung zu den großen fürstlichen Gütern. Dort sollte der Sohn seine Lehre mit dem Ziel einer Verwalterstelle abschließen.

Der Zufall wollte, dass Holger an einem der Tanzabende am gleichen Tisch zu sitzen kam, an dem Marianne mit ihren Freundinnen saß. Er tanzte wenig und sprach auch nicht viel. Mariannes vorlaute Freundinnen lachten über seinen Dialekt und zogen ihn deswegen auf. Er verstand es nicht, schlagfertig zu antworten, und bekam einen roten Kopf. Marianne beteiligte sich nicht an der Hänselei. Deshalb tanzte Holger mit ihr, aber auch dabei wurde wenig gesprochen. Erst als die Kapelle den »Mitternachtsblues« spielte und damit zu erkennen gab, dass der nächste Tanz der letzte sei, fragte Holger, ob Marianne auch am nächsten Sonntag käme, er würde gerne wieder mit ihr tanzen. Jetzt war es an ihr, einen roten Kopf zu bekommen. Mit einem kurzen Lächeln versprach sie, da zu sein.

Bei seinen Freunden erkundigte sich Holger nach seiner stillen Tänzerin. Wenig wurde ihm von ihr, dafür umso mehr von ihrem Vater erzählt. Was herauskam, war wenig schmeichelhaft. Der alte Dachser sei ein schrulliger, oft betrunkener, dabei aber gerissener und erfolgreicher Geschäftemacher. Für seinen Hof sei der unverheiratete Bruder zuständig. Der sei ein guter Ackerbauer, aber halt nicht mehr ganz auf dem neuesten Stand und auch ein wenig seltsam. »Die Marianne bekommt einmal den Hof«, hörte Holger, »wenn du dich anstrengst, kannst du Martinsbauer werden. Aber du musst den Alten, den Onkel und die Bäuerin mitheiraten und die hat Haare auf den Zähnen.«

Holger sagte nichts dazu, nahm sich aber vor, den Hof einmal anzusehen. Am folgenden Sonntag tanzte er wieder mit Marianne und bemerkte, dass sie sich auch freute, ihn wiederzusehen. Diesmal waren beide gesprächiger. Er erzählte beim Tanzen und in den Pausen von seiner Familie und sie von ihrer Tante in Amerika. Einige Male versuchte er das Gespräch auf ihren Hof zu bringen, aber Marianne wich aus. Auch heimbringen ließ sie sich nicht.

Holger verbündete sich mit dem Tierarzt, der ebenfalls aus dem Münsterland stammte und den Martinshof kannte. Ob er ihn nicht mal dorthin mitnehmen könne, fragte Holger, ihn interessiere der Hof. »Aber doch vielleicht mehr die Tochter«, lachte der Doktor.

An einem schwülen Sommerabend kurz vor der Kornernte kam es zu diesem Besuch. Der Tierarzt war von Berta gerufen worden, weil einige Schweine nicht mehr fressen wollten und bläulichrote Hautveränderungen zeigten.

Der Zeitpunkt war nicht günstig. Als die beiden aus dem Auto stiegen, stritten sich die Brüder wieder einmal. Hermann stürmte wutentbrannt und laut schimpfend aus der Scheune. »Wenn der alles bestimmen will«, schrie er Berta an, die aus dem Haus kam, »dann soll er auch alles allein schaffen. Ich bin nicht dem sein Büttel.« Hinter ihm erschien Michel, nicht minder wütend: »Immer noch bestimm ich, was hier gemacht wird«, schrie er dem Bruder nach. »Wenn ich sage, der Willi kommt mit mir, dann gilt das.«

Der Anlass war im Grunde nichtig. Michel hatte sich in den Kopf gesetzt, am nächsten Tag der Brauerei eine Fuhre Brennholz zu liefern, und dabei sollte ihm der Knecht helfen. Hermann aber wollte am Morgen den zweiten Schnitt des Luzernefeldes mähen und das Futter gegen Abend auf die Trockengestelle hängen und dazu wurde jede Hand gebraucht.

Unschlüssig stand der Tierarzt mit seinem Beifahrer im Hof. Hermann war im Stall und Michel in der Brennerei verschwunden. Berta empfing den Besuch. »Es ist gut, dass Sie kommen, Herr Doktor«, sagte sie, ohne auf den Streit einzugehen, »ich glaub, wir haben den Rotlauf im Stall.«

Die Vermutung stimmte. Bei mehreren Muttersauen stellte der Tierarzt mit einem Blick diese Infektionskrankheit fest, die vor allem in schwülen Sommermonaten auftrat. Während er aus dem Auto Medikamente für eine Spritze holte, sah sich Holger im Stall um und bemerkte die rückständige Einrichtung. Als der Doktor fertig war und beide aus dem Stall kamen, stand Marianne vor ihnen. Sie hatte von der Mutter den Auftrag bekommen, dem Tierarzt wie üblich zum Händewaschen eine Schüssel mit warmem Wasser, ein Stück Seife und ein Handtuch zu reichen. Als sie seinen Begleiter sah, ließ sie vor Schreck fast die Waschschüssel fallen. Flammende Röte überlief ihr Gesicht.

Holger, der so sehr gehofft hatte, sie zu sehen, brachte nur ein schwaches »Hallo« hervor.

»Ach, da ist sie ja«, sagte der Doktor jovial, »extra wegen dir sind wir doch gekommen.«

Marianne wurde noch verlegener: »Das glaub ich aber nicht«, sagte sie leise.

Während sich der Tierarzt die Hände wusch und abtrocknete, stand Holger stumm dabei und er sagte auch nichts, als Marianne Schüssel, Handtuch und Seife wieder in Empfang nahm und ins Haus ging. Die beiden trafen sich mehrere Wochen nicht. Marianne ging bis zum Herbst nicht mehr zum Tanz. Sie schämte sich für den Auftritt von Vater und Onkel und auch für den altmodisch und rückständig gewordenen Martinshof. Der Mutter, die nach dem jungen Mann fragte, gab sie eine ausweichende Antwort. Ja, sie kenne den weitläufig, er arbeite auf dem Gut und sei aus der gleichen Gegend wie der Tierarzt.

»Aber was will so ein Norddeutscher hier bei uns, die haben doch viel größere Höfe?«, fragte Berta kopfschüttelnd.

Marianne zuckte nur mit den Schultern.

Auch Holger schämte sich für seinen Besuch. Zum einen, weil er in den peinlichen Brüderstreit geplatzt war, aber noch mehr für seine stocksteife Art. Er hätte wenigstens ein paar Worte mit Marianne reden müssen. Vergeblich suchte er an den folgenden Tanzabenden nach ihr.

Wie für die Arbeit, so hatte das Bauernjahr auch für die Vergnügungen feste Regeln. Öffentliche Tanzveranstaltungen waren während der Fastenzeit und nach dem am dritten Oktobersonntag stattfindenden Kirchweihfest bis Weihnachten verboten. An Kirchweih wurde dafür umso ausgiebiger gefeiert. An diesem Kirchweihsonntag war auch Marianne wieder im Tanzsaal. Ihre Freundinnen hatten sie dazu überredet. Holger, der mit einigen Kameraden durch die Wirtschaften zog, entdeckte sie erst spät. Und es gelang ihm auch nicht gleich, sie zum Tanz aufzufordern. Als er sie endlich im Arm hielt, suchte er nach den richtigen Worten. »Du bist lange nicht mehr da gewesen. Ich hab dich immer gesucht«, brachte er schließlich heraus.

»Du hast mich doch daheim gefunden«, antwortete Marianne, »bist wohl neugierig gewesen.«

Holger wurde rot. »Ja, schon«, gab er zu. »Aber ich hab halt gehofft, ich könnt allein mit dir reden und dann waren auf einmal deine Leute da. Dass ich gar nichts gesagt hab, das war mir hinterher so arg peinlich.«

»Mir war es auch peinlich, aber nur, weil sich der Vater und der

Onkel so gestritten haben«, entgegnete Marianne und sah ihn traurig an: »Manchmal wär ich am liebsten von daheim fort.«

Holger wollte ihr antworten und noch so Vieles sagen, aber dann war der Tanz zu Ende. Er brachte Marianne an ihren Tisch zurück, wo kein Platz mehr für ihn war. Unschlüssig stand er noch einige Zeit im Saal, sprach aus reiner Verlegenheit mit diesem und jenem, ließ Marianne dabei aber nicht aus den Augen. Sie wurde ständig von anderen Burschen zum Tanzen geholt. Einmal noch trafen sich ihre Blicke, dann zogen ihn seine Kameraden auch schon mit in die nächste Wirtschaft.

Es wurde doch noch eine richtige Liebe. Kurz vor Weihnachten musste der Tierarzt abends wieder auf den Martinshof, um im Kuhstall eine Euterentzündung zu behandeln. Holger fuhr mit. Dieses Mal trafen sie einen gut gelaunten Bauern. Michel hatte am Nachmittag einen erfolgreichen Viehhandel abgeschlossen und begrüßte die beiden überschwänglich: »Aha, jetzt hat der Doktor schon einen Assistenten. Sie sind aber nicht aus unserer Gegend«, setzte er neugierig hinzu.

»Der ist aus der gleichen Gegend wie ich, von da, wo der kleinste Hof so groß ist wie bei euch der größte«, entgegnete der Tierarzt.

»Und weil man von den Kleinen auch etwas lernen kann, deshalb kommt ihr zu uns«, gab Michel schlagfertig zurück. »Aber ich möchte schon wissen, was Sie bei uns machen. Wenn ihr mit der Kuh fertig seid, dann kommt ins Haus, dann müssen Sie mir das erzählen.«

In der Küche trafen sie auf eine missmutige Bäuerin. Berta ärgerte sich über solche Besuche, in denen sie nur wieder einen Anlass ihres Mannes für seine Trinkerei sah.

»Setzt euch hin«, sagte Michel ungerührt, »jetzt wird gevespert.«

»Marianne soll den Tisch richten, ich muss noch einmal in den Stall«, sagte Berta kurz angebunden und rief nach der Tochter.

Die kam aus einem der Nebenräume, dem ehemaligen Kinderzimmer. Dort hatte sie schon gehört, welcher Besuch in der Küche saß. Sie legte rasch ihre Schürze ab, zog eine neue, bunt gemusterte Strickjacke über und trat den beiden Gästen lächelnd entgegen.

»Hallo, Marianne«, begrüßte sie der Tierarzt, »schau mal, wen ich mitgebracht habe. Wenn ich zu euch komme, brauch ich immer einen Assistenten.«

Marianne wandte sich an den Begleiter: »Grüß Gott, Holger, hast du denn schon Feierabend?«

Michel sah erstaunt auf: »So, ihr kennt euch?«

Jetzt brachte auch Holger den Mund auf: »Ja, wir haben uns schon ein paar Mal beim Tanz getroffen. Ich bin seit einem halben Jahr auf dem Fürstengut.«

Während Marianne den Tisch mit Brot, Butter und Wurst deckte, musste Holger auf die neugierigen Fragen von Michel erzählen, woher er kam, wie es ihm auf dem Gut gefiele und was er weiter vorhabe. Die Arme auf den Tisch gelegt, das grau gewordenen Haupt mit dem Stoppelbart im eingefallenen Gesicht vorgereckt, die wässrigen Augen auf den jungen Mann gerichtet, hörte Michel aufmerksam zu. Solche Menschen, die aus dem gewohnten bäuerlichen Rahmen fielen, interessierten ihn. Holger wiederum bemerkte, dass der Bauer kaum das Essen anrührte, dafür umso öfter das Mostglas hob. Es stimmte wohl, was die Kameraden über ihn sagten.

Nach einer halben Stunde drängte der Tierarzt zum Aufbruch: »Michel«, wie alle anderen duzte er den Bauern, »gehst du mit mir noch mal in den Stall, ich will nach den Ferkeln sehen?«

Michel stand schwerfällig auf. Auch Holger erhob sich eilfertig, aber der Doktor bewog ihn mit einer Handbewegung zum Bleiben.

»Bist du an Weihnachten auch da?« fragte Marianne, als sie allein waren.

»Eigentlich wollte ich nach Hause fahren«, antwortete er zögernd und setzte dann kühn hinzu: »Wenn du aber willst, dass ich hier bleibe, dann fahre ich nicht.«

Marianne sah ihm ins Gesicht: »Am zweiten Feiertag ist in der Festhalle die Feier vom Gesangverein. Wenn du hingehst, dann bin ich auch da.«

»Ja«, freute sich Holger, »ich komme ganz bestimmt.«

Er ging zur Tür und das Mädchen folgte ihm. Draußen im dunklen

Hausgang nahm er allen Mut zusammen, gab Marianne zum Abschied die Hand, legte den anderen Arm um ihre Schulter, zog sie an sich und küsste sie. Marianne wehrte sich nicht.

Am zweiten Weihnachtsfeiertag wartete Holger im Vorraum der im Gründerstil gebauten Festhalle auf Marianne. Sie kam mit ihrer sechzehnjährigen Schwester Gertrud und zwei Freundinnen. Wie zufällig ging er auf die Mädchen zu, begrüßte sie und fragte Marianne scherzhaft: »Wie geht's euren Ferkeln?«

Als die Freundinnen deshalb lachten, erklärte sie, dass Holger mit dem Tierarzt bei ihnen auf dem Hof gewesen sei. Die Freundinnen zogen ihn wieder mit seinem Dialekt auf. Aber diesmal blieb er keine Antwort schuldig. Wie selbstverständlich setzte sich Holger zu den Mädchen und neben Marianne und Gertrud. Die Schwester sah er an diesem Tag zum ersten Mal. Sie war ganz anders als Marianne. Deutlich größer und kräftiger. Sie hatte ein breites Gesicht mit graublauen Augen und einer hohen, etwas nach vorn gewölbten Stirn, über die dunkelblondes, hinten zum Pferdeschwanz gebundenes Haar fiel. Sie redete viel und unterhielt sich unbefangen mit Holger.

Zu Beginn des Festprogramms sang der Männerchor zwei Lieder, dann hielt der Vereinsvorsitzende, ein biederer Handwerker, in mühsamem Hochdeutsch und mit Schweißperlen auf der Stirn eine gestelzte Rede. Höhepunkt des Abends war ein Laienschauspiel, in dem der arme, aber hübsche Sohn eines Köhlers die einem anderen versprochene Tochter des reichsten Bauern liebte. Eifersüchtig wurde er von diesem Nebenbuhler fälschlicherweise als Wilddieb angezeigt und vom Förster angeschossen. Die Schandtat wurde aufgedeckt, der Köhlersohn rettete dem Vater seiner Geliebten bei einem Brand das Leben und zuletzt lagen sich die Liebenden unter dem Segen der Eltern in den Armen.

Im Dunkel des Saales griff Holger nach Mariannes Hand und sie entzog sie ihm erst, als es wieder hell wurde. Nach dem herzerweichenden Drama spielte eine Kapelle zum Tanz auf. Die beiden tanzten so unablässig und eng miteinander, dass andere Besucher aufmerksam wurden und sich einige Burschen über den norddeutschen Eindringling ärgerten.

Die Schwestern hatten der Mutter versprochen, vor Mitternacht daheim zu sein, deshalb drängte Marianne früh zum Aufbruch. »Ich gehe mit«, flüsterte ihr Holger zu.

Sie aber wollte kein Aufsehen und bat ihn ebenso leise, ein wenig zu bleiben und dann nachzukommen.

Kurz hinter der Kirche holte Holger die Mädchen ein. Auf dem Heimweg in der winterkalten Nacht sprachen die beiden nicht viel. Nur Gertrud plapperte vom Theaterstück und wer da von den Darstellern gut oder schlecht gespielt habe.

Daheim schloss Marianne die schwere Haustüre auf und ließ ihre Schwester vorgehen. Dann zog sie Holger an der Hand in den dunklen Gang. Schweigend umarmten und küssten sie sich innig.

Holger hatte noch einen drei Kilometer langen Heimweg im eisigen Ostwind vor sich, aber er spürte die Kälte nicht. Am Neujahrstag, so hatte es die beiden abgesprochen, würde er schon nachmittags auf den Martinshof kommen, um dann am Abend ganz offiziell mit Marianne zum Tanzen zu gehen.

Als Marianne ihrer Mutter erzählte, dass jener junge Mann, der mit dem Tierarzt auf den Hof gekommen war, ihr Freund sei, dass er auf dem Fürstengut arbeite, einen Rechtsanwalt zum Vater habe, Verwalter werden wolle und am Neujahrstag zu Besuch komme, wurde Berta klar, das es sich dabei um den künftigen Schwiegersohn handeln könnte. Ihr wurde aber auch bewusst, welch schlechten Eindruck ein solcher Besuch vom rückständig gewordenen Martinshof bekommen musste.

Auf anderen Höfen waren die alten, unzeitgemäßen Häuser abgebrochen oder umgebaut worden. Dort hatte man bereits moderne Badezimmer, eine Küche mit Elektroherd, chromblitzender Spüle und praktischen Hängeschränken, ein Esszimmer und als Schmuckstück des Ganzen ein Wohnzimmer mit großen Fenstern und prachtvollen Tüllgardinen. Als sie auf den Martinshof gezogen war, hatte Berta aus dem damals schon etwas altertümlichen Gebäude ein Haus machen wollen, das außen und innen den Wohlstand der Familie und die Bedeutung des Hofes zeigte. Zunächst hatte der Krieg dieses Vorhaben zunichte gemacht und nachher der Geiz ihres Mannes. Jetzt blieb nur die Hoffnung auf die nächste Generation. Ihren Töchtern die Zukunft zu sichern und ihnen den Hof zu erhalten, das war ihr als einziges Ziel geblieben.

Das Alter und die unglückliche Ehe hatten bei der Bäuerin unübersehbare Spuren hinterlassen. Das einst volle braune Haar war dünn, strähnig und grau geworden. Das breite Gesicht, das mit den blaugrauen Augen und dem kantigen Kinn so viel Energie und Willensstärke ausgedrückt hatte, zeigte jetzt, mit den tiefen Falten um den Mund und den schlaffen Wangen, Enttäuschung und Müdigkeit. Manche Nachlässigkeit und Schlamperei, die sie früher nicht geduldet hatte, ließ sie nun geschehen.

An jenem Neujahrstag kam Holger zu Fuß. Mit frostklammen Fingern und rot gefrorenen Ohren stand er vor der Haustür und wusste nicht, was tun. Eine elektrische Klingel gab es nicht. Zuerst zaghaft und dann stärker klopfte er. Vergeblich. Schließlich drückte er die große, schmiedeeiserne Klinke und trat in den Gang, den er bereits kannte. Immer noch rührte sich nichts. Nur aus der Küche vernahm er leise Geräusche. Vorsichtig klopfte er und eine Frauenstimme rief »Herein«. In der Küche stand Berta und kochte Kaffee.

»Guten Tag, Frau Dachser«, sagte Holger schüchtern, »ich bin Holger Behrens.«

»Ja«, erwiderte Berta, »ich kenn Sie doch, von damals mit dem Tierarzt. Sie wollen zu Marianne, nicht wahr, die kommt gleich. Setzten sie sich doch so lange hinüber in die Stube.«

Holger wehrte ab: »Aber nein, ich kann doch auch hier warten.« Er setzte sich auf den Stuhl, den ihm Berta mit einer Handbewegung anbot. Die freundliche Art der Bäuerin erleichterte ihn. Nach ihrem barschen Auftreten beim letzten Zusammentreffen hatte er sich etwas vor ihr gefürchtet.

Gemeinsam mit ihrer Schwester kam Marianne in die Küche. Ihr war es unangenehm, dass sie ihn hatte warten lassen. Eigentlich hatte sie Holger gleich in die Stube führen wollen, damit er die altmodische Küche nicht sah. Nun war es zu spät und er unterhielt sich anscheinend gut mit der Mutter. »Aber den Kaffee trinken wir in der Stube, sagte Marianne bestimmt und nahm den Freund am Arm. Draußen im kalten Gang, bevor sie die Stubentür öffnete, schlang sie schnell die Arme um seinen Hals und küsste ihn.

Es wurde ein gemütlicher Nachmittag. Holger berichtete vom Leben auf dem Gut, was Berta an ihre Zeit auf den großen Höfen erinnerte. Gertrud fragte ihn neugierig nach seiner Familie aus und Holger erzählte breitwillig. Wenig später kam auch Michel aus der Schlafstube. Er war ebenfalls sonntäglich hergerichtet. Dafür hatte Berta auf Drängen von Marianne gesorgt. Sie hatte ihm beim Rasieren geholfen, weil er alleine damit nicht mehr zurechtkam, und seinen guten Sonntagsanzug herausgelegt. Gut gelaunt nahm er den jungen Gast in Beschlag, fragte ihn nach der Arbeit auf dem Gut, räsonierte witzig über die Politik und erzählte Anekdoten von seinen Marktgängen. Holger erkannte, dass dieser Bauer mehr im Kopf hatte als viele andere, und revidierte das von seinen Kameraden gefällte Urteil.

Als es draußen dunkelte und die Stubenlampe mit ihrem großen, runden Schirm und den langen Fransen ein mildes Licht auf die Kaffeerunde warf, wurde die Harmonie gestört. Hermann, der sich wie jeden Sonn- und Feiertag einen langen Mittagschlaf gegönnt hatte, rumpelte die Stiege herab und rumorte in der Küche. Er hörte, dass Besuch da war, und ärgerte sich, davon nichts erfahren zu haben. Wieder einmal fühlte er sich ausgegrenzt. Als Berta in die Küche kam, um auch ihn in die Stube zu holen, fertigte er sie mit dem Satz ab: »Ich gehör nicht zu den feinen Leuten.«

Auch die Erklärung, es handle sich nur um den jungen Mann, der mit dem Tierarzt da gewesen sei, stimmte ihn nicht um. Wenig später schimpfte er bei Marie, die das Vesper richtete, laut über den Bruder und dass der wohl wieder nicht im Stall helfen werde. In der Stube war die gute Stimmung mit einem Mal verflogen. Berta räumte unvermittelt den Tisch ab. Michel stand ächzend auf, ging in die Schlafstube und machte sich dort hörbar an seinem Wandschrank zu schaffen. Holger war froh, dass bald Mariannes Freundinnen kamen und er mit den Mädchen zum Tanzen gehen konnte.

Von da an stand fest, dass Holger und Marianne »miteinander gingen«. Zweite Bauernsöhne, die gerne in einen Hof eingeheiratet hätten, schimpften auf den Norddeutschen. Einige Burschen, mit denen er sich vorher gut verstanden hatte, grüßten Holger nicht mehr. Michel wurde in den Wirtschaften mit dem angehenden Schwiegersohn gehänselt. Sie fragten ihn, ob seine Kühe und Ochsen jetzt Plattdeutsch lernen müssten, damit sie den neuen Bauern verständen.

Holger kam nun fast jeden Sonntag auf dem Martinshof. Meistens zu Fuß, manchmal mit dem Fahrrad, seltener mit dem Auto eines Freundes. Dann freute sich Marianne besonders, denn sie liebte das Autofahren. Immer wieder drängte sie ihren Vater, auch eins zu kaufen. Auch die Mutter war nicht abgeneigt. Berta wollte wenigstens nach außen noch mithalten können. Auf vielen Höfen gab es jetzt schon solch ein Fahrzeug. Die Bauernburschen, die früher in den Wirtschaften über die Vorzüge von Pferderassen diskutiert hatten, sprachen jetzt über Kubikzahlen von Automotoren und die Pferdestärken der Traktoren.

Den Schmeicheleien seiner Lieblingstochter Marianne konnte Michel nicht widerstehen. Marianne legte im Städtchen die Führerscheinprüfung ab und bald stand ein gebrauchter, türkisfarbener Opel Rekord auf dem Hof. Nun musste Marianne die Eltern regelmäßig kutschieren. Berta gefiel das Autofahren. Sie genoss es, wenn bei schlechtem Wetter der Regen gegen die Autoscheiben klatschte und man im Innern warm und geborgen die ungemütliche Außenwelt betrachten konnte. Sie genoss es auch, wenn andere das stets blank geputzte Gefährt bewunderten. Anders Michel. Er war die Fahrt auf dem Kutschbock des Bernerwägelches gewohnt, wo ihm die frische Luft ums Gesicht wehte, wo er das Zwitschern der Vögel, das Muhen der Kühe und die Arbeitsgeräusche der Menschen hörte. Und wo man bei langsamer Fahrt seinen Gedanken nachhängen konnte. Im Auto fühlte er sich eingezwängt und unfrei.

Seit der Anschaffung des Autos besuchten die Dachers auch die Verwandtschaft wieder häufiger. Der Weg zum Onkelhof dauerte jetzt nur noch eine gute Viertelstunde. Auch auf diesem Hof hatte sich einiges geändert. Die Tante war Mitte der fünfziger Jahre gestorben. Ihr Sohn hatte die Bescheidenheit, die der Verlust seiner Nazi-Ämter und die Demütigung der Entnazifizierung mit sich gebracht hatten, längst wieder abgelegt. Bei den Bauernversammlungen führte er das große Wort und gehörte nach kurzer Zeit wieder dem Vorstand der Rinderzüchter an. Seine Frau bemühte sich ebenfalls um öffentliche Aufmerksamkeit. Sie trat dem neu gegründeten Landfrauenverband bei und wurde schon im zweiten Jahr zur Ortsvorsitzenden gewählt.

Wie früher schon der Vater war Rudolf wenig daheim. Der Hof litt darunter. Sein Großknecht, der ihm die Arbeit und viele Entscheidungen abgenommen hatte, war alt geworden und konnte das Tempo der neuen Zeit nicht mitgehen. Den beiden Lehrlingen war Rudolf durch seine häufige Abwesenheit kein guter Lehrherr. Sie ließen sich vom Großknecht wenig sagen, gingen leichtfertig mit den Maschinen um, die Rudolf für teures, aber zum großen Teil geliehenes Geld angeschafft hatte, und verursachten so kostspielige Reparaturen. Während andere Bauern in die ertragreiche Schweinehaltung eingestiegen waren, hielt Rudolf an den Kühen fest. Aber auch hier war der einstige Nimbus dahin. Weil er zu spät der neuen Zuchtrichtung folgte, erzielten seine Tiere auf den Versteigerungen nur mäßige Preise. Die Einnahmen des Hofes standen in keinem Verhältnis zu den Ausgaben.

Die Martinshöfer kamen den ganzen Nachmittag kaum zu Wort. Rudolf berichtete großspurig von seinen auswärtigen Tätigkeiten und was er auf dem Hof noch alles vorhabe. Michel hört aufmerksam zu. Nur manchmal, wenn der Neffe besonders aufdrehte, überflog ein leichtes Lächeln sein Gesicht. Wusste er doch von seinem Freund, dem Bierbrauer, der im Aufsichtsrat der örtlichen Bank saß, dass Rudolf dort beträchtliche Schulden hatte. Die Entschuldung durch den Reichsnährstand war längst dahin.

Albert und Marie

Im Winter wurde Albert, der Knecht, krank. Er hustete seit Wochen und blieb eines Morgens einfach im Bett, was noch nie vorgekommen war. Als Berta in seine Kammer hinaufstieg, lag er schwer atmend und mit hochrotem Gesicht auf seinem Strohsack. »Aber Albert«, fragte sie erschrocken, »was ist denn mit dir?«

»Bäuerin«, antwortete er mühsam, »ich glaub, ich brauch den Doktor.«

Der Arzt, der erst am späten Nachmittag kam, stellte eine Lungenentzündung fest. Er verschrieb Medikamente und verordnete Bettruhe. Nach einigen Tagen ging das Fieber zurück, aber Albert war so schwach, dass er sich nur mit letzter Kraft im Bett aufrichten konnte, wenn ihm Marianne eine Suppe brachte und das Kissen aufschüttelte. Danach lag der alte Mann wieder still und genoss die Ruhe. Niemand wollte etwas von ihm. Niemand wies ihn an, dies und jenes zu tun. Niemand wartete ungeduldig darauf, dass er endlich fertig wurde. Er sah den Schneeflocken zu, die leise, wie weißer Flaum vom Himmel schwebten, und freute sich, wenn hin und wieder ein Sperling auf die Fensterbank kam, um dort die Weizenkörner aufzupicken, die er in den gesunden Tagen ausgestreut hatte.

Nach drei Tagen stieg auch Michel zu seinem Knecht und Schulkameraden hinauf. Er erschrak über das bleiche, eingefallene Gesicht, in dem die wässerigen Augen tief in den Höhlen lagen. Michel ließ sich den Schrecken nicht anmerken. »Na, Albert«, sagte er und es sollte munter klingen, »du machst schöne Sachen, aber ich glaub, dir geht's schon wieder besser.«

Mühsam richtete sich der Kranke auf: »Ja, Bauer, ich denk, ich kann bald wieder aufstehn.« Dann ließ er seinen Kopf wieder in die hoch aufgeschichteten Kissen fallen.

Michel setzte sich schwer atmend auf den einfachen Hocker, der am Bett stand, und erzählte die neuesten Geschichten aus dem Dorf. Zuletzt kramte er sogar einige Anekdoten aus der gemeinsamen Schulzeit hervor. Albert schwieg. Ihm fiel das Reden schwer. Nur manchmal huschte ein leichtes Lächeln über sein Gesicht.

Obwohl Hermann die letzte Zeit immer geklagt hatte, mit Albert sei nicht mehr viel anzufangen, fehlte der Knecht. Lene beklagte sich, dass die Kühe beim Melken unruhig wurden, weil ihnen Willi, anders als Albert, zu wenig Futter vorwarf. Hermann musste am Mittag und am Abend selbst auf die Futtertenne steigen, um das Rinderfutter aus gehäckseltem Heu und der beim Dreschen angefallenen Spreu zu mischen und über die Futterluken in den Stall abzuwerfen. Beim wöchentlichen Futterschneiden mit der alten Häckselmaschine musste Lene den Knecht ersetzen, stellte sich aber zum Ärger von Hermann ungeschickt an. Marie war erst kurz vor dem Mittagessen mit dem Ausmisten der Schweineställe fertig, weil sie das Stroh für die Einstreu selbst aus der Scheune holen musste, was ihr Bertas Unmut einbrachte. Auch im Wald fehlte der alte Knecht. Während Hermann und Willi die Stämme zersägten und aufspalteten, hatte er das Reisig zusammengetragen und aufgeschichtet. Jetzt lag alles wirr durcheinander.

Nach einer Woche hielt es Albert nicht mehr im Bett. Mühsam schob er am Morgen seine mageren Beine über den Bettrand und richtete sich langsam auf. Als ihn die Schwäche überkam, blieb er regungslos sitzen. So traf ihn Marianne an, als sie ihm die Morgensuppe brachte.

»Albert, was machst du?«, rief sie erschrocken. »Du kannst doch noch nicht aufstehen.«

Dem Knecht war es peinlich, dass ihn das junge Mädchen so sah, in seinen langen, im Bett getragenen Unterhosen. »Doch Marianne«, sagte er eilfertig, »es geht schon. Ich bin nur noch ein wenig schwindlig.«

Er griff nach seinen Strümpfen, die auf dem Hocker lagen, wankte dabei aber so, dass ihm Marianne helfen musste. Ohne Umstände zog sie ihm die Strümpfe an, half ihm in die Hose und zog ihm die wollene Weste über das Alltagshemd, das er auch im Bett anbehalten hatte. Hinter dem Mädchen tastete sich Albert langsam die Treppe hinunter und kam gebückt in die Küche. Dort räumte Berta den Tisch ab.

»So Albert«, begrüßte sie ihn, »geht's wieder? Setzt dich nur her zum Essen.«

Marianne schenkte ihm den üblichen Malzkaffee in eine der großen Tassen und stellte den Teller mit Milchsuppe dazu. Langsam, mit vielen Pausen, löffelte er die Suppe. Er hatte keinen Appetit. Das Brot, das ihm Marianne anbot, lehnte er mit einer Handbewegung ab.

Als Albert mühsam aufstand, um in den Stall zu gehen, hielt ihn Berta nicht zurück. »Vielleicht kannst du der Marie helfen, damit die schneller fertig wird«, sagte sie nur.

Im Nebenraum, wo der große Waschkessel stand, setzte sich der Knecht auf die Holzbank und zog die neuen, sehr praktischen Gummistiefel an. Bei jedem Bücken wurde ihm schwindlig. Mühsam schlurfte er mit langsamen Schritten über den schneebedeckten Hof. Als er in der Tenne einen Strohballen aus dem ungeordneten Haufen ziehen wollte, erfasste ihn erneut Schwindel. Schwer atmend, auf die Gabel gestützt, traf ihn Marie an.

»Albert«, sagte sie, »das geht doch nicht, du bist doch noch gar nicht gesund.«

»Doch, doch, das geht schon«, entgegnete er, »die Bäuerin hat gemeint, ich soll dir helfen.«

Marie schüttelte den Kopf: »Ja, ja, die, die kann keine kranken Leute brauchen. Die gibt erst nach, wenn du mit dem Kopf unterm Arm daherkommst.«

Gemeinsam trugen die beiden alten Dienstboten das Stroh in den Schweinestall, wo Marie es in die einzelnen Buchten verteilte.

Beim Mittagessen brachte Albert, von Hustenanfällen unterbrochen, nur wenige Bissen hinunter. Müde stützte er die Ellbogen auf den Tisch.

Berta schüttelte missbilligend den Kopf: »Nein, Albert, ich glaub, es ist das Beste, du legst dich heut Nachmittag wieder hin, vielleicht kannst du abends im Stall helfen.«

Als er am Abend nicht herunterkam und Berta verärgert in seine Kammer hinaufstieg, lag der alte Knecht tot in seinem Bett. Still, wie er gelebt hatte, war er hinübergeglitten und hatte nun endgültig seine Ruhe.

Die Bäuerin rief nach ihrer Tochter. »Der Albert ist gestorben«, sagte sie nüchtern, »wir müssen den Doktor und den Pfarrer holen.«

Marianne erschrak. »Ach Gott«, jammerte sie und fing an zu weinen, als sie in das gelbe Gesicht und die gebrochenen Augen blickte, »jetzt ist er ganz allein gestorben. Wir hätten besser nach ihm schauen sollen.«

»Ach was«, sagte Berta unwirsch, »niemand hat gewusst, dass er so krank ist, und ich glaube, so ist es auch für ihn das Beste.«

Sie telefonierte mit dem Doktor, der den Totenschein ausstellen musste, während Marianne ins Kirchdorf fuhr, um den Pfarrer zu holen. Der hatte sich auf einen ruhigen Abend gefreut und ärgerte sich. Am Totenbett sprach er nur ein kurzes Gebet. Dann setzte er sich zu Michel in die Küche und ließ sich von Berta mit einem reichlichen Vesper für den verdorbenen Abend entschädigen. Etwas später kam auch der Arzt hinzu.

Den angetrunkenen Michel machte der Tod seines Schulkameraden rührselig. Weitschweifig erzählte er Kindheitserinnerungen, wurde aber, als Pfarrer und Arzt über die erzählten Schulerlebnisse lachten, mit jedem Glas lustiger. Droben lag der Tote, der in seinem Leben nur Arbeit und Pflichterfüllung gekannt hatte, kalt und starr in seinem Bett und von drunten hörte man das kichernde Lachen des Bauern, die gemessene Stimme des Pfarrers und den dröhnenden Bass des Doktors.

Alberts Tod machte Hermann noch ungeselliger und unverträglicher. Er hatte nun niemand mehr, der auf dem Hof stillschweigend die vielen Kleinarbeiten erledigte, der blind wusste, wo es anzufassen galt, und mit dem man nicht streiten konnte, weil er wortlos über jeden Ärger hinwegging. Jetzt hörte man bis in die Nachbarschaft das Geschrei, wenn Hermann mit Willi stritt, der sich nichts gefallen ließ, weil er wusste, dass ohne ihn nichts mehr lief. Längst waren auch die vom Alkohol angestachelten Streitereien der Brüder kein Geheimnis mehr. Schadenfreudig wurde im Dorf darüber getuschelt. Berta gelang es immer seltener, diese Streitereien zu schlichten, und die Mädchen schämten sich für den Unfrieden und das Gerede der Leute.

Der Niedergang des Martinshofes wurde augenfällig. Nach den Frühjahrsstürmen wiesen die Stall- und Scheunendächer durch herausgerissene Ziegel Löcher auf, die wochenlang nicht geschlossen wurden. Die Hoffläche war mit Reisig von der Waldabfuhr und Strohresten vom Mistfahren übersät, weil kaum noch jemand den Besen in die Hand nahm. Die lange nicht mehr geputzten Stallfenster waren trüb und mit Schmutzschlieren überzogen. Von der zur Straße weisenden Fachwerkwand des Kuhstalls blätterte die Farbe. Weil nach Alberts Tod niemand mehr die Streu aufschüttelte und niemand mehr Striegel und Bürste in die Hand nahm, hatten die Kühe ein struppiges Fell und an den Flanken schuppenartige schwarze Kotplatten. Immer häufiger stand der Lieferwagen des Schmieds im Hof, weil die alten Maschinen und Geräte reparaturanfällig waren. Die einzigen Schmuckstücke waren ein neuer Traktor, den Michel auf langes Drängen von Willi hin angeschafft hatte, und die beiden Pferde, auf die Hermann alle verbliebene Hingabe verwendete.

Ende Mai, als sich die Bauern zum Heumachen rüsteten, wurde auch noch die bald siebzigjährige Magd Marie krank. Sie hatte schon hin und wieder über Magenschmerzen geklagt und öfter, von den anderen unbemerkt, das Essen erbrochen. Der Doktor, den Michel holte, vermutete eine Schleimhautentzündung und verschrieb ihr magenschonende Kost.

Für die Arbeit im Stall war Marie bald zu schwach. Sie blieb am Morgen lange im Bett, half dann etwas in der Küche, stand dabei aber mehr der Bäuerin im Weg. Sie aß wenig von der vom Doktor empfohlenen Haferschleimsuppe und ging anschließend, von Berta angewiesen, wieder auf ihre Stube. Dort legte sie sich aufs Bett, war aber unruhig und stand bald wieder auf, tappte in der Kammer umher und starrte müde aus dem Fenster auf den Hausgarten und über die nächsten Häuser bis zum frischgrünen Wald.

Eines Abends kam Michel die Stiege herauf. Er setzte sich auf den einzigen Stuhl und sah seiner Magd traurig ins Gesicht: »Der Doktor hat gesagt, du darfst nichts mehr schaffen, Marie. Jetzt muss ich bald die Fichten ausgrasen und wer hilft mir dann?«

Marie setzte sich ihm gegenüber auf den Bettrand: »Ach Bauer, wenn man nichts mehr schaffen kann, dann hat man auch keinen Wert mehr.« Tränen traten ihr in die Augen und sie senkte mutlos den Kopf.

Auch Michels Augen wurden feucht. Er griff nach den Händen der alten Frau: »Du musst doch nichts mehr tun, Marie, du hast schon genug geschafft. Wenn du nur noch ein wenig da bleibst. Du bist doch die Einzige, mit der ich immer gut ausgekommen bin.« Er blickte seiner Magd fest in die Augen: »Ach Marie, ich hab mit meiner Bäuerin kein Glück. Aber mit dir Marie, mit dir wär das anders geworden. Warum hab ich nicht dich genommen, wo du mir doch immer die Liebste gewesen bist?«

Die Magd gab keine Antwort. Aber ihre müden Augen leuchteten. Schweigend hielten sich die beiden Alten an den Händen.

Berta ärgerte sich. Jetzt musste sie auch noch die Arbeit der Magd übernehmen und gleichzeitig stand die Heuernte vor der Tür. »Wenn die Marie vollends bettlägerig wird«, sagte sie nach dem Nachtessen zu Michel, »dann muss sie ins Krankenhaus. Wir können sie dann nicht mehr brauchen.«

Michel sah ruckartig von seiner Zeitung auf. »Nein«, sagte er schroff, »die Marie bleibt hier. Bei uns wird ein Dienstbote, der hier sein Leben lang geschafft hat, nicht fortgegeben wie ein Stück Vieh.«

Berta stützte sich mit beiden Händen auf den Tisch und sah ihren Mann wütend an: »So, und wie soll das gehen, jetzt, wo das Heumachen kommt? Da kann doch niemand daheim bleiben und Krankenpflege machen.«

Michel hieb mit der Faust auf den Tisch, dass der Mostkrug zitterte: »Schluss jetzt, die Marie bleibt bis zum letzten Tag hier.«

Marie wurde kränker. Sie konnte so gut wie kein Essen mehr bei sich behalten und war zu schwach, um aufzustehen. Der Doktor, der alle zwei Tage kam, nahm Michel auf die Seite: »Deine Magd hat Krebs, der Bauch ist schon ganz hart. Eigentlich müsste sie ins Krankenhaus. Aber wenn du mich fragst, dort machen sie auch nicht mehr viel. Eine Operation überlebt sie nicht.«

Michel hatte eine solche Nachricht befürchtet. »Sie bleibt hier«, sagte er und bat den Arzt nur, Marie die Schmerzen zu nehmen.

Am nächsten Tag fuhr er mit dem Einspänner ins Tal und dingte einen Tagelöhner für die Heuernte. Während die anderen in den folgenden beiden Wochen das Heu einbrachten, blieb er auf dem Hof, fütterte am Mittag die Kühe und Ochsen und setzte sich dann an das Bett seiner Magd. Marie lag ruhig in ihren Kissen. Durch die schmerzstillenden Tropfen des Arztes war sie wie in Nebel gehüllt. Von fern hörte sie die Stimme ihres Bauern, der von früher redete und auch die unguten Tage in der Erinnerung vergoldete.

Michel war auch bei ihr, als sie starb. Er war am Bett etwas eingenickt, als sich Marie geräuschvoll aufrichtete. Mit weit offenen Augen starrte sie an ihm vorbei. »Schaut nur das Abendrot«, sagte sie laut, »morgen wird es ein schöner Tag.« Dann sank sie zurück, seufzte noch einmal und regte sich nicht mehr.

Michel beugte sich über sie und drückte ihr die Augen zu. Dann ließ er sich schwer auf den Stuhl fallen und weinte.

Mit Marie hatte Michel seine letzte treue Gefährtin verloren. Nur noch selten fuhr er auf die Märkte und zum Viehkauf. Der Händler musste die Ferkel auf dem Hof abholen. Tageweise verkroch er sich in seine Wälder und führte beim Ausmähen der jungen Pflanzen lange Selbstgespräche. Abends half er ein wenig im Stall, gabelte mühsam das Grünfutter in die Tröge und sah nach den Ferkeln. Im Schweinestall wirtschaftete jetzt Berta. Ihr war er in seiner langsamen Art hinderlich. So ging er seiner Frau auch hier aus dem Weg. Begegnungen mit dem Bruder scheute er. Trotzdem gerieten die beiden wegen Kleinigkeiten aneinander. Hauptsächlich am Abend, wenn Hermann oft genug sein Mostversteck im Keller aufgesucht hatte und auch Michel durch den Alkohol streitsüchtig geworden war.

Weil ihm Marianne von der schwierigen Situation auf dem Martinshof berichtete, kam Holger in der Getreideernte oft, um am Abend beim Abladen der letzten Wagen zu helfen. Auf dem Fürstengut lief einer der ersten Mähdrescher der ganzen Gegend und deshalb hatte er früh Feierabend. Beim Abladen ging es lustig zu. Dort waren die jungen Leute unter sich. Willi stand auf dem Wagen und gab die Garben an Holger weiter, der sie Gertrud zuwarf, die sie in Reih und Glied ablegte. Schwieriger war der Umgang mit den Älteren. Holger spürte die Spannung, die zwischen den Brüdern herrschte, auch wenn sie in seiner Anwesenheit offenen Streit vermieden. Michel wollte, wenn er gut aufgelegt war, mit dem angehenden Schwiegersohn gerne über Gott und die Welt diskutieren, aber es war schwierig seinen krausen, oft abschweifenden Gedanken zu folgen. Und mit dem mürrischen Hermann kam so gut wie kein Gespräch zustande. Auch die Bäuerin war unfreundlich. Die Sorge um den Fortbestand des Hofes machte sie hart und unzugänglich.

Im Frühjahr und nach Abschluss der Landwirtschaftsschule beendete Holger seine Lehrzeit auf dem Fürstengut. Am Landwirtschaftsamt legte er die mündliche und auf einem Bauernhof in der Nähe seine praktische Prüfung ab und bekam gute Noten. Auf dem Gut wollten sie ihn behalten, aber seine Eltern drängten auf den Besuch einer weiterführenden Ingenieur- oder Technikerschule. Darüber wolle er erst später entscheiden, teilte er seinen Eltern mit. Und der Mutter erzählte er beiläufig von seiner Freundin, die von einem Bauernhof komme und vielleicht einmal den Hof erbe.

»Dann kannst du ja dort einmal der Bauer werden«, sagte die Mutter, »das wäre doch schön.« Sie hatte die großen münsterländischen Güter vor Augen, auf denen die Besitzer vom Pferd aus die Arbeit überwachten. Die kleineren süddeutschen Verhältnisse kannte sie nicht.

Im folgenden Winter besuchte Marianne die Landwirtschaftsschule, die von allen »Winterschule« genannt wurde. Weil der Weg für eine tägliche Anfahrt zu weit war, wohnte sie auch dort. Gertrud musste jetzt die Küchenarbeit übernehmen.

Michel war kaum noch unterwegs. Bei den Ausfahrten setzte ihm die Kälte zu. Er kam auch mit den jungen Bauern nicht mehr zurecht und in den Wirtschaften, wo er kaum noch Bekannte traf, wurde er mit seinen Sprüchen nicht mehr ernst genommen.

Nach dem Dreschen brachte er fast den ganzen restlichen Winter mit Schnapsbrennen zu. Diese Arbeit machte ihm Freude. Größte Genugtuung und diebische Freude bereitete es ihm, wenn er den Zöllnern, die alle paar Tage kamen, um den nach der Uhrzeit festgelegten Ablauf zu überwachen, ein Schnippchen schlagen konnte.

Hermanns Abschied

Um die Pferde zu bewegen, fuhr Hermann alle paar Tage einige Fuhren Mist auf die Wiesen. Auch hier hinkte der Martinshof hinter der Entwicklung her. Andere Bauern hatten bereits einen vom Traktor gezogenen Miststreuer, mit dem der Dung beim Ausfahren fein verteilt wurde. So aber musste Lene bei jedem Wetter hinaus, um die vom Pferdewagen abgezogenen Misthaufen mit der Gabel zu verteilen. Von den Nachbarn wurde sie deswegen gehänselt und bei Willi schimpfte sie gewaltig auf diese Rückständigkeit.

»Was sagst du das mir«, gab der ungerührt zur Antwort, »sag's doch dem Bauern.«

Tatsächlich sprach Lene beim Nachtessen das Thema an. »Bauer«, sagte sie zu Michel, »ich bin heut beim Mistbreiten fast erfroren, auf den andern Höfen muss niemand mehr hinaus.«

»Mir wär's auch recht, wenn wir so einen Miststreuer hätten«, stimmte Berta zu, »dann könnte mir Lene daheim helfen.«

Bevor Michel antworten konnte, mischte sich sein Bruder ein: »So altmodisch wie hier geht's bald nirgendwo mehr zu«, sagte er höhnisch, »aber es gibt halt immer ein paar Dumme, die alles verschlafen.«

Michel fuhr auf. »So«, schrie er dem Bruder ins Gesicht, »wenn es dir hier zu dumm ist, dann geh doch. So gescheite Leut wie dich kann man überall brauchen. Und ich komm auch ohne dich aus.«

Hermann sah Hilfe suchend zu Berta, die aber blickte nur stumm auf ihren Teller. Ruckartig stand er auf: »So weit sind wir also«, sagte er schneidend, »jetzt wird man schon wie ein Hausierer von daheim fortgejagt. Das ist der Lohn dafür, dass man sich ein Leben lang geschunden hat. Gut, ich geh, ich hab schon lang von allem genug. Aber eins sag ich dir, du Großkotz. Wenn der Walter nicht gestorben wär, dann wärst du auf diesem Hof nie der Bauer geworden. Dann wärst du der Knecht, aber auch dazu hätt man dich nicht brauchen können.«

Hermann drehte sich um, hinter ihm krachte der Stuhl auf den Boden. Ohne jemanden anzusehen, ging er zur Tür.

»Aber Hermann«, rief Berta, aus ihrer Starre erwachend. »Bleib doch da. Das war doch nicht so gemeint.«

Sie ging dem Schwager nach, der in die Futterküche verschwunden war. »Hermann«, rief sie bittend, »komm, bleib doch, bleib doch wenigstens wegen mir.«

»Du, du hast mir doch deutlich genug gesagt«, entgegnete der Schwager, der ohne sich umzudrehen seine Stalljacke überzog, »wohin du gehörst, zu ihm und nicht zu mir.« Krachend schlug er die Türe hinter sich zu.

Berta ging in die Küche zurück. Michel starrte ihr vom Alkohol umnebelt entgegen.

»So kannst du doch nicht mit ihm umgehen«, schrie sie ihn an. »Was willst du denn ohne ihn anfangen? Du willst immer so gescheit sein, aber was bist du schon ohne deinen Bruder?«

»Ja, halt nur zu ihm«, wurde auch Michel laut, »ich weiß schon lang, dass ihr zwei gegen mich seid, aber so leicht werdet ihr mit mir nicht fertig. Ich habe nämlich das, was euch fehlt, den Besitz.« Mit heiserem Lachen setzte er sich hin und griff nach dem Mostkrug.

Willi war, ohne etwas zu sagen, auf seine Kammer gegangen. Marie hantierte am Spülstein. Nur Gertrud war am Tisch sitzen geblieben. Sie weinte: »Müsst ihr auch immer streiten, das hält bald niemand mehr aus.«

Berta trat in den Hof hinaus. Dort war es still und dunkel, aber im Pferdestall brannte Licht. Hermann war also dort und machte wie immer spätabends die Streu. »Dann hat er sich beruhigt und kommt gleich wieder ins Haus«, dachte sie und wollte an der Türe auf ihn warten.

Das Licht ging aus, aber Hermann erschien nicht.

Unschlüssig blieb Berta eine Weile stehen. »Warum kommt er nicht, will er womöglich doch fort oder schläft er im Stall wie schon ein paar Mal, wenn er betrunken war?«, grübelte sie. Schließlich wurde es ihr zu kalt und sie kehrte in die Küche zurück.

Dort saß Michel allein am Tisch, stützte die Arme auf, starrte vor sich hin und hielt mit beiden Händen das Mostglas fest. Ohne ihn anzusehen, ging Berta an ihm vorbei in die Schlafstube. Aber sie konnte nicht schlafen. Zukunftsängste plagten sie. Was würde, wenn Hermann wirklich fortginge? Aber wo sollte er hin? Vielleicht zu Babette nach Dachau? Und wenn er sich was antat? Unruhig wälzte sie sich von einer Seite auf die andere. Aus der Küche hörte sie die Selbstgespräche von Michel und ab und zu sein kicherndes Lachen. Einmal stand er auf. Sie hörte ihn im Küchenschrank hantieren. Gläser klirrten leise. Jetzt holt er die Schnapsflasche, wusste sie, als wenn er nicht schon genug getrunken hätte. Vielleicht eine Stunde später rumpelte er in die Schlafstube, ließ sich noch halb angekleidet aufs Bett fallen und schlief sofort ein.

Nach der schlaflosen Nacht war Berta früher als sonst wieder auf. Von der Küche aus horchte sie nach oben. Hermann war immer der Erste, der aufstand. Vielleicht war er in der Nacht doch noch in seine Kammer gegangen.

Nach einer Weile ging eine Tür und jemand kam die Stiege hinab. Es war Willi. »Warum hat der Hermann nicht geweckt?«, fragte er. »Ist er nicht da?«

»Ich weiß nicht«, antwortete Berta tonlos, »geh du nur in den Stall, ich schau nach ihm.«

Sie weckte Lene, die wie immer schlaftrunken aus ihrer Kammer kam, in der Futterküche das Melkzeug richtete und über den Hof zum Stall schlurfte. Erst dann trat Berta in Hermanns Kammer. Er war nicht da. Das Bett war unberührt und auch in seinem Schrank fehlte nichts. Aufgeregt zog Berta eine Jacke an und ging in Gummistiefeln über den Hof in den Pferdestall. Auch dort war Hermann nicht. In der Scheunentenne war es noch dunkel. Halblaut rief sie Hermanns Namen. Niemand gab Antwort. Unschlüssig ging sie zurück ins Haus, richtete in der Futterküche das Schweinefutter und versorgte wie jeden Morgen den Saustall.

Als sie fertig war, war auch Gertrud aufgestanden und richtete das Morgenessen.

»Der Hermann ist nicht da«, sagte Berta zu ihr.

Das Mädchen erschrak: »Dann ist er womöglich doch fortgegangen?«

»Ich weiß es nicht«, gab Berta zur Antwort, »wir müssen warten, bis es hell wird.«

Als der Morgen graute und es in der Scheune einigermaßen hell wurde, suchte sie alle Ecken ab, wo sich Hermann in der Nacht hingelegt haben könnte. Nichts. Sie stieg auf die Futtertenne hinauf, aber auch dort war er nicht. Schließlich öffnete sie die nach hinten zum Obstgarten weisende Tür und sah hinter dem dort gelagerten Reisighaufen aufs Feld hinaus. Im Schnee entdeckte sie eine frische Fußspur, die aber nicht zur Straße hinabführte, sondern sich in Richtung des dorfnahen Wäldchens verlor. Heiß stieg in Berta ein furchtbarer Verdacht auf. Rasch ging sie ins Haus zurück. »Ich glaub, ich weiß, wo der Hermann ist«, sagte sie zu Gertrud. »Bleib du hier und weck dann den Vater.«

Im Stall rief sie nach dem Knecht: »Willi, komm mit, wir müssen den Hermann suchen, aber sag der Lene nichts.«

Willi verstand. Er rief Lene zu, sie solle den Rindern zwischendurch Futter vorwerfen, er müsse der Bäuerin helfen.

Hinter der Scheune zeigte ihm Berta die Fußspur. »Ich glaub, er ist dort hinausgegangen.« Mühsam stapfte sie hinter Willi durch den Schnee.

An manchen Stellen war die Spur unregelmäßig. Wer dort gegangen war, hatte wohl immer wieder unschlüssig Halt gemacht und sich wie für den Rückweg umgedreht, sich aber schließlich doch fürs Weitergehen entschieden. Am Wäldchen angekommen führte die Fußspur den Feldrand entlang, dann aber wieder ein Stück zurück. Nach der Vielzahl der Spuren zu schließen hatte sich dieses Hin und Her mehrmals wiederholt.

Ein Stück weiter lag eine leere Flasche im Schnee. Willi roch daran, es war eine Schnapsflasche. Von Weitem sah der Knecht den Hochsitz eines Jägers. Dorthin führte die Spur. Vielleicht hatte Hermann dort die Nacht verbracht. Willi beschleunigte seine Schritte, sodass Berta nicht mehr mitkam. Etwa zwanzig Schritte vor seinem Ziel blieb er stehen. An der Seite des Hochsitzes war ein dunkler Schatten zu erkennen.

»Bäuerin, bleib hier«, rief er, »ich schau nach.« Willi rannte die letzten Meter und blieb dann wie angewurzelt stehen.

Der Schatten war Hermann. Er war auf den Hochsitz gestiegen und hatte sich am untersten Ast der starken Eiche erhängt.

Der Knecht stöhnte entsetzt auf und schlug die Hände über dem Kopf zusammen.

»Willi, was ist?« Berta hastete hinzu.

»Nein«, schrie sie, als sie den Schwager mit seinem seltsam verdrehten Kopf hängen sah. Dann sank sie in die Knie, schlug die Hände vors Gesicht und schluchzte laut: »Warum hab ich ihn gehen lassen, ich hätte ihn aufhalten müssen.« Dann fasste sie sich: »Willi«, bat sie »schnell, nimm ihn herunter, vielleicht kommt er noch zu sich.«

Es war längst zu spät. Als der Knecht den Strick mit seinem Taschenmesser durchschnitten hatte und den Körper in den Schnee gleiten ließ, war der bereits eiskalt.

Berta kniete neben ihm nieder, fasste seine kalten, erstarrten Hände und strich ihm über die gefrorenen Wangen. Ihre Tränen tropften dem Toten auf die Brust.

»Bäuerin«, sagte Willi vorsichtig und fasste sie an der Schulter, »wir müssen die Polizei holen.«

Berta richtete sich auf: »Ja, du hast recht, aber wir können ihn doch hier nicht allein liegen lassen.«

Der Knecht erbot sich, Totenwache zu halten.

Berta stapfte allein zurück. Sie hatte sich wieder gefangen. Auf dem Hof sagte sie zu Lene, Willi habe noch etwas zu erledigen. Sie müsse die Stallarbeit alleine machen.

Im Haus saß Gertrud am Küchentisch und sah der Mutter erwartungsvoll entgegen: »Wo ist der Onkel Hermann, habt ihr ihn schon gefunden?«

Berta nahm ihre Tochter in den Arm: »Ja, draußen am Wald, aber er ist tot, Gertrud, er hat sich aufgehängt.«

Das Mädchen schrie laut auf: »So, das habt ihr nun von eurer Streiterei. Der arme Onkel.«

Nebenan, in der Schlafstube, hatte Michel ihren Aufschrei gehört. Halb angezogen, mit glasigem Blick und wirrem Haar, kam er in die Küche. »Was ist los?«, fragte er benommen.

Böse sah ihn seine Frau an: »Was los ist: Jetzt bist du deinen Bruder los, jetzt brauchst du ihn nicht mehr fortzuschicken. Draußen am Wald liegt er. Er hat sich aufgehängt.«

»Was?«, Michel starrte sie an. »Aber warum? Er hatte doch alles.«

»Ja«, sagte Berta bitter, »jetzt hat er alles.«

Sie verließ das Haus, um von der Nachbarschaft aus die Polizei anzurufen. Sie telefonierte auch in die Landwirtschaftsschule. Es sei ein Unglück geschehen, Marianne müsse schnell heimkommen. Eine Freundin brachte sie mit dem Auto. Auch sie war tief erschüttert.

Am Abend saß die Familie gedrückt um den Stubentisch. Die beiden Mädchen und Berta redeten wenig und nur leise miteinander. Michel saß stumm dabei. Er hatte schon wieder getrunken und atmete schwer.

Mit eiserner Energie nahm Berta alles in die Hand. Sie rief Babette in Dachau an und sandte ein Telegramm zu Luise nach Amerika. Sie organisierte die Beerdigung und benachrichtigte die Verwandtschaft. Michel war ihr dabei keine Hilfe. Er saß stumm in der Küche, rumorte ohne Sinn in der Brennerei und ging ohne Ziel in der Scheune und im Stall umher. Marianne ließ sich in der Schule entschuldigen und half der Mutter im Stall. Auch Holger kam jeden Abend und legte mit Hand an. Erstmals fühlte er sich richtig in die Familie aufgenommen. Willi wuchs über sich hinaus. Er übernahm im Stall die Arbeiten von Hermann und räumte in der Scheune und im Hof auf. Bei der Beerdigung des Vizechefs sollte alles sauber und in Ordnung sein.

Der Selbstmord sprach sie wie ein Lauffeuer im Dorf und der ganzen Kirchengemeinde herum. Auf den Straßen und in den Wirtschaften wurde über den Grund spekuliert. Dass sich die Brüder in der letzten Zeit viel gestritten hatten, war allgemein bekannt. Die einen gaben Michel die Schuld. Er habe den Bruder nie hochkommen lassen. Andere sagten, Hermann sei schon immer ein komischer Mensch gewesen. Mit dem habe man nicht viel anfangen können. Zuletzt sei er immer verschlossener geworden. Außerdem wurde gerätselt, wie es nun wohl auf dem Martinshof weitergehen werde.

Am Tag vor der Beerdigung kam Babette aus Dachau. Marianne holte sie mit dem Auto vom Bahnhof ab. Trotz ihrer bald siebzig Jahre war die Tante mit hochgestecktem Haar, einer eleganten Pelzmütze und einem pelzbesetzten schwarzen Mantel immer noch eine elegante Erscheinung. Aus dem Gasthof, in dem sie nach dem Krieg eine neue Existenz fand, war Anfang der Fünfzigerjahre ein Hotel geworden. Ihr neuer und alter Chef Bernthaler hatte ihr sofort die Stelle der Empfangsdame angeboten. Die beiden verstanden sich gut miteinander, und als Babette schließlich die Nachricht bekam, dass ihr Mann Richard von Goltz in einem russischen Gefangenenlager gestorben sei, trauerte sie nicht lange, sondern ging mit Bernthaler eine neue Verbindung ein, ohne je an eine zweite Heirat zu denken. Der deutlich ältere Mann war vor einem halben Jahr gestorben. Daraufhin hatte sie ihre Stellung aufgegeben, war nun Rentnerin und fühlte sich ohne den Gefährten einsam.

Im Auto redete sie seltsam ungerührt über den Selbstmord. »Der Hermann war immer ein eigenartiger Mensch«, sagte sie.

Auf dem Hof, wo sie von Berta kühl und von Michel mit Tränen in den Augen begrüßt wurde, sprach niemand mehr davon.

Aus Chicago kam ein Telegramm. Es kündigte die Ankunft von Luise auf dem Stuttgarter Flughafen an. Weil sich Marianne die Autofahrt dorthin allein nicht zutraute, fuhr Holger. In der kleinen Stuttgarter Empfangshalle erkannte Marianne die Tante aus Amerika schnell.

Luise war noch immer klein und schmächtig. Sie hatte nach amerikanischer Mode einen Hut auf, der mehr einer Kappe glich, und trug einen wadenlangen grauen Mantel. Unsicher sah sie sich um. Sie hatte ihre Nichte als achtjähriges kleines Mädchen in Erinnerung und war überrascht, eine erwachsene Frau zu sehen, die sie mit »Grüß Gott, Tante Luise«, begrüßte.

Erleichtert fiel sie dem Mädchen um den Hals: »Marianne, ich hätte dich nicht mehr erkannt. Dass wir uns aber wegen einem so traurigen Anlass wiedersehen müssen.« Sie hatte Tränen in den Augen.

Als Holger dazu trat und von Marianne vorgestellt wurde, fasste sie sich rasch wieder. Erst auf der Rückfahrt, als sie fragte, an welcher Krankheit Hermann gestorben sei, erfuhr sie die schlimmen Umstände und dass sich die Brüder zuletzt so oft gestritten haben.

»Aber warum denn?«, fragte sie verständnislos. »Als wir weggegangen sind, haben sie sich doch gut vertragen.«

Die zweite traurige Überraschung bereitete ihr Michel. Das war nicht mehr der selbstsichere Hofbauer, der ihr an der Haustüre gegenübertrat. Das war ein gebeugter, kleiner, magerer und weinerlicher alter Mann, der sich kaum getraute, ihr offen ins Gesicht zu sehen. Anders die Schwägerin: zwar schmaler und grau geworden, aber aufrecht und sich ihrer selbst gewiss.

Am Tag der Beerdigung stand Michel bleich und zusammengesunken am Grab seines Bruders. Damit er die langwierigen Beileidsbezeigungen der vielen Trauergäste überstand, musste ihn seine Frau stützen. Wie durch einen Nebel sah er die Gesichter der Menschen und murmelte jeweils einen unverständlichen Dank.

Seine Schwester Babette blickte den Trauergästen, die ihr Beileid mit stets gleich lautenden Floskeln aussprachen, offen ins Gesicht. »Oh ihr Heuchler«, dachte sie, »in Wirklichkeit gönnt ihr doch dem Michel, der euch so oft über den Tisch gezogen hat, sein Unglück.« Hermanns Tod hatte sie nicht erschüttert. Viel stärker bewegte sie, wie alt und gebrechlich nicht nur die Menschen, sondern der ganze

Martinshof geworden war. Die Verachtung, mit der sie Michel immer betrachtet hatte, war dem Mitleid gewichen.

In einem letzten Gespräch, bevor sie nach Dachau zurückfuhr, versuchte sie den Bruder zu trösten: »Niemand ist schuld«, sagte sie. »Hermann hat es so gewollt und wahrscheinlich schon lange vorgehabt. Er hat nur einen Auslöser gebraucht.« Sie versprach bald wiederzukommen und Michel drückte ihr dankbar die Hand.

Luise blieb einige Tage länger. Sie besuchte Nachbarn und fuhr mit Marianne auch ins Städtchen zum Bierbrauer, der ihr und Eduard so viel geholfen hatte. Ihr ehemaliges Anwesen war ungepflegt. An den Wänden des Wohnhauses blätterte der Putz. In den Fenstern, auf deren Blumenpracht und Ausstattung sie immer so stolz gewesen war, hingen billige Gardinen. Das Lagerhaus stand leer. Die Amerikaner hatten es der Gemeinde überlassen und die wusste nichts damit anzufangen. Um einige Illusionen ärmer, aber voller Freude auf ihre Familie reiste Luise wieder ab.

Mit Hilfe ihrer Töchter, mit Willi und Lene bemühte sich Berta, das Leben auf dem Hof aufrechtzuerhalten. Sie drängte darauf, dass Marianne ihren Winterkurs an der Landwirtschaftsschule abschloss. So gut es ging, half sie Willi im Stall und für die Arbeit draußen holte sie aus dem Tal mit Hilfe ihres Bruders einen Tagelöhner. Auch Holger kam in jeder freien Minute auf den Hof. Michel brannte wieder Schnaps, aber sonst kümmerte er sich um nichts. Ohne ihn lange zu fragen, bestellte Berta den Schmied, der auch mit Landmaschinen handelte. Ein solcher Miststreuer, an dem sich jener unselige Streit entzündet hatte, musste her. Widerwillig stimmte Michel dem Kauf zu. Von da an fuhr Willi den Mist nicht mehr mit den Pferden, sondern mit dem Traktor auf die Wiesen und Lene musste nicht mehr zum Mistbreiten in die Kälte hinaus. Dafür fehlte den Pferden die Bewegung. Sie bekamen dicke Fesseln und eines Morgens lag eines von ihnen tot im Stall. Jetzt erst erwachte Michel aus seiner wochenlangen Lethargie. »Du kannst doch die Gäule nicht so lang stehen lassen«, schrie er den Knecht an.

Der wehrte sich mit neuem Selbstbewusstsein: »Bauer, ich bin nicht der Rossknecht und anschreien wie der Hermann lass ich mich auch nicht. Wenn die Gäule bewegt werden müssen, dann mach das doch selber.«

Das Frühjahr kam. Die Bauern rüsteten sich für das neue Wachstum, aber auf dem Martinshof fehlte die ordnende Hand. Jetzt erst wurde das Fehlen von Hermann mit aller Schärfe deutlich. Niemand wusste, auf welchem Acker welche Frucht ausgesät werden sollte. Hermann hatte das alles im Kopf gehabt. Willi hatte lediglich seine Anweisungen befolgt. Und Michel hatte alles dem Bruder überlassen.

An einem Sonntag, als auch Marianne mit ihrem Freund helfen konnte, verschaffte sich Berta mühsam einen Überblick. Es galt die dreigliedrige Fruchtfolge einzuhalten. Sie schrieb nach Weizen eine Sommerfrucht in Form von Gerste, Hafer oder einem Gemenge aus beiden vor und danach als drittes Glied eine Brachfrucht wie Rüben, Kartoffeln, Klee oder Erbsen. Dann musste Saatgut besorgt werden, entweder aus dem eigenen Vorrat oder zugekauft. Meistens hatte Hermann solche Bestellungen lange vor dem Bedarf aufgegeben.

Mit Marianne fuhr Berta ins Büro des Lagerhauses und fragte nach. Tatsächlich lagen Bestellungen für Saatgut und Düngemittel vor. Die Bäuerin war erleichtert.

Michel, der immer so stolz auf seine Dienstboten gewesen war, wollte einen weiteren Knecht, aber es gab keine mehr. Der Tagelöhner, der im Wald geholfen hatte, musste sich um seine eigene kleine Landwirtschaft kümmern, und der Schweinehändler, der ihm damals Willi vermittelt hatte, wusste diesmal auch keinen Rat. Michel fragte in den Wirtschaften. Aber dort schüttelten sie die Köpfe oder lachten ihn aus: »Einen Knecht, so etwas gibt es nicht mehr.«

Gedrückt, aber wie seit Hermanns Tod meistens ohne Rausch kehrte Michel heim.

»Wenn Marianne wieder da ist und mit aufs Feld geht, kommen wir vielleicht auch so aus«, sagte Berta. Und zu Michel: »Dann musst du halt mit dem Willi mitgehen.«

Michel nickte eifrig.

Er wollte auch ein weiteres Pferd, um wieder ein vollwertiges Gespann zu haben. Viele Arbeiten, vor allem das Säen mit der zwei Meter breiten Maschine, konnten nur mit zwei Pferden erledigt werden. Damals war es für viele Bauern noch unvorstellbar, mit dem Traktor zu säen oder mit ihm gar in einen wachsenden Bestand zu fahren. Über die angeblich Boden zerstörende Wirkung der schweren Fahrzeuge wurden hitzige Diskussionen geführt. Michel erkundigte sich bei den Händlern und ging auf die Pferdemärkte. Aber das Angebot war spärlich. Die Händler boten nur alte, abgearbeitete Tiere an und auf den Märkten standen fast nur noch Pferde, die sich für das Reiten oder für Kutschfahrten eigneten. Schließlich kaufte er einen braunen Wallach, der zu dem verbliebenen Pferd zu passen schien.

Es passte nicht. Der neue Gaul wollte sich nicht an den anderen gewöhnen. Er biss nach ihm, und wenn er dafür einen Peitschenhieb erhielt, schlug er aus. Lene, die beim Einspannen helfen musste, traute sich danach nicht mehr, die Zugstränge einzuhängen. Weil Willi den Traktor fuhr, musste Michel beim Säen das Gespann übernehmen. Er führte die Zügel, während Lene und manchmal Marianne die Sämaschine lenkte. Das stundenlange Gehen über den Acker war der Bauer nicht gewohnt und er ärgerte sich über das neue Pferd, das immer wieder zurückhing oder einfach stehen blieb. Benutzte er die Peitsche, dann keilte der Wallach aus und schlug sprichwörtlich über die Stränge. Vollkommen erschöpft und zornig saß Michel abends am Küchentisch. Das erste Mal seit Wochen trank er sich wieder einen Rausch an und konnte erst am Nachmittag des folgenden Tages wieder aufs Feld.

Marianne und Holger

Nur mit Mühe und weil einige Male die Nachbarn einsprangen, wurden die Martinshöfer mit dem Säen fertig. Holger half an vielen Abenden und am Samstagnachmittag. Trotzdem blieb manches liegen. Das für den Verkauf vorgesehene Brennholz lag noch im Wald, war weder gespalten noch aufgeschichtet. Auch das für den Eigenbedarf lag noch in wirren Haufen hinter der Scheune und sollte doch längst im Schuppen sein. Michel konnte und wollte sich nicht um alles kümmern. Ihm fehlten der Wille und auch die Kraft. Willi gegenüber spielte er sich als Chef auf, aber der ließ ihn reden und tat, was er wollte. In ohnmächtiger Wut schrie er dem Knecht hinterher. So konnte es nicht weitergehen.

Mit ihren Töchtern beredete Berta die Notlage. Gertrud sprach aus, was ihre Mutter und auch Marianne längst im Kopf hatten: »Warum kommt der Holger nicht ganz zu uns? Er will Verwalter werden, das kann er doch auch hier sein.«

Berta zögerte. Sie wollte sich für die Hofübergabe jetzt noch nicht festlegen.

»Du hast recht«, sagte sie dann doch, »eigentlich brauchen wir so etwas wie einen Verwalter. Der Vater kennt sich mit Vielem gar nicht mehr aus.«

Marianne erhielt den Auftrag, mit ihrem Freund zu sprechen.

»Die Gertrud hat gemeint, du könntest doch auch bei uns Verwalter sein«, schob sie ihre Schwester vor, als sie eines Samstags gemeinsam Holz aufschichteten.

»Ja, die Gertrud«, lachte Holger, »die hat immer so einen vorlauten Mund. Eigentlich wollte ich mich doch nächste Woche für die Technikerschule anmelden.«

»Aber dann bist du so weit fort«, sagte Marianne traurig, »und wir könnten dich so gut brauchen. Komm doch bitte zu uns.« Marianne fasste ihn an der Hand: »Denk doch, dann könnten wir den ganzen Tag beinander sein.« Mit ihren rehbraunen Augen sah sie ihn bittend an.

Holger versprach, es sich zu überlegen.

Als er am Sonntagnachmittag mit seinem alten Volkswagen, den ihm die Eltern geschenkt hatten, wieder auf den Hof kam, bat ihn Berta allein in die Stube und brachte ihr Anliegen ohne Umschweife vor: »Du weißt, wie's bei uns aussieht. Wir werden allein nicht mehr fertig und der Willi kennt sich nicht gut genug aus. Du willst doch Marianne einmal heiraten, willst du nicht gleich zu uns kommen?«

»Ja«, antwortete Holger etwas zögernd, »natürlich will ich Marianne heiraten, aber meine Eltern möchten, dass ich zunächst auf die Ingenieurschule gehe.«

»Wenn du noch ein paar Kurse machst, lernst du vielleicht genauso viel«, gab Berta zur Antwort, »und dann kannst du gleich bei uns anfangen.«

Am nächsten Tag kündigte Holger seine Stelle auf dem Gut und kam zwei Wochen später ganz auf den Martinshof. Er bezog die Kammer von Hermann und schlief in dem Bett, das der Tote an jenem Morgen verlassen hatte, ohne zu wissen, dass er es am Abend nicht mehr benutzen würde. Marianne schlief weiter bei ihrer Schwester im alten Kinderzimmer neben der Küche. Die Liebenden hatten im Haus keine Gelegenheit, ungestört zusammen zu sein. Von baldiger Heirat war keine Rede. Das einzuhaltende Trauerjahr ließ das nicht zu. Auch die Arbeit tat ihr Übriges, um eine Liebe wie im siebten Himmel zu verhindern.

Auf dem Fürstengut hatte Holger das zu tun, was ihm der Verwalter anwies. Hier musste er sich um alles selbst kümmern. Obwohl Willi die Abläufe kannte, stellte er sich oft unwissend. Es machte im

Spaß, den Jüngeren, der Hofbauer werden sollte, ins Leere laufen zu lassen. Fehlentscheidungen blieben nicht aus. So, als Holger Ende Mai in Erwartung einer Schönwetterperiode forsch mit der Heuernte beginnen wollte, Willi gleich zwei Wiesen mähen ließ und es dann fast zwei Wochen regnete. Das schließlich doch noch eingebrachte Heu war vom Regen ausgebleicht und nicht viel mehr wert als Stroh.

Die Nachbarn, die vorsichtiger gewesen waren, lachten hämisch über den Neuling und zogen Michel in der Wirtschaft wegen seiner schnellen Heuernte auf. Er kam betrunken heim und verkündete beim Nachtessen großspurig, jetzt werde er das Heft wieder in die Hand nehmen. Holger schwieg und schluckte den Ärger. Nach dem Essen ging er unter dem Vorwand, die Mähmesser richten zu wollen, hinaus. Marianne fand ihn auf einem Hackklotz sitzend.

»Komm«, sagte sie und fasste ihn an der Hand, »der Vater hat doch getrunken, das darf man nicht ernst nehmen. Morgen sagt er wieder ganz was anderes.«

Holger schüttelte den Kopf: »Ich glaub, in Wirklichkeit traut er mir nichts zu. Deine Mutter schaut mich manchmal auch so misstrauisch an. Vielleicht wär's auf der Schule doch besser gewesen.«

Marianne nahm ihn in den Arm: »Ich weiß doch, dass es für dich nicht leicht ist. Manchmal möchte ich selber fort. Aber jetzt sind wir halt hier und glaub mir, es wird auch wieder besser.«

Hand in Hand schlenderten die beiden durch die Obstwiesen und malten sich die Zukunft aus. »Wenn wir erst einmal verheiratet sind«, sagte Marianne und sah hoffnungsvoll zu Holger auf, »dann bestimmen wir, was auf dem Hof gemacht wird.«

Er zählte auf, was er dann alles ändern wolle: »Dann bauen wir einen neuen Schweinestall und mit den Ochsen hören wir ganz auf. Wir kaufen einen zweiten Traktor und schaffen dafür die Gäule ab. Auf dem Gut haben wir auch schon alles mit den Maschinen gemacht.«

Mit viel Arbeit und vielen Sorgen um das Wetter und das Vieh ging der Sommer dahin. Holger fand sich leidlich zurecht und arrangierte sich mit dem selbstbewusst gewordenen Willi. Marianne half ihm, so gut sie konnte. Sie versuchte, ihn vor den alkoholgeschwängerten Ausfällen des Vaters abzuschirmen, die meistens abends über die Familie hereinbrachen, und ihre Ursache in Michels stiller Erkenntnis hatten, dass ihm die Macht aus den Fingern glitt.

Berta nahm in längst nicht mehr ernst. Für sie war er ein Hindernis, das die Zeit aus dem Weg räumen sollte. Sie wartete, dass er den Schlüssel für die im Wandschränkchen verwahrten Wertsachen und die Verfügungsgewalt über die Bankkonten – freiwillig oder gezwungen – abgab. »Dann nehme ich alles selbst in die Hand«, sagte sie sich, wenn sie allein im Ehebett lag und aus der Küche die murmelnden und manchmal von einem kichernden Lachen begleiteten Selbstgespräche ihres Gatten hörte.

Immer mehr zweifelte sie aber, ob sich dieser Plan mit ihrer Ältesten und diesem Holger verwirklichen ließe. Marianne hatte viel zu viel vom Vater und an diesen Holger mit seiner eigenen norddeutschen Art kam sie nicht heran. Vielleicht wäre es besser, auf Gertrud zu warten. Die war ihr selbst ähnlicher, die hatte sie in der Hand.

Gertrud war inzwischen achtzehn Jahre alt, groß, kräftig und vorlaut. Wenn sie mit anderen zusammen war, tönte ihre Stimme heraus. Sie arbeitete lieber draußen als drinnen. Reine Frauenarbeit, das zeitaufwendige Kochen feiner Gerichte, das Nähen, Sticheln und Stopfen der Wäsche hasste sie. Nur mit Mühe und häufiger Kritik der Lehrerin brachte sie den obligatorischen Nähkurs hinter sich. Sie fuhr gerne mit dem Traktor, kutschierte mit den Pferden und war begierig auf den Führerschein. Als bei der Heuernte der Tagelöhner ausfiel und an seiner Stelle Willi als »Lader« auf den Wagen musste, hantierte sie mit der langen Heugabel wie ein Mann und arbeitete mit Holger um die Wette. »Du brauchst keinen Knecht mehr«, sagten die Leute zu Michel, »du hast deine Gertrud.« Sie war auf dem Tanzboden genauso forsch wie daheim. Auf die lockeren Sprüche der Burschen reagierte sie mit treffenden und nicht selten deftigen Antworten. So wagte kaum einer, mit ihr anzubändeln.

Auf dem Hof hatte Willi aufmerksam Gertruds Wandlung vom Kind zur Frau verfolgt. Er arbeitete gern mit ihr zusammen und sie verteidigte den Knecht, wenn ihn der Vater in seiner ungerechten Art kritisierte. Willi näherte sich den Dreißig und machte sich Gedanken über seine Zukunft. Bisher hatte er in den Tag hineingelebt, war am Sonntag gern in der Wirtschaft und bei den anderen Burschen als lustiger Kumpan beliebt. Öfter trank er über den Durst, wurde dann aber nicht streitsüchtig oder wehleidig, sondern immer lustiger. Auch die Mädchen mochten ihn. Weil er aber enge Bindungen und Verpflichtungen scheute, war es nur zu einigen unbedeutenden Liebschaften gekommen.

Der Martinshof war ihm zur Heimat geworden. Seit er mit der Bäuerin den unglücklichen Hermann gesucht und gefunden hatte, bestand zu ihr ein vertrautes Verhältnis. Immer häufiger besprach Berta die Dinge eher mit ihm als mit dem künftigen Schwiegersohn Holger. Stillschweigend entstand ein Dreierbund mit der Bäuerin und Gertrud. Langsam keimte in Willi der Gedanke, aus der Kameradschaft mit der Bauerntochter eine Liebschaft zu machen und selbst einmal Bauer auf dem Martinshof zu werden.

Wenn es um die Einteilung der Arbeit ging, führte Willi nun häufiger das Wort, und oft genug gab ihm Berta gegen die Meinung von Holger recht. Sie hatte längst gemerkt, dass der angehende Schwiegersohn zwar ein guter Theoretiker, aber manchmal ein ungeschickter Praktiker war. Wie einst Hermann, von dem er viel gelernt hatte, wusste Willi dagegen, wo und wie es anzupacken galt. Er, der früher nur nach Anweisung gearbeitet hatte, entwickelte eine erstaunliche Selbständigkeit. Immer häufiger sah sich Holger an den Rand gedrängt. Gegen den Dreierbund kamen er und Marianne nicht an.

Als es wieder Winter wurde, wollte Marianne Fakten schaffen. Sie eröffnete der Mutter, gleich nach Weihnachten heiraten zu wollen.

»Ja«, sagte Berta nach kurzem Zögern, »nachdem der Holger schon auf dem Hof ist, wird es das Beste sein. Sonst wird im Dorf nur dumm geredet. Aber«, setzte sie gleich hinzu, »ich glaub nicht, dass der Vater den Hof schon jetzt übergibt.« Außerdem könnten sie kein großes Fest feiern, schließlich sei der Onkel noch keine zwei Jahre tot.

Holger teilte den Heiratsplan seinen Eltern mit. Die wollten endlich sehen, wo sich der Sohn niederließ, und kamen zu Besuch. Mit dem Hinweis auf die schwierigen Verhältnisse nach dem Selbstmord hatte Holger das bisher vermieden. Er fürchtete die Enttäuschung der Eltern, die einen großen Bauernhof nach norddeutscher Art im Kopf hatten.

Die Ernüchterung blieb nicht aus. An einem trüben Dezembertag, an dem Schnee und Regen wechselten, steuerte Holgers Bruder das noble Auto der Eltern gen Süden. Die im Sommer ansehnlichen Dörfer und Weiler zeigten im Wintergrau ihre unschönen Seiten. Mit schmutzigen Schneeresten an den ausgefahrenen Wegen wirkten die Gehöfte klein und trostlos. Als der Besuch bei früh einsetzender Dämmerung auf den Martinshof einbog, war die Illusion der Eltern von der guten Partie des Sohnes verflogen.

Sie zerstob vollends, als sie von der künftigen Schwiegertochter in das niedere Bauernhaus und die dürftig eingerichtete Stube gebeten wurden und ihnen dort der kleine, ärmlich gekleidete Bauer gegenübertrat. Nur mit Mühe kam ein Gespräch zustande. Der Besuch verstand den fränkischen Dialekt nicht und zeigte unverhohlen den Münsteraner Dünkel.

Bald fuhr Holger mit dem Besuch ins Städtchen, wo Bruder und Eltern in der Brauerei übernachteten. Als sie zu viert an einem der klobigen Wirtshaustische saßen, fasste die Mutter nach den schwielig geworden Händen des Sohnes: »Du bist schon ein richtiger Bauer geworden«, seufzte sie, »ich hab mir das ganz anders vorgestellt.«

Auch der Vater zeigte seine Enttäuschung. »Meinst du«, fragte er, »man kann aus der Klitsche was machen? Das sieht ja alles etwas heruntergekommen aus. Wenn du woanders hingehst, hast du's sicher leichter.«

Holger verteidigte seinen Entschluss: »Der Hof steht gut da. Wenn wir erst einmal verheiratet sind, machen wir schon was Richtiges daraus.«

Am anderen Morgen, bei Raureif und gleißender Sonne, zeigte sich der Martinshof in einem besseren Licht. Ein gutes, von Marianne gekochtes Mittagessen und Michel, der von seinen Geschäften erzählte und dabei seinen in Kasten und Konten aufbewahrten Wohlstand durchblicken ließ, stimmte den Besuch versöhnlich.

Vorsichtigen Anfragen nach der Hofübergabe wich er allerdings geschickt aus: »Wir können alle einmal nichts mitnehmen. Es muss mit denen weitergehen, die nach uns kommen.« Umgekehrt ließ sich Rechtsanwalt Behrens nicht entlocken, was er seinem Sohn an Heiratsgut mitzugeben gedenke.

In den verbleibenden Wochen bis zur Hochzeit, die Ende Januar im kleinen Kreis stattfinden sollte, wurden dem jungen Paar über der Wohnstube in zwei zusammengelegten Gesindestuben und einem leeren Speicher ein geräumiges Schlaf- und ein kleines Wohnzimmer eingerichtet.

Marianne und Holger träumten von einem neuen Haus und verzichteten deshalb, entgegen dem üblichen Brauch, auf die Zimmer der Alten. Berta war froh darüber, so musste sie noch nicht aufs Altenteil, für das die kleine Stube über der Brennerei vorgesehen war. Auch blieb sie nach außen weiterhin die Hofbäuerin.

An der täglichen Arbeit auf dem Hof änderte sich auch nach der Hochzeit nichts. Marianne und Holger schmiedeten eifrig Zukunftspläne, ohne sie verwirklichen zu können. Michel hielt das Heft beziehungsweise das Geld in der Hand und ließ keine Änderung zu. Die neue Zeit ging am Martinshof vorbei.

Überall wurden in den beginnenden sechziger Jahren die alten, engen, dunklen Schweineställe durch größere, helle und geräumige Neubauten ersetzt. »Schweine bringen Scheine« lautete die von den Beratern der Landwirtschaftsämter verbreitete Devise. Jene, die ihr folgten, fuhren Woche für Woche auf die Ferkelmärkte und brachten jedes Mal und nicht, wie bei der Milchgeldabrechnung nur einmal im Monat, gutes Geld heim. Damit kauften sie neue, stärkere Traktoren und leistungsfähigere Geräte.

Die ganz Mutigen schafften die Pferde ab und einen zweiten, leichten Traktor an, mit dem sie auch jene Arbeiten, die bisher den Gespannen vorbehalten waren, schneller als bisher erledigen konnten. Feldhäcksler, Ladewagen und Frontlader ersetzten schwere Handarbeit. Immer öfter fraßen sich die Mähdrescher über die Getreideäcker und erledigten auf einen Schlag das, was vorher im Sommer und auch noch im Winter viel Schweiß gekostet hatte.

Auch die Landschaft musste sich der neuen Zeit anpassen. Weil die kleinen, von Hecken und Baumreihen eingesäumten Felder den raschen Gang der Technik störten und die alten eingeschnittenen Hohlwege keine rasche Fahrt mit breiten Maschinen zuließen, setzten die Flurbereiniger in den Gemeinden um den Martinshof den Hobel an und hobelten alles gleich und glatt. Rechtwinklig ausgerichtete Felder mit oft mehr als zehn Hektar entstanden, auf denen an einem Tag doppelt so viel gepflügt, gesät und geerntet werden konnte wie vorher auf den Handtuchäckern.

Als auch im eigenen Dorf die Flurbereinigung anstand, gab es auf dem Martinshof Streit. Wie viele der älteren Bauern wollte Michel nichts von den Plänen der Vermessungsingenieure wissen. »Wir haben die größten und besten Äcker, was wollt ihr noch mehr!«, schrie er Holger und Marianne an, die ihn von den Vorzügen überzeugen wollten. »Ich geb doch kein Geld dafür her, dass wir nachher schlechter dastehen.«

Als bei der vom Gemeindeamt einberufenen Versammlung ein ärmliches Bäuerlein aus der näheren Nachbarschaft mit hochrotem Kopf in die Runde schrie: »Ich schlag jeden tot, der mir meinen Acker wegnehmen will«, klatschte Michel mit einigen Altersgenossen kräftigen Beifall.

Wütend kam er spätabends heim, als Berta noch allein am Küchentisch saß, und schimpfte weiter: »Die jungen Lausbuben wollen schon alles festmachen, aber ich unterschreib nichts.«

Berta, die von ihrer Zeit auf den großen Gütern die Vorteile großer Felder kannte, ärgerte sich über seine Sturheit: »Was willst du eigentlich? Die alten Zeiten sind vorbei, du hast keine drei Knechte mehr, die jedes kleine Stück mit der Sense mähen. Wir müssen sehen, dass wir allein fertig werden. Holger und Marianne haben schon recht, wir brauchen größere Stücke.«

Dass sie den Schwiegersohn erwähnte, machte Michel noch wütender: »Der soll erst einmal richtig schaffen lernen, statt hier als Gutsverwalter groß zu tun. Bei mir bleibt alles, wie es ist.«

Ein Stockwerk darüber verstand Holger jedes Wort. Er sah von seiner Zeitschrift auf und nickte dann wie zur eigenen Bestätigung, während ihm das Blut ins Gesicht schoss. »So ist das also, ich schaff ihm nicht genug«, sagte er zu Marianne, die aus der Schlafkammer trat und über seinen Gesichtsausdruck erschrak. »Ich racker mich Tag um Tag mit dem alten Zeug ab und es reicht immer noch nicht.« Mutlos ließ er die Arme sinken.

»Komm«, sagte Marianne und schlang den Arm um seinen Hals, »alle wissen, dass du fleißig bist, und der Vater hat halt wieder zu viel getrunken.

»Aber ohne ihn geht eben nichts«, entgegnete Holger heftig. »Auf anderen Höfen geht alles vorwärts und bei uns bleibt alles stehen. Dein Vater gibt doch nichts aus der Hand. Bald zwei Jahre sind wir verheiratet und immer noch nur Knecht und Magd.«

Marianne redete mit der Mutter: »Wir können nicht mehr so weitermachen«, sagte sie, als sie nach dem Morgenessen die Küche aufräumten. »Andere machen sich's in einem neuen Stall und mit den neuen Maschinen leichter und wir schinden uns mit dem alten Zeug, weil der Vater alles blockiert. Der Holger hat so viele gute Ideen, aber er kann ja gar nichts machen.«

Ohne ihre Tochter anzusehen, arbeitete Berta weiter. »Ich weiß, aber ich kann halt auch nichts ändern. Der Vater lässt sich auch von mir nichts mehr sagen. Holger und du, ihr müsst eben ein wenig Geduld haben.«

Ärgerlich rückte Marianne die Stühle an ihren Platz: »Auf anderen Höfen können die Jungen bestimmen, wie es weitergeht, und das machen, was sie gelernt haben. Nur wir müssen schaffen wie vor hundert Jahren. Lang macht der Holger das nicht mehr mit.«

Jetzt drehte sich Berta endlich zu ihrer Tochter um. »Ja, was glaubt er denn«, sagte sie und ihre Gesichtszüge wurden hart, »jetzt ist er gerade drei Jahre auf dem Hof. Andere müssen zehnmal so lang warten, bis überschrieben wird. Schließlich hast du auch noch eine Schwester und die muss ersteinmal versorgt sein, bevor der Vater den Hof abgibt.«

Gertrud und Willi

Gertrud war jetzt zweiundzwanzig und hatte noch keinen Freund. Einige Male hatte sie sich zwar heimbringen und küssen lassen, aber zu einer richtigen Liebschaft war es nicht gekommen. Sie liebte das ungebundene Leben. Seit sie den Führerschein hatte, kutschierte sie ihre Freundinnen am Sonntag zu den verschiedenen Sommerfesten und abends zum Tanzen. Auf dem Hof war ihr keine Arbeit zu viel. Nachdem die Magd Lene im vorigen Herbst vom Hof gegangen war, um im neu errichteten Altersheim des Städtchens zu arbeiten, weil ihr dafür die Unterbringung im Alter zugesagt wurde, hatte Gertrud klaglos deren Aufgaben übernommen. Sie arbeitete viel mit Willi zusammen. Seine Späße und harmlosen Anzüglichkeiten amüsierten sie. Der fast zehn Jahre Ältere wollte mehr. Er wollte nicht nur die Frau, er wollte den Hof.

Bei der Getreideernte stand Gertrud auf dem Wagen und stapelte die von Willi zugereichten Garben zu einem exakt rechteckigen Gebäude. Das Laden der Heu- und Garbenwagen galt als besondere Kunst, die nicht alle beherrschten. Gertrud konnte es und sie war stolz darauf. Zum Absteigen stach Willi seine Gabel auf halber Höhe in den Stapel, von wo aus Gertrud leichtfüßig auf den Boden sprang. Aber diesmal verdrehte sie sich beim Aufkommen den Knöchel. Ein stechender Schmerz durchfuhr ihr Bein. Um nicht hinzufallen, hielt sie sich an Willi fest. Erst als der Schmerz nachließ, wurde ihr bewusst, dass sie der Knecht fest in seinen Armen hielt. Erschrocken starrte sie ihm ins Gesicht. »Willi«, murmelte sie und wurde rot, »es geht schon wieder, du kannst mich loslassen.«

»Schade«, entgegnete er und sah sie, ohne zu lächeln, mit großen Augen an. »Bis heut Nacht hätt ich dich so halten können.« Noch einmal drückte er sie an sich und ließ dann los.

Gertrud bückte sich und rieb sich den Knöchel viel länger, als es eigentlich nötig war. Willi sollte ihr heiß gewordenes Gesicht nicht sehen. Als Holger mit dem nächsten leeren Wagen kam und den beiden zur Erfrischung eine große Flasche Wasser reichte, schüttete sie sich etwas Wasser in die Hand, um damit ihre roten Wangen zu kühlen.

Als auch der nächste Wagen voll war und Gertrud wie sonst heruntersteigen wollte, aber Angst um ihren Knöchel hatte, stach Willi die Gabel neben sich in den Boden und breitete die Arme aus: »Spring!«, rief er, »ich fang dich auf.«

Gertrud zögerte, aber dann ließ sie sich schließlich in die Arme des Knechtes fallen.

»Ich pass doch auf«, sagte er leise, »dass dir nichts passiert«, und drückte sie an sich. »Schon lang wart ich darauf, dass ich dich einmal ganz bei mir hab.«

Gertrud wehrte sich nicht. »Willi«, sagte sie nur leise, »wenn uns jemand sieht.«

»Es ist niemand da«, sagte er und küsste sie.

Beim Nachtessen war die sonst so lebhafte Gertrud auffallend still und in den nächsten Tagen sah sie immer wieder unbemerkt nach dem Knecht. Sie wunderte sich über sich selbst. Bisher war ihr nicht aufgefallen, wie groß und kräftig er war, wie sich beim Aufladen des Grünfutters in der Früh seine Muskeln unter dem dünnen Hemd spannten, wie seine dunklen Augen in dem braun gebrannten Gesicht strahlten, wenn er lachte.

Morgens und abends arbeiteten Willi und Gertrud allein im Kuhstall, während Holger und Marianne den Schweinestall besorgten. Willi fütterte und mistete den mit zehn Kühen und ebenso vielen Jungrindern belegten Kuhstall und dann den daneben liegenden Ochsenstall aus. Dort standen nur noch einige Mastbullen. Das Geschäft mit den Ochsen hatte Michel aufgegeben. Es lohnte sich nicht mehr. Die Metzger wollten für Ochsen auch nicht mehr bezahlen als für die schneller wachsenden Bullen.

Nach dem Melken tränkte Gertrud die Kälber, die nicht mehr an das Euter ihrer Mutter gelassen wurden. Stattdessen wurde ihnen ein Eimer mit Ersatzmilch an die Buchtenwand gehängt. Eine Gummizitze täuschte das Euter der Mutter vor. Willi richtete seine Arbeit so ein, dass er zur gleichen Zeit frisches Stroh in die Kälberbuchten warf. Als er sich umdrehte, stand Gertrud vor ihm, um die Kälbereimer abzuholen. Der Knecht tat überrascht, blickte schnell zur offenen Stalltür, und als dort niemand zu sehen war, ließ er die Gaben fallen und zog das Mädchen stürmisch an sich. Auch sie blickte schnell zur Türe und ließ sich dann widerstandslos küssen. Erst danach sagte sie: »Aber Willi, wenn jemand kommt.«

Doch wer sollte schon kommen?

Michel stand morgens erst auf, wenn die anderen nach dem Morgenessen schon wieder aus dem Haus waren, brütete lange über der Zeitung, ging ziellos durch die Ställe, zupfte mit der Gabel ein wenig an der Streu, betrachtete lange die leeren Ochsenstände, murmelte unverständliche Sätze, winkte schließlich mit einer müden Handbewegung ab und schlurfte zurück ins Haus. Beim Mittagessen ließ er sich über die täglichen Arbeiten unterrichten und ordnete dann das an, was alle sowieso schon wussten. Niemand brauchte ihn, trotzdem hatte er alle im Griff. Akribisch überwachte er die Verkäufe und registrierte das dafür eingehende Geld. Jede Ausgabe war ihm ein Ärgernis und oft der Anlass für Streit. Seine Handelsfahrten hatte er eingestellt. Nur wenn ihn die Töchter mit dem Auto hinbrachten, ging er über den Schweinemarkt und in die Wirtschaft. Dort lachten die meisten über seine merkwürdige Gestalt und seine altmodische, mit Zitaten gewürzte Redensart. Er war das Relikt einer bereits vergangenen Zeit.

Wenige Tage nach dem unergiebigen Gespräch mit der Mutter richtete Marianne es so ein, dass sie noch im Stall war, als Michel seinen täglichen Rundgang machte. Immer noch hatte er seine Älteste von allen am liebsten. Als sie zusammen an den Ferkelbuchten standen und den jungen Schweinen zusahen, wie sie durch das frisch eingeworfene Stroh tollten, lobte er sie: »Ich glaub, du bist eine genauso gute Ferkelmutter wie die Karoline, deine Großmutter. Mit der hat das alles hier erst angefangen.«

»Ja, Vater«, sagte Marianne lebhaft, »ich mach das gern und ich würd auch gern noch mehr machen, aber unser Stall ist einfach zu klein und zu altmodisch. Warum bauen wir keinen neuen?«

Ruckartig drehte sich Michel um: »So, jetzt fängst du auch noch an. Damit du's weißt, ich bau keinen neuen Stall mehr. Mir ist der alte gut genug. Wenn ihr einen neuen wollt, dann könnt ihr ihn bauen, aber nicht mit meinem Geld. Der Hof gehört immer noch mir. Und das wird auch so bleiben, bis ich einmal die Augen zumach, und das kannst du auch deinem Verwalter sagen, dem es nicht schnell genug gehen kann.« Ohne seine Tochter noch einmal anzusehen, schlurfte er aus dem Stall.

Marianne blieb tief verletzt zurück.

Als sie am Abend mit Holger in ihrem Stübchen saß, wo als große Neuheit der kleine Fernseher lief, den die Münsteraner Eltern dem jungen Paar geschenkt hatten, erzählte Marianne stockend von ihrem Gespräch mit dem Vater.

Erregt stand Holger auf und stellte den Fernseher ab. »Dass er von mir nichts hält, das weiß ich«, sagte er bitter, »aber dass er zu dir genauso ist, das zeigt doch, wie hartherzig dieser Mann ist. Der sieht nur sich. Alle andern sind ihm egal. Ich glaub langsam, der will uns den Hof gar nicht geben.«

»Aber, was willst du dann machen?«, fragte Marianne und sah ihn angstvoll an.

»Ich mach die Meisterprüfung«, sagte Holger so, als habe er diesen Plan schon lange im Kopf, »dann kann ich immer noch auf einem anderen Hof Verwalter werden.«

Beide lagen in dieser Nacht noch lange wach und malten sich aus, wie es wäre fortzugehen. Wenige Tage später fuhr Holger mit seinem alten Volkswagen zum Landwirtschaftsamt, um sich für den im Winter stattfindenden Meisterkurs anzumelden, dem ein halbes Jahr später im Sommer die Prüfung folgen sollte.

Berta nahm die neuen Pläne des Schwiegersohnes ungerührt hin. »Das ist schon richtig«, sagte sie zu Marianne, »so einen Meistertitel kann man immer brauchen.« Von baldiger Hofübergabe war auch diesmal keine Rede.

Als sie Michel davon erzählte, lachte der kichernd in sich hinein: »Dann haben wir bald einen studierten Bauern auf dem Hof. Da werden sich unsere Kühe aber freuen.«

»Vielleicht will er aber gar nicht bei uns bleiben«, entgegnete Berta.

Michel wurde wieder einmal großspurig: »Was denn, wo will der denn hin, der soll froh sein, dass er bei uns ist. So einen Hof findet er nicht so schnell wieder.«

Holger bestand die Meisterprüfung mit einer guten Note und las nun im landwirtschaftlichen Wochenblatt aufmerksam die Stellenangebote für Gutsverwalter. Nur mit seinem Freund, dem Tierarzt, besprach er seine Pläne. Auch der wollte sich nach einer neuen Stelle für Holger umsehen.

Derweil blühte die geheime Liebe zwischen Willi und Gertrud. Das Mädchen ging immer noch mit ihren Freundinnen zum Tanz und der Knecht hockte mit seinen Kumpanen in der Wirtschaft. Auf dem Hof aber häuften sich die kurzen Umarmungen und die heißen Küsse. Marianne wunderte sich einige Male, dass ihre Schwester auf die üblichen Neckereien von Willi nicht mehr mit ähnlichen Worten antwortete, sondern einen roten Kopf bekam. Weitergehende Vermutungen stellte Berta an. Sie beobachtete beim Essen die schnellen Blicke, die zwischen den beiden hin und her wanderten, und bemerkte auch einmal, wie Willi unter dem Tisch nach der Hand ihrer Tochter griff.

Inzwischen wollte Willi sich mit Küssen nicht mehr zufriedengeben. Seine Umarmungen wurden drängender und seine Hände suchender.

Als Holger wegen seiner Meisterprüfung zum Landwirtschaftsamt musste, holten Willi und Gertrud allein das morgendliche Grünfutter. Auf dem Acker spannte er die Pferde vor die Mähmaschine und sie zog den gemähten Klee mit dem Handrechen zu gabelgerechten Schwaden zusammen. Mit geübten Griffen schob Willi den Klee vor sich her und warf die Gabelladungen schwungvoll auf den Wagen. Gertrud rechte hinter ihm die Reste zusammen. Als sie in der Scheunentenne gemeinsam die Pferde ausgespannt und Willi das große Tor geschlossen hatte, war das Paar im Halbdunkel allein. Gertrud hängte den Rechen an einem langen Holznagel in der Scheunenwand. Als sie sich umdrehte, stand der Knecht vor ihr. Wie schon so oft nahm er sie in den Arm, drückte sie heftig an sich und küsste sie. Sie erwiderte seine Küsse, aber als er ihren Rock in die Höhe schob, wehrte sie sich. »Willi, nicht!«, stammelte sie, »es kann doch jemand kommen.«

»Aber ich will dich ganz«, flüsterte er. »Dann komm ich heut Nacht zu dir.«

Gertrud gab ihm zur Antwort nur einen weiteren Kuss.

Nach dem Nachtessen traf sich Willi wie üblich mit anderen Burschen in der Dorfmitte, wo sie Bier tranken und über die Arbeit, Autos, Motorräder, Traktoren und Mädchen sprachen, bis es längst Nacht geworden war. Der Knecht hatte es nicht eilig heimzukommen. Wie vor ihm Hermann richtete er den Pferden die Streu und wartete dann im Dunkel der Scheune, bis im Haus das Licht erlosch. Nach einer weiteren halben Stunde schlich er sich barfuß durch den Hintereingang in die Futterküche, lauschte dort noch einmal und schob dann die Küchentüre so weit auf, dass er leise hindurchschlüpfen konnte. Mit zwei lautlosen Schritten war er an der Tür der Mädchenkammer. Vorsichtig drückte er die Klinke. Die Türe war unverschlossen. Im Bett richtete sich Gertrud auf. Sie hatte noch nicht geschlafen. Willi legte den Finger auf den Mund und sie blieb still. Lautlos, wie er hereingekommen war, schloss er die Tür. Dann ließ er die Kleider fallen und war auch schon bei ihr im Bett.

Niemand hatte etwas vom nächtlichen Liebesglück bemerkt. Nur Berta fielen die rot geränderten Augen ihrer Tochter auf.

»Was ist mit dir?«, fragte sie. »Hast du dich erkältet?«

Gertrud fasste sich an die Stirn: »Ich weiß auch nicht. Auf jeden Fall hab ich arges Kopfweh. Aber wenn ich draußen bin, wird es schon besser werden.«

Willi gab sich wie immer. Weil er das Knarren der Treppe fürchtete, war er in der Nacht nicht mehr in seine Kammer hinaufgestiegen, sondern beim ersten Morgengrauen in die Scheune geschlichen und hatte sich dort noch eine Stunde ins Stroh gelegt. Als die Kühe unruhig wurden, wachte er auf und begann wie sonst auch mit der Stallarbeit.

Die nächtlichen Zusammenkünfte wiederholten sich. Willi lernte, die Treppe zu betreten, ohne dass sie knarrte. Niemand bekam davon etwas mit.

Der Sommer brachte reiche Ernten. Das Heu wurde reichlich und so trocken wie selten eingebracht. Auf den Äckern stand das Getreide wie eine Wand. Weil keine Tagelöhner mehr aufzutreiben waren, wollte Holger, dass der Weizen erstmals mit dem Mähdrescher eines befreundeten Bauern geerntet wurde. Er bestellte die Maschine, ohne mit Michel gesprochen zu haben. Voll Stolz fuhr Holger den mit prall gefüllten Säcken beladenen Wagen in den Hof, als Michel aus der Brennerei kam.

»Wo hast du die Säcke her?«, fragte Michel barsch, als der Schwiegersohn vom Traktor abgestiegen war. »Wir dreschen doch erst im Winter.«

»Aber diesmal haben wir einen Mähdrescher«, antwortete Holger kurz und wollte ins Haus.

»So«, schrie ihn der Alte mit sich überschlagender Stimme an, »einen Mähdrescher, der einen Haufen Geld kostet, und das, ohne mich zu fragen. Was bildest du dir ein, Büble, immer noch bin ich der Bauer. Einen Mähdrescher, bloß weil ihr zu faul zum Dreschen seid.«

In den Nachbarhöfen wurden die Leute aufmerksam. So ein Geschrei hatte es auf dem Martinshof seit dem Tod des Onkels nicht mehr gegeben.

Michel schrie weiter, aber das hörte Holger kaum noch. Wie erschlagen setzte er sich an den Küchentisch. Noch nie hatte ihn jemand so vor den Leuten gedemütigt.

Draußen versuchte Berta, ihren Mann zu beruhigen. Sie drängte ihn in die Brennerei und redete begütigend auf ihn ein: »Es soll doch wieder regnen, und damit der Weizen trocken reinkommt, hat Holger den Mähdrescher bestellt, das musst du doch verstehen.«

»Nichts versteh ich«, keifte Michel weiter. »Ich weiß nur, dass dieses Bürschle langsam macht, was es will.« Aus dem alten Schränkchen in der Brennerstube holte er eine Schnapsflasche und schenkte sich mit zitternden Händen ein.

Als Berta in die Küche kam, starrte Holger mit aufgestützten Armen vor sich hin.

»Komm«, sagte sie zu ihm, »du weißt doch, wie er ist. Vielleicht hättest du ihm vorher doch etwas sagen sollen.«

»Und warum hast du ihm nichts gesagt?« entgegnete Holger. Er wartete keine Antwort ab, sondern ging zur hinteren Türe hinaus. In den letzten Minuten hatte er einen Entschluss gefasst: Seine Zukunft lag nicht auf dem Martinshof.

Am Sonntag machte Holger mit Marianne im nahe gelegenen Wäldchen einen langen Spaziergang. Als sie im kühlen Schatten der großen Buchen auf einem Holzstapel saßen, erzählte er ihr von seinen Plänen: »Dein Vater hält nichts von mir, wenn er überhaupt von irgendjemand etwas hält, und bei deiner Mutter, da kenn ich mich auch nicht mehr aus. Ich glaub fast, ihr ist es recht, wenn er den Hof nicht abgibt. Ich glaub nicht mehr, dass ich hier einmal Bauer werde.«

»Aber was sollen wir machen?« fragte Marianne angstvoll. »Wo sollen wir hin?«

»Ich such mir eine Verwalterstelle«, antwortete Holger und legte ihr den Arm um die Schultern, »dann verdien ich so viel, dass wir auch ohne eigenen Hof gut leben können.«

Er erzählte, dass der Tierarzt von offenen Verwalterstellen im

Hessischen und auf Gütern im Münsterland berichtet habe. »Dann wär ich sogar wieder in meiner Heimat«, lachte er.

»Ja, und ich, ich wär dann in der Fremde«, jammerte Marianne.

»Ach komm«, beruhigte er sie, »noch ist es nicht so weit. Bis zum Winter bleib ich auf jeden Fall hier.«

Immer öfter sprachen die beiden von dieser Zukunft und langsam malte sich Marianne das Leben woanders und ohne den Streit daheim in schönen Farben aus. Im Herbst wurde sie schwanger. Beide freuten sich auf das Kind. Berta, die kommende Großmutter, blieb bei dieser Nachricht allerdings auffallend gleichgültig.

Wenige Wochen nach ihrer Schwester entdeckte auch Gertrud ihre Schwangerschaft. Sie erschrak zutiefst. Jetzt erst machte sie sich ernsthafte Gedanken über die Zukunft. Bisher hatte sie in den Tag hineingelebt und sich manchmal, für die spätere Zeit, ein Leben als Bäuerin auf einem anderen, schönen und modernen Hof vorgestellt. Wenn Willi aber nachts zu ihr kam, versanken solche Gedanken im Taumel der Gefühle. Dann vergaß sie, dass es für eine Bauerntochter ein Makel war, ein Verhältnis mit einem Knecht zu haben und von ihm sogar ein Kind zu bekommen. Jetzt aber war genau das passiert und sie wusste nicht mehr ein noch aus.

Als sie am Morgen mit Willi allein im Kuhstall war, zog sie ihn am Ärmel in die Milchkammer. »Du«, flüsterte sie und krallte die Finger so fest in seinen Arm, dass es schmerzte und er abwehrend nach ihrer Hand griff. »Ich krieg ein Kind. Ich weiß nicht, was ich machen soll.«

Im ersten Moment erschrak auch Willi. Dann aber verzog er das Gesicht zu einem breiten Grinsen. »Gar nichts musst du machen. Das ist ganz einfach. Wir heiraten und dann hat das Kind einen Vater«, sagte er so laut, dass ihm Gertrud die Hand auf den Mund legte.

»Aber was glaubst du, was meine Eltern sagen«, flüsterte sie weiter, »die jagen mich vom Hof.«

Willi schüttelte den Kopf: »Ach was, die sind froh, wenn du da bleibst. Wer soll denn die Arbeit machen?«

Lange konnte Gertrud ihre Schwangerschaft nicht verheimlichen. Oft musste sie sich nach dem Morgenessen übergeben. Um das zu vermeiden, aß sie morgens fast nichts mehr. Ihr sonst frisches Gesicht wurde grau und schmal.

»Was ist los mit dir?«, fragte Berta misstrauisch, »bist du krank?«

»Ach was« wehrte die Tochter ab, »ich hab halt seit einiger Zeit öfter Magenweh, das geht auch wieder vorbei.«

Das morgendliche Erbrechen häufte sich. Berta, der die heimlichen Blicke zwischen Tochter und Knecht immer wieder aufgefallen waren, beschlich eine dunkle Ahnung. Als sie mit ihr am Vormittag allein in der Küche war und Gertrud auf den Spülstein gestützt mit einer erneuten Übelkeit kämpfte, wollte sie Gewissheit: »Mit dir stimmt doch etwas nicht.« Sie fasste ihre Tochter hart an der Schulter und drehte sie zu sich. »Bist du womöglich schwanger?«

Gertrud wandte das Gesicht ab und fing zu weinen an. »Ja«, antwortete sie unter Schluchzen.

»Etwa vom Willi?«, drang Berta weiter.

Die Antwort war ein weiteres geschluchztes »Ja«.

Berta setzte sich wie erschlagen auf einen Stuhl: »Mein Gott, das hat uns gerade noch gefehlt. Bei uns hört das Unglück nimmer auf. Wie konnte dir so was passieren?«

»Ich mag ihn halt«, schluchzte die Tochter weiter.

»Ja, dann«, antwortete die Mutter entschlossen, »dann müsst ihr eben heiraten. Ein lediges Kind, das können wir nicht auch noch brauchen.«

Gertrud setzte sich: »Aber wo sollen wir dann hin?«, fragte sie.

»Ihr bleibt hier«, war die nüchterne Antwort. »Wir werden dann schon sehen, wie es weitergeht.«

Am nächsten Morgen, als die anderen schon wieder aus dem Haus waren, setzte sich Berta zu ihrem Zeitung lesenden Mann an den Küchentisch. »Du«, sagte sie gewichtig, »es gibt eine Neuigkeit. Unsere Gertrud will heiraten.«

»Wieso denn?« Michel lehnte sich zurück. »Ich hab gar nicht gemerkt, dass sie einen Freund hat.«

»Sie muss heiraten«, fuhr Berta entschlossen fort, »und das Kind ist vom Willi.«

»Was, vom Knecht?« Michel wurde laut: »Was fällt der ein, ein Kind von einem Knecht, so eine Schande!«

Berta blieb ruhig: »Jetzt ist es halt so und sie will ihn heiraten.« Nach einer Pause fügte sie hinzu: »Mit dem Willi sind wir doch immer gut ausgekommen. Er ist ein guter Arbeiter und so ist es dann auch das Beste.«

Michel hielt sich am Mostglas fest und gab keine Antwort.

Marianne erfuhr die Neuigkeit am nächsten Tag. Sie stand am Herd, um das Mittagessen zu kochen. Berta kam vom Saustall und wusch sich am Spülstein die Hände. Wie nebenbei sagte sie: »Ich weiß jetzt, warum es der Gertrud gar nicht gut geht.«

»So, warum denn?«, fragte Marianne, ohne ihre Arbeit dabei zu unterbrechen.

Berta trocknete sich die Hände: »Sie ist schwanger.«

Marianne legte das Messer weg, mit dem sie Karotten klein geschnitten hatte. »Ja, mein Gott, von wem denn, sie hat doch gar keinen Freund.«

»Doch«, sagte die Mutter, »wir habe es nur nicht gemerkt.« Jetzt erst sah sie ihrer Tochter ins Gesicht: »Es ist der Willi und sie will ihn auch heiraten.«

Marianne stand erregt auf: »Nein, so was, weiß es der Vater schon, und wie soll es dann weitergehen, was wollen die zwei dann machen?«

»Sie bleiben hier«, lautete die knappe Antwort, »wir brauchen beide, um mit der Arbeit fertig zu werden, dem Vater ist es recht.«

Das Mittagessen verlief wie immer. Es wurde knapp über die anstehende Arbeit gesprochen. Jeder wusste, was zu tun war. Willi pflügte mit dem Traktor die abgeernteten Getreidefelder und die anderen fuhren mit dem Pferdefuhrwerk auf den Kartoffelacker, um dort mit der Ernte zu beginnen. Nebeneinander klaubten Berta und ihre Töchter die Knollen auf, die Holger mit dem Kartoffelroder aus dem Boden geholt hatte. Gertrud, die sonst immer lustig drauflosschwatzte, war still. Verstohlen sah Marianne immer wieder zu ihr hin und machte sich Gedanken über die eigene Zukunft. Gerne hätte sie mit der Schwester gesprochen.

Am Abend, als die Mutter schon in die Küche gegangen war und Marianne im Stall die Ferkel versorgte, bat sie Holger unter dem Vorwand, er müsse ihr Ferkelfutter holen, in den Schweinestall. Als er den Sack im kleinen Vorraum absetzte, fasste sie ihn am Arm und flüsterte erregt: »Du, die Gertrud kriegt ein Kind und rat mal, von wem.«

Holger zuckte mit den Schultern.

»Stell dir vor vom Willi, die Mutter hat es mir heute Morgen gesagt. Die beiden wollen heiraten und meinen Eltern ist es sogar recht.«

»So, so«, nickte Holger und nach einer Pause: »Dann weiß ich auch, wie es weitergeht, und was ich zu tun hab.«

Sie konnten nicht weiterreden, weil in diesem Augenblick Michel in den Stall geschlurft kam.

Erst nach dem Nachtessen, als sie allein in ihrem kleinen Zimmer waren, konnten Marianne und Holger über das Neue und ihre Zukunft reden. »Jetzt haben wir hier nichts mehr zu suchen«, sagte Holger mit finsterem Gesicht. »Für mich ist klar, dass sie der Gertrud den Hof geben.«

Marianne sah ihren Mann zweifelnd an: »Ich kann das nicht glauben. Vielleicht geben sie ihn aber uns allen zusammen. Ich bin mit der Gertrud immer gut ausgekommen und dich mag sie doch auch.«

Holger schüttelte den Kopf: »Auf so etwas lass ich mich gar nicht ein. Das ist noch nie gut gegangen, und wenn die Kinder erst mal da sind, wird der Hof außerdem zu klein.«

Marianne erschrak. Dass der seit Urzeiten größte Hof am Ort plötzlich zu klein sein sollte, das war ihr noch nie in den Sinn gekommen. Hatten doch viele andere weniger als die Hälfte. Auch über die Aussagen eines glatzköpfigen holländischen Politikers, der den süddeutschen Bauern bei einer Besichtigungsfahrt auf der Alb und im Schwarzwald klar machen wollte, dass sie künftig mindestens 80

Hektar Land und 60 Kühe oder 120 Schweine bräuchten, um leben zu können, hatte sie wie viele andere nur gelacht. Und jetzt tat Holger, ihr eigener Mann, so, als habe dieser Mansholt recht. Vielleicht stimmt es doch, ging ihr durch den Kopf, wenn der Vater sagte, Holger passe nicht auf einen hiesigen Bauernhof.

Noch am gleichen Abend, als Marianne schon im Bett war, setzte Holger ein Bewerbungsschreiben auf, um sich für die Verwalterstelle auf einem Gut in Hessen zu empfehlen. Den Brief gab er am nächsten Tag heimlich dem Postboten mit. Niemand im Haus, nicht einmal seine Frau, wusste davon.

Tage der Ungewissheit lasteten auf dem Martinshof. Heimlich, während des Melkens, als sie allein im Kuhstall waren, hatte Gertrud ihrem Willi von der Unterredung mit der Mutter berichtet. Berta habe gesagt, es sei das Beste, sie würden bald heiraten, aber sie müssten auf dem Hof bleiben.

Willi grinste zufrieden: »Na, was hab ich dir gesagt.« Er lehnte die Mistgabel an die Wand und wollte sie in den Arm nehmen. Gertrud aber drehte sich zur Seite. Die Schande, von einem Knecht ein Kind zu bekommen, und das erwartete Gerede der Leute drückten ihr jeden Tag mehr aufs Gemüt. So schnell sollte die unbekümmerte Jugend vorbei sein.

Auch auf Berta lasteten neue Sorgen. Wo sollte man die neue Familie im Haus unterbringen und wie würde es mit zwei kleinen Kindern auf dem Hof weitergehen? Zwei Tage lang wiegte sie die Möglichkeiten hin und her. Mit Michel war darüber nicht zu reden. Der verhielt sich wie immer. Entweder hatte er die Neuigkeit schon wieder vergessen oder sie interessierte ihn nicht, solange alles seinen gewohnten Gang ging.

Am dritten Morgen, als die anderen aus dem Haus waren, setzte sie sich wieder zu ihrem Gatten an den Küchentisch. »Du«, sagte sie und schob die Zeitung auf die Seite, »Gertrud und der Willi müssen schnell heiraten, sonst gibt es nur ein dummes Gerede. Sie bleiben auf dem Hof, aber wir müssen sie im Haus unterbringen.«

»So eine Schande«, fing Michel wieder an, »ein Kind vom Knecht! Am liebsten würd ich sie vom Hof jagen.«

Berta wurde ärgerlich: »Ja, und wer soll dann die Arbeit machen? Jetzt ist es halt so und wir müssen damit fertig werden.« Eindringlich redete sie auf ihren Mann ein, der finster auf die Tischplatte starrte.

Das Ergebnis ihrer Überlegungen teilte sie den Töchtern und deren Männer am Abend mit: »Ihr wisst alle, was sich bei uns ändert. Gertrud und Willi wollen heiraten, aber sie bleiben auf dem Hof, damit es hier weitergeht. Damit ihr alle im Haus wohnen könnt, ziehen der Vater und ich hinüber in die Brennerei. Dann könnt ihr zwei, Gertrud und Willi, unsere Stuben nehmen.«

Holger und Gertrud schauten wie unbeteiligt vor sich hin und sagten nichts. Willi nickte. Er sah seiner bisherigen Bäuerin und künftigen Schwiegermutter offen und zufrieden ins Gesicht. Der Plan war nach seinem Sinn. Nur Marianne blickte zweifelnd. Ihr lag das Schicksal der Eltern mehr am Herzen als ihr eigenes: »Aber ihr könnt doch in der Brennerei nicht wohnen, das ist doch nur eine Stube.«

Berta winkte ab: »Das wird schon gehen. Wir brauchen sowieso die Handwerker. Ihr wollt doch auch ein Kinderzimmer. Dann bauen wir in der Brennerei noch eine Stube an und das reicht für uns.«

Eine Woche später erschienen Gertrud und Willi in der Amtsstube des Bürgermeisters, die eigentlich sein Wohnzimmer war, und bestellten das Aufgebot. Am darauffolgenden Sonntag verkündete der Pfarrer von der Kanzel, dass die ehrsame Haustochter Gertrud Dachser und der Landarbeiter Willi Langner am Samstag, dem 18. Oktober den Bund der Ehe schließen wollten.

Das befürchtete Gerede über die unpassende Verbindung von Bauerntochter und Knecht war längst im Gange, als Gertrud bleich und verschlossen am Arm des selbstbewusst blickenden Willi in die Kirche schritt. Die Klatschmäuler der Gemeinde prüften mit Kennerblick das Hochzeitskleid, ob sich darunter bereits neues Leben abzeichne. Wie sonst sei die Eile erklärbar, mit der diese unpassende Verbindung legalisiert wurde.

Nach der Hochzeitsfeier im engsten Kreis zog das junge Paar in das Schlafzimmer der Eltern, in dem eilig gekaufte neue Möbel standen. Die Alten bezogen zunächst das ehemalige Mädchenzimmer auf der anderen Seite der Küche. Der Anbau an die Brennerei war nicht rechtzeitig fertig geworden. Michel schimpfte, weil er sein Wandschränkchen verlor und sich jetzt endgültig an den Rand gedrängt sah. Gertrud musste die Schlafstube abschließen, damit der Vater nicht immer wieder gedankenverloren und vom Alkohol benebelt hineintappte.

Seit Wochen wartete Holger auf Post aus Hessen. Sie kam, als er sich schon mit ihrem Ausbleiben abgefunden hatte. Marianne, die das Mittagessen kochte, nahm den Brief in Empfang. »Gutsverwaltung Römerberg« las sie auf dem gedruckten Absender. Als die anderen nach dem Essen aus der Küche gingen, hielt sie Holger zurück: »Du hast Post bekommen, was ist das für eine Gutsverwaltung Römerberg?«

Holger bekam einen roten Kopf und riss ihr den Brief aus der Hand: »Ich erklär's dir heut Abend, jetzt hab ich keine Zeit«, sagte er schnell, steckte den Brief in die Jackentasche und ging aus der Küche.

Auf dem Hof warteten Willi und Gertrud, die auf die Obstwiese fahren wollten. Als er sich beim Aufsammeln der Äpfel und Birnen unbeobachtet fühlte, riss Holger den Brief auf und atmete nach dem Lesen tief durch. Aufgrund eines Todesfalls in der Familie habe sich die Antwort verzögert, hieß es entschuldigend. Aber man sei an einer Vorstellung interessiert. Er möge mitteilen, ob und zu welchem Termin dies möglich sei.

»Was ist das denn für ein Brief?«, fragte Marianne am Abend im Schweinestall.

»Das ist ein guter Brief«, antwortete Holger und lachte sie an, »aber warte doch bis nachher.«

Sofort nach dem Essen stieg er in die kleine Wohnung hinauf und Marianne folgte, sobald der Tisch abgeräumt war. Der Brief lag aufgefaltet auf dem kleinen ovalen Tisch. Unruhig stand Holger neben ihr, als Marianne ihn las. »Nun, was sagst du?«, fragte er schließlich ungeduldig.

Sie drehte sich zu ihm und hatte Tränen in den Augen: »Du willst wirklich fort und hast mir davon gar nichts gesagt?«

»Aber wir haben doch darüber geredet.« Holger nahm ihre Hand. »Und als du mir das von der Gertrud erzählt hast, da musste ich einfach was unternehmen. Versteh doch, wir haben hier auf dem Hof keine Zukunft.«

Marianne war trotzdem gekränkt: »Aber mir hättest du schon etwas sagen können.«

Holger erzählte dem Tierarzt von der Nachricht aus Hessen. Der war begeistert: »Mensch, natürlich fährst du hin.« Am Telefon der Tierarztpraxis vereinbarte Holger den Vorstellungstermin. Weil sein altersschwacher Volkswagen nicht mehr sicher war, lieh ihm der Doktor sein Auto. Viel Überredungskunst war nötig, damit Marianne mitfuhr. Auf dem Martinshof begründete Holger die Fahrt mit einem angeblichen Krankenbesuch bei seinen Eltern.

An dem sonnigen Spätherbsttag hatten die beiden Mühe, den abgelegenen Gutshof im nordhessischen Hügelland zu finden. Aufgeregt und von der prächtigen Kulisse des schlossähnlichen Hauptgebäudes eingeschüchtert, kamen sie am frühen Nachmittag gerade noch rechtzeitig an. Der Gutsherr, ein Industrieller aus Kassel, führte sie in sein mit alten, dunklen Eichenmöbeln ausgestattetes Büro. Dort wartete bereits ein weiterer Herr, den der Gutsbesitzer als Güterdirektor mit der Oberaufsicht für insgesamt drei Firmengüter vorstellte.

Das Gespräch verlief zwangloser, als Holger befürchtet hatte. Der Gutsherr erzählte, dass er selbst nicht hier wohne und meist nur am Wochenende da sei, dann aber oft Gäste mitbringe. Das weitere Gespräch überließ er dem Güterdirektor.

Der Mann war von Holgers Zeugnissen angetan. Ihm gefiel, dass er seine Lehre auf einem großen Gut abgeschlossen und so schnell die Meisterprüfung absolviert hatte. Auch von seiner Herkunft und dem Elternhaus war er überzeugt. Darüber hatte er längst Erkundigungen eingezogen. Warum Holger den Hof der Schwiegereltern verlasse, wollte er wissen.

Etwas stockend erzählte Holger, dass seine Schwägerin erst vor Kurzem geheiratet habe und auch auf dem Hof bleibe. Für zwei Familien sei der Betrieb auf Dauer zu klein.

Bevor sich der Gutsherr verabschiedete, wandte er sich an Marianne: »Und was sagen Sie dazu, wenn Sie von daheim fort müssen?«

Marianne wurde rot und bemühte sich um eine hochdeutsche Antwort: »Ja, das ist für mich nicht leicht, aber wenn mein Mann woandershin geht, dann geh ich mit.«

Der Direktor zeigte auf einer großen Flurkarte den Besitz des Gutes, der rund 250 Hektar Feld und weitere 80 Hektar Wald umfasste. Er lud die beiden zu einer kleinen Besichtigungsfahrt ein. Holger staunte über die großen Felder, die sich über das hügelige, von kleinen Waldstücken durchsetzte Gelände erstreckten. An einem der Felder, auf dem zwei Traktoren pflügten, hielt der Oberverwalter an. Einem der großen Fahrzeuge entstieg ein etwa fünfzigjähriger untersetzter Mann, den der Güterdirektor als Aufseher vorstellte. Zurück auf dem Gut zeigte dessen Frau, eine rundliche, fröhliche Person, den Besuchern das Haus. Im Erdgeschoss den großen, prachtvoll mit langen Eichentischen, zwei stattlichen Waffenschränken und einigen niederen Kommoden ausgestatteten Empfangsaal, zwei weitere, mit Jagdgeweihen und Ahnenbildern ausgestatte Räume, die großen Küche und den Aufenthaltsraum für das Gesinde. Im Obergeschoss befanden sich eine Wohnung für den Gutsherrn und einige Schlafzimmer für die Gäste, die, wie die Aufseherin bestätigte, zahlreich waren und, wie sie mit einem Achselzucken sagte, leider bedient werden müssten. Zuletzt zeigte sie den beiden die in einem Seitenflügel untergebrachte Verwalterwohnung, bestehend aus drei Zimmern, einer kleinen, modern eingerichteten Küche und einem weiß gekachelten Bad, das Marianne mit großen Augen betrachtete.

Beim Abschied im Büro sicherte der Direktor Holger zu, er werde in spätestens zwei Wochen Bescheid erhalten. Seine Chancen stünden gut.

Auf der Rückfahrt war die Stimmung gedrückt. Beide fürchteten sich nicht wenig vor der ins Auge gefassten Aufgabe. Holger vor der Verantwortung für den umfangreichen Besitz und Marianne vor dem großen Haus und den vielen Gästen. Im tiefsten Innern keimte bei ihr und auch bei Holger die Hoffnung: Vielleicht würde die Wahl doch nicht auf sie fallen und dann bliebe alles beim Alten.

Spät in der Nacht kehrten sie auf den Martinshof zurück. Michel saß noch am Küchentisch. Er hatte einige Schriftstücke vor sich, in denen er kramte und dabei, wie so oft, unverständliche Selbstgespräche führte. Er bemerkte die beiden erst, als ihm Marianne den Arm auf die Schulter legte.

»Aber Vater«, sagte sie laut, »warum gehst du nicht ins Bett, es ist doch schon spät.«

Mühsam hob er den Kopf: »Ja, ja, ich hab nur noch etwas gesucht, aber jetzt geh ich.« Ächzend stand er auf, packte die Schriftstücke zusammen und wollte in seine alte Schlafstube, die aber verschlossen war. »Warum ist hier zu?«, krächzte er und rüttelte an der Klinke.

Marianne fasste ihn am Arm: »Aber Vater, du hast doch jetzt die andere Stube, komm wir gehen hinüber.«

Wortlos ließ sich Michel in seinen neue Stube führen. Drinnen war Berta längst aufgewacht. Sie nahm ihren Gatten in Empfang. Zu ihrer Tochter sagte sie nur: »So, seid ihr wieder daheim.«

Traurig stieg Marianne in ihre eigene Behausung hinauf. Das kurze Erlebnis mit dem Vater, seine Hilflosigkeit bedrückte sie. Wir andern haben ihm nicht nur die Schlafstube genommen, sondern eigentlich auch schon den Hof, sagte sie sich. Und wenn ich auch noch fortgehe, dann hat er niemand mehr. Lange lag sie noch wach, während sich Holger neben ihr unruhig im Schlaf bewegte.

Seit der Heirat fühlte sich Willi als neuer Hofbauer. Wenn beim Morgenessen die Tagesarbeit besprochen wurde, dann führte er das große Wort und meistens war Berta mit ihm einig. Auch Gertrud, die langsam in ihre alte Art zurückfand, gab ihm recht. Holger und Marianne saßen still dabei. Um auch nach außen seine neue Rolle zu demonstrieren, wollte Willi, wie früher Michel, auf den Schweinemarkt fahren. Dort könne für die Ferkel mehr erlöst werden als auf dem Hof. Marianne widersprach. Der Ferkelverkauf sei immer noch Sache des Vaters. »Bisher hat er auch daheim immer gute Preise erzielt«, sagte sie fest und bestimmt. »Wir können ihm doch nicht alles wegnehmen.«

Auch Gertrud stimmte zu. Nicht aus Rücksicht auf den Vater, sondern weil sie fürchtete, ihr Mann könne in das gleiche Fahrwasser geraten wie der Alte.

Tatsächlich war der wöchentliche Ferkelverkauf noch das Einzige, mit dem sich Michel aus seiner Lethargie reißen ließ. Dann gewann er seine alte Selbstsicherheit zurück und focht mit den Händlern, die mit ihren kleinen Lastwagen auf den Hof kamen wie früher auf dem Markt. Er fand ihnen gegenüber die richtigen Worte und war ihrem Urteilsvermögen gewachsen. Den aktuellen Preisstand hatte er längst aus der Zeitung und dem Radio. Dann war er wieder schlagfertig und witzig. Zufrieden steckte er die glatt gestrichenen Geldscheine in seinen großen Geldbeutel und nannte den Händler mit kicherndem Lachen einen Bauernbetrüger. Das könne er mit andern machen, aber nicht mit ihm. »Damit ihr's wisst.«

Mariannes Abschied

Zweieinhalb Wochen nach dem Besuch auf dem Römerberg kam ein großer Briefumschlag, adressiert an »Herrn Landwirtschaftsmeister Holger Behrens«. Marianne, die seit Tagen unruhig wartete, nahm ihn dem Briefträger ab, wagte aber nicht ihn zu öffnen. Schnell lief sie in die Scheune, wo die anderen beim Dreschen waren und Holger der Maschine die vollen Getreidesäcke abnahm. »Du hast Post«, rief sie ihm gegen den Maschinenlärm ins Ohr.

»Was steht drin?« wollte er wissen.

Sie zuckte mit den Schultern.

Holger ließ sich nicht halten. Während seine Frau in der Scheune blieb, rannte er über den Hof ins Haus und die Treppe hinauf. Schwer atmend riss er den Brief auf. »Sehr geehrter Herr Behrens«, stand da. »wir nehmen Ihre Bewerbung um die Stelle als Verwalter auf dem Gut Römerberg an und bitten Sie, den beigefügten Vertrag zu unterzeichnen. Weitere Modalitäten der Einstellung möchten wir gerne mit Ihnen persönlich besprechen.«

Weiter las Holger nicht. Rasch schob er das Schreiben in die Schublade der kleinen Kommode und eilte wieder in die Scheune. Er zog Marianne am Ärmel in den angrenzenden Ochsenstall, wo es still war. »Sie haben zugesagt.« Jubelnd nahm er seine Frau um die Mitte und drehte sie im Kreis.

Auf dem Sofa ihrer kleinen Wohnung eng aneinander gelehnt studierten die beiden am Abend den Vertrag. In ihm war festgelegt, dass Holger Behrens die Stelle eines Verwalters auf dem Hofgut Römerberg zu einem noch festzulegenden Zeitpunkt, aber spätestens am 1. März des Folgejahres übernehmen solle. Ihm obliege die Verwaltung des Gutes, soweit sie die Bewirtschaftung der Flächen betreffe. Den Verkauf der Erntegüter habe er mit dem Güterdirektor abzustimmen. Ihm unterstünden die für die Feldbewirtschaftung angestellten Arbeiter, nicht aber die Wirtschafterin des Hauses. Das monatliche Gehalt war auf 1800 Mark festgesetzt. Darin sei die Verwalterwohnung und Verköstigung des Ehepaares eingeschlossen. Während einer dreimonatigen Probezeit könne der Vertrag von beiden Seiten ohne Angabe von Gründen gekündigt werden.

»Was willst du machen?«, fragte Marianne und sah ihrem Mann ängstlich ins Gesicht.

»Das fragst du noch«, antwortete er mit leichter Entrüstung. »Natürlich unterschreibe ich und wegen mir können wir schon am ersten Januar anfangen.« Jetzt erst sah er die Tränen in Mariannes Augen. »Komm«, sagte er begütigend und schlang den Arm um ihre Schultern, »freu dich doch. Wir fangen ein neues Leben an, ohne diesen ewigen Streit hier im Haus. Und denk doch auch an unser Kind.«

Marianne ließ den Tränen freien Lauf: »Aber dann muss ich von daheim fort und niemand weiß, wie es hier weitergeht. Mir tut der Vater so leid.«

»Es geht weiter«, sagte Holger. »Besser jedenfalls, als wenn wir uns ständig mit Willi, Gertrud und deiner Mutter streiten müssen. Deine Mutter hat das Heft in der Hand und sie steht nicht auf unserer Seite.«

In der Nacht, als Marianne noch einmal alles überdachte, musste sie ihrem Mann recht geben. Eigentlich war ihr die Mutter immer ein wenig fremd geblieben. Nie hatte sie mit ihr so über alles sprechen können wie mit dem Vater. Und Holger hatte die Mutter doch auch nur wegen der Arbeit auf den Hof genommen, aber nicht als Hofbauern. Man hatte schon bald gemerkt, dass ihr der Willi lieber war. Und so wie der sich seit der Hochzeit mit Gertrud aufführte! Nein, sagte sich Marianne, das ist auf Dauer kein Zusammenleben mehr.

Am nächsten Tag brachte Holger den unterschriebenen Anstellungsvertrag zur Post und vereinbarte am Telefon des Tierarztes für die folgende Woche einen Termin für die endgültige Absprache seiner Anstellung auf dem Römerberg. Mit dem neugierig gewordenen Doktor fuhr er nach Hessen. Als Anstellungstermin wurde mit dem Güterdirektor der 1. Februar vereinbart.

»Das Gut ist in Ordnung«, sagte der Tierarzt bei der Heimfahrt. »Allerdings hast du noch einen Chef über dir, mit dem du klarkommen musst. Aber das ist schließlich überall so und auf dem Martinshof hast du gleich mehrere Chefs.«

Am Sonntag darauf, als die Familie ohne Michel beim Morgenessen saß, fasste sich Marianne ein Herz: »Wir, Holger und ich«, fing sie stockend und ohne die anderen anzuschauen an, »wir müssen euch etwas Wichtiges sagen.« Nervös umfasste sie mit beiden Händen die irdene Tasse vor sich und konnte nicht weiterreden.

Holger übernahm das für sie: »Wir gehen fort. Ich hab eine Verwalterstelle in Hessen angenommen und fang dort am 1. Februar an.«

Erschrocken sah Gertrud ihre Schwester an: »Aber das geht doch nicht, Marianne, das kannst du doch nicht machen.«

Willi verzog das Gesicht, sagte aber nichts.

Berta starrte Tochter und Schwiegersohn wütend an: »So, so«, sagte sie schneidend, »das erfährt man so nebenher. Deswegen seid ihr so viel unterwegs. Und wie's bei uns weitergeht, das interessiert euch nicht. Da geht man einfach und lässt Vater und Mutter im Stich. Wenn das der Vater hört, das bricht ihm vollends das Herz.«

Michel hatte sich schon lange angewöhnt, morgens, wenn die anderen wieder aus der Küche waren, allein zu essen. So war es auch an diesem Tag. Unordentlich angezogen und mit wirrem Haar schlurfte er aus der ehemaligen Mädchenkammer, die jetzt seine Schlafstube war. Marianne, die an anderen Sonntagen bald wieder in die eigene Wohnung hinaufging, zögerte diesmal die Küchenarbeit hinaus. Auch Holger war am Tisch sitzen geblieben. Berta rumorte am Spülstein. Ziellos tappte Michel in der Küche herum, bevor er sich ächzend an den Tisch setzte. Eilfertig holte Marianne den Suppenteller, in dem sie am Vorabend Brotschnitten eingeweicht hatte, und goss heiße Milch darüber. Michel wollte seine Milchsuppe. Er war der Einzige, der noch an diesem überkommenen Morgenessen festhielt. Wortlos löffelte er und blickte misstrauisch zu seinem Schwiegersohn hinüber. Er war nicht gewohnt, ihn morgens noch in der Küche anzutreffen.

»Ihr seid noch da«, sagte er an Marianne gerichtet. »Geht heute niemand in die Kirche?« Der Brauch verlangte, dass von jedem Haus des Dorfes allsonntäglich jemand zum Gottesdienst ging.

»Heute geht Gertrud mit Willi«, antwortete Marianne. Sie zog einen Stuhl heran und setzte sich zum Vater, der nach der großen geblümten Tasse mit Malzkaffee griff. »Du, Vater, wir müssen dir etwas sagen.«

Weiter kam sie nicht. »Ja, sag's ihm nur«, giftete Berta in ihrem Rücken, »wie du mit deinen Eltern umgehst.«

Michel sah auf: »Wieso, was ist denn?«

»Der Holger geht auf einen anderen Hof«, antwortete Marianne schnell. »Er wird Verwalter auf einem Gut in Hessen.«

Mit gespielter Bewunderung blickte Michel auf seinen Schwiegersohn: »Aha, der Herr steigt auf, bei uns ist es ihm halt doch zu klein.«

Holger stieg der Ärger ins Gesicht, aber er sagte nichts.

Berta stellte sich vor ihre Tochter: »Du musst dem Vater schon alles sagen. Sag ihm ruhig, dass du mitgehst nach Hessen.«

Dass der Schwiegersohn ging, den er sowieso schon lange nicht mehr leiden konnte, das war für Michel keine schlimme Nachricht. Aber seine Marianne, die ihm immer die Liebste war. »Wieso willst du fort?« fragte er aufgeregt. »Du kannst doch da bleiben. Andere Männer sind auch die ganze Woche fort.«

Marianne griff nach seiner Hand: »Ach Vater, ich bin schon noch eine Weile da, aber im Frühjahr bekomm ich ein Kind und dann gehört die Familie doch zusammen.«

Michel schob die Tasse von sich und ließ müde den Kopf sinken: »Alles geht kaputt«, sagte er tonlos. »Erst geht die Luise fort, dann kommt der Hermann nicht wieder und jetzt gehen schon die Kinder.« Er wandte sich ab und wollte aufstehen. Dann aber sah er seinen Schwiegersohn: »Du bist schuld«, schrie er ihm wütend ins Gesicht, »du hast dich bei uns reingedrückt und jetzt ist dir nichts mehr gut genug. Wegen mir kannst du noch heute gehen, aber die Marianne, die bleibt da.«

Holger sprang auf: »Das muss man mir nicht zweimal sagen. So eine Knechtstelle wie hier find ich überall.« Ohne die anderen anzusehen, rannte er aus der Tür und die knarzende Treppe hinauf.

»Aber Vater«, rief Marianne mit Tränen in den Augen, »so kannst du doch nicht mit ihm umgehen. Holger hat doch immer alles für den Hof getan.«

Die Arme in die Hüfte gestemmt stellte sich Berta neben ihren Mann: »Ja, ja, aber in Wirklichkeit wollte er so schnell wie möglich den Hof. Deshalb hat er mit dir angebändelt. Aber den bekommt er jetzt erst recht nicht.«

Marianne ließ ihren Tränen freien Lauf: »Ihr seid so ungerecht«, schluchzte sie, »alles hat der Holger gemacht, damit es hier weitergeht, und das ist euer Dank. Er mag mich und ich mag ihn und ich lass ihn auch nicht allein.« Weinend verließ sie die Küche und ging zu ihrem Mann hinauf.

In der alten Schlafstube, in der sich das andere Paar für den Kirchgang rüstete, war der Streit nicht zu überhören. Erschrocken hielt Gertrud beim Anziehen des Sonntagskleides inne und horchte. Vom Wutausbruch des Vaters und den Vorwürfen der Mutter verstand sie jedes Wort. Als sie ihre Schwester weinen hörte, wollte sie zur Tür. Willi hielt sie zurück: »Lass sie, das geht uns nichts an. Und wenn der Holger fort will, dann geht es auch ohne ihn. Eigentlich hat er ja recht. Auf Dauer ist der Hof für zwei Familien zu klein.«

Gertrud ließ sich umstimmen. Als die beiden im Sonntagsstaat in die Küche traten, räumte Berta das Geschirr ein. »So seid ihr fertig«, sagte sie, als sei nichts vorgefallen, »jetzt müsst ihr aber auch gehen«. Michel war schon wieder in seiner Stube verschwunden.

Einen Stock höher saßen Holger und Marianne an ihrem kleinen Tisch. Er starrte finster vor sich hin. Sie hatte die Arme um seinen Hals geschlungen und weinte mit zuckenden Schultern. Den Zornausbruch des Vaters hatte sie erwartet. Sie war diese plötzlichen Ausbrüche, die schnell wieder ins Gegenteil umschlugen, gewohnt. Aber die Worte der Mutter hatten sie tief getroffen. »Ich pack jetzt gleich meine Sachen«, brach Holger sein Schweigen, »keine Stunde bleib ich länger.«

Marianne sah erschrocken auf: »Und was ist mit mir, willst du mich allein lassen?«

»Nein«, sagte Holger und drückte sie an sich, »wir gehen zusammen.«

Einige Minuten verharrten sie eng umschlungen. Dann aber stand Marianne entschlossen auf und trocknete ihre Tränen: »Nein, so leicht lassen wir uns dann doch nicht vertreiben. Auch wenn der Willi vielleicht nur darauf wartet. Sie müssen mir meine Aussteuer und das Heiratsgut geben. Dann gehen wir zum 1. Februar.«

Wenig später ging Marianne in die Küche hinunter. Gertrud war von der Kirche zurück und deckte den Tisch. Ernst sah sie der Schwester entgegen: »Willst du wirklich fort? Aber wie sollen wir dann hier fertig werden? Lass doch den Holger allein gehen.«

»Nein«, entgegnete Marianne hart, »wenn der Holger geht, dann geh ich mit. Er will nicht mehr hierbleiben. Der Vater mag ihn doch auch nicht mehr und die Mutter hat ja deutlich genug gesagt, dass wir den Hof nicht bekommen. Was sollen wir noch da? Du und der Willi, ihr seid ihr lieber.«

Gertrud, die ihr unbekümmertes Wesen in den letzten Monaten verloren hatte, war den Tränen nahe: »Aber ich hab mich schon so darauf gefreut, dass unsere Kinder miteinander aufwachsen.«

»Ja«, seufzte Marianne, »das wär schön, aber Holger meint, für zwei sei der Hof zu klein.«

»Das sagt der Willi auch«, stimmte Gertrud zu.

Berta kam mit einer Schüssel Feldsalat aus dem Garten. Sie sagte nichts und auch die Schwestern redeten nicht weiter.

Mit den Worten: »Wir essen oben«, füllte Marianne etwas vom Sonntagsessen in zwei kleine Schüsseln und ging aus der Küche.

Die Mutter schwieg noch immer.

Am Nachmittag, als Marianne und Holger in ihrem alten Volkswagen mit unbekanntem Ziel aus dem Hof gefahren waren und Michel seinen Mittagsschlaf beendet hatte, wollte Berta Klarheit schaffen. Sie hatte in der Stube den Kaffeetisch gedeckt und wartete ungeduldig auf Gertrud und Willi. »Kommt in die Stube«, sagte sie zu den beiden, »wir müssen über Einiges reden.«

Auch Michel, der mürrisch am Küchentisch saß, nötigte sie in das bessere Zimmer.

»Mit den beiden anderen hat es keinen Wert mehr«, fing sie an, als alle am Tisch saßen. »Dem Holger ist es bei uns nicht mehr gut genug und die Marianne, die will uns auch im Stich lassen. Wir müssen sehen, dass wir allein fertig werden. Was meint ihr?«

Gertrud sagte nichts, sondern blickte auf Willi. »Ich hab schon länger gemerkt, dass der Holger nicht mehr mag«, sagte der mit gewichtiger Miene. »Deswegen hab ich mir auch schon überlegt, wie es dann weitergeht.«

Wortreich erläuterte er seinen Plan: Um die Arbeit zu bewältigen, wäre es das Beste, die Pferde abzuschaffen und dafür einen zweiten Traktor auf den Hof zu nehmen. Im Stall könnte man weniger Rindvieh halten und dafür, wie es andere Höfe auch machen, mehr auf Schweine setzen.

»Aber wie stellst du dir das vor?«, sagte Gertrud aufgeregt, »du kannst doch das Holz nicht allein machen, und wenn nächstes Jahr ein Kind da ist, dann hab ich doch auch nicht mehr so viel Zeit.«

Er werde dann schon einen Helfer bekommen, entgegnete Willi großspurig. Er kenne im Kirchdorf einige.

Berta legte den Kaffeelöffel weg: »Ich hab mir auch Einiges durch den Kopf gehen lassen. Der Bub von meinem Bruder, der Daniel, der könnte uns helfen. Die haben im Winter nicht so viel zu tun. Und im Sommer, da sehen wird dann weiter. Dann kaufen wir halt auch einen Mähdrescher oder lassen einen anderen bei uns dreschen.«

Michel hatte bisher düster vor sich hin starrend nur zugehört. Jetzt schob er das Mostglas, das statt der Kaffeetasse vor ihm stand, zur Seite und hob ärgerlich den Kopf: »Ich hör immer nur Kaufen. Was glaubt ihr eigentlich, wo das Geld herkommt? Wenn keiner mehr hier schaffen will, dann hört doch ganz auf. Ich hab langsam genug.« Ächzend stand er auf. Als ihn seine Frau zurückhalten wollte, winkte er nur ab und ging aus der Stube.

Berta blieb sitzen und schüttelte den Kopf: »Mit dem ist nichts mehr anzufangen. Wir müssen ohne ihn fertig werden.«

»Aber er sitzt auf dem Geld«, wandte Willi ein.

»Lasst mich nur machen«, schob Berta den Einwand beiseite. »Wenn es so weit ist, dann bezahlt er auch.«

Holger fragte seinen Freund, den Tierarzt, um Rat. Wenn er jetzt gleich ging, wo könne er wohl hin?

»Mach das nicht«, sagte der Doktor, »halt den Winter über durch und sieh lieber zu, dass ihr beide ohne großen Krach vom Hof kommt. Es geht schließlich auch ums Geld.«

Am nächsten Morgen ging Marianne wie sonst ihrer Arbeit nach. Außer dem Morgengruß redete sie mit ihrer Mutter kein Wort. Holger blieb in der Wohnung. Nach dem Morgenessen, als beide die Küche aufräumten, brach Berta das Schweigen: »Was ist mit deinem Mann, ist der gar nicht mehr da?«

Marianne arbeitete weiter: »Doch, er ist noch da, und wenn er gegangen wäre, dann wär ich auch nicht mehr da. Aber wenn ihr wollt, dann bleiben wir bis zum 1. Februar.«

Berta lenkte ein: »Dass ihr geht, das hätt nicht sein müssen. Wir hätten das zwischen dir und Gertrud schon anständig geregelt. Aber dein Holger kann ja nicht warten.« Marianne wollte antworten, aber ihre Mutter redete weiter: »Jetzt habt ihr euch so entschieden und dann kann man auch nichts machen. Aber willst du nicht wenigstens so lang dableiben, bis dein Kind auf der Welt ist?«

»Ich weiß nicht«, antwortete Marianne.

Der versöhnliche Ton der Mutter stimmte auch sie weich: »Ich muss mit Holger darüber reden.« Jetzt traute sie sich auch, das heißeste Eisen anzufassen: »Wenn wir auf dem Gut einziehen wollen, dann brauchen wir noch einige Möbel.«

»Ja, ja«, antwortete Berta eifrig, »du kriegst deine Aussteuer und der Vater wird dir auch Geld mitgeben.«

So geschah es: Die beiden arbeiteten wie bisher auf dem Martinshof. Holger redete mit seiner Schwiegermutter nur das Nötigste und seinem Schwiegervater, der wieder mit dem Schnapsbrennen begonnen hatte, ging er so weit wie möglich aus dem Weg.

Willi fühlte sich als Hofbauer und führte sich auch so auf. Nur manchmal, wenn er nicht mehr weiterwusste, fragte er Holger nach seiner Meinung, gab die vor den anderen aber als seine eigene aus. Um rechtzeitig vor der Frühjahrssaat gerüstet zu sein, drängte er auf den Kauf des zweiten Traktors mit angebauter Sämaschine.

Berta redete so lange auf Michel ein, bis der unwirsch anwortete »Wegen mir, ihr macht doch sowieso was ihr wollt«, und seine Geldkasse öffnete.

Holger fuhr noch einige Male auf den Römerberg, um Einzelheiten zu regeln. Er teilte dem Güterdirektor mit, dass er zunächst alleine einziehen werde, weil seine Frau ihr Kind daheim auf dem elterlichen Hof zur Welt bringen wolle. Der Mann reagierte enttäuscht. Er hatte mit der Mithilfe der Verwaltersfrau im Gutshaus gerechnet.

Eine Woche vor dem 1. Februar packte Holger das Nötigste in seinen altersschwachen Volkswagen und verließ den Martinshof. Das Abschiednehmen fiel ihm nach all den Vorkommnissen leicht. Willi wollte mit seinem Helfer Daniel früh in den Wald und sagte im Hof Adieu. »Wenn es dir bei den Hessen nicht gefällt, dann kommst du halt wieder«, sagte er treuherzig und klopfte seinem Schwager auf die Schulter.

Von Berta und Gertrud verabschiedete er sich in der Küche. »Ich dank dir, dass du uns geholfen hast«, brachte die Schwiegermutter nach einem Zögern heraus.

Gertrud brach in Tränen aus. Sie hatte den Schwager gern gehabt.

Michel hatte sich in die Brennerei verkrochen. Als Holger in den kleinen verrauchten Raum trat, saß er am Brennkessel, starrte vor sich hin und tat, als bemerke er den Schwiegersohn nicht. »Ich wollt nur schnell Adieu sagen.«

Der Alte sah nur kurz auf: »Ja, geht nur alle«, murmelte er.

Am Auto umarmten sich die Eheleute. »Komm bald wieder,« flüsterte Marianne, »ich brauch dich.«

Der Anfang als Gutsverwalter war nicht einfach. Holger musste sich in das umfängliche Schriftenwerk des Betriebes einarbeiten. Alles musste hier dokumentiert werden. Die Gutssekretärin, die für sämtliche der drei Güter zuständig war und nur tageweise auf den Römerberg kam, reagierte auf manche Nachfrage unwillig. Aber der Aufseher war hilfsbereit und erklärte Vieles. Die Arbeiter jedoch, die sich vom dem viel jüngeren Neuling nichts sagen lassen wollten, gaben sich nachlässig. Holger, der das Arbeiten mehr gewohnt war als das Befehlen, erledigte manches selbst. Oft kam er erst am Abend dazu, den anfallenden Schreibkram zu erledigen.

Der Güterdirektor schaute am Anfang alle paar Tage vorbei. Er traf den neuen Angestellten mehr in der Werkstatt an, wo die Maschinen repariert und für die Frühjahrsarbeit hergerichtet werden mussten, als im Büro. Nachdem sich dies wiederholte, stellte er Holger zur Rede: »Sie sind hier der Verwalter und nicht der erste Arbeiter. Sie müssen die Leute so einsetzen, dass der Laden läuft, ohne dass sie selbst Hand anlegen, sonst verlieren sie jede Autorität.«

Nach zwei Wochen fuhr Holger zum ersten Mal auf den Martinshof. Marianne war glücklich, ihn wieder zu haben. Er fehle nicht nur ihr, klagte sie, sondern dem ganzen Hof. Willi strenge sich zwar sehr an, aber er könne eben nicht von heut auf morgen für zwei arbeiten. Manches bleibe liegen und sie müsse im Schweinestall so viel allein machen, weil die Mutter dem Vater in der Brennerei helfen müsse. Er könne so gut wie nichts mehr ohne sie tun.

Gertrud trat ihrem Schwager mit bleichem Gesicht und traurigen Augen entgegen. Die neue Verantwortung für den Hof belastete sie und auch die Schwangerschaft machte ihr zu schaffen. Sie trauerte der verlorenen Jugend nach und hätte gerne manche Nacht ungeschehen gemacht. Berta wirkte wie immer kühl und beherrscht. Am Sonntagmorgen bat sie Holger, mit ihr den Feldanbau für das neue Jahr durchzugehen. Willi sei halt mit allem noch nicht so recht vertraut.

Mit viel Arbeit für das kommende Frühjahr und steigender Verantwortung für das Gut gingen die nächsten Wochen wie im Fluge vorüber. Als Holger Ende Februar zum zweiten Mal zu seiner Frau fuhr, hatte die Frühlingssonne an den südlichen Hängen den Schnee weggeleckt und nur noch auf den Spessarthöhen herrschte der Winter.

Auf dem Martinshof führte ihm Willi voll Stolz den neuen Traktor mit angebauter Sämaschine vor und erzählte, als sie gemeinsam in der Scheune standen, was er noch alles ändern werde: Futterrüben werde er keine mehr anbauen. Dafür aber als Neuheit Mais, mit dem hätte der Rudolf vom Onkelhof gute Erfahrungen gemacht. Der sei ein ebenso gutes Futter. Und als nächstes werde hinten im Grasgarten ein neuer Saustall gebaut. Er gebe sich nicht mehr so viel mit dem Rindvieh ab. Und als Holger fragte, ob Michel damit einverstanden sei, machte Willi eine wegwerfende Handbewegung: »Ach was, den Alten frag ich gar nicht mehr, der ist doch nicht mehr ganz beieinander. Ich bin mir mit der Bäuerin einig.«

Marianne klagte bei Holger, sie komme mit der Arbeit bei den Ferkeln nicht mehr nach. Willi lasse sich dort überhaupt nicht blicken und für die Mutter sei es auch zu viel. »Du fehlst mir so«, sagte sie, als sie am Abend allein in ihrem kleinen Zimmer saßen. »Ich glaub, es wär besser gewesen, ich wär gleich mit dir gegangen.«

An Ostern kam Babette zu Besuch. Die Verwandtschaft hatte sie von den Veränderungen auf dem Martinshof unterrichtet und sie wollte selbst den Stand der Dinge erkunden.

»Mein Gott«, sagte sie zu ihrer Schwägerin, »wie wollt ihr denn fertig werden, wenn Marianne nicht mehr da ist und auch Gertrud ein kleines Kind hat?«

Berta hob die Schultern: »Es muss gehen, die Marianne und ihr Mann haben sich ja nicht halten lassen. Auf uns Alte nimmt ja niemand Rücksicht.«

Babette überlegte kurz. »Vielleicht kann ich für ein paar Wochen kommen«, sagte sie dann, »wenn es euch recht ist.«

Berta war froh über dieses Angebot. Sie hatte sich im Tal schon nach Tagelöhnerinnen umgesehen, aber nur Absagen erhalten.

Mitten im Mai gebar Marianne im Krankenhaus des Städtchens ihr Kind, eine Tochter. Babette, die eine Woche vorher aus Dachau gekommen war, stand ihr bei. Holger konnte erst nach der Geburt einige Tage freinehmen. Mit einem Strauß frischer Wiesenblumen stand er am Bett, aus dem ihm Marianne mit der Tochter im Arm müde, aber mit glücklichen Augen entgegensah. Eine Krankenschwester legte dem jungen Vater das schwarzhaarige Bündel in den Arm. Vorsichtig strich er seiner Tochter über die Stirn. »Jetzt sind wir eine richtige Familie«, sagte er zu Marianne, »und bald hole ich euch ganz zu mir.«

Gertrud, die mitgekommen war, trat aus dem Hintergrund ans Bett. »Oh Marianne, du hast es hinter dir«, sagte sie und fing bitterlich an zu weinen.

Sie fürchtete sich vor der Geburt und vor der Verantwortung für ein so kleines Geschöpf. Auch davor, dass die Schwester bald vom Hof gehen würde, hatte sie Angst.

In den wenigen Tagen half Holger bei den Vorbereitungen für die nahe Heuernte. Willi hatte gegen das Zetern von Michel auch den Kauf eines Ladewagens durchgesetzt. Mit dieser bahnbrechenden Erfindung hatte ein technisch begabter Bauer aus der Göppinger Gegend auch den kleineren Höfen die Arbeit wesentlich erleichtert.

Nach der Stallarbeit, bei der er seiner Schwiegermutter im Ferkelstall half, sah sich Holger draußen um. Das Heugras stand gut, aber auf den Äckern gab es erhebliche Lücken. In seinem Übereifer und weil er mit dem neuen Traktor der Erste im Dorf sein wollte, hatte Willi das Sommergetreide in schlecht abgetrocknete Böden gesät. Weil danach drei Wochen der Regen ausblieb, verkümmerten die Pflanzen im steinhart gewordenen Feld. Auch der Mais, auf den er so große Hoffnungen gesetzt hatte, spross nur spärlich. Ein Nachbar, der dazukam, konnte seine Schadenfreude nicht verbergen. »Ja, so ist es, wenn der Knecht plötzlich Bauer wird«, sagte er hämisch zu Holger und fragte ihn dann gründlich nach seiner neuen Tätigkeit aus.

Zwei Wochen später, Holger hatte wieder nur einige Tage freibekommen, fand auf dem Martinshof nach alter Tradition die Taufe statt. Das Mädchen erhielt den Namen Brigitte. Paten waren Gertrud und Holgers Bruder, der als frisch gebackener Rechtsanwalt in die Kanzlei des Vaters eingestiegen war.

Babette richtete das Fest aus. Sie besorgte das Essen und fühlte sich bei der Bewirtung der Gäste in ihre alte Rolle versetzt. Auf Bitten von Gertrud sagte sie zu, so lange zu bleiben, bis auch sie ihr Kind zur Welt gebracht hätte. Michel ließ sich mit Mühe in seinen Sonntagsanzug zwängen, saß zunächst mürrisch an der Festtafel, wurde aber mit steigendem Weingenuss zugänglicher und zeigte sich schließlich als stolzer Großvater.

Nach einem weiteren Monat stand das Auto einer Möbelfirma auf dem Hof, um zu den neuen Möbeln der jungen Familie Behrens das Heiratsgut von Marianne aufzuladen und nach Hessen zu bringen. Die Geburt seiner Enkelin hatte Michel versöhnlich gestimmt. Er hatte bereitwillig die Möbel bezahlt, der Enkelin eine seiner wertvollen Uhren geschenkt und seiner Lieblingstochter auf ihr Konto, auf das er schon immer heimlich Geld eingezahlt hatte, zwanzigtausend Mark überwiesen. Seine Frau wusste nur von Letzterem. Als sich Marianne von ihm verabschiedete und ihn in die Arme nahm, weinte der alte Mann wie ein Kind. Auch bei Gertrud flossen die Tränen. Sogar Berta hatte feuchte Augen, weniger weil die Tochter fortging, sondern mehr, weil ihr die Sorge um den Hof schwer auf der Brust lag. Willi versicherte Marianne treuherzig, sie müsse sich keine Sorgen machen, er halte den Hof in Ordnung.

Nach einem Vierteljahr hatte sich Marianne auf Gut Römerberg leidlich eingelebt. Die Frau des Aufsehers stand ihr bei der Versorgung der Tochter bei und half ihr mit mütterlichem Rat über manche Sorge hinweg. Marianne wiederum half an den Wochenenden bei der Bewirtung der vielen Gäste, die umgekehrt Spaß an deren kleinem Mädchen hatten.

Holger festigte seine Stellung als Verwalter. Er war bei den Kollegen geschätzt und beim Güterdirektor anerkannt. Dass der Betrieb in der Getreideernte ohne Zusatzkräfte auskam, trug ihm das Lob des Gutsherrn und eine stattliche Lohnerhöhung ein. Wenn er in dem von der Güterdirektion angeschafften Geländewagen die Gemarkung des Gutes abfuhr, vorbei an den abgeernteten Getreidefeldern, auf denen schon wieder eine neue Saat grünte, vorbei an den Rübenfeldern, die eine stattliche Ernte versprachen, dann überkam ihn ein Glücksgefühl und eine Zufriedenheit, die er auf dem Martinshof nie gekannt hatte.

Dort hatte Gertrud kurz vor der Ernte ihr Kind zur Welt gebracht. Es war ein Bub. Als Willi aus dem Krankenhaus die gute Nachricht überbrachte, saß Michel bei seinem späten Morgenessen am Küchentisch. »Michel!«, rief der Schwiegersohn triumphierend, er nannte seinen Schwiegervater immer nur beim Vornamen, »endlich kommt wieder ein Mann auf den Hof. Du hast einen Enkel.«

Der Alte sah auf, nickte und kicherte dann in sich hinein: »Bald hört die Weiberwirtschaft auf.« Ungeduldig wartete er auf die Ankunft des Nachwuchses.

Gertrud wurde aber erst nach einer Woche aus der Klinik entlassen. Die schwere Geburt hatte ihr alle Kräfte geraubt. Die Ärzte brauchten viel Mühe, ihren Willen zum Weiterleben zu wecken. Es sei eine wahre Schande, murrten sie, wie rücksichtslos die Bauern ihre Frauen ausbeuteten.

Als die junge Mutter bleich, ausgezehrt und mit glanzlosen Augen auf dem Hof ankam, nahm ihr Babette den Säugling aus dem Arm und zeigte ihn dem Großvater. Gerührt starrte Michel auf das Bündel: »Endlich ein Bub!«

Gertrud erholte sich nur langsam. Das kräftige, hungrig schreiende Kind schien ihr die früher überschießenden Kräfte vollends zu rauben. Die Muttermilch reichte nicht, um den Säugling satt zu bekommen. Willi musste aus der Apotheke künstliche Babymilch besorgen und ärgerte sich über den zusätzlichen Aufwand, hatte er doch mit der Arbeit auf dem Hof mehr als genug zu tun.

Zum Glück versorgte Babette das Haus. Gertrud war ihr keine große Hilfe. Sie saß müde und zusammengesunken am Küchentisch und starrte ins Leere. Der ewig hungrige Nachwuchs ließ ihr nur wenig Schlaf. Willi, der auf seiner Ruhe bestand, zog in die alte Knechtskammer hinauf. Berta musste die Kühe melken und auch noch den Schweinestall versorgen. Sie war am Ende ihrer Kräfte. Wie sollte so die Ernte bewältigt werden?

Aus dem Kauf eines Mähdreschers, auf den sich Willi so gefreut hatte, wurde nichts. Wer sollte ihn steuern und gleichzeitig die geernteten Körner abfahren?

Ein Nachbar, der bereits eine solche neue Maschine hatte, versprach, auch die Felder des Martinshofes abzuernten. »So weit sind wir gekommen«, sagte Berta bitter zu ihrem Mann, »früher sind die anderen zu uns gekommen, damit wir ihnen helfen, und jetzt sind wir die Bittsteller.«

Weil jenem Nachbar zuerst das eigene Getreide am Herzen lag, zögerte sich die Ernte auf dem Martinshof hinaus. Manche Stunde wartete Willi vergeblich am Feldrand und starrte missmutig zum Himmel in ein aufziehendes Gewitter. Mehrmals musste er mit leerem Wagen heimfahren, weil der Nachbar sein Versprechen nicht einhalten konnte. Gewitterregen drückten das reife Getreide zu Boden. Es musste am Ende feucht eingeholt und im Lagerhaus der Genossenschaft aufwendig getrocknet werden. Vorbei war die Zeit, als die Martinshöfer das Erntetempo im Dorf vorgegeben hatten und Michel über die »Langweiler« spottete. »Jetzt sind wir die Langweiler«, sagte er sarkastisch zu seinem Schwiegersohn, der sich darüber ärgerte.

Der neue Hofbauer

Als die Ernte in der ersten Septemberwoche endlich eingebracht war, als sich Gertrud einigermaßen erholt hatte und der kleine Bub auf den Erstnamen Gerhard und in Erinnerung an den verstorbenen Onkel auf den Zweitnamen Hermann getauft war, wollte Willi auch auf dem Papier Hofbauer werden: »Jetzt sind wir lang genug Knecht und Magd gewesen«, sagte er in der Schlafstube zu seiner Frau. »Jetzt muss der Hof einmal uns gehören. Wer weiß, was der Alte noch alles anstellt.«

Gertrud sprach am Morgen mit der Mutter: »Wir können so nicht weitermachen. Unser alter Stall macht einfach zu viel Arbeit. Andere fahren mit dem Grünfutter vor den Trog und wir müssen alles noch selbst reinziehen. Und Ausmisten müssen wir auch noch alles von Hand.«

»Was wollt ihr machen?«, fragte Berta und setzte sich zu Gertrud an den Küchentisch.

»Wir müssen halt endlich bauen, so wie es andere schon lang gemacht haben.«

Berta nickte eifrig: »Das wollt ich schon vor ein paar Jahren, aber der Vater hat alles abgelehnt und das wird heut auch noch so sein.«

Lebhaft hakte Gertrud ein: »Aber wenn der Hof uns gehört, dann kann er uns nicht mehr dreinreden. Nachdem die Marianne fort ist, könnt ihr doch übergeben.«

Es ging leichter als befürchtet. Als Michel an einem der nächsten Abende unzufrieden von seinem Rundgang durch die Ställe in die

Küche kam und über die Schlamperei schimpfte, setzte sich Berta zu ihm. Sie hatte längst eingesehen, dass der Hof nach dem alten Muster nicht zu halten war, und sie war auch zu müde, um weitere Verantwortung zu übernehmen. »Ja, ich weiß«, sagte sie, »es sieht schon schlimm aus bei uns, aber wir kommen einfach nicht mehr nach. Unser alter Stall macht zu viel Arbeit.«

Michel griff nach dem Mostglas. »Dann reißt ihn halt ein«, sagte er sarkastisch wie immer. »Mir ist er gut genug.«

»Wenn du die Jungen machen lassen willst«, entgegnete seine Frau, »dann musst du ihnen den Hof geben.« Erwartungsvoll sah sie ihm ins Gesicht.

»Wegen mir, macht doch, was ihr wollt, aber den Wald behalt ich.«

Wie immer, wenn er nicht weiterreden wollte, stand Michel auf, schlurfte aus der Küche und über den Hof in die Brennerei. Dort war im Obergeschoss die kleine Altenteilwohnung längst fertig. Aber er saß lieber unten, an dem kleinen wackligen Tisch neben dem Brennkessel, hatte die Schnapsflasche vor sich und führte dann lange Selbstgespräche.

Zwei Tage später telefonierte Berta am eigenen Apparat, dessen Anschaffung Marianne noch durchgesetzt hatte, mit dem Notar. Und noch eine Woche später fuhren Michel, Berta, Gertrud und Willi in dem inzwischen alt gewordenen Opel ins Städtchen. Der Notar beurkundete die Übergabe aller Felder und Wiesen, aller Wirtschaftsgebäude und des Wohnhauses an die Eheleute Willi und Gertrud Langner. Von der Übernahme ausgenommen wurden die Brennerei und der größte Teil des Waldbesitzes. Auch das laufende Konto, das eigentlich zum Betriebsvermögen gehörte, lief weiter auf den Namen von Michael Dachser.

Außer dem Sparkonto von Gertrud, auf das Michel weniger eingezahlt hatte als auf das von Marianne, und den paar Tausend ersparten Mark von Willi besaßen die Hofübernehmer kein Kapital.

»Wie willst du einen neuen Stall bezahlen?« fragte Gertrud ihren Mann, als er ihr seine Pläne erläuterte.

»Andere müssen auch Schulden machen«, sagte er leichthin.

Gertrud hatte gehofft, der Vater würde auch etwas von seinem Geld abgeben. Dass Michels Kasse aber längst nicht mehr so gut gefüllt war, das wusste sie nicht. Die Preise für landwirtschaftliche Güter waren über die Jahre gefallen. Mit anderen Höfen, die solche Rückgänge über mehr Ferkel aus neuen Ställen, gestiegene Milchmengen aus größeren Herden und mehr Feldfrüchten von gepachteten Äckern ausgeglichen hatten, konnte der Martinshof nicht mithalten.

Michel Dachser, der trickreiche Händler, der gute Geschäftsmann, hatte abgewirtschaftet.

Im November, als eingeschafft war und der junge Daniel aus dem Tal, dem das Traktorfahren so gefiel, die Äcker pflügte, kümmerte sich Willi ausgiebig um sein Bauvorhaben. Er ließ einen Architekten aus der Kreisstadt kommen, stand mit ihm und einem Berater des Landwirtschaftsamtes lange im Grasgarten hinter der Scheune, steckte mit rot-weiß gestrichenen Stäben die Umrisse des neuen Stalles ab und beugte sich am Abend in der Stube lange über die Entwürfe für den neuen Saustall. Größer und schöner als auf den Nachbarhöfen sollte er werden. Auch den Kuhstall wollte er so umbauen, dass der zusammen mit dem Saustall über eine gemeinsame lange »Entmistungsbahn« auf eine neue Dungstätte entmistet werden konnte. »Wir müssen dann keine Mistgabel mehr in die Hand nehmen und keinen Karren mehr schieben«, sagte er triumphierend zu seiner Frau.

Auf Drängen von Berta, die in die Zukunft dachte, hatte Michel den Hofnachfolgern ein Stück Fichtenwald mit übergeben, auf dem das benötigte Bauholz geschlagen werden konnte. Gleich nach Weihnachten machte sich Willi mit Daniel an die Arbeit. Der Revierförster aus dem Städtchen hatte die schönsten Bäume ausgesucht und gekennzeichnet. Mit der Motorsäge, die seit einigen Jahren auf dem Hof war, fällte Willi die über dreißig Meter langen, kerzengerade gewachsenen Fichten. Mit dumpfem, weithin hörbarem Krachen stürzten die Stämme in den Schnee. Die beiden arbeiteten so eifrig, dass ihnen trotz frostiger Temperaturen der Schweiß über die Stirn rann. War ein Baum gefallen, sägte Willi sofort die Äste ab.

Dabei geschah es: Weil er im Eifer einen Schritt zu weit nach vorn tat, den eigenen Fuß unter dem Schnee nicht sehen konnte und einen tief angesetzten Ast erreichen wollte, trennte er mit der Kettensäge nicht nur den Ast ab, sondern schnitt sich durch den Stiefel tief in den Fuß. Mit einem Aufschrei stürzte er nach vorn und hielt sich das Bein. Schon färbte das Blut den Schnee. Daniel ließ seine Gerätschaften fallen und rannte hinzu. Mit schmerzverzerrtem Gesicht ließ sich Willi auf den eben bearbeiteten Stamm fallen und hob das verletzte Bein. Aus dem zersägten Gummistiefel quoll das Blut. »Schnell, zieh mir den Stiefel aus!«, schrie er den Jungen an, der schreckensbleich auf die Wunde starrte, »los, sonst verblut ich.«

Daniel kniete in den Schnee, fasste nach dem Stiefel und zog so gut er konnte daran.

Mit einem gurgelnden Schrei bog sich Willi nach hinten. »So geht's nicht«, stieß er hervor, »lass mich machen.« Mühsam holte er sein Taschenmesser aus der Hose. Der Junge musste den verletzten Fuß oberhalb der Wunde festhalten, dann schnitt Willi den Stiefelschaft durch. Mit einem Ruck und einem weiteren Schmerzensschrei streifte er den Rest ab. Rasch zog er die Joppe aus und riss mit einem Ruck die eine Seite des Hemdes ab. Daniel wickelte den Stoff um den Fuß und noch einen Jackenärmel darüber. Auf den Jungen gestützt humpelte Willi zum Traktor. Als sie schon abfahren wollten, dachte er an die Säge, die kein Bauer im Wald liegen lässt. Daniel musste absteigen und sie holen.

»Ach Gott«, schrie Gertrud, die gerade ihr Kind versorgte, als Willi auf den Jungen gestützt in die Küche humpelte und sich auf einen Stuhl fallen ließ, »was ist denn passiert?«

»Du musst den Doktor holen, schnell«, stöhnte Willi und Daniel berichtete knapp, was geschehen war.

Gertrud übergab das Kind ihrer Mutter, die aus der Waschküche kam, und stürzte ans Telefon. Nach einer halben Stunde traf der Krankenwagen ein.

Im Krankenhaus flickten die Ärzte die angesägten und gebrochenen Knochen mit Drähten und einer Metallplatte zusammen. Weil sich die Wunde entzündete und zu eitern begann, musste Willi drei Wochen dort bleiben. Daheim gab sich Daniel alle Mühe, den Bauern zu ersetzen. Michel kümmerte sich nur um die Brennerei. Das Holz blieb unbearbeitet im Wald.

Es wurde März, bis Willi wieder richtig arbeiten konnte, und auch dann hatte er noch lange Schmerzen. Jeden Abend war der Fuß dick geschwollen. Erst nachdem die Frühjahrssaat erledigt war, konnte das Stammholz vollends aufgearbeitet und zum Sägewerk gefahren werden. Der Bauplan für den neuen Stall war längst genehmigt, als die Bauarbeiter Ende Mai endlich mit dem Fundament beginnen konnten. Auch dann verzögerte sich der Fortgang, weil die kleine Firma mit der Mithilfe des Bauherrn gerechnet hatte. Willi gab sich alle Mühe, aber er konnte dem Hof und dem neuen Stall nicht gleichzeitig gerecht werden. Er vernachlässigte die Felder und brachte den Bau doch nicht so vorwärts, wie er es geplant hatte. Auch im Stall gab es Ausfälle, weil Berta mit der Arbeit nicht mehr nachkam und Gertrud mit Kind und Stall überfordert war. Mutlos, zerschlagen und unendlich müde saß die Altbäuerin abends in ihrem Stübchen über der Brennerei. Der Traum von einem starken, stolzen Martinshof zerrann in ihren abgearbeiteten Händen.

Kurz nach der Heuernte verwirklichte Willi seinen alten Traum. Er kaufte einen Mähdrescher und machte dafür neue Schulden. Jetzt war er auf niemand anderen mehr angewiesen und konnte ernten, wann er wollte. Stolz steuerte er die Maschine über die Felder. Gertrud fuhr das Getreide auf den Hof, wo Berta die Wagen über das neu gekaufte Körnergebläse entlud. Den Weizen, der sofort verkauft wurde, brachte Willi am Abend zum Lagerhaus der Genossenschaft. In langen Schlangen warteten dort die Bauern mit ihren Fahrzeugen auf das Abladen. Sie standen in Gruppen zusammen, besprachen die Ernte und lachten über ihre Witze. Willi fühlte sich ihnen zugehörig, redete viel und machte sich mit seinem neuen Stall wichtig. Als er zum Abladen vorfahren musste, wies einer mit dem Kopf zu ihm hin und sagte: »Der kann's bald schon wie der alte Michel.«

»Damit ihr's wisst«, setzte ein anderer hinzu und alle lachten.

Ende September war der Rohbau endlich fertig. Aus dem eigenen Holz setzten die Zimmerleute den Dachstuhl auf die Mauern und am Abend wurde Richtfest gefeiert. Bänke und Tische der Brauerei standen im Hof. Babette war aus Dachau gekommen, kümmerte sich um den kleinen Gerhard und half, die Handwerker und die Helfer aus dem Dorf zu bewirten. Zur Überraschung aller kamen auch die Musikanten aus dem Städtchen. Die Älteren unter ihnen hatten schon auf der Hochzeit von Michel aufgespielt und erinnerten sich gerne an lustige Tage auf dem Martinshof. Nach dem Richtspruch und nachdem der Richtmeister, dem Brauch gemäß, sein Glas am Boden zerschmettert hatte, spielten sie in getragener Weise den Choral »Nun danket alle Gott.«

Mit ernsten Gesichtern sangen Bauleute, die Bauernfamilie und die Helfer. Nachher aber wurde es lustig. Most, Bier und Schnaps flossen reichlich. Mädchen aus der Nachbarschaft trugen auf, was Gertrud und Babette in der Küche vorbereitet hatten. Unter den Musikanten saß der alte Michel, erzählte wie früher seine Geschichten und animierte zum Essen und Trinken. Bald aber war er für große Reden zu betrunken. Lange bevor die letzten Gäste vom Hof wankten, schafften ihn Frau und Tochter in sein Stübchen. Es war halt doch nicht mehr wie früher.

Im Dezember war der neue Stall endlich fertig eingerichtet. Es kamen eiskalte Tage, weshalb alle davon abrieten, jetzt schon mit Sauen und Ferkeln überzusiedeln. Willi ließ sich nicht davon abbringen. Er hängte Heizlampen über die Ferkelbuchten und versorgte die Tiere mit viel Stroh, in dem sie sich wärmen sollten. Trotzdem hielten einige gerade geborene Ferkel die Kälte nicht aus und lagen am Morgen tot im Stall. Größere Tiere erkälteten sich. Ihr bellender Husten war bis in den Hof zu hören. Öfter als sonst wurde der Tierarzt geholt, der hohe Rechnungen schrieb.

Zu Weihnachten kam Besuch aus Hessen. Marianne, Holger und die kleine Brigitte fuhren in einem neuen Auto vor, das der Gutsverwalter vom ersten Gehalt gekauft hatte. Allen drei war das geglückte Einleben in der neuen Heimat anzusehen. Berta sah es mit Wohlgefallen und Gertrud mit leisem Neid. Umgekehrt erschrak Marianne, wie mager die Mutter geworden war und wie schnell die Schwester ihre Jungmädchengestalt verloren hatte. Michel bemerkte in der Brennerei nichts vom Besuch. Als seine Tochter mit der kleinen Brigitte auf dem Arm in die verrauchte Brennstube trat, stand er gebückt vor dem kupfernen Kessel und legte Holz nach. Das kleine Mädchen erschrak über die Flammen, die aus dem Feuerloch schlugen, und fing laut zu weinen an. Das hörte Michel. Er schloss die Ofentür und drehte sich mühsam um. Erst auf den zweiten Blick erkannte er in der gut gekleideten Frau seine Tochter. »Die Marianne«, krächzte er. »Kind, endlich bist du wieder da.«

»Ja, Vater«, entgegnete sie und hielt ihm das Kind entgegen: »Schau nur, wie groß deine Enkelin geworden ist.«

Die Kleine aber fürchtete sich vor dem unbekannten alten Mann mit dem bärtigen, roten Gesicht und der alten, schmutzigen Mütze. Sie drehte sich zur Mutter und weinte noch lauter.

Später in der Küche kam auch Willi hinzu. Er wollte dem Schwager sofort den neuen Stall zeigen.

»Wie geht es deinem Fuß?«, fragte Holger. Gertrud hatte über das Telefon von dem Unglück berichtet.

»Ach, das geht schon wieder«, winkte Willi ab. Als sie dann über den Hof gingen, war das leichte Hinken aber nicht zu übersehen.

In der Scheune staunte Holger über die vielen Anschaffungen seit seinem Weggang und bewunderte im Anbau, dem alten Göpelhaus, den neuen Mähdrescher. »Lohnt sich der denn hier?«, fragte er. »Wir lassen auf dem Gut alles von Fremden dreschen.«

»Das geht bei uns nicht«, sagte Willi und berichtete von dem Ärger des letzten Jahres. »Zukünftig mach ich wieder alles selber.«

Im neuen Stall bemerkte Holger die vielen leeren Buchten: »Warum macht ihr nicht voll? So wird der Stall ja ewig nicht warm.«

»Ja, schon«, Willi zögerte, »aber im Moment ist das Zukaufen schwierig.« Er wollte nicht zugeben, dass dafür das Geld fehlte.

Im Haus erkundete die kleine Brigitte an der Hand ihrer Mutter die einzelnen Räume. Gertruds Bub, der eben erst mit dem Laufen begonnen hatte, tappte unbeholfen hinterdrein. Jetzt, nachdem sie bald zwei Jahre fort war und auf dem Römerberg die Vorzüge der modernen Hauswirtschaft kennengelernt hatte, wurde Marianne die Rückständigkeit des Elternhauses besonders deutlich. »Ihr müsst auch mal im Haus und nicht nur draußen etwas ändern, damit du es leichter hast«, sagte sie zur Schwester.

»Ja, ich weiß«, antwortete Gertrud, »aber dafür haben wir jetzt einfach kein Geld. Wir haben schon für die Maschinen und den Stall Schulden gemacht.«

Marianne wunderte sich. Von Schulden war bisher in diesem Haus nie gesprochen worden.

Vom althergebrachten »Haben« war der Martinshof ins »Soll« gerutscht. Die Bankauszüge wiesen ein steigendes Minus auf. Willi las die Zahlen nur flüchtig und schob diese Post schnell in die Schublade der Schlafstubenkommode. Erst als ihn der Geschäftsstellenleiter der Bank im Städtchen traf und ihn für die nächsten Tage zu einem Gespräch einbestellte, wurde ihm der Ernst seiner finanziellen Lage bewusst. Die Einnahmen des Hofes deckten kaum die anfallenden Zinsen des überzogenen Kontos. Der Banker empfahl einen langfristigen Kredit mit niedrigerem Zinssatz. Zur Absicherung musste eine Hypothek aufgenommen werden. Den Vertrag musste auch Gertrud unterschreiben.

Am Abend sprach Willi mit seiner Frau darüber.

»Oh Gott«, stöhnte sie, »so weit sind wir schon gekommen. Wenn das der Vater erfährt.«

»Der«, fuhr Willi auf, »der ist doch schuld daran. Alles hat er hängen lassen und draußen den Großbauern markiert.«

Gertrud fing zu weinen an.

Ihr Mann wollte sie trösten: »Wenn wir im Frühjahr den Stall voll haben, dann wird es wieder besser und dann können wir auch die Schulden bald zurückzahlen.«

Es wurde nicht einfacher. Im Frühjahr gelang es zwar, mit gekauften Jungsauen den neuen Stall aufzufüllen, als aber deren Ferkel zum Verkauf standen, fiel der Preis fast ins Bodenlose. Die Märkte waren überfüllt, weil plötzlich holländische Schweinezüchter über die offene Grenze nach Deutschland drängten. Die Berater der Landwirtschaftsämter versuchten die aufgebrachten Bauern, zu denen auch Willi Langner gehörte, zu beruhigen. Das sei der Schweinezyklus. Einem hohen Angebot folge bald wieder der Mangel mit besseren Preisen. Außerdem, so mahnten sie, müssten die süddeutschen Bauern eben lernen, so günstig zu produzieren wie die Holländer.

Die Berater mit ihrem Beamtengehalt hätten leicht reden, schimpfte Willi. Die würden nachts nicht bei Ferkelgeburten helfen und jeden Tag stundenlang Ställe ausmisten.

Manche Bauern versuchten dennoch, dem Rat der Beamten zu folgen. Sie hängten einen Anbau an den alten Stall oder stellten für ihre Schweine einfache Hütten in die Grasgärten. Von anderen, die nicht mehr mithalten wollten oder konnten, pachteten sie die Felder, um mehr eigenes Futter zu haben. Nachts wurden nicht nur Ferkel geboren, sondern auch Felder gepflügt und bestellt.

Andere, die das Risiko scheuten und sich mit dem zufriedengeben wollten, was bisher für ein gutes Auskommen gereicht hatte, mussten bald einsehen, dass sie den Anschluss verpasst hatten. Wer klug war, wirtschaftete mit niedrigem Aufwand weiter, verzichtete auf die neuesten Maschinen und schickte die Kinder auf höhere Schulen und in andere, gut bezahlte Berufe. »Auslaufende Betriebe« nannte man solche Höfe. Und die Politiker sprachen vom notwendigen Strukturwandel.

Willi Langner wollte mithalten und hing doch weit zurück. Bis sich die Ferkelmärkte vom Preistief erholt hatten, rissen die Zinsen für den neuen Stall und die gestiegenen Ausgaben für zugekaufte Futtermittel, den Tierarzt und Reparaturen ein großes Loch in die Kasse, das nur durch eine Aufstockung der aufgenommenen Kredite gestopft werden konnte. Lange versuchte Willi, die Bankauszüge, die ein steigendes Minus auswiesen, vor seiner Frau zu verstecken. Als sie schließlich doch dahinterkam, gab es einen wüsten Streit mit Tränen ihrerseits und lauten Vorwürfen von ihm: Er könne auch nicht mehr als arbeiten, und wenn der Wald, den der Alte nicht hergeben wolle, erst ihnen gehöre, wäre es leicht, die Schulden zu tilgen.

Gertrud sprach mit ihrer Mutter und beichtete die wachsende Schuldenlast. Ob der Vater vielleicht helfen könne?

Berta erschrak. Sie hatte aus dem vernachlässigten Zustand der Felder, den rückläufigen Ernteerträgen, der gleichzeitigen Ausgabenfreude des Schwiegersohns und den Schwierigkeiten im neuen Stall, von dem die auf den Mist geworfenen toten Ferkel und die häufigen Tierarztbesuche zeugten, schon geschlossen, dass es nicht zum Besten stand. Dass die Last aber bereits so drückend war, hatte sie nicht vermutet. Aus ihrer Enttäuschung wurde Zorn: »Was müsst ihr auch immer so viel Geld ausgeben«, antwortete sie schroff. »Wir haben immer nur von dem gelebt, was wir schon verdient hatten.« Aber sie versprach, mit dem Vater zu reden.

Auch Berta, für die der Martinshof einst die Erfüllung ihrer Träume als Hofbäuerin gewesen war, war von der neuen Zeit überrumpelt worden. Plötzlich sollte nicht mehr genügen, was von Alters her gut gewesen und von ihr mit harter Arbeit und von ihrem Mann mit sicherem Geschäftssinn gemehrt worden war? Sollte der Traum so schnell zerrinnen wie ein Gewitterregen im trockenen Sommer? Die Enttäuschung lastete wie ein Tonnengewicht auf ihr und brach ihr stolzes Gemüt. Sie war zu alt und zu müde, um sich nochmals auflehnen zu können und eine Änderung zu erzwingen. Michel sollte entscheiden

In der Brennerei, in der Michel sich jetzt die meiste Zeit aufhielt, sprach sie die Sorgen der Tochter an. »Du«, sagte sie, »der Förster hat den Willi gefragt, ob wir im Winter nicht mehr Holz machen wollen, Buchen würden sehr gut bezahlt und wir hätten doch im Vorderen Holz einen hiebreifen Bestand. Ich glaube, der Hof könnt das Geld gut gebrauchen.«

Michel sah auf. »Ja, das glaub ich gleich«, kicherte er. »Aber wenn man halt meint, man muss den größten Saustall und die neuesten Maschinen haben, dann muss man auch sehen, woher das Geld dafür kommt. Immer noch gehört der Wald mir und ich bestimm, ob Holz gemacht wird und was mit dem Geld dafür geschieht. Wenn die etwas wollen, dann sollen sie selber zu mir kommen.«

Gertrud trat den Bittgang an. Nach dem Morgenessen war der Alte am besten aufgelegt und am ehesten zugänglich. Sie setzte sich neben ihn an den Küchentisch und legte den Arm um seine schmal gewordenen Schultern. »Du Vater, ich muss dich etwas fragen«, begann sie vorsichtig und lehnte sich an ihn.

Michel war eine solch liebevolle Annäherung seiner Zweitältesten nicht mehr gewohnt. Seit der Schande mit der Schwangerschaft hatte sie sich von ihm entfernt. Als er ihr jetzt ins Gesicht sah, bemerkte er erst, wie schmal sie geworden war und wie traurig sie ihn ansah. Seine Stimme wurde weich: »Ja, ja, Kind, ich weiß schon, was dich drückt. Ihr gebt mehr Geld aus, als ihr verdient.«

Gertrud wollte sich rechtfertigen: »Wenn die Ferkelpreise nicht so runtergegangen wären, hätt es gut gereicht. Und den neuen Stall haben wir doch gebraucht.«

»Kurzum«, Michel war schon wieder ganz der alte: »Ich helf euch, damit ihr's wisst, es geht ja um den Hof. Ich hab das aufgebaut und das lass ich mir von einem Knecht nicht kaputtmachen. Ich geb euch zehntausend Mark, und wenn dann das Holzgeld kommt, sehen wir weiter. Mehr kann ich nicht machen.«

Am nächsten Tag musste Gertrud gemeinsam mit ihm ins Städtchen zur Bank fahren. Gegenüber dem Geschäftsführer, den er gut kannte, bestand Michel darauf, Einblick in die Konten von Tochter und Schwiegersohn zu bekommen. Der Mann zögerte. Er könne nicht über fremde Unterlagen verfügen.

»Wenn ich Geld hergebe, dann will ich wissen, was damit geschieht«, sagte der Alte bestimmt. »Ich will wissen, wie der Hof dasteht.«

Gertrud war der Auftritt peinlich. Es sei schon in Ordnung, sagte sie kleinlaut. Ihr Mann sei auch damit einverstanden.

Der Banker holte die Kreditunterlagen, verschwieg aber den Stand des laufenden Kontos, auf dem bereits wieder eine stattliche Schuld aufgelaufen war.

Mit wenigen Blicken hatte Michel den Ernst der Lage erkannt. Er schnaufte heftig und drehte sich zu seiner Tochter: »Ihr steckt ja tief drin. Wie kann man in so kurzer Zeit nur so viel Schulden machen?« Wütend schlug er mit der Faust auf die Papiere.

Der Bankdirektor fürchtete eine Szene: »Herr Dachser«, sagte er schnell, »dafür steht aber auch ein neuer Stall auf dem Hof und ohne die Maschinen geht es heute nicht mehr.«

»So, so«, sagte Michel scharf und reckte sich: »Ich hab in meinem ganzen Leben keine Schulden gemacht und wir sind auch immer fertig geworden. Aber die jungen Leute wollen halt nicht mehr so viel schaffen.« Dann zog er mit großer Geste sein Scheckbuch aus der Jackentasche und schrieb zehntausend Mark aus. Den Scheck gab er seiner Tochter. »Damit wird aber nichts Neues gekauft. Zahlt zuerst eure Schulden. Damit ihr's wisst.«

Die Zeiten besserten sich nur langsam. Zwar stiegen die Ferkelpreise wieder, aber im neuen Stall gab es immer noch viele Ausfälle. Willi hatte keine Zeit dafür und Gertrud kam mit der Arbeit nicht nach. Berta hatte mit dem Melken genug zu tun, was ihr mittlerweile schwer genug fiel. Um schneller an Geld zu kommen, verkaufte Willi die meisten Kälber bald nach der Geburt, anstatt sie, wie Michel früher, aufzuziehen und als Schlachttiere abzugeben. Im Ochsenstall, der einstmals des Bauern ganzer Stolz gewesen war, stand kein Stück Vieh mehr. Auch die neue Ernte, von der sich Willi gutes Geld versprochen hatte, prangte nicht mehr so wie in vergangenen Jahren. Er hatte den richtigen Zeitpunkt für die Unkrautbekämpfung und die Düngung versäumt.

Das Ende

Nach trockenen und heißen Juliwochen begann die Getreideernte früher als sonst. Schon Anfang August waren die meisten Felder abgeerntet. Willi lag mit dem eigenen Mähdrescher gut in der Zeit. Stolz fuhr er am Abend mit dem vollen Wagen zum Lagerhaus. Die letzte Fuhre Weizen hatte er dem Müller im Tal versprochen, der bar bezahlte. Noch bevor er mit der Stallarbeit fertig war, wollte Willi damit abfahren. Gertrud war darüber verärgert. Alles bliebe wieder an ihr hängen, warf sie ihm vor. Wie in letzter Zeit öfter entlud sich zwischen den Eheleuten ein hitziger Streit. Er habe die Fuhre versprochen, gab Willi wütend zurück, und so viel sein nun wirklich nicht mehr zu tun. Ohne auf die Antwort seiner Frau zu warten, schwang er sich auf den Traktor und fuhr vom Hof.

Auf der Fahrt vom Dorf über eine leichte Anhöhe bis zum bewaldeten Abstieg ins Tal besserte sich seine Laune. Jetzt war die Ernte vorbei. Dann konnte man es wieder etwas ruhiger angehen lassen. Mit dem Geld vom Müller hatte man wieder etwas in der Tasche und warum sollte man auf dem Heimweg nicht an einer Wirtschaft anhalten? In solche Gedanken vertieft ließ er den Traktor rollen. Erst kurz vor der ersten Haarnadelkurve wurde er sich der Geschwindigkeit bewusst, die der schwere Zug bergab erreicht hatte. Kräftig trat er auf die Bremse, doch es war zu spät. Der mit drei Tonnen beladene Anhänger schob den Traktor in der Kurve quer über die Straße in den Graben und warf ihn um. Willi hatte daheim vergessen, die für die Rückwärtsfahrt eingelegte Sperre der Auflaufbremse zu lösen.

Ein Maurer, der von einer Baustelle im Tal auf die Anhöhe heimfahren wollte, entdeckte den Unfall. Zugmaschine und Anhänger waren umgeworfen und ineinander verkeilt. Alle vier Traktorräder ragten in die Luft. Willi lag unter dem Fahrzeug. Das zum Schutz des Beifahrers über dem Hinterrad angebrachte, zum Geländer gebogene Rohr hatte ihm die Brust eingedrückt. Der Maurer wendete, raste ins Tal zurück und verständigte am Telefon des Müllers die Polizei. Mühsam, mit Hilfe eines großen Wagenhebers wurde der Traktor so weit aufgerichtet, dass der Fahrer hervorgeholt werden konnte. Der gleichzeitig benachrichtigte Notarzt konnte nur noch den Tod feststellen. Er musste sofort eingetreten sein.

Gertrud versorgte den Stall, als der Polizeiwagen auf den Hof fuhr. Berta öffnete mit dem kleinen Gerhard an der Hand den Beamten die Tür. Einer von ihnen fragten nach Frau Langner.

»Das ist meine Tochter«, antwortete sie. »Wieso, ist denn etwas passiert?«

»Ja«, der Polizist zögerte, »ihr Mann hatte einen Unfall. Wir müssen Frau Langner allein sprechen.«

Berta erschrak. »Einen Moment«, sagte sie dann, »ich hol sie.«

In hastiger Eile, die Arbeitsschürze abstreifend, kam Gertrud gelaufen. »Was ist mit dem Willi?«, fragte sie, bevor die Polizisten ihren vorbereiteten schrecklichen Satz sagen konnten. Als es dann heraus war, stand sie zunächst wie erstarrt, dann schlug sie die Hände vors Gesicht und schluchzte: »Jetzt ist alles aus.«

Die Nachricht des großen Unglücks verbreitete sich wie ein Lauffeuer. Zur Beerdigung kam Luise mit Eduard, ihrem Mann. Sie fühlte sich in dem nahezu unveränderten Elternhaus daheim. Alles andere, die vielen neuen, modern ausgestatteten Häuser, die asphaltierte, höher gelegte und von Traktoren statt Pferdefuhrwerken belebte Dorfstraße, war ihr fremd geworden. Für Eduard war die alte Heimat ein völlig anderes Land. Er hatte die vielen zerstörten Häuser des letzten Besuches und die vielen ärmlich gekleideten und hohläugig blickenden Menschen in Erinnerung. Jetzt sah er stattdessen prächtig herausgeputzte Anwesen und auch in den Dörfern städtisch gekleidete und gut genährte Menschen. Im Städtchen fand er sein damaliges Geschäft nicht mehr. Haus und Lager hatte die Stadt abgerissen und an ihrer Stelle ein großes Gemeindehaus hingestellt. Niemand erkannte ihn. Sein Freund und Gönner, der Bierbrauer, war schon einige Jahre tot.

Babette aus Dachau blieb nach der Beerdigung einige Wochen. Mit ihrer nüchternen, praktischen Art war sie Gertrud die größte Hilfe. Auch mit Berta verstand sie sich besser als früher. Der kleine Gerhard hing an ihr. Der Bub, der spät mit dem Sprechen begonnen hatte, ahmte sogar ihren bayerischen Dialekt nach.

Marianne und Holger konnten nur für zwei Tage aus Hessen kommen. Auf dem Römerberg war die Getreideernte noch nicht beendet und der Gutsverwalter deshalb nicht länger abkömmlich. Auch Marianne musste zurück. Zum Ernteabschluss veranstaltete der Gutsherr alljährlich ein Fest mit vielen Gästen und Geschäftsfreunden. Für die umfangreichen Vorbereitungen wurde ihre Hilfe dringend gebraucht.

Gertrud, die den Tod ihres Mannes für Außenstehende erstaunlich gefasst aufgenommen hatte und auch am Grab stumm und tränenlos in die tiefe Grube geblickt hatte, weinte, als die Schwester Abschied nahm. »Komm bald wieder«, sagte sie leise, »ich bin so allein.«

Michel nahm den Tod des Schwiegersohnes seltsam ungerührt zur Kenntnis. Er lebte immer mehr in seiner eigenen, von der Vergangenheit bestimmten Welt. Seine Hauptsorge war, ob er die zehntausend Mark vielleicht doch falsch angelegt hatte. Manchmal ging er am späten Abend durch den Viehstall, schüttelte angesichts der fehlenden Ochsen den Kopf und murmelte Unverständliches. Den neuen Saustall betrat er nicht. In der Küche saß er nur noch selten. Das Gerede der Frauen und das Geplapper des Kindes waren ihm zuviel. Berta musste ihm am Morgen seine Milchsuppe und den Ersatzkaffee in die Brennerei bringen.

Die Anteilnahme der Nachbarn trug den Hof über das erste Vierteljahr hinweg. Bertas Neffe Daniel, der bisher nur gelegentlich ausgeholfen hatte, kam ganz auf den Hof und zeigte für einen Achtzehnjährigen eine erstaunliche Übersicht und ein großes Verantwortungsgefühl. Die Nachbarn halfen bei der Feldarbeit. Sie sorgten mit ihren Maschinen dafür, dass die Äcker bearbeitet und eingesät wurden. Der Geschäftsführer des Lagerhauses lieferte ohne Bestellung das benötigte Ferkelfutter und der Tierarzt kam unaufgefordert, um die Tiere zu kontrollieren und zu behandeln. Er schrieb dafür keine Rechnung. Es schien, als könne der Martinshof auch über diesen neuen Verlust hinwegkommen.

Im Winter nahm die Hilfsbereitschaft ab. Die Nachbarn hatten für sich zu tun. Lieferanten und Tierarzt kehrten wieder zum normalen Geschäftgebaren zurück. Gertrud stand oft hilflos im Saustall, weil sie sich mit den häufig auftretenden Tierkrankheiten nicht auskannte. Kaum war eine Durchfallepidemie überwunden, zeigten die Ferkel dunkle Ausschläge hinter den Ohren, fraßen nicht richtig und zogen frierend den Rücken hoch. Sollte sie schon wieder den Tierarzt holen müssen? Mit ihrer Mutter konnte sie darüber nicht reden. Die gab dem neuen Stall die Schuld, im alten sei so etwas nie vorgekommen. Ihre wichtigste Stütze war der junge Daniel. Er brachte von daheim, wo man, wie auf anderen Höfen auch, dazu übergegangen war, kranke Tiere selbst zu behandeln, gute Ratschläge mit.

Der Förster, mit dem Willi über die verkaufsfähigen Buchen gesprochen hatte, kam auf den Hof. Noch vor Weihnachten müssten die Bäume gefällt werden. Gertrud brauchte die Erlaubnis von Michel, denn der Wald gehörte ja ihm.

»So, so«, krächzte der, »jetzt ist es so weit.« Zehn Buchen könnten ausgesucht werden, erklärte er dem Förster, »aber keine mehr.« Den Einwand, dass ohne Weiteres doppelt so viele Bäume geschlagen werden könnten, wies er schroff zurück: »Nichts da, es bleibt bei den zehn. Ich lass mir nicht meinen Wald ausräubern.« Aber wer sollte die Bäume fällen? Schließlich sprang die Waldarbeiterkolonne des

Forstamtes ein, doch dafür mussten die üblichen Stundenlöhne bezahlt werden. Diese Kosten zehrten am Ertrag. Übrig blieb weit weniger, als Willi in seiner optimistischen Art geschätzt hatte. Damit glich Gertrud auf Anraten des Bankdirektors das laufende Konto aus. Für die Rückzahlung der Kredite blieb nicht viel übrig.

Zu Weihnachten kamen Marianne und Holger für einige Tage. Obwohl sich Babette bemühte, wenigstens den kleinen Kindern ein fröhliches Fest zu bieten, war die Stimmung im Haus gedrückt. Daniel hatte eine kleine Fichte aus dem Wald mitgebracht, die Babette zusammen mit Marianne und ihrer Tochter Brigitte schmückte. Für den kleinen Gerhard sollte es eine Überraschung sein. Er musste bei der Großmutter Berta in der Küche bleiben. Als die Familie am Abend in der Stube saß, am Baum die Kerzen brannten und im Radio »Stille Nacht, heilige Nacht« erklang, übermannte Gertrud der Schmerz. Noch vor wenigen Jahren hatte sie hier unbekümmert von den Lasten des Hofes gesessen und sich darauf gefreut, mit ihren Freundinnen zu den Weihnachtsfeiern im Kirchdorf zu gehen. Jetzt war davon nichts mehr übrig. Jetzt hatte sie ein Kind, aber keinen Mann und die Zukunft stand vor ihr wie eine schwarze Wand. Von den Eltern konnte sie kaum noch Hilfe erwarten. Der Vater lebte in seiner eigenen, versponnenen Welt und die Mutter hatte mit dem letzten Unglück alle Kraft und Energie verloren.

Ihren Sohn an sich gedrückt ließ die junge Bäuerin allen Schmerz, alle Enttäuschung und all ihre Angst, die sie wochenlang unterdrückt hatte, heraus. Ihre Tränen tropften auf den Kopf des Kindes, das sich verwundert und angstvoll nach der Mutter umsah. Sie konnte mit dem Schluchzen auch nicht aufhören, als Marianne sich zu ihr kniete und sie in den Arm nahm. Zuletzt weinten beide Schwestern. Auch Berta senkte den Kopf und wischte sich die Augen. Nur Michel saß wie unbeteiligt in seinem alten Ohrensessel und starrte gedankenverloren vor sich hin.

Am Weihnachtstag, an dem nach vielem Regen und Nebel die Wintersonne wieder durch die Wolken brach, wollte Gertrud mit Marianne und Holger alleine reden. »Wir könnten mit den Kindern einen Spaziergang machen«, schlug sie vor.

Dick eingepackt setzte sie den kleinen Gerhard in das Wägelchen, das sie noch mit Willi gekauft hatte. Holger nahm seine Tochter an der Hand. So gingen sie die Dorfstraße hinauf und dann über einen der neuen, bei der Flurbereinigung glatt befestigten Wege in Richtung des Wäldchens.

»Ich weiß nicht, wie es weitergehen soll«, fing Gertrud stockend an, »mit dem Daniel allein schaff ich es nicht und andere Leute bekommt man nicht mehr. Ich hab so große Angst.«

Sie blieb stehen und sah ihre Schwester und den Schwager bittend an: »Kommt doch wieder heim. Als ihr noch da wart, war alles so schön. Ihr könnt den Hof haben, ich will ihn nicht mehr. Mir genügt es, wenn ich bei euch schaffen kann und eine Wohnung hab.«

»Aber Gertrud«, sagte Marianne erschrocken, »du musst doch auch an deinen Buben denken, du kannst ihm doch nicht so einfach den Hof wegnehmen.«

Die Schwester senkte den Kopf und schwieg. Holger nahm die kleine Brigitte auf den Arm, die nicht stehen bleiben wollte. Sollte er jetzt zugreifen und noch einmal dort anfangen, wo er unter so unschönen Bedingungen aufgehört hatte, schoss es ihm durch den Kopf. Nein. »Der Hof gehört dir«, sagte er bestimmt zur Schwägerin. »Wenn du Einiges änderst, dann kannst du ihn auch halten.«

Gertrud schüttelte den Kopf: »Ja, und wie soll das gehen? Es ist noch kein Brennholz gemacht und in einem Vierteljahr muss schon wieder gesät werden. Wer soll das alles machen? Mir wächst das alles über den Kopf.«

»Komm«, sagte Holger beruhigend, »es gibt schon Möglichkeiten.« Im Weitergehen zählte er sie auf: Man könne den Hof als Ganzes verpachten, aber dann könne niemand mehr da wohnen. Man könne aber auch nur die Felder verpachten und dann weiter daheim wohnen. Der Pachtzins werde sicher zum Leben reichen.

Gertrud blieb wieder stehen und schüttelte den Kopf: »Das ist nicht so einfach, wie du das denkst. Wir haben durch den Stallbau Schulden. Wie soll ich die zurückzahlen?«

Daran hatte Holger nicht gedacht. Nach kurzem Überlegen entwickelte er einen weiteren Plan: »Wenn du so viel Feld zurückbehältst, wie du ohne Schwierigkeiten bewirtschaften kannst, und dafür den Stall richtig umtreibst, dann kannst du zusammen mit der Pacht so viel verdienen wie bisher. Und wenn du den Stall gleich ganz bezahlen willst, dann kannst du immer noch ein Stück Wald oder einen Acker verkaufen.«

Jetzt mischte sich Marianne ein: »Was denkst du«, sagte sie heftig zu ihrem Mann, »was da der Vater sagt. Er hat immer noch etwas dazu gekauft und jetzt soll man das wieder hergeben?«

»Außerdem gehört ihm noch der meiste Wald«, setzte Gertrud hinzu, »und er gibt nichts her.«

Schweigend gingen sie weiter und kehrten bald darauf zum Hof zurück.

Spät am Abend, als Marianne und Holger in ihrem ehemaligen Schlafzimmer allein waren, kam es fast noch zu einem Streit. Für Marianne wäre es schon reizvoll, wieder zurück auf den Martinshof zu ziehen, und das sagte sie auch. Aber Holger wollte davon nichts wissen.

»Wie stellst du dir das vor«, entgegnete er entrüstet. »Wenn die Gertrud jetzt sagt, sie will den Hof nicht mehr, dann können wir uns doch darauf nicht verlassen. Und selbst wenn es so wäre, willst du dir dann später den Vorwurf machen lassen, wir hätten ihrem Jungen den Hof weggenommen?« Er jedenfalls wolle nicht mehr auf den Martinshof zurück. Nie im Leben denke er daran, seine Stellung auf dem Römerberg aufzugeben. »Und du«, fragte er Marianne, »willst du unser gutes Leben dort hergeben und wieder zurück in das altmodische Haus mit dem ewigen Streit?«

Marianne musste zugeben, dass es ihr in Hessen gefiel, und damit war der Streit zu Ende.

Gertrud wollte nichts ohne ihre Mutter entscheiden. Sie erzählte ihr am nächsten Tag, als sie das Morgenessen richteten, von dem Gespräch und Holgers Vorschlägen. Von einem Feld- oder Waldverkauf sagte sie allerdings noch nichts.

Berta seufzte tief und setzte sich an den Tisch. »Ja, ja«, sagte sie müde, »ich glaub, er hat recht. Wenn wir weitermachen wollen, dann brauchen wir jemand, der auch was von der Landwirtschaft versteht, und einen richtigen Verwalter, den kannst du doch gar nicht bezahlen. Es wird am besten sein, wir verpachten.«

Gertrud traute sich nicht, es dem Vater zu sagen. Berta musste es tun. Michel begriff zunächst nichts. Er lebte nur noch in seiner alten Welt und verstand die neue nicht mehr. Seine Frau erklärte geduldig, dass niemand mehr für die Arbeit da sei. »Ja, dann hol ich halt wieder einen Knecht«, sagte Michel großspurig, »der andere«, er meinte Willi, »war doch auch nur ein Knecht.«

Als ihm Berta erklärte, dass das heute so nicht mehr ginge und es aus diesem Grund das Beste sei, einen Teil zu verpachten, verlor er die Fassung.

»Was«, schrie er mit sich überschlagender Stimme, »andere Leut auf meinen Äckern.«

»Es sind nicht mehr deine Äcker«, sagte Berta müde. Sie ließ ihn stehen und ging ohne ein weiteres Wort aus der Brennerei.

Jetzt begriff der alte Hofbauer, dass er nichts mehr zu sagen hatte. Er ließ sich auf den Stuhl fallen, grub den grauhaarigen Kopf in seine Hände und weinte. Wenig später holte er die Schnapsflasche, die er in letzter Zeit nur noch selten angerührt hatte, aus dem Schränkchen und trank und trank.

Am Abend wollte Babette ihn zum Essen holen. Sie fand ihn zusammengesunken an dem wackeligen Tischchen sitzend, die Flasche mit beiden Händen umklammernd und unverständliche Worte lallend. Die Schwester schaffte es nicht, ihn hochzuziehen. Sie musste Berta holen. Zu zweit schleppten sie den mager gewordenen Körper die schmale Stiege hinauf, zogen ihm die Kleider aus und legten ihn ins Bett.

Schon Mitte Januar erschien im Amtsblatt des Städtchens eine Notiz über die Verpachtung. Interessenten sollten sich beim Landwirtschaftsamt melden. Schnell machte diese Nachricht die Runde und bald wusste jeder, dass es um Grundstücke des Martinshofes ging. Im Lagerhaus oder bei den Handwerkern, wo immer einige Bauern zusammenstanden, auf dem Schweinemarkt und in den Wirtschaften wurde darüber diskutiert, wie weit es mit dem Hof gekommen war und wie wohl der alte Michel damit fertig werde. Einigen tat er leid. Andere verhehlten ihre Schadenfreude nicht.

Interessenten für die Pacht gab es nicht nur im Dorf selbst. Sie überboten einander, sodass schließlich ein Preis zustande kam, von dem jene, die nicht zum Zug gekommen waren, sagten, er sei unvernünftig und nicht wieder reinzuholen.

Verärgert war Bertas Bruder im Tal, der Vater des jungen Daniel. Er hatte im Stillen gehofft, sein Sohn, den er auf dem Martinshof für unabkömmlich hielt, könne dort einmal Bauer werden. Aus Zorn über die andere Entwicklung ließ er den Buben nicht mehr zur Verwandtschaft. Er brauche ihn jetzt selber, erklärte er der Schwester. In Wirklichkeit schickte er Daniel bald darauf zu einer Baufirma, um dort Geld zu verdienen. Kurzerhand verpachtete Gertrud bis auf einige Baumwiesen auch die restlichen Grundstücke.

Als sich das Frühjahr ankündigte, drängte es den alten Michel Dachser in seinen Wald. Berta musste ihm in die dicke Winterjacke helfen. Er zog die Sturmhaube über den Kopf, setzte seine abgeschabte Mütze auf, nahm die Haue und ging zur hinteren Scheunentüre hinaus und über die noch im Wintergrau liegenden Wiesen zum Wald. Es war der gleiche Weg, den sein Bruder Hermann in jener unseligen Nacht gegangen war.

Am Wald angekommen hörte er aus der Richtung seines Buchenwaldes das Aufheulen von Motorsägen und das Krachen fallender Bäume. Aufgeregt beschleunigte er seine Schritte und stolperte über den von tiefen Traktorspuren ausgefahrenen Weg. Er erkannte seinen Wald nicht wieder. Dort, wo die Kronen ein dichtes Dach gebildet hatten, war jetzt der Himmel zu sehen. Ein Gewirr von Stämmen und Ästen bedeckte den Boden. Dazwischen hantierten Männer mit ihren Motorsägen. Aufgeregt ließ Michel die Haue fallen und fuchtelte mit den Armen. »He«, krächzte er, »was macht ihr in meinem Wald?«

Erst nach einer Weile nahmen ihn die Männer wahr. Einer, wohl der Vorarbeiter, ging auf ihn zu, nahm seinen roten Helm ab und wischte sich den Schweiß von der Stirn. »Du kannst nicht stehen bleiben hier«, sagte er mit fremder Aussprache, »ist zu gefährlich. Gleich kommt Traktor.«

»Macht, dass ihr wegkommt«, schrie ihn Michel an, »das ist mein Wald, hier wird kein Holz gemacht.«

Der Mann wurde unwirsch: »Was willst du, Opa? Wir haben Auftrag von Forstamt. Geh wieder heim.«

Er ließ den Alten stehen und wandte sich wieder der Arbeit zu.

Michel schrie ihm etwas hinterher, aber der Waldarbeiter machte nur eine wegwerfende Handbewegung.

Ein schwerer Traktor dröhnte den Weg herauf. Michel bemerkte ihn erst, als er vor ihm stand. Erschrocken drehte er sich um, stolperte und stürzte auf den Waldboden. Der Traktorfahrer stieg ab und wollte ihm auf die Beine helfen.

»Lass mich!«, brüllte Michel, »ihr seid Räuber!«

Der Fahrer lachte nur. Er packte den Widerstrebenden an der Jacke und stellte ihn auf die Beine. »Komm, schrei hier nicht rum«, sagte er, »wir müssen schaffen.«

In ohnmächtiger Wut wandte sich Michel ab. »Räuber«, schrie er noch einmal, »das lass ich mir nicht gefallen!« Ohne seine Haue und ohne die Mütze, die ihm vom Kopf gefallen war, hastete er zurück. Den starken Regen, der inzwischen eingesetzt hatte, spürte er nicht. Völlig durchnässt und ganz außer Atem stolperte er in die Küche.

»Die holzen den ganzen Wald ab«, keuchte er. »Wir müssen den Landjäger holen.«

Berta schüttelte den Kopf: »Aber du hast doch selber gesagt, dass wir Holz machen können.«

Michel wusste nichts mehr. »Was«, schrie er seine Frau an, »du hast das erlaubt?« Er ließ sich auf den Stuhl fallen und hieb mit beiden Fäusten auf den Tisch. »Ihr seid alle gegen mich. Ihr wollt mir alles wegnehmen.« Er ließ den Kopf auf die Tischplatte fallen und weinte.

In der Nacht schüttelte ihn ein schwerer Husten und am Morgen hatte Michel hohes Fieber. Zwischen den Hustenanfällen fantasierte er. »Weg von meinem Holz!«, schrie er und rief nach seinem Bruder: »Hermann, komm, die nehmen uns alles weg!«

Der Doktor, der am Nachmittag kam, stellte eine Lungenentzündung fest. Er wiegte dabei bedenklich den Kopf. Der Kranke sei schon recht schwach.

Die Medikamente, die er verschrieb, halfen nicht.

Berta und Gertrud betteten Michel in die Stube. Von dort war sein Röcheln bis in die Küche zu hören. Unruhig warf er sich sich hin und her. Erst am dritten Tag wurde er ruhiger. »Mutter, bist du bei mir?«, fragte er noch, bevor er endgültig die Augen schloss. Aber es war nicht Karoline, sondern seine ungeliebte Berta, die ihm die Augen zudrückte.

Nach ihm gab es keinen Martinshöfer mehr.

Epilog

Aus dem viele Jahre lang stattlichsten Gehöft des Dorfes war ein »Resthof« geworden. Die neue Zeit, die wie eine Flut über die Bauern hereingebrochen war, hatte den Martinshof in das gleiche Geröllfeld gerissen, auf dem die Hoffnungen vieler Bauernfamilien versickerten. Manche, die mit Michel Dachser im alten Bauernstolz aufgewachsen waren, wurden bescheiden. Sie gaben sich mit den Resten zufrieden, die jene Flut zurückließ. Sie bewirtschafteten nur noch die Grundstücke, die wegen einer ungünstigen Lage oder als Baumwiese nicht zu verpachten waren, hielten aus Liebhaberei, für den Eigenbedarf oder, um der Langeweile zu entgehen, noch einige Tiere und freuten sich, wenn ihre Kinder in neuen Berufen erfolgreich waren und gutes Geld verdienten. Die Erwartung einiger Soziologen, in den Dörfern breite sich die Schwermut unter den von Betriebsaufgaben betroffenen Familien aus, bewahrheitete sich nicht. Die Erleichterung, den Existenzsorgen und der Versagensangst entkommen zu sein, war größer als die Trauer über den Verlust.

Auch Berta Dachser trug ihre Hoffnungen fast erleichtert zu Grabe. Endlich konnte sie der Müdigkeit nachgeben, der sie sich in den letzten Jahren entgegengestemmt hatte. Sie versorgte das Haus, kümmerte sich um den Garten und war dem kleinen Gerhard und dem ein halbes Jahr nach Willis Tod geborenen Mädchen eine liebevolle Großmutter. Abends half sie im Schweinestall, den ihre Tochter noch eine Weile mit bescheidenem Erfolg weiter betrieb. Aus der oft herrischen Bäuerin war eine altersmilde Greisin geworden, die sich an den Gartenblumen und am Spiel ihrer Enkel erfreute.

Bibliografische Information der Deutschen Nationalbibliothek
Die Deutsche Nationalbibliothek verzeichnet diese Publikation in der Deutschen Nationalbibliografie; detaillierte bibliografische Daten sind im Internet über http://dnb.d-nb.de abrufbar.

Wollgrasweg 41, 70599 Stuttgart (Hohenheim)
E-Mail: info@ulmer.de
Internet: www.ulmer.de
Umschlagentwurf: Freiraum K, Karen Neumeister, Stuttgart
Titelbild: Landesmedienzentrum Baden-Württemberg
Lektorat: Anke Thiemann, Dr. Nadja Kneissler
Herstellung: Gabriele Wieczorek
Satz: r&p digitale medien, Echterdingen
Druck und Bindung: Freiburger Graphische Betriebe, Freiburg
Printed in Germany

ISBN 978-3-8001- 5678-8